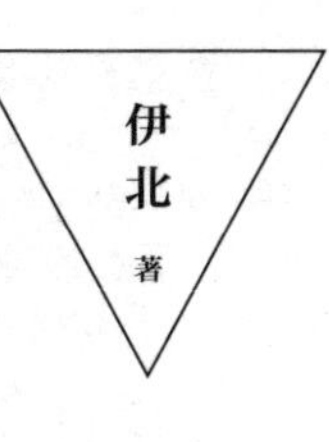

上

中国友谊出版公司

图书在版编目（CIP）数据

安居乐业：全2册 / 伊北著. -- 北京：中国友谊出版公司, 2019.12
ISBN 978-7-5057-4713-5

Ⅰ. ①安… Ⅱ. ①伊… Ⅲ. ①长篇小说—中国—当代 Ⅳ. ①I247.5

中国版本图书馆CIP数据核字(2019)第069710号

书名 安居乐业：全2册
作者 伊北
出版 中国友谊出版公司
发行 中国友谊出版公司
经销 新华书店
印刷 三河市冀华印务有限公司
规格 880×1230毫米 32开
22.5印张 630千字
版次 2020年1月第1版
印次 2020年1月第1次印刷
书号 ISBN 978-7-5057-4713-5
定价 69.80元（全2册）
地址 北京市朝阳区西坝河南里17号楼
邮编 100028
电话 （010）64678009

如发现图书质量问题，可联系调换。质量投诉电话：010-82069336

目录
CONTENTS

失业了

天光大亮，这里是上海。

弄堂里，六层老式楼房，一户普通人家，多少年风雨，一家三代都居住在这栋楼里。上海房子涨价的时候，户主也没想着把这栋房子卖出去。不，不能卖，这是根，有这栋房子在，在上海的生活，就还有奔头，生活，就隐约还有那么一点幸福可言。

幸福是什么？也就在七八个小时之前，罗东方还跟他新婚不久的妻子叨咕，幸福就是一声温暖的问候，一次深情的祝福，一个健康的身体，一种平淡的生活，一份快乐的心情，一生简约的知足。拥有了这些，就是幸福！

沈居里听得云里雾里，喝着这心灵鸡汤，昏昏睡去。可等一大早闹铃一响，在这十平方米的小卧室里，沈居里伸出一只手，按下闹铃，头发乱蓬蓬的，睡眼惺忪，坐起来，一瞅，幸福早被炸得血肉横飞——她上班要迟到了。

沈居里摇醒她的新婚丈夫罗东方，说："快，要迟到了。"可东方并没有打算立刻起来，他只是小声地说了一句："我婚假还有一天。"居里不管他了，她得上班，有关生计，不容马虎，必须当机立断，勇往直前。她迅速套上衣服，任凭东方在床上慵懒地翻了个身，人比人，气死人，他怎么就多了一天婚假呢？唉，谁叫她在私人小公司，不规范，不讲道理，但还得苦干。打开窗户，上海早晨的喧嚷已经扑进屋子里来了。沈居里决定，立刻将自己投入快节奏的上海生活中，她结婚了，有家了，便有了奋斗的理由。

小客厅，十二平方米左右，靠墙是一张老式褐色皮沙发，前面是一张长方形茶几，沙发对面墙壁下放着电视机，电视机旁边是一个食品柜。一位中老年男子正在客厅中间的折叠式餐桌上吃一碗稀饭，他是这个家的男主人，叫罗进宝，土生土长的上海人，罗东方的父亲，沈居里的公公，人们都叫他老罗，老婆却一直叫他进宝，不为别的，就图个好彩头，进宝，招财进宝。一位女士在阳台吊嗓子，露个背影，她是这个家的女主人之一，叫安秋萍，她是沈居里的婆婆。天空中鸽子掠过，乌泱乌泱的，似乎也在赶着去“上班”。

老罗对安秋萍的歌喉不满意，一辈子都不满，他偏偏头，嘀咕道：“别唱了，这还没算退休呢，就在这儿干号。”安秋萍不回头，可嘴上不饶人：“呵呵，再过两个小时我就退休了，退休后我想干什么就干什么，谁也管不着。”罗进宝嘴仗打不过她，只好说：“只要你不外出唱戏，我才懒得管你。东方怎么还没起来？现在年轻人就是懒。”一提到年轻人的懒，可算说到安秋萍的点子上了，这容易让她想起自己的青春，安秋萍转过身，两手还是叉腰，提气：“嚯，哪能跟我刚嫁进你们家的时候比，那叫什么，晨昏定省，饭菜俱全，一样都不会少的。哦不，就是现在也不能比，楼上的早饭我可是早就端上去了哦。现在的媳妇，我吃过她一顿饭吗？我都不指望她给我做饭，不要给我找麻烦就阿弥陀佛了。”进宝道：“你看看你，一肚子抱怨，这个新儿媳妇十有八九也要被你抱怨走。”这可说到安秋萍的痛处了，儿子不是第一次结婚了，前妻对东方来说是个伤疤，对安老师更是，因为儿子是她生的，跟儿子离婚，等于否认了她几十年来的培养，这是安秋萍不能接受的。她立刻回嘴道：“罗进宝，你什么意思，石玉燕是嫌贫爱富才走的，跟我抱怨不抱怨有什么关系？你如果舍得花钱给他们买大房子，石玉燕也未必会走，说到底还是你没本事，赖到我头上，你这个人说话真好笑。”进宝也不示弱，抢白道：“你有本事也没见你生出个花来，你儿子要是有本事娶个有钱女人不就什么都解决了。”安秋萍道：“我儿子现在二婚也抢手得很，娶黄花闺女，说我儿子不好，你跟我离婚试试，保管你打光棍儿打到老死。”进宝知道自己吵不过她，索性不说话，低头继续吃饭，里屋却传出罗东方的叫喊：“爸！妈！一大早能不能不要吵！”进宝、秋萍面面相觑，秋萍笑：“吵到儿子了。”儿子对她的批评，她是接受的。接受了就继续去阳台吊嗓子。

虽然嫁进来没多久，正式住进罗家的时间就更短，可沈居里多少已经熟悉了公公婆婆的相处方式，争、吵、抬杠，电视剧《激情燃烧的岁月》里，石光荣和褚琴就是这样，可居里又觉得，进宝没有石光荣的霸气，安秋萍又没有褚琴的文艺范儿，他们世俗，甚至俗气。她要与他们保持一点点的距离，好的办法就是：不声不响。

居里快速刷牙、洗脸，打开锅，锅底只有最后一口稀饭。居里倒在碗里，胡乱就着咸菜吃了。吃完该跟老公告别，居里扑到床上，给罗东方一个吻后，拎起门角的一袋喜糖，背起皮包，飞快地冲出门。身后，公婆的吵嚷声不绝。

一出小楼门，大都市早晨的各种声音扑面而来。

挤地铁是沈居里的日常，挤地铁犹如战斗，居里从来都是个女战士。

有人挤居里，用胳膊肘撞了她一下。沈居里拎着的喜糖从袋子里撞出来，沈居里无奈地吐气，去捡。沈居里无奈，说：“这位大姐，你能不能注意一点，撞到我了。”

“对不起！”女乘客道歉了，但翻着白眼。

居里来气了，她一向耿直：“你什么态度！是道歉吗？”

谁知女乘客并不示弱，上下打量了居里一番，说：“刚结婚是吧？刚结婚就这么凶，婆家受不受得了你哇？”说罢，怪笑。沈居里刚想还嘴。地铁进站，人群朝里挤，居里落后，往里冲，皮包和喜糖包被夹在外头，居里拼命往里拉。“我的皮包！我的糖！”居里嚷道。车厢众人笑。车门开了，居里迅速将皮包和喜糖包拉进来。

地铁开动了。

沈居里就职的公司做洁具，工厂在南通。这几年，外资洁具集团大举进军内地市场，洁具生意越来越不好做，紫石洁具只好不断缩小经营范围。做到今年，面盆、浴缸的市场全部蠲免，只剩马桶事业部，可即便如此，也架不住日本高级蒸烘洗涮马桶的冲击——中国人宁愿去日本扛着马桶回来，也不愿意用不上档次的本地马桶，在上海，此风尤甚。

公司效益不好，随时都有倒闭的风险，员工们只好更加努力，免得位列裁员名单。

沈居里刷门卡进门，大开间，十几个同事闷头做事，办公室里只剩打键盘的声音。居里打开电脑，迅速开始办公。工位前的朱业勤转身，朝居里点了一下头。

没多会儿，女洗手间，三位女同事聚齐了。业勤比居里资历还老，走丈夫的关系进的公司。陶乐乐为了逃婚，从乡下来到上海打工——她不想嫁给村里人，就此了却一生，她向往大城市，居里是她的榜样。

居里塞给陶乐乐和朱业勤一人一包喜糖，说：“快收起来，就给你们意思意思，其他人就不给了。”陶乐乐打趣说：“恭喜居里姐顺利脱单，我还是单身狗。”沈居里道：“什么话，好像我嫁不出去似的，乐乐你别急，就你这长相，不愁。”朱业勤一本正经地说：“我就说居里还挺有福气，找了个本地人，什么都不愁了。”居里撇撇嘴，说：“业勤姐别打趣我了，我怎么不愁？挑来选去等了那么多年，也不过找了一个二婚的，而且还跟公婆住在一起。”乐乐和业勤不接话。

的确，跟公婆住，是居里心里的难事，独生子女，自我惯了，长大成人，跟父母住都成问题，更别说公婆了。可没办法，这是上海，寸土寸金，东方家又是那么个情况，平头百姓，一介草民，一时半会儿，去哪儿现变出一套房来？而且，罗家房子虽老，可在市中心，出门没几步，就是淮海路，这是什么概念？那等于每天上下班起码节省一个小时，一个小时的生命、光阴，居里就想，住就住吧，公婆怕啥，又不是老虎，省下这一个小时，干啥不行？学习充电、面膜美容、逛街玩耍……而且的而且，谁叫东方对她这么好呢，虽然是个二婚男，可她查了，人品没问题，是他前妻好高骛远，不愿意跟这个上海男人细水长流，离了她接盘，依旧是潜力股，不怕从头再来。居里有时也庆幸，在青春的尾巴上遇到东方，从某种意义上讲，他何尝不是接盘她呢？年过三十，一事无成，还在上海漂着，那是什么概念？居里想想都觉得可怕。可她嘴上不承认这些，她跟东方说："你可得谢谢我，不然你这二婚男，等到秃顶也娶不上媳妇。"东方说："那你看上我啥了？"居里嘴硬："看上你啥，你有啥？要钱没钱，要房没房，要事业没事业。"东方不满："那还找我？"居里踹他一脚，说："还不是看上你人了。"东方满意了。

"跟公婆住也有它的好处。"朱业勤这样劝慰。居里道："好处？上洗手间都抢，上海这的房子不比我们老家，一个厨房都比这里的卧室大。"陶乐乐是物业专家，拎得清，接话道："上海什么地段？你们老家什么地段？房子值钱不值钱得看地段。"朱业勤笑笑说："居里婆家那地段不错，靠近淮海路了。"陶乐乐立刻惊乍乍地说："那居里姐发财了，以后拆迁，那还不是不得了啊！"沈居里气馁："做梦吧，即使拆迁，跟我也没关系，那属于婚前父母财产。"夫家这套房，居里结婚前就没想过，上头有老奶奶，这房子属于公婆，退一万步讲，百年之后，这房子是东方的，可现在，名义上，跟她沈居里没关系。嫁进罗家，居里提过买房、单住，但人家稍微一否定，提提难处，居里还没说话，居里妈就妥协了——她想的是赶紧把这个女儿处理出去，哪怕是二婚，那也是上海的二婚，比在地方强。何况东方一表人才。

"总有个盼头。"陶乐乐劝居里，她的处境比居里危险。

"我现在是明哲保身，能不在家里待就不在家里待。"居里说。二人不解，盯着居里等下文，"绝对空间就那么多，六十平方米，婆婆马上退休了，公公半退休，我们家那位要上班，又爱加班，我一个人对着公婆，说什么，真是应了那句老话，'相顾无言，唯有泪千行'。"居里叫苦。

陶乐乐打趣："那你多加加班，伍总估计会给你多发点年终奖。"

年终奖？一听这话居里就苦笑，别说年终奖了，月月工资能发下来就算烧了高香，连续四个月，颗粒无收。问伍总，伍总就那几个字："再坚持坚持。"公司马上就要大发展。居里恨自己没能耐，否则做生意，发发洋财，或者干脆做那种豁得出去的女人也成啊，一路攀着男人向上，可她偏偏学不来。

陶乐乐说居里是有为青年，居里不认可。站在洗手间的镜子前，居里对着镜子自言自语，开始声明自己的人生观："啥理想，其实我的理想很简单，就是不用朝九晚五地挤地铁，退休最好，领着养老金，最好还有点存款，这样我就能四处走走，还可以购物，我要旅游，去国外，购物，免税的，便宜。啊，不上班又有钱花的日子，多好啊！"

"你们就别想了，才多大，刚上班没几年还没为社会做多少贡献呢就想退休，成何体统啊？我还可以想一想，等我女儿大学毕业，我就彻底解放了。"业勤笑说。

"又来刺激我们了，业勤姐这一辈子是啥都不愁了，功德圆满。我们呢，唐僧取经刚上路。"居里说。

"啥意思？"陶乐乐冥顽不灵。

沈居里点了一下她的鼻子，道："前面还有九九八十一难等着你呢。"

"哎，对了，今天工资怎么还不发？"业勤问。她不缺钱，可工资是她劳动所得，她十分关心。"都25号了，公司小群里都念叨一上午了。"陶乐乐说。"几个意思呀，我结婚，公司连个红包都没有就不说了，工资还晚发。"居里愤怒。洗手间外一阵骚动。居里心里咯噔一下，感觉不妙，她脱口而出，"不会伍总跑了吧。"陶乐乐推开洗手间的门，声音确凿，七嘴八舌："伍总逃跑了！伍总拖欠工资逃跑了！伍总欠人钱发不出工资逃跑了！"三人大惊。

跑？跑得了和尚跑不了庙，居里大吼一声："跟我来。"她不怕，她反倒有些兴奋，这种在香港电视剧里才会出现的情况，竟然在她身边发生了，那她也只能顺水推舟、顺流而下，巨浪滔天、翻江倒海，给我拿钱！

地下车库，电梯门打开，一个中年男人鼠头鼠脑地逃窜；楼梯间，居里带着一群人破门而出，中年男人见状，立刻掉头狂奔，众人追剿，男人只好爬消防梯。没人敢爬，“让开！”沈居里一马当先，爬了上去。

楼顶天台，男人弯着腰，大口喘气，居里从消防口爬上来了。“沈居里，我平时对你不错，做人要有良心！别过来，你过来我就跳下去，反正我只有一屁股债，你们的工资我会给，不要逼我！”沈居里连忙道：“伍总，不要想不开，我不逼你，你先下来都好说，过来，拉住我的手。”沈居里慢慢朝前走。“是你们逼死我的！”伍总纵身一跳。沈居里捂住眼睛。一会儿，没声音，居里走到楼边一看，下面是个楼梯，伍总的身影跑远了。

“别跑！”居里又炸毛了。

街道闹市区人群哄哄，伍总在前面跑，沈居里在后面追。伍总加速，沈居里也被迫加速，两人撞过好几个人。

沈居里大喊：“抓住他，欠工资不给，黑心资本家！”没人出手相助，居里从路边随手抓了女人的包，朝前猛丢，砸中逃窜犯的脑袋，伍总失去平衡，摔倒在地。沈居里跑上前去，按住他，伍总刚想挣脱，却被公司其他追上来的员工一起按住。沈居里愤然：“欠工资不给，打你十次都不解恨。”伍总哭丧着：“不是我不给，是公司账面上还欠着别人几千万呢，房子马上要被收走，还有我那车，实在是给不出来呀。”众员工说道：“给不出来就把他打死！”伍总哀求道：“我还有七十岁的妈要养，还有老婆孩子，你们先放过我吧，如果生意回转肯定会给你们钱的，放我一条生路吧。”沈居里指着他的鼻子道：“我们挣得也是辛苦钱。”伍总颤颤巍巍道：“公司东西随便拿吧，银行来清算资产之前，抢到什么是什么。”全体员工一哄而散。沈居里也跟着往回跑，却被一个员工不小心绊倒，摔在地上，腿破了皮。

看着奔跑的人们的背影，沈居里突然觉得有些异样。在长达三十年的人生当中，这多多少少也有点里程碑的意思——宣告着她上海奋斗生涯的阶段性挫败。从家乡小城来到上海，她发誓要闯出一片天地，可到头来，还是靠嫁人才能在上海这片土地上寻觅到几平方米的落脚地。她的理想很简单，就是希望有朝一日，她能有自己的房子，把爸妈接来上海一起住，过干脆利落的大都市生活，可这一切的前提，是必须努力工作，可现在呢？

公司大厅一片狼藉，能拿的都被拿走了，朱业勤从洗手间走出来。“居里，这儿还有个拖把没用过，新的，你要不要？”居里苦笑，她倒乐观，香吃得下，臭也吃得下。居里道：“业勤姐拿着吧。”

朱业勤说：“这个抽水马桶给你吧，公司的样品，新的。”

沈居里无精打采：“哦，放那儿吧。”沈居里走到公司门口，看着公司镜子里的自己，头发也乱了，腿也破了。她笑，比哭还难看，好像打了一场败仗，她自言自语：“我失业了？”

没错，失业了。

退休多好

退休生活曾经是安秋萍一直渴望的，退休多好啊，不用上班，还能拿钱，想干吗干吗，自由自在。可真等到退休这一天，安秋萍的心情又有点复杂，退休，意味着社会不再需要你了，单位不再需要你了，就算你想要发挥余热，也没有这个机会了。以前有干部退休，刚回家没几天就病了——权力没有了，不习惯，曾经热闹，变为冷清，是一件难捱的事。可安秋萍不，她喜欢唱戏，她还有发挥才能的舞台——她这样安慰自己。

文工团，退休办，安秋萍递上职工证，办公室小姑娘在上面盖了个章。小姑娘笑嘻嘻地道："安老师，恭喜你顺利退休了，以后月月等钱就行了。"安秋萍道："这一退休，心里空落落的。"小姑娘说："退休多好啊，不用做事，还能拿钱，我巴不得退休。"安秋萍说："我们都是社会主义教育走过来的，总希望自己能发挥余热。"

小姑娘过去要唱戏，演个丫鬟，安秋萍投反对票，传出来，小姑娘记在心里，虽然在退休办干，但她就等着这一天，存心闹一下子。她站起来，反问道："个个都发挥余热，年轻人还干不干了？"

"你这小同志怎么说话呢，你的意思是，我挡你们年轻人的路了？"安秋萍果然不高兴了。

"我可没这个意思，自己别瞎想。"

"我瞎想？我工作的时候，你还在娘胎里呢，跟我瞎叫板！"

"安老师，谁跟你叫板了，没事您快出去啊，别耽误我工作，后面还有人排队办事呢。"

安秋萍一拍桌子："我怎么耽误你工作了？现在的人要不要这么现实，我才退休一分钟，就不把我当个人了！还得了呀！我找你们科长、找你们处长，我还要找团长！"

"行了安老师，您那张嘴说的话，全团也没几个人会信，唱了一辈子没唱上主角，说人是非倒是行家里手，难怪嘴都歪了！"

"你再说一遍！"安秋萍指着小姑娘的鼻子。

安秋萍扑上去和小姑娘扭打起来，小姑娘当即大哭，在地上打滚，安秋萍愣住了。隔壁团长闻声赶来。

"怎么回事？"团长问。

小姑娘哭着说："我恭喜安老师退休，安老师就说我讽刺她一辈子没唱上主角，就要打我。"

"安老师，是这个情况吗？"团长面目严肃。

安老师道："天地良心。"

"退休了，就好好养老，火气不要这么大嘛，没唱上主角，也是为社会、为人民服务，安老师，你这样计较得失就不好了。"团长显然是向着小姑娘的。

"不是……我……你这烂蹄子这张嘴！我撕烂你！"安秋萍百口莫辩，扑上去要继续跟小姑娘厮打，小姑娘赶忙躲到团长身后。

"安秋萍！你退休了也可能给你记大过！"团长喝道。

安秋萍呆立。

行，忍，小不忍则乱大谋，安秋萍只能认这个亏，出了退休办的门，一路闷闷不乐，到了小区楼下。素鸡——安秋萍一生的对手，她们年岁相当，家境相似，样貌同一水准，比了一辈子，前半生，安秋萍处处压着她；到了后半生，素鸡后来居上，稳稳地踩住了安秋萍——她的女儿嫁得好、她的房子大、她坐好车、去海外旅游……她就是大都市市井中最常见的那种女人，哦不，这也是人性，人总是有点优越感才能活下去。至于她的诨名"素鸡"，则是秋萍和她老公进宝给取的，私下里叫，意思是说她是个冒牌货，不是真正的上流人，就好比肉，她不是真肉，只是一块素鸡——装得像肉。这一回，素鸡又逮到了机会，她见秋萍臊眉耷眼、无精打采地走来，便故意抱着自己的孙子笑呵呵地朝安秋萍走过去。

“安老师，退休了哦？”

安秋萍不耐烦：“你少烦我，走远点。”

“退休后最开心的就是抱孙子了。”素鸡哪壶不开提哪壶。

安秋萍看了看素鸡手里的孩子：“你这种模样的孙子，不抱也罢。”

“你……你人身攻击！”素鸡跳脚。

“实话实说。”

“自己抱不上孙子，就嫉妒别人，这可不是好心态。”

“谁抱不上？”

居里走过来，怀里抱着马桶。

素鸡拍手大笑：“哎呀，你儿媳妇来了，可惜不是抱孙子，是马桶。”

安秋萍急了：“居里，你抱着个马桶干什么？！嫌家里的马桶不好吗？”

沈居里抬头，恍然：“哦，妈！那个……”

“不下蛋的母鸡不是母鸡，不生孩子的女人不是女人。”素鸡起哄。

安秋萍举手：“再不走我打你，信不信？”

素鸡连忙抱着孙子走了。沈居里和安秋萍并排走回家。

沈居里说：“妈，退休手续办得还顺利吧？”

安秋萍道：“听到了没有，赶紧生个孩子，都多大了还在这儿耗呢，女人干事业有什么用，干了一辈子，也还不是被人说、被人看不起？上班时间你不上班，还在这儿傻抱着马桶干吗？”

沈居里连忙放下马桶，站在原地。安秋萍走远了。居里感到了一种前所未有的压力。

入夜了，罗家客厅，安秋萍和罗进宝坐在沙发上看电视。厨房，居里洗好碗筷，放进消毒柜。她还不习惯吃完晚饭陪公婆看电视、聊天，失了业，更是满腔心事，无暇顾及，可她没料到，这房间里的长辈，也在分分钟考验着她。

安秋萍小声嘀咕："看看那张脸，跟谁欠她三百块似的。"罗进宝道："上班的人都这样，受气，你没退休前不也这样。"

"我现在退休了也很受气！人家都说我，唱戏从未唱过主角，娶了两房儿媳妇都没抱上孙子，是人生的巨大失败。"

"人家说什么你就听？可以不听嘛。"

"都跟你似的，稀里糊涂一辈子，一事无成、一览无余，活着有什么意思？"

"普通人就过普通人的生活，心高，没用！"

话虽这么说，可罗进宝自己的心也不低，他在乎钱，因为赚钱不容易，可他又肆意浪费钱去炒股，因为只有在股市里，他才能做得了自己的主，成为操纵自己世界的王者，可一不小心，却在股灾里摔了大跟头。不过他会隐藏，摔了也不说，若无其事，继续做一个"普通人"。

居里从厨房出来，穿过客厅，点了个头，走进小卧室。

"这居里怎么又进去了？"安秋萍像侦察员。

进宝说："看书呢，说是要考会计师资格证。"

秋萍说："考那有什么用呀，我当了一辈子会计，到老不还是那么穷。"

居里听到了婆婆的话，她不能反驳，只能不予理睬。是，安秋萍说的也有几分道理，在这个拼爹、拼背景的年头，她也怀疑自己的努力是否能有相应的回报。可是，她宁愿相信有，努力还有可能有回报，不努力，永远都没有回报，她甚至不敢多靠丈夫，她只能靠自己。沈居里沉着脸，坐在床边，罗东方发现了妻子的异样。"上班第一天就不高兴？扣你工资了？"东方亲昵地问道。沈居里不言语。

罗东方关掉电脑："有人欺负你？"

沈居里撇嘴："公司倒闭了，我失业了。"她原本不想这么快就告诉东方，她怕他瞧不起，又怕他跟他爸妈说。可一回到家，那种脆弱的感觉又回来了，她不能告诉自己的父母，他们会担心，可她还是想找个人倾诉。眼前只有东方，她只能相信这个男人能够跟她同舟共济。

“可以再找，或者，干脆休息一段时间。”罗东方还算理性。

沈居里警惕：“别跟你爸妈说！”她赶紧打预防针。

“不说不说。”

“我可不想一结婚就让你家人瞧不起。”

“没人瞧不起你。”

“都怪你！刚跟你结婚就失业！”

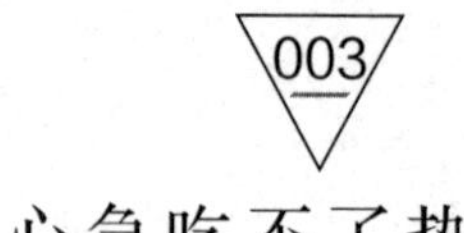

心急吃不了热豆腐

三房两厅，大吊灯都开着，家具是中式风格，但也有着低调的豪华，这是一个上海中产阶级的家庭，是朱业勤的家。此时此刻，朱业勤贴着面膜，在客厅的大沙发上坐着看电视，谢平贵在她身边看报纸。虽然纸媒衰落，可谢平贵依旧保持着看报纸的习惯，在他看来，人得有“品”，坚持读纸张印刷出来的报纸，也是“品”的一部分。他竭力维持着家庭的完美，一个妻子，一个女儿，一份体面的工作，充满希望的未来。朱业勤不经意说：“我们公司倒闭了。”

“什么？”谢平贵停止阅读。朱业勤说：“我姐们儿有个公司，我打算去帮忙。”

谢平贵看了看妻子：“还找什么麻烦。”他自己有大公司，家庭生活不用愁。朱业勤不说话，和丈夫对望，等他的下文。

谢平贵继续说：“莉莉都上高中了，你还去找什么工作？现在是最关键的时刻。”

“孩子有孩子的福气。”朱业勤不以为然。

“孩子没有那个自制力！我给你们租个房子，就在学校旁边。”

“你让我做陪读？一个月给我多少钱？”周围陪读妈妈不少，可朱业勤从来没想过做专职陪读，当全职太太。

“怎么还要钱？”谢平贵笑。

“莉莉是女儿，我可是陪你们老谢家的人读书。”

“只要莉莉能学好，要多少我给多少。”谢平贵财大气粗。

朱业勤一夜没睡好，她和谢平贵分床睡有一段时间了，夫妻关系有一点问题，她本来打算修补修补，这两个月，她都努力每天和丈夫同床入眠。可一旦搬到学校旁边做全职，夫妻见面更少了，还怎么修补？不过，谢平贵说的也不是没有道理，女儿上高中，是关键的三年，她作为妈妈，多付出一点，也是应该的。男主外，女主内，这曾经是她理想中的婚姻生活，刚结婚那会儿，平贵的事业没做起来，她着急，现在，人到中年，事业顺遂，生活平稳，她又隐隐觉得担忧。她有些羡慕那些事业有成、婚姻又幸福的女人，她觉得那才是饱满充实的人生。可沈居里却对她说："姐，我最羡慕的就是你，你什么都有了。"业勤觉得恍惚，什么都有了？丈夫？女儿？房子？车子？是吗？她唯独没有了青春。

半夜，朱业勤站在洗手间的镜子前，摸着自己的脸，如鬼似魅。

女儿莉莉推门进来："妈，你干吗？"她睡眼蒙眬，但依旧惊愕。

朱业勤也吓了一跳，忙说没事，慌乱中打开水龙头，嗓子里觉得痒，咳嗽两声，跟着又呕了两下。"妈，你没事吧？"莉莉问。

朱业勤低着头，摆手，示意没事。

沈居里又开始找工作了，网上海投、人才市场，双管齐下。是，居里没有放弃传统的人才市场招聘，她认为好就好在劳资双方能当面交流，效果更好。人群中，居里侧身，一转头，陶乐乐也在，乐乐揣着简历，抬头张望。居里和她打招呼，她没想到乐乐也会来，这个在物业做保洁的女孩，也来高端人才招聘会，但她没有看不起乐乐的意思，她总觉得在乐乐身上，有她自己的影子。"有心仪的没有？"她问乐乐，同时瞟了她的简历一眼。乐乐立刻明白了，笑笑，说："还在投，姐，我去办了个假证，现在是大专文凭。"居里愣了一下，说："也有不在乎文凭的。"乐乐说："少，文凭是敲门砖，反正我先找找，没有就去干家政。"沈居里看着眼前这个女孩儿眼睛里坚定的光芒，便知道，这个农村姑娘，是铁了心要留在上海了。"有困难找我。"居里拍拍她的肩膀，算是告别。

连乐乐都那么努力，居里告诉自己，还有什么理由懈怠？投，海投，从人才市场回来，居里坐在电脑前，鼓捣到深夜。罗东方抗议了：“还不睡啊？”“马上。”居里头也不回。

“心急吃不了热豆腐！”

“我能不急吗？白天我都不敢在家待，只能晚上投投简历。再次声明啊，我没工作的事，不能跟你爸妈说。”

“至于么你，找不到我养你。”

“你同意，你爸妈能同意吗？再说了，我不上班，活动空间也只有十平方米。”

“有什么不同意的，你要放宽心。”

“不是宽不宽心的事，以后我们总得有自己的房子。”居里说到关键问题上了。

“当然，迟早。”

“你们在上海的亲戚那么多，让他们帮忙介绍介绍啊。”

“回头问问我妈。”

“别什么都问你妈。”

“上次那工作不就是我妈找亲戚给你介绍的吗？”

“介绍的，倒好，看看，刚结了个婚就倒闭了，活脱脱一个皮包公司。”

罗东方大窘，倒头睡觉。

居里关上电脑，静静地看着身边这个男人，她知道，他没什么野心，甚至有些不上进，可当初，她看上他，也许就是因为他身上展现出来的安定感。罗东方生在上海，长在上海，这是他的城市，理所当然，毋庸置疑，他不用像她那样奋斗、拼搏、漂泊、无依，因此很多时候，居里甚至觉得罗东方不理解她，也无法理解她。她的奋斗与野心，都是被逼出来的，那是生存需要。

门缝外飘过一个身影，是安秋萍，居里及时捕捉到了，这个家，也只有她会这样行事。她故意亮了亮嗓子，道：“妈！我们睡了啊！”

秋萍在外窘得脸发烧，“哎，好好休息。”声调微颤，带点谄媚。

回到床上，进宝批评她：“你这样可不好。”安秋萍说：“我是为他们好。”

“为孩子好就应该给孩子自由的空间。”

“我怎么没给他们自由空间了，把我说那么坏。我是关心他们的生活，多少年前，东方不就是在一个深夜里造出来的。”

“老不正经。”进宝翻身对秋萍，把屁股留给她。

“我跟你过够了！”安秋萍拍打丈夫的后背，这是她经常说的一句话。进宝不理她，这么多年，他早看透了她，她没有胆子离开这个家，不然早离开了，何苦等到现在？

安秋萍还在嚷嚷。

进宝回过身：“你到底睡不睡？”

安秋萍扑通一倒，闭眼睡觉。

沈居里的海投不是没效果，不久，她也得到了面试机会，大小公司都有。只不过，通常情况下，居里一出现，就成了分母，那些职场女性，个个花枝招展，学历过硬，居里的打扮和学历一样，总让人提不起劲儿。“中原农业学院！”沈居里坐在床上，摔打着自己的毕业证，她甚至问东方：“你到底喜欢我什么？”东方只好解释：“喜欢你善良美丽。”居里对镜自照：“我不美丽啊！”东方说：“你气质好。”居里只好信了，白天，继续出去奔波，晚上，回来继续海投，可一来二去，面试了几个，除了不靠谱的，靠谱的公司给的答案依旧：请到别处试试。居里伤心欲绝，可偏偏她去的公司，刚好素鸡的女儿在其间就职，素鸡很快知道了消息——儿媳妇失业，这可是她讽刺秋萍的好机会。

这天，素鸡进门，秋萍正在唱戏。素鸡说：“恭喜恭喜，听说你儿媳妇换工作啦？”安秋萍不解：“换工作？”

“可不是，到处投简历呢，真是人往高处走。”

安秋萍强压震惊：“年轻人，换换工作也是常有的事。”素鸡饱含深意地笑笑，目的达到，她撤了。安秋萍急忙找电话，她打给亲戚，问问情况。

“什么？真倒闭啦？哎呀好好好。”秋萍道。

沈居里进门：“妈，什么事那么高兴？”

“居里，你是不是有什么事瞒着我？”秋萍一副包大人坐公堂的架势。

沈居里慌张：“我能有什么事瞒着您哦，整天在一起。”

“公司是不是没了？”

沈居里结巴：“不是……这……我是想……”

“别想这想那的了，想那么多没用，年轻人以后有的是时间上班，不用着急的，我也不会怪你。公司倒闭，跟地震一样是天灾人祸，谁也挡不住。没有事业我们还有家庭嘛！家庭就是你的坚强后盾。”

秋萍的话，让居里一肚子狐疑，去公司，是婆婆介绍的，公司倒闭，她瞒着婆婆被识破，她本以为婆婆会一番刁难，可谁承想，她却是一番温柔软语，好生安慰。居里警觉，但又一时间无的放矢。

公公罗进宝进屋，手里拿着收音机。

“你又成为谁的坚强后盾了？这么多年，也没见你成为我的坚强后盾。”进宝的爱好之一是与秋萍抬杠。

安秋萍道：“别往我身上扯，是居里的公司破产了。”

“破产了？破产了你那么高兴？”

“哪里高兴，你别顺嘴胡说。”

“妈那儿你上去没有？”进宝说的是老太太，住在楼上，单独一个小房间，养老。

安秋萍恨道：“上去过了，妈在睡觉，少不了吃的，一天到晚眼里只有你妈。”

小九九

饭桌上四个菜、一个汤。罗进宝、安秋萍、沈居里、罗东方，还有罗进宝的妈罗老太太围坐在小圆桌边。罗老太太今年快八十岁了，有“大餐”，罗进宝接她下来。罗进宝温了点黄酒，安秋萍抢过酒瓶。罗进宝厌烦地说道：“你这人，能不能不要那么粗鲁。”安秋萍道：“我怎么了，你这人就一点不好，吃独食。”说罢，秋萍挨个儿倒酒。居里说：“妈，我不喝酒。”秋萍说：“这是绍兴黄酒，喝点对身体好。”沈居里双手举杯，接住酒。

罗老太太说：“给我一杯。”

秋萍说：“妈，你不能喝。”

罗老太太抢白道：“我的身体比你的身体都好，快！”

安秋萍只能倒了。又给自己倒一杯，给东方倒一杯。

秋萍举杯：“今天他爸下厨做菜，是给居里压压惊，她的公司倒闭了，我看未必是坏事，不是说吗，上帝给你关上一扇门，必然会给你开启另一扇门。”

罗东方笑着纠正：“是开启另一扇窗。”

安秋萍说：“我就是那个意思。”

罗老太太说：“不熟悉就不要乱说。”

罗进宝说：“她总这样。”

安秋萍讨厌这种“围攻”，特别显得她是外人似的：“够了，我就是那个意思，既然大家都明白，又何必抓住一个小错误不放呢，我的意思就是，现在居里的公司倒闭了，对居里来说未必就是坏事。居里也许就此可以发现更美好的人生，人这一辈子哪有什么一定的，一棵树上吊死可不行。我就是这个意思。”

“这个意思倒对。饿不死。”进宝说。

秋萍说：“什么年代了，饿死，说话没一点水准。我们家，还不至于饿死。你、我，都是有工资的，怎么会饿死？瞧你说话，着三不着两的。”

“有妈这句话就行了。”东方举杯。

“谢谢妈关心，接下来还要请妈帮忙介绍工作呢。”居里跟上。

安秋萍呛住：“请我介绍工作？”

沈居里说：“不工作怎么行？”

罗进宝说：“素鸡的儿媳妇就不工作。”

沈居里说：“那是因为素鸡的儿子有钱。”

安秋萍说：“我们东方也能赚钱。”

罗老太太说：“我一辈子没参加工作。”

罗进宝说：“妈你那是什么年代，不过您也真够受苦的，好几次差点饿死。”

罗老太太说：“还不是为了你，还有你爸。”

罗进宝不满意了：“为了我什么，妈，我这一辈子也没少吃苦啊，累死累活在工厂里做，素鸡她老公上了工农兵大学，现在生活就是不一样。”

越扯越远，秋萍要往回拉：“你们能不能不要只关心自己？现在是在讨论居里的问题。”

罗老太太说：“居里没什么问题，我看挺好。”

沈居里说：“主要是我还想为我们这个家出点力，光张嘴吃饭可不行。”

安秋萍摆出腔调：“每个人出力的方式不同，百花齐放、百家争鸣，男人能做的事女人未必能做，女人能做的事男人未必能做。”

“这……”居里接不上话了。

安秋萍一饮而尽：“居里，生个孩子吧！”

沈居里惊诧："啊？"

罗老太太说："再给我来一杯。"

罗进宝说："生个孩子好，应该生孩子。"

罗东方解围："妈——吃饭说这个。"

安秋萍道："吃饭时不说，什么时候说？"

一顿饭吃下来，秋萍的小九九居里全明白了，刚进门三天，就催着她生孩子，居里感到很不耐烦，这给她的感觉是，他们允许东方娶她进家门，就是为了传宗接代。不是这样是什么呢？当初她跟东方恋爱，秋萍和进宝就一百个反对，到谈婚论嫁，秋萍甚至扬言上吊，二婚的上海男人，也不能找一个外地女人！在秋萍看来，外地女人嫁到上海家庭来，明摆着是来"粘"的，属牛皮糖的，粘上就甩不掉，后来东方异常坚持，几经谈判，才终成眷属。结婚当天，居里大哭，她为自己哭。她有什么错？除了她没生在一个好地方，她没有任何错误。

好了，现在她有报恩的机会了，生孩子，她看秋萍的劲头，只要她沈居里能及时为罗家生一个孩子，娶她进来也就不枉。这是要挟，这是逼迫！居里不是不想生，她只是不想现在、立刻、马上生。她还想等两年，等自己工作稳定了，有点收入了，一切都往好的方向发展了，最起码有自己的单独住处了，再迎来新生命。

可是，一切却因为一场失业不得不提前了。沈居里对东方说："你妈是不是故意的？根本就是鸿门宴！""没那么严重。"东方秉着缓和矛盾的方针。沈居里据理力争："我成生育机器了，我又不是母猪，刚嫁进来才几天就让我生孩子，你那前妻不也没生？"

"居里，就事论事，扯别人干吗？"

"我说的是事实。"

"事实就是，女人不都要经历那一遭吗？没有孩子、不做妈妈的女人，人生是不完整的，我们都那么大年纪了，我妈这样考虑，也没有错啊。"

"我没说不生。是他们落井下石、趁火打劫。"

"不要把人都往坏里想。"

“有工作一样可以生，职场女性就不生孩子了？”

“只是怕你身体负担不了，都是为你担心。”

“我来上海不是为生孩子的。”

“请问居里小姐你都多大了？”东方迂回包抄。

“年轻得很，林青霞47岁都还能生。”

“你不是林青霞，我也不是那什么，富商。”

“反正我想再试试。”

“随你。”罗东方侧过身子。他知道，居里属牛，倔劲上来了，谁也拉不住。

那厢房，秋萍也为居里不积极的生育态度不满。安秋萍愤愤道：“你看看她刚才什么态度。介绍工作？算是吃上我们家了。”罗进宝说：“你是书香门第，路子宽，不找你找谁？”安秋萍举手要打：“我在说别人你老扯我，罗进宝，我上辈子到底欠你什么，老天爷要派你这么个油嘴滑舌的人来折磨我？我一个梨园世家的后代怎么会找到你这么个人结婚？真是，结婚是女人的第二次投胎，真是一点没错。”罗进宝说：“那时候工人吃香，你精明着呢。”安秋萍说：“你闭嘴！这个沈居里真是不识抬举，女人生孩子不是天经地义的吗？”罗进宝不说话，安秋萍拧了他一下：“又不说话了。”罗进宝说：“是你让我闭嘴。”秋萍说：“该发表观点的时候就要发表观点。”罗进宝道：“年轻人心高，可以理解，不过也不是不能解决，如果你着急抱孙子的话。”

秋萍说：“你这话像放屁，我着急抱孙子，不是你孙子？你看素鸡的孙子都快能打酱油了，为什么我们处处落后？”

“你就喜欢跟人比。”

秋萍不耐烦：“别废话了，怎么解决你快说，你说我为你们老罗家人丁兴旺操了多少心，你妈都不操心，活菩萨似的。我看明白了，她是愿意听的她就听，不愿意听的，她就说听不见。”进宝说：“我妈都八十岁了，什么事看不开。”

短兵相接

整个夏天，居里都在为找工作的事忙碌着，可忙来忙去，就是不见起色。白天，她依旧外出居多，夏天热，她就多打一把伞，下雨了，她就只带一把伞，但往往也是去咖啡厅里坐坐，她想约业勤或者乐乐出来坐坐，拿起电话，她又退缩了。她多少还有点好面子，吴姐不用愁，家里有钱，就算没工作也能活，而且凭她的关系，找一份工作，应该不难；陶乐乐呢，从办假证这件事上就能看出她是个能人，而且即便往上攀着失败了，她去找一份老本行的工作，应该是手到擒来，在家政这个行当里，陶乐乐充满竞争力；只有她，高不成低不就，刚好卡在中间，那感觉好像掉进了一个岩石缝里。尽管东方一再劝她，不要着急，不要着急，可她觉得，他是坚决站在他妈那一头的，自她失业之后，东方要她的频率明显增高，而且还故意不用防护措施，这不是秃子头上的虱子——明摆着的吗？居里急了，就说，必须防护！否则，免谈！

值得一提的是，这段时间，东方的职位小升了一格，变成小组长，工资涨了一千元，他把这个消息告诉居里，还说要养她，居里听了，怎么也高兴不起来。这要在过去，东方要说养她，她能高兴得蹦起来，但现在，居里觉得这是东方故意刺激她，饱汉子不知饿汉子饥，有工作的不知没工作的慌，她才多大，就要在家吃男人的？东方说：“吃我的怎么了，欢迎吃我的，日本女人不都是在家做全职太太？”居里说：“那是日本，这里是中国，中国有中国的国情。”东方不识相，问：“中国什么国情？”居里就没再往下说，她心里明白，中国的国情就是，她是从小城市来大城市的，她身上肩负的不只是自己的命运，还有她母亲未来的生活，以及整个家族的荣耀，谁说女子不如男，她是新时代的花木兰，从小就被当作男孩子养。可是，经过一段时间的挫败，沈居里也认识到一个残酷的现实，像她这种没有家庭背景、学历一般、年纪偏大的女性，想要再就业，没有一点关系路子，想找到称心的工作，无异于痴人说梦话。人在屋檐下，不得不低头，罗家再不济，也在上海混了那么多年，上一份工作婆婆秋萍努了把力，这一回，居里想着，她再低低头，没准儿还能有效果。她决定表现表现。

秋萍坐在沙发上嗑瓜子，罗进宝在厨房洗碗。秋萍说："进宝，你能不能歇会儿？这碗半天不洗我看也不能怎样，是吧。"居里一听这话，拾起来了："我来洗。"进宝忙说："不用不用，就弄完了。"安秋萍不耐烦："哎呀，孩子要弄你就让孩子弄，你能弄到什么时候啊？八十岁啊，也没见你妈刷一个碗。"罗进宝反驳："你八十岁的时候我让你刷碗，看你干不干？"居里僵在那儿，进退两难。

"居里，来，跟你说个事。"秋萍突然说。沈居里到沙发上坐好。

"你姨婆认识一个音乐剧场的人，能介绍份工作给你，也不远就在附近，你要不要去试试？"

沈居里心里咯噔一下，还没开口，秋萍妈妈就想到头里了？居里为自己过去的表现羞愧，人家都说，一个女婿半个儿，那一个婆婆也等于半个妈呀，想到这儿，居里真心实意地说了一句："谢谢妈。"

安秋萍道："先别谢，你姨婆那人你也知道，也是不能打包票的。"

居里感激地说道："有机会已经很难得了。"

罗进宝道："你能不能不要说你姨妈的坏话？"

安秋萍说："这怎么能叫说坏话，这叫真实评价。"

当晚，东方坐在床头洗脚，居里扑上去给他按摩肩膀："你妈还不错，给我介绍了一份工作。"居里口气是甜的。东方说："我妈人不错，你以后就知道了，小时候我生病又没车，她一个人背着我跑了四五站地去医院看病。”居里说：“那是因为你是她儿子。”东方说：“都是相互的，你对她好，她自然对你也好。”

“这次表现还不错，哎，你说我明天穿什么去，我都没有职业装，以前那公司太自由散漫，对着装根本没要求。现在你看，我说我做过商贸根本没有竞争力，上海做过商贸的多了，多我这一个不多，少我这一个不少，我说我做过文秘，人家又说，不是科班出身，所以说学文科最尴尬了。以后我的孩子一出生我就不让他学文科，基本等于没有专业，万金油。学文科最重要的是写作，可会写的又有几个？”

“那学什么？”

“学金融啊，IT啊，最不济也要学会计。”

“会计为人太计较。”

居里重击东方一拳：“刚刚还说你妈形象崇高呢。”

“我妈那是一个例外，她是好会计。”

“怎么例外？她会唱戏，还会演戏？”

“你这个小丫头，别不知恩图报啊。”

“定下来再说。”居里嘴硬。

第二天，居里一身职业装，夹着包，包里装着彩印的简历，准时准点去音乐厅面试。“进来吧。”人事部主任是个中年妇女，看都没看居里一眼，只留给她一个背影。居里跟着，战战兢兢。人事部主任问：“你叫沈居里？”沈居里点头。

“你懂音乐吗？”她拿起简历。

居里气弱：“懂一点。”

“都说了已经转企了转企了，自负盈亏，怎么还什么人都想往里塞，我们是音乐厅，我们需要宣传人员必须是懂音乐的才行，如果对音乐没有深入的理解，怎么能做好宣传？”

“我可以学。”居里虚心。

人事部主任不屑：“我们这儿又不是培训班！”

居里窝了一肚子气，等着回家和婆婆理论，可刚到家，秋萍就说："行啦，人家给我打电话啦，你专业不对口，别气馁，继续努力，张江有个互联网企业缺人，我帮你联系了，你明天去看看。"居里本来气都到嘴边了，听了这话，气又没了，怪谁呢，要怪就怪自己能力不够。"谢谢妈。"居里微笑着，可心里总觉得别扭。东方回来得晚，居里睡了，第二天，东方早起上班，居里还没来得及跟他商量，人就没了影。好不容易有了第二次面试机会，居里不敢怠慢，又是一番准备，该说的词都在心里念好了，能掩饰的尽量掩饰，不能说的尽量少说。到地方了，居里打电话给人事，是个熟人，上楼，二十层，摩天大楼。电梯门一打开，几百平方米的大开间人声鼎沸，每个人都坐在自己的工位前，打电话、看数据、写程序，忙忙碌碌。这是一间工厂，智能的工厂，每个员工在这里都是一颗螺丝钉，居里被震撼了，她被这种大公司的气场慑服。进人事部了，小姑娘给她倒了杯茶就去忙了，居里一个人坐了大半天，下班了，才有一位身材傲人的中年女白领过来，说："你就是沈居里吧？"居里点头。"跟我走，拉练，开会。"居里唯唯诺诺称"是"。上了车，到了地方，居里才知道来的地方是个洗浴中心，一众男女盘坐，吃饭，居里问了问，才知道自己进了营销部，营销部主任是个拼命三娘，通宵开会是经常的事，居里只好忍，吃了东西，坐着听，云里雾里，到晚上十点，居里起身要走："不好意思，我家里还有点事……"女领导开玩笑似的，这是她一贯的工作方式："什么事啊？这会还没开完呢。""不是，我真有事。"居里恳求。为了回家，她不得不撒谎，她就是想回家，天黑要回家，居里还是有这种自觉性。十一点，东方来电话了，居里接不到，员工手机一律没收，全体专心讨论网络营销的事，居里急得心焦，她又站起来，同事拉她坐下，"不行，我家里还有事……"女领导推推搡搡。沈居里突然暴吼："说了家里还有事！"众人愣住。"我不干了！"居里摔下浴衣，落荒而逃。五十几个未接电话，还有短信、微信，居里坐在出租车上，打通了东方的手机，一听到听筒里传出声音，沈居里的眼泪就往外喷涌，"东方……"居里哀哀地喊。

“小姑娘，半夜三更还是要小心点。”司机劝慰，“很多事情都是一念之差。”居里听了，哭得更起劲了。

因为这次打击，沈居里在家睡了两天两夜，躲在房间里不出来，她怪东方，说肯定是他妈故意的。可东方却说：“是你不了解职场生态，现在互联网高科技企业，哪个不是跟打了鸡血似的，也就你，整天嚷嚷着要在职场上拼杀，你啊，就是叶公好龙，整天说爱龙，真让你见到了龙，你又害怕了。”沈居里觉得东方的话有道理，但她嘴上绝对不肯承认，见到秋萍，她低头过去了，见到进宝，她也只是小声地打个招呼，她觉得自己心没平，气没静，没法跟这些人正常交流。

门牌号601，这是罗家老太太的住处，罗老太太坐在客厅里摘毛豆。沈居里推门进来，哭，她也只能在老太太面前掉几滴眼泪。罗老太太问：“受了什么委屈了？”沈居里抹泪说：“没事，奶奶，就是有点窝气。”

“有气撒出来就好了。”罗老太太活了八十岁，什么都看淡了。

“读了这么多年书，白读了。”

“不要迷信读书，也不要把读书当作是一件简单的事，读书的目的是为了明理。”

居里不说话，蹲在老太太腿跟前。

老太太继续说：“我年轻的时候，也读过一点书，大概明白，作为一个女人应该怎么做。”居里忙道：“可是时代变了。”老太太道：“对，时代变了，但我想有些东西还是没变。”居里说：“我就是不甘心。”罗老太太说：“很多人都被这个不甘心给害了，顺其自然。”说着，罗老太太从枕头底下摸出好几张纸币，递给居里。居里心一热，刚止住的泪又出来了，她推搡着：“奶奶，我不能要您的钱，我还没孝敬您呢。”罗老太太说：“我这么大年纪了，要钱干什么，不够再来拿，都好好的。”罗老太太抓住沈居里的手，“记住，女人的生活，最好不过四个字：相夫教子。”沈居里不知如何应对，但心里却嘀咕道：“我也想相夫教子，可现在相夫教子，需要成本。”她的未来不只有她自己，还有整个家庭的重担，她有什么资格谈相夫教子呢？事实上，她对于上班这件事，并不是真心实意地喜爱，但最起码，上班能给她带来安全感，还能减少多余的烦恼——整天面对公婆，那么大点地方，大白天六目相对，多少有些尴尬，可居里知道，这一段日子，与秋萍“短兵相接”是少不了的，居里心里直打鼓。

谁让你是女人

谢平贵给朱业勤和谢莉莉很快租好了“学区房”，步行十分钟能到学校，两室一厅，朱业勤和女儿一人一个卧室。除了周三谢平贵过来一次，朱业勤只能在周末见到丈夫。从前，朱业勤无数次想象过“退休”的生活，多半像广告上宣传的那样，一对银发老夫妻，手牵着手，周游世界。可如今，还没老到那份儿上，她却没了事业，只剩家庭，或者确切地说，只剩个孩子能管管——丈夫的事业如日中天，公司内外，多少事情等着他忙，他哪有时间跟她携手看夕阳，更何况他还没到夕阳呢。想到这儿，朱业勤多少有些落寞。

再就是时间多，在出租屋看房子，除了早晨买菜，在家就剩下看电视，看多了不运动，影响消化，朱业勤只好去楼下走走。广场上，到处都是跳广场舞的大妈。我是大妈吗？朱业勤反问自己——答案当然是否定的，她虽然已经逼近大妈的年纪，可她绝不允许被称为大妈，也不允许把自己当大妈看，她给自己的定位是：一名高素质的知识女性。只是这名知识女性，自从嫁给了谢平贵，就逐渐脱离了知识的海洋，十多年以来，她唯独还能做个陪读妈妈了。女儿是她最大的“事业”。

但这个“事业”并不好管束。

放了学，谢莉莉背着书包进屋。“妈，我要喝水。”谢莉莉嚷嚷着。朱业勤系着围裙，从厨房端了一杯水给女儿。谢莉莉说，“谁要喝这个白开水，我要喝柠檬水，我们同学都喝柠檬水，减肥。”朱业勤说：“你这孩子怎么这么多事？”谢莉莉没接，急赤白脸道：

“我的老妈，我的亲妈，我下午跟你说了我要喝柠檬水，你没买柠檬吗？”朱业勤说：“忘了。”谢莉莉说：“妈，你现在一天才干多少事呀？这点事都忘？还没到更年期呢。”朱业勤怒道：“你这孩子！”谢莉莉可不管老妈怒不怒，转身进卧室，干自己的事去了。朱业勤看着女儿潇洒利落的背影，脑中嗡嗡一片，“更年期”三个字，活脱脱像三颗炸弹。她放下水杯，对着厨房油烟机的不锈钢外壁，“我老吗？”她左看看，右看看。

“妈！我饿了！”谢莉莉叫道。

“马上！”朱业勤还是得回应，菜炒到一半，满屋子都是洋葱味，她按下按钮，油烟机立刻轰轰作响。

她成了彻头彻尾的黄脸妈妈，她每个星期唯一的娱乐就是约居里见上一面，吐吐苦水。她有时候觉得好笑，朱业勤，“业精于勤，荒于嬉”，老父亲给她取这个名字的时候就希望她能做穆桂英、花木兰，要谁说女子不如男才好，可现在呢？她给居里打电话，有事，不能来。再打给陶乐乐，小蹄子已经上班了。“什么公司？”朱姐有些佩服乐乐，杂草哪儿都能长。“就一个小公司，有人风投。”乐乐在电话那头儿压低声音，“做前台。”她补充。嗯，乐乐有几分姿色，能做前台。话题只能到这儿，陶乐乐挂了，太忙。朱业勤坐在阳台上，对着楼下来回走动的人群和马路上的汩汩车流，怅然若失。

沈居里开始主动承担家务了，但是安秋萍看不上，忙了两天，没落到一个好，吃饭的时候，秋萍一个字也没表扬居里。居里有些气馁，她突然发现，自己竟然很渴望婆婆的表扬，意识到这一点之后，她立刻进行自我批评，现在居住环境是不独立，精神上可不能不独立，别人的表扬对自己就那么重要吗？第三天上午，居里在网上投完简历，又开始打扫卫生了。

秋萍道：“居里，没那么多要打扫，你歇歇，学学做饭倒是真的，你们这些小年轻，做饭上差点。”居里放下抹布：“以后慢慢跟妈学。”安秋萍突然说：“居里，你最近没事做，要不回你老家看看，现在人也不多，没必要非等到逢年过节才回去。”沈居里说：“我怕有人找我面试。”

安秋萍道：“个把天，没紧成这样，你爸妈他们在老家还好吧？”沈居里挑个椅子坐下，说：“退休了，没什么事。”她爸还在做零活贴补家用，她妈也没闲着，可居里不说，她觉得不能说，说了就在上海婆家面前跌了面子。

安秋萍走到柜子边，拿出一大包东西。安秋萍说：“回去看看，安心，喏，这是给你爸妈带的礼物，这猪肉脯是上海的特产，这几件衣服都是我没穿过的新羊毛衫，你们北方冷，我看能用上，这是上次街道办大合唱发的一件衬衫给你公公的，他太胖穿不下，给你爸穿正合适，别嫌弃啊。”居里瞬间又被感动了，她甚至开始怀疑自己此前对于秋萍的判断，完全都是偏见。

“谢谢妈！”居里叫得响亮。

东方上班没空送站，火车站站台，安秋萍和罗进宝朝沈居里挥手，居里上了车，高铁开动了。说快也快，几个小时，再转长途大巴车，终于到了。沈居里老家是北方一个县城，人口三四十万，比改革开放之初少了一半还多，这些年，年轻人都往外走，尤其是年轻女孩，最起码也想嫁到地级市，脱离县城，像居里这样嫁到上海的，在当地小范围内，多少算个传说。进了家门院，表妹在院子里和居里的母亲聊天。表妹怀里抱着孩子，刚出生没多久，是个男孩。沈居里笑着招呼：“妈——表妹，你来了，哟，孩子真可爱。”说着，居里从包里掏出一百块钱，她是长辈了，见了下一辈人，少不了要给见面礼。表妹先是死活不肯要，居里推搡了一会儿，那孩子也抓着了钱，硬不松手。“收下吧，买点奶粉，也不多。”居里浑身上下都是大城市带来的大气。女儿给足面子，居里妈感到脸上有光，也连声说让收下。谁知小表妹突然来一句：“我有奶水。”又说，“姐，你也该生啦。”居里被说中心事，臊得一脸红，表妹心大，而且在她看来，女人生孩子，天经地义，拿了钱，一扭头，抱着孩子走了。

进了里屋，沈居里放下包，打开，掏出东西。“这是婆婆让我带回来的，这是给你的毛衣，这是给爸爸的衬衫，还有这，吃的。”居里一样一样介绍，分好，放在桌子上。居里妈一脸不高兴，居里不解，忙问缘由。居里妈先说没事，过了一会儿，母女俩面对面坐好了，说了会儿家常，居里妈这才叹了一口气道：“妈妈对你没有要求，从小也不约束你，你去上海工作当初妈妈也不反对，但是你要记住一点，做人，什么时候都要凭良心。”居里脑袋瞬间一蒙，心里煎油般翻滚，妈这是怎么了？都说到良心上了，这还是自己妈吗？不行，得问个明白，这才几天不回来，新社会就变成旧社会了？“妈，你怎么说这话，我哪里不凭良心了，我这不是回来看你来了吗？”居里好生问。家芝说：“你回不回来看我倒无所谓，关键我们老沈家的人出去不能被人说，不能被人挑出毛病来。”沈居里急道：“啥毛病啊，我怎么越听越糊涂了，妈，我这刚回来怎么就不对了呢？”家芝淡淡地说：“你表妹都生第三个孩子了，两个女孩一个男孩。”居里抢白道：“她生孩子跟我有什么关系？哦不对，生三个违反计划生育啊。”居里妈说：“不是违反不违反，我的意思是说，你嫁到别人家总不能连那个事都不愿意做。你……你让我感到羞愧。”羞愧？！居里听了差点没坐住，从小到大，她都是父母的骄傲，什么时候成羞愧了？！她回来是为了寻求安慰的，可等来的，显然不是避风港，而是更大的暴风雨。居里说：“妈，你中邪了吧，什么这个那个的。”

居里妈不接茬，只说：“听说你失业了。”

居里彻底坐不住了，秀才不出门，遍知天下事，她妈一个中年妇女，怎么知道那么多？显然有线人，有人向她报告。

居里起身找水喝，背对着她妈，糊弄说：“新的工作还在找。”终于忍不住，说，“是罗东方还是他妈，没事嚼舌根，我打电话问问。”

居里妈喝道：“不许打！跟他们没关系！”

居里不示弱：“没关系你怎么知道我失业，还有这事情那事情？”

居里妈斩钉截铁：“该做的事情你就得做！谁让你是女人！”

这一句话，彻底击溃了居里内心的防线，回家不到一个小时，沈居里就放声大哭起来。

真面目

居里不在家，不知怎的，东方也懒得早回家，同事打趣说："罗组长，还加班哪，不想嫂子？"谁都知道他刚结婚，东方只是微微一笑。他给居里打电话，问好，又跟居里妈说了一阵，问问家里的情况，作为女婿，他努力尽职尽责，他其实一直没忘记上一段婚姻带来的伤痛，女高男低，这家里一定过不好，所以，再一次走入婚姻，他宁愿找一个外地来的居里，他宁愿说，他养她，他宁愿她事业上不要发展那么快、那么好，当然，这只是他心底的想法，并没有跟居里分享。年过三十，他逐渐有了些城府，这些城府全是岁月馈赠给他的。他也明白父母的期盼，但正因为这种期盼，让他有压力了。

电视里在播放不孕不育的广告，秋萍和进宝并排坐在沙发上。

安秋萍说："唉，你说……会不会是咱们儿子的问题？"

进宝感到莫名其妙："能有什么问题？"

秋萍说："石玉燕当初不也没怀上吗？"

进宝劝道："不要瞎想。"

安秋萍严肃地说道："怎么是瞎想？现在年轻人压力大，容易有这些问题。"进宝缠不过她，道："那你问你儿子去，真是无理取闹。"

秋萍犯难："怎么好意思问，男大背母，女大背父。"

罗进宝说："就你懂得多，一套一套的。"

安秋萍说："我是书香门第。"

罗进宝说："行了，顺其自然吧，该有的都会有，我这想要孙子的心早就淡了。"

"这可是你说的。"

"能有什么办法，要像过去孩子多，东方不亮西方亮，总有一个开花结果，现在成了一枝独秀。"

"不知道居里妈这个思想工作做得怎么样了。"

"别操心了，快去楼上看看妈，她睡觉总是忘了关电视机。"

罗家楼上，客厅，老太太在藤椅里睡着了，秋萍开门进来，把毯子给老太太盖上。安秋萍看着婆婆，自言自语："我到老了要能有这份福气，就阿弥陀佛了。"罗老太太猛然醒来，问："说什么？"安秋萍惊慌："妈，你没睡着啊？我是说我自己老了的时候不知道怎么办呢。"罗老太太说："对孩子们好点，对进宝好点，一切就都好，保管有人管你。"安秋萍说："妈，你可不能这么说啊，我可是为了这个家呕心沥血啊。"罗老太太笑道："三毛钱的葱都能计较半天的人还真是够呕心沥血的。"

安秋萍大叫："妈——"

罗老太太说："若要人不知，除非己莫为。"

安秋萍脸红道："我可是为了罗家好，罗家几代单传没有子孙怎么行啊？而且居里正好没工作，不正好是怀孕生孩子的好时机吗？现在小孩都不知怎么想的，女人一辈子最重要的事就是生孩子啊。不是我说，就她以前那个工作，聊胜于无，也赚不了几个钱，整天弄得跟做了多大事业似的，女人再独立，也不能不顾家庭，把孩子生了，去非洲工作我都不会拦着。"

罗老太太说："慢慢来，不能暗地里使绊子，用阴谋诡计。"

安秋萍委屈极了："妈，这不就是跟您学的吗？当年若不是您给进宝出主意，让我还没结婚就有了东方，我怎么会嫁入这个家？妈，你知道吗，我的兄弟姐妹，我身边的票友都住多大的房子吗？别人还都以为我过得很好！"

罗老太太直起身子，说："你过得哪里不好？有吃有喝有穿，有一个身体健壮的老公、出色的儿子和屁股大能生育的儿媳妇，你还有什么不知足？都什么年纪了，为什么还是看不透人间的这点事？名与利、富与贵，都是一阵风就能吹走的。”

安秋萍小声嘀咕：“到了妈这个年纪可能是随时都能吹走。”

罗老太太偏偏对坏话耳朵尖：“什么意思，你咒我？我还有些活头呢。打电话叫进宝上来，来看看你的真面目！”婆媳斗了一辈子嘴，也斗出感情来了，倒是不记仇。

安秋萍说：“妈，你不用打了，进宝才懒得上来呢，他就是不愿意上来才让我上来的。”

罗进宝突然走进屋。“秋萍，妈睡着了吗？”进宝问。

“快把你这倒霉的老婆带下去！”罗老太太快人快语。

“妈，你干吗发这么大火啊？都几点了，火气还那么大，平时早该睡了。”进宝一边劝，一边对秋萍说，“你又跟妈说什么胡话了？！你就安安静静过一天能怎么样？惹完小的惹老的，你就不应该退休，你该去给资本家打工，只有资本家有办法治你！”

秋萍瞪着进宝，一双眼睛要飞出刀子来。

居里睡床上，居里妈坐她旁边，床头柜上摆着居里小时候的照片，床头放着一个大布娃娃。居里懒懒地问：“爸呢，怎么还不回来？”居里妈道：“他就跟麻将亲。”居里说：“你有责任，应该管。”居里为爸爸担心，她一去上海，家里就剩两个老人，理论上，是他们该担心她，因为她一个人在上海，他们是父母，父母永远担心孩子，可现在，他们老了。人老了就成小孩，居里担心他们。

居里妈说：“管，怎么管？都多大年纪了，我还管，你回来帮我管管，你俩是一条战线的。”这话打在居里心坎儿上，她气馁：“早知道不去上海了。”居里妈：“现在说这个话有什么意思，你啊，从小就心高，在这里你可能算是拔尖的了，可到了上海那个大大的花花世界呢，知道厉害了吧？不是我说你，如果不是你婆婆家有房子住，你可能连房子都租不起。”沈居里冷笑：“他们家那房子，螺蛳壳，屁股都抹不开，我和东方那间，只够下脚的。”居里妈道：“他们家那个地方寸土寸金，老祖宗能守下那么个地方留给后代，已经相当不错了，以后万一拆迁，也是有分量的。”居里的鼻子直冒冷气：“快别说了，拆迁这话据东方说，提了都快十年了。”居里妈说：“不管怎么说，东方他们家是给了你一个家，一个在上海落脚的地儿，其他的，咱再说。”居里没法儿，说：“好好，这一点我承认。”居里妈说：“人家对咱们好，咱们要报答，人，要知恩图报。”

沈居里不耐烦了：“妈，你这话我可真受不了。我是跟罗东方结婚，不是卖给他们家的丫头，什么报答不报答，他们还应该报答我呢。罗东方是二婚，被一个女的甩了，孤苦伶仃，没人疼没人爱，我一个黄花闺女肯嫁给他，已经算给他们老罗家天大的面子了。你自己问问罗东方，自打跟我结婚后，他事业上是顺得没话说，这眼见着都升了小组长了。你能说这没我的功劳吗？人，活的就是个心情。”

居里妈着急：“居里！我跟你说的是两码事！”

“我跟您说的是一码事。”

“沈居里我告诉你，我可丢不起这个人，你必须生孩子，而且现在就要生。”闺女是她生养的，闺女不能生，间接说明这个妈做得不尽责、不到位，弄出个残次品。居里妈的这点想法，在居里看来，完全就是自私，她是独立的，别说不想生，就是不能生，她妈也不应该胳膊肘往外拐，对她有意见。居里不理解她妈这一辈的忠孝仁义。

“妈你能不能不要这么不讲理，你以前不是这样的。”居里大声疾呼。可她妈不这么想，她觉得她这样催促生育，完完全全是为居里考虑。“我是教你怎么在上海站住脚！”居里妈扶住女儿的双肩，“都要走那么一遭，要想长远啊！”居里道：“什么意思？生孩子跟站住脚有什么关系？”

“你这个傻丫头，我问你，罗东方喜欢居里你没错，但是你的公公婆婆呢？”居里妈决定掰开了、揉碎了说。

“他们喜不喜欢我无所谓。”

“所以我说你傻，在同一个屋檐下生活，怎么能不和睦呢？更何况你们现在已经是一家人了。”

“我一直很尊重我的公公婆婆。”

“其实对于公公婆婆来说，帮儿子娶一房媳妇，一是为了自己儿子日后有人相互照看，二是只有媳妇才能生孩子。”居里妈往深了说，往透里说。

居里不吭声。

居里妈继续：“一个不生孩子的媳妇，怎么能得到公婆的认可？就好像一只不会下蛋的母鸡，谁也不会把它养太久。”

“到底需要我说多少遍，我没说不生，我要生，未来我会生。”居里嘴噘起来了，“你们现在逼我生孩子是违法的，你知道吗？”

“违法？违什么法？”

“我国的《婚姻法》和《妇女儿童权益保护法》都有提到，妇女有生育子女的权利，也有不生育子女的权利。这个不能逼迫的。”

居里妈道：“早生晚生都是生，你听妈一句话你就少受点罪，而且你现在刚好没工作，公婆又支持，正是个好时机。”

沈居里看着妈妈，她有些认不出眼前的这个女人，过去，无论什么事，妈妈永远站在她这一方，就连小学时她乱改分数、在学校里打了男孩子、上树丢了鞋，她妈都会善后、安慰、支持。可现在呢，她觉得她妈简直就是凶神恶煞。

“机不可失。”居里妈说得好像是去考学、去竞选，“人生本来就跟坐公交车一样，每一站都不要晚点才好。”

“妈，你真应该去当哲学家，满嘴道理。”

“听话的女儿才不会让娘家为难，一个女人对一个男人最高形式的爱就是为他生一个孩子。你这刚进门，跟公婆的相处才刚刚开始，没有个孩子做定海神针，沈居里我告诉你，你以后有的苦吃呢！你看看你，多懒，洗衣服、做饭样样不擅长，你跟你婆婆学着点，不然又说你妈没教好。”

沈居里求饶：“打住，我生，我生。”

居里妈道：“赶紧给我回上海去。”居里诧异：“那么着急做什么，才刚回来，屁股还没坐热呢。”居里妈道：“你表妹看到你回来了。”

“看到就看到，表妹挺友好的啊，还请我去她家吃饭，我还给她钱了呢。”

“明天一大早，你回娘家的消息所有亲戚都会知道。”

“那么严重。”居里有些肝儿颤。

“别人会以为你离婚了才跑回娘家，或者准备离婚。”居里妈痛心疾首，“至少也会认为你在上海跟婆家吵架了。”

沈居里急红眼了：“妈，你活出一点自我行不行？！”

居里妈坚决地说道：“不行，你必须马上回上海！”

有戏

居里妈报的喜。

居里还没回来，罗家就准备开了，新时代男女平等，可罗家二老，还是希望抱个孙子，秋萍找出了保存多年的药方，一次抓七服，拿回来仔仔细细煮了，再带去药店分装成真空小包装。居里刚拖着箱子进门，秋萍便说："看，我给你准备了什么宝贝。"居里诧异。秋萍道："九转葆子汤，老罗家家传秘方。"

居里为难："妈，这……我还没有身孕呢。"

秋萍说："就是没有身孕的时候喝才管用。"居里："妈你看这，我等一下喝行吗，我把东西放进去，你先放在我屋里。"秋萍道："就这一小袋也不多，不耽误你时间。洗澡水给你放好了。"居里闭上眼睛，一口倒入，从中药水进口的一刹那，居里清楚地认识到，自己的"苦"日子要来了。

躺在被窝里，居里问东方："你妈做的砒霜水，喝了？"东方一笑："没喝，倒了。"居里拧东方的嘴："耍滑头，你妈她老人家可是看着我喝完的。"东方翻身继续玩手机，避开锋芒。居里道，"听说应该补充叶酸？"罗东方说："我出钱。""你又阔气了。"居里带点讥讽。"该花的就得花。"东方说。

沈居里叹气道："今天真是一个人生的分水岭啊！"

"怎么？今天有意思？就能怀上了？"东方嬉皮笑脸，摩拳擦掌。

居里飞踢他一脚，东方差点跌下床："我是说从明天开始我就是一个正式暂时不用外出工作、准备生孩子并且全天都要跟公婆待在一个屋里的人了。”

“什么口气，怎么被你说得像恐怖片？老人家，顺着他们就好，实在不行你就上楼找奶奶。”

居里叹气，对于这种情况，她还谈不上痛苦，只是，她有点忧虑，对于自己的处境，对于未来。东方扑上来，两个人一阵打闹。

那厢房，秋萍和进宝并排坐在床上，微侧着身子，竖着耳朵。安秋萍笑嘻嘻地道：“有戏，你听。”进宝打击她：“睡你的觉吧，整天唱戏还唱不够，还要听戏。”安秋萍道：“你懂个屁，唱戏那是艺术，我是书香门第出来的。”罗进宝随即在被窝里放了个屁。安秋萍大怒：“要死了你这个人，给我下去，不准睡被窝。”进宝咯咯笑了。

早晨，市声越过窗户传到客厅里来了，上海的空气是有些潮湿的、氤氲的，一天还没彻底打开，秋萍在阳台吊嗓子。楼下一户从窗户伸出头，说了句“神经病”，可秋萍不理这些，多少年积累，她已经是这一带的“霸主”，唱够了，她才转回客厅。

安秋萍拿着哨子猛吹，进宝、东方、居里瞬间惊醒。

人出来了。安秋萍像个训练师：“从今天开始，我们这个小家庭要正式步入正轨了。东方、进宝，你们该上班的去上班，进宝中午回不回来吃啊？东方你回来吃哦。”

进宝道：“我中午回来。”

东方说：“我回来吃晚饭。”

安秋萍充满士气：“居里，你跟我在一起，我要把罗家媳妇必备的知识都传授给你，对你有用。”

沈居里圆睁两眼，惊恐道：“好……”

超市人不多，安秋萍推着车子，沈居里跟在旁边。居里心里打鼓，跟着婆婆买菜、逛超市，这在过去是居里没想过的，她理想中的自己，是可以在职场拼杀的、干脆利落的职业女性，而不是家庭妇女。

安秋萍边走边说：“正好你这一段时间不用上班，备孕，不知道要多久，我刚好可以把我知道的都传授给你，女人啊，你记住，最关键一点，不能懒。”好吧，不懒，居里心里打鼓，嘴上应承着，她们这一代，谈不上懒，但也谈不上勤快，在家务上，她们多半要求跟男人均分，自主意识更强。

安秋萍接着说：“再一个就是要勤俭持家，该花的钱花，不该花的钱绝对不能花。”居里眨巴着眼，不解深意。安秋萍说，“比如我们来这个超市，有些东西可以买，比如这麦片，中老年补钙补铁的，肯定买了是比较好的，这种成包装的东西，只有来超市买。但是像这种菜类，来超市买就不划算了，你看这个芹菜，就两个芹菜棒子就卖十块钱，抢钱呀，现在商人真是良心大大的黑。”沈居里说：“可是这却是无公害、无污染的绿色有机蔬菜……”居里的健康意识很强。

安秋萍说：“什么有机什么没机，都是商家打出来的广告哇，你这个孩子脑袋直得，别人一说你就信，他说有机就有机，他说无公害就无公害，拿什么证明？这种菜，比如这个青菜，这里卖三块钱，我跟你讲，等一下去新民菜市场两块钱能买好几把。”

居里道：“妈，那能一样吗？品质还是不同的吧。”

秋萍道：“看着不一样，吃起来都一样。”居里简直不敢相信眼前的是个上海女人。从小时候起，上海给她的印象就是精致，上海货的质量最过硬，连带着上海女人也是全中国最讲究的，可秋萍的生活观，完全颠覆了居里的想象。她此前不明白，原来上海人的精明，不仅仅在于表面的讲究，而在于省，要用最小的力气获得最大的效果，说白了就是务实。居里脑子中乱着，随手从货架上拿了一袋话梅，秋萍立刻给抢过来，挂回去。居里尴尬。安秋萍道：“我不反对吃零食，偶尔吃点零食是开胃的，有好处的，比如我们上海的猪肉脯、桂花糕之类的，我就经常买给你奶奶，她年纪大了吃点零食消磨消磨时间，我们年纪轻轻吃什么零食？特别是话梅啊什么的，我跟你讲，上次电视里放那个养生节目，说吃这一颗话梅肝脏要解毒二十一天！二十一天啊，什么概念？真不知道这些厂家怎么想的。”非有机蔬菜可以吃，话梅则不可以，居里领略了秋萍的双重标准。

一进菜市场，就有人跟安秋萍打招呼，这个说，“安姐来了”，那个说，“安姐今天真漂亮”，还有人说，“安姐，这领的是谁呀？儿媳妇吧，真水灵、真漂亮”。安秋萍回一句：“光漂亮没用，得能干才行。”路人口无遮拦，道：“有安姐手把手教着，母猪也能上树了。”沈居里直吐舌头，心想自己又不是母猪。安秋萍觑了居里一眼，道：“我真要有那能耐，我也不至于一辈子在家里混着，早去做什么高级白领、时尚丽人去了，现在的孩子啊都有主见，有自己的一套想法，不接受我们这一套了。”这话是说给别人听的，当然也是说给居里听的。

蔬菜摊子围着几个人。安秋萍站着，翻翻拣拣，只看不买。沈居里站在她旁边，有些疑惑。沈居里问：“妈，您要买这个吗？”安秋萍不说话，继续翻拣，围着的几个人买完走了。安秋萍问：“多少钱一斤？”女菜贩说：“两块。”安秋萍说：“这么贵，前几天我买才一块五。”女菜贩很自信地说：“一天一个价，我这是最新鲜的，全上海最便宜了。”安秋萍头也不抬地说道：“一块五，来两斤。”

女菜贩为难：“你还买不买别的？”安秋萍说：“下次买。”女菜贩痛下决心：“一块八。”

安秋萍故作爽快：“行吧，要这几把。”女菜贩约了秤。

女菜贩说：“总共给四块钱吧。”

安秋萍从一堆蔬菜里抽了一把小葱。

女菜贩惊呼：“不行啊大姐！”

安秋萍云淡风轻：“有什么行不行的，别那么小气的啦，我在这儿住几十年了，饶两根葱有什么，以后我让邻居小姐妹都来照顾你生意好不好？行了，我记住了，六十三号。”

女菜贩被收服了：“多来照顾生意啊。”居里和秋萍走远了。居里说：“妈你真厉害……”

安秋萍呵呵笑道：“学着点，生活说白了就四个字。”

“嗯？”

“斗智斗勇。”安秋萍得意于自己的生活智慧。

又一个蔬菜摊，居里犯难，她多少有些怯场。“你试试。”秋萍发号施令。

“老板娘，这芹菜多少钱一斤？”居里问。

“五块。”

“四块五卖不卖？”

女菜贩头都不抬：“全上海都没这个价。”

沈居里进退两难。

安秋萍插进来说：“知道我是谁吗？”

“你谁啊？”女菜贩翻着眼，一副六亲不认的样子。

“我是谁你都不知道？以后还想不想做生意了？”

“我管你是谁，五块一斤就是五块一斤。”

沈居里忙劝道：“妈，算了，我们去别家买。”

安秋萍下不来台，硬着头皮道：“不行，还横起来了。哪有不能还价的，我退休前在新民菜市买了几十年的菜，没见过这样的事。”居里知道事要闹大，死死拉住秋萍，可女菜贩也不是吃素的，只听她说道：“不买别在这儿站着，影响我生意！哼，还退休前！退休后了不起啊？”这话戳中秋萍软肋，她最怕人拿她退休的事做文章，“看我退休了好欺负了是吧？”秋萍的势头已经弱下来了。女菜贩道：“你退不退休关我什么事？！上班有钱就吃，退休了没钱就别在这儿啰唆！”安秋萍震怒：“你这是做生意的样子吗？我跟你讲，你今天一分钱也别想赚！”“妈，算了。”居里的声音被喧哗声盖住。

“不买别在这儿站着，影响我生意！哼，还退休前！退休后了不起啊？”女菜贩横着。

“看我退休了好欺负了是吧？”同样的话秋萍竟又说一次。

“你退不退休关我什么事？！上班有钱就吃，退休了没钱就别在这儿啰唆！”

安秋萍震怒：“你这是做生意的样子吗，我跟你讲，你今天一分钱也别想赚！”

女菜贩冷笑道：“怎么，价格不合适不买就好了，还强买强卖不成？我卖了十几年菜，见过不讲理的，没见过你这么不讲理的。”

安秋萍抓起一根芹菜朝女菜贩脸上丢。女菜贩大怒，抄起一个萝卜要打安秋萍。居里拉架，众人围了上来。

“妈，回家吧——”居里显然控制不住局面。

哦不，生存

进宝毫无疑义地批评了秋萍，可秋萍就死咬住一点：菜贩子打人我还不能还手？我干吗吃这个闷亏？

“我怎么听人说是你先动手的，”进宝转向居里，“到底是菜贩子先动手的，还是你妈先动手的？如果是菜贩子先动手的，我去找她。”安秋萍、罗进宝盯着沈居里，秋萍朝沈居里挤眼。

居里有些为难，说实话，对妈不利，说假话，实在没必要，因为方圆十里，谁都知道她婆婆安秋萍是什么人，于是，居里只能皱着眉头说：“妈气场很大。”

进宝一听，明白了：“我就知道是你先动手的，强买强卖，你这在新民菜市场不是第一回了，还书香门第？”

安秋萍见不占理，便转换话题道：“我不跟你说了，我去请妈下来，你不饿，妈都饿了。”进宝说：“吃什么吃？饭呢？菜呢？买个菜都能弄出点事来，你说我正在给人修水电，公安局一个电话，我什么都撂下了，下午还得去接着修。”

安秋萍抢白：“让对方等等怎么了，工作也是干不完的，今天我不做饭，我生气，你们自己做。”

沈居里连忙说：“都别生气了，我做饭。”居里还是本着息事宁人的原则。

秋萍说：“正好，我上去请妈下来。”

秋萍上楼了，老太太坐在藤椅里，电视机开着，她一天到晚要看，即使打盹也开着，说要听见点声儿，电视机代表着人间烟火。老太太耳朵不好了，但这不好，是有选择性的，不该听、不想听的听不见，该听的，她总能听见，比如楼下吵架，罗老太太总能捕捉到。秋萍刚凑近，老太太便问："楼下搞什么吵吵闹闹的？"秋萍道："妈，你真好福气。"说着，去桌台倒水，背对着老太太。老太太问："我又怎么好福气了？"秋萍哼了一声说："我刚进罗家的时候，可全都是向着您啊。"

"好像有那么一段时间，也就几个月吧。"

"几个月？我到现在都是好媳妇，您哪次看病不是我带您去的？"

"就这点功劳。"老太太微微一笑。

秋萍转身道："你看居里，刚才东方他爸问，我和菜市场的女菜贩是谁先动手打架的，结果沈居里一口就诬赖是我先动手的，这胳膊肘怎么还朝外拐了……"

罗老太太抬头望着秋萍，好像在看着一个世纪的风景，看不透似的，她还是面带微笑，她跟儿媳妇相处了大半辈子，摸得透透的："你又在外头跟人打架了？五十好几的人了……"

那悠长的口气让秋萍受不了，五十好几，仿佛是个不可饶恕的数字，"妈！"秋萍嚷嚷道。

秋萍一上楼，居里就进了厨房，她知道，今天这顿饭如果做不好，秋萍会更加生气，她宁愿多忙一点。进宝说："居里，我来做饭吧。"公公是好的。可居里还是说："不用不用，我可以的，爸，你上班辛苦。"谁不辛苦？只要活着都辛苦，居里心里说。

"真的可以？以前也是自己做饭？"进宝问。

沈居里有点害羞地说："以前一个人生活的时候，偶尔会做。"

"简单点，中午人不多。"

"放心吧。"

"米在米桶里。"

"好嘞！"居里扬起愉快的口气，展现高昂的精神状态，她算看明白了，家庭生活中，也需要演。

午饭四个人吃，居里忙活着，罗老太、进宝、秋萍围坐在小圆桌前等待。秋萍不耐烦了，说：“怎么做这么久还没做出来，就俩菜，简简单单，又不是绣花。”进宝说：“你耐心点。”秋萍说：“我是怕妈饿。”罗老太端然地说：“我不饿。”秋萍白了老太太一眼，老太太目视前方，仿佛看不见。一会儿，沈居里端着盘菜出来了，绿不拉几，盘子里晃荡着不少水。秋萍问：“这是刚才我们买的青菜？”做成这样，居里自觉理亏，答了个“是”，声音微弱。秋萍单刀直入地问：“这是要洗澡吗？”居里实话实说：“我也不知道……”罗老太率先夹了一根，吃了：“感觉还不错。”

“妈你要求也太低了吧，我以前做菜做成这样，你可是不答应的。”秋萍转而对居里，“还有吗？”

“还有一道，西蓝花。”

“端上来。”秋萍好像西太后。

进宝说：“你那么凶干吗，又不是审犯人，不过就是一顿饭。”

居里从厨房端出另一盘菜，白灼西蓝花，上面有些番茄酱条，横七竖八的。

秋萍眉毛立起来了：“这叫菜？”进宝道：“你少说两句。”

罗老太拉长声调，悠悠地说：“民国三十四年的时候，我在新世界旁边的法国餐厅吃过这个，蔬菜上面挤番茄酱，不过还有牛排。”进宝竖起大拇指：“妈，您真是见多识广。”秋萍筷子一放：“今天中午别吃了。”

“妈——”居里觉得自己难堪极了，可怪谁呢，嫁人前并没有经过家政培训。

“出去吃，进宝，上去把我的羊毛衫拿下来。”罗老太为居里解围。进宝支应着，上楼去了。居里望着老太太，眼神里满是感激。秋萍不干了：“妈——你这么惯着孩子们可不行，我当居里是我亲生女儿才严格要求她，她以后可是要当这一家的主妇啊，东方、孩子，都需要她照顾。”

“以后的事以后再说。”罗老太站了起来，居里连忙去扶。

秋萍道：“妈，你这是双重标准啊！”

又一天，午后，秋萍睡觉起来，居里在小卧室上网。

秋萍敲敲门："居里，起来了没？"居里"哎"了一声。秋萍又说，"把冰箱里的虾拿出来解冻。"居里神经立刻紧绷，赶紧穿鞋、扎头，迅速地，嘴里先行应一句："来了。"比上班听差还严阵以待。

厨房里，秋萍站在灶台前，系着围裙，一副老师的样子，抱着一小盆肉馅搅着，居里刚进门，她便语重心长地道："买菜做饭，本来就应该是女人的活，你要当好别人的老婆，这个是必备的技能，你看看我，一个书香门第出来的，几十年，也被烟熏火燎成什么样了，你别看我脸上光，显得特年轻，你看我这手，真是劳动人民的一双手啊。"秋萍伸出手，果然沧桑满布，居里虽然生在县城，家里并不富裕，可小时候，也是被当成个公主养的，一双手伸出来，那叫纤纤玉手，她来上海，也是奔着往高了走的，伺候人的事，她想都没想过。可是自从嫁进罗家，尤其是丢了工作后，做家务，成了居里的天经地义，她必须学，不得不学，但她多少有些害怕，她想说，如果出去多赚点钱，这些事都可以请小时工做的，但看着秋萍耷拉着一张脸，她又悬崖勒马了。

秋萍突然停下："把手指插到肉馅上点点。"居里疑惑，轻轻点了一下。"尝尝咸淡。"秋萍说。居里触到舌尖一点点，道："刚刚好。"秋萍满意了："这就是妈妈的味道。家的味道，独特的一个味道，小时工、保姆做得出来吗？"居里吓得脑门儿出汗了——这秋萍长了透视眼还是穿心耳，怎么她的内心独白她都能知道？可脸上还是微笑："那做不出来。"

秋萍说："不要小看厨房这几平方米，学问大着呢。"居里唯唯称"是"。秋萍要切菜，切土豆片，几个土豆摆在案板上。居里献殷勤道："我来我来。"秋萍让过身子，站在一旁"观战"。谁知居里一下刀，土豆便切歪了半个。秋萍道："这哪行，土豆片，厚薄都要一样，才好吃。"说着接过来，唰唰唰，土豆瞬间成片，片片均匀。居里惊讶。秋萍说："岁月锻炼人呀！像我一个在文工团待过的人，真是上得厅堂，下得厨房，这不是虚的。"居里道："妈真是个艺术家，妈怎么不追求自己的梦想？”她变汪峰了，谈梦想。跟五十岁的人谈梦想，显然有些多余。秋萍没看她，只说：“快，放点盐。”居里连忙从调料盒里挖了一勺盐，放锅里。秋萍不满意，道：“多放一点没问题，这么小心干什么？”居里连忙又放了一点，这下放多了。秋萍大声疾呼：“盐不是不要钱！”居里委屈，杵在一边。秋萍麻利地放老抽、五香粉、味精。居里看呆了。秋萍说：“这些都要记住，手感就是你的记忆，放多放少，都不好吃，所以说你们这些小年轻，学着吧。”

忙完吃，该忙洗了。

居里看着洗衣机，正朝机桶里放衣服，秋萍戴着围裙跑过来。秋萍拨开居里：“哎呀，这才几件衣服用什么洗衣机呀，多费电，老天爷，真是一点说不到看不到都不行，做事哪能这么粗枝大叶啊？”居里说：“我以前一直都用洗衣机……”秋萍说：“都是衬里衣服没那么脏，干吗杀鸡用牛刀啊，快拿出来手洗就行。”

秋萍拔掉电源插头，洗衣机“休克”了。“衬里衣服洗衣机洗不干净。”秋萍反复强调。居里为难：“可是东方的袜子，有点……臭。”秋萍正色道：“有什么臭的，泡在水里洗洗不就不臭了，这是你老公的袜子你还嫌臭啊，我的和你公公的，我都挑出来了。没什么好臭的，臭男人臭男人，不臭怎么叫男人？”

居里屏住呼吸，奋力搓搓衣板，秋萍转身一走，她突然落下泪来，不是为臭袜子，而是觉得，自己突然什么都不对、什么都不会了，她好像一个婴儿，或者一个从天而降者，降临到这一片陌生的土地，学，时时刻刻都在学，必须学，学着怎么当一个合格的媳妇，学着在这座城市生活，哦不，生存。

有喜

眼下居里生活中的乐趣之一就是和业勤见面，乐乐忙，打电话，说有事，业勤也忙，平时忙孩子，周末又要回家应付丈夫，也就这天，谢平贵去外地出差，女儿莉莉去参加同学的生日会，业勤空出半天，和居里约在书店。

居里不懂，衣服都还没买够呢，不逛街，倒去书店，等到了地方，见到朱姐，再看看她眼前那一排排的高中教辅，选了一篮子，居里来，刚好做劳动力，帮她提着。

“来书店就为这啊？”居里感叹。

朱姐道：“等你将来有了孩子，就知道当妈的辛苦了，什么都得管，这要倒退二十年，我根本不要孩子，以前是养儿防老，现在你能指望上吗？除了淘神，还是淘神。”

居里问：“那么多，莉莉做得完吗？”

朱姐答：“不是莉莉做，是我做。”居里惊讶，不知下面一句该问什么。

朱姐却非常肯定：“莉莉的题目我要全部会做。她会的我必须会，她不会的我更加必须会。”

居里道：“陪孩子读书，烧烧饭、洗洗衣服不就好了吗，还要会做题啊？这也太难了吧。你现在让我回去参加高考，我肯定连我们老家的大专都考不上了，中学学的东西早就忘光光了。”

朱姐道：“上得了课堂，下得了厨房，你不能落在孩子后面。”居里不得不对朱姐行注目礼。朱姐又问居里，还打不打算找工作，居里没细说，她不好意思说处处都不要她，只能说，家里另有安排。朱姐跟居里关系近，所以直言不讳，她建议居里抓紧时间把孩子生了。居里听了，心里咯噔一下，心想怎么跟老家的妈说的一样。

“你不生，地位怎么稳固啊？”朱姐端着咖啡杯。还有后半句她没说，虽然罗家是小家小户，但架不住也要孩子，而且越是这种市井家庭，越爱攀比，没有孩子，等于剥夺了他们攀比的乐趣，万万不可。

居里看着朱姐，说：“嫁进上海就那么难？”

朱姐说：“嫁进来不能说难，但嫁进来，待得住，还能立得住脚跟，就不容易了。”她们又说起陶乐乐，朱姐佩服她的杂草精神。

“说是在一个公司做前台呢。”朱姐说。

“光脚的不怕穿鞋的。”居里说，“小丫头有闯劲儿。”

“她是光脚的？你是穿鞋的？”

“结婚就是个坑，大黑坑。”

“你怎么不说是架梯子，是条捷径？”朱姐说。

“人生哪里有捷径可走。”沈居里叹息道。

晚上，朱姐和女儿谢莉莉并排坐在桌前，朱姐在看高一数学书，谢莉莉在做英语试卷。谢莉莉用笔指着一篇阅读理解中的单词：“妈，这个单词什么意思？”朱姐瞟了一眼，脱口而出：“Nurture，培育、养育！比如，爸爸妈妈培养你，就可以用这个单词造句。”

“妈，你简直就是活字典啊！有你在，连查字典的时间都省了。”

朱姐得意：“当初你妈我的英语可是拿过区里竞赛奖的。”莉莉指着另外一个单词问：“这么牛！那这个呢？”

朱姐道：“Emergence，出现，浮现，是名词。它的动词形式是emerge，记下。”莉莉在试卷上做好笔记。

“及物还是非及物？”

“非及物动词。”

“跟什么介词搭配？”

“From. She suddenly emerged from the water.”

莉莉假装惊恐："妈，你举的这个例子好吓人，是女鬼吗？还从水里浮出来。浮尸？"

朱姐严肃地说："别闹。快写！"

莉莉坐端正："那连起来这个句子是什么意思？"

"莉莉，你不能什么都问我，要学会根据上下文猜句子的意思。"

"你当年就是这样学英语的？"

"当初我怀了你，又要上班，还要自学英语，家里还一堆家务等着我去做。我就边做家务边听英语广播，听不懂就猜。你也一样，做阅读理解时，不懂就猜，不要一有不懂的单词就停下来去查。"朱姐忆苦思甜起来。

莉莉道："妈，题做完了，我先睡了。"

朱姐道："英语试卷放那儿吧，等我先做完这道数学题，待会儿帮你检查英语。"

莉莉道："妈，别那么拼！"

朱姐挥挥手："你快去睡吧。"

对面楼房的灯都熄灭了。

朱姐戴上老花镜，埋首，自言自语："某城市2000年年底人口为800万人，人均住房面积为8平方米，如果该城市每年人口平均增长率为1%，每年平均新增住房面积为30万平方米，求2010年年底该城市人均住房面积为多少平方米？"

罗家，东方给居里端了一杯热牛奶，居里一饮而尽，杯子递给东方，又倒在床上。"我觉得你妈退休前后相差很远。"居里来这一句。

东方不解其意，皱眉头。

"你想想，她退休前，我第一次来你家的时候，还记得吗？多知书达理，对我说话都是细声细语。你不知道，她那天在菜市场有多凶狠，比卖肉的都凶。"

东方笑。居里道："实话实说。对对对，我又想起来了，那天，我不是抱着马桶从公司回来，刚好碰到她办完退休回家吗，看她那架势就是刚跟素鸡拌完嘴，最后还把怨气发泄在我身上。你看她俩平时不是关系挺好的吗，还一起唱戏。”东方说：“素鸡跟她是一生的朋友，也是一生的敌人。”

居里说：“不不不。你妈这是病，得治！”

“病？”东方有点不高兴了，但他没表现出来。居里一骨碌从床上爬起来，拿着手机，快速搜索，“你快来看看，我就说是病嘛，‘退休综合征’！”东方伸着头，居里用手指着屏幕读：“‘退休综合征’是指老年人由于退休后不能适应新的社会角色、生活环境和生活方式的变化而出现的焦虑、癫躁、抑郁等消极情绪，或因此产生偏离常态的行为的一种适应性的心理障碍，这种心理障碍往往还会引发其他生理疾病，影响身体健康。”

东方说：“哪有这么严重？我妈没抑郁呀。我看她还好。”居里说：“你这是不关心妈妈，她都生病了你还没发觉，你是要等到她病入膏肓才捶胸懊悔当初没听老婆我的忠言吗？”见东方被震住了，居里趁热打铁，“你天天不在家都不知家里发生的事，我看她除了没有抑郁，其他都很符合。”

“那有得治吗，沈大夫？”东方幽默一把。

居里拍拍胸脯：“当然有得治，包在我身上。”

至于怎么治，居里当然也没谱，但她有大政方针——转移注意力，说白了就是给她找点事干，但这话，她不可能跟秋萍明说，她怕一跟秋萍说，秋萍张嘴一句“找事，行，那你给我生个孩子”，她就太被动了。她还在思索，找个机会，找个切入点。

东方升了个小职，说要请客，选了一天，一家子浩浩荡荡地去下饭店，居里想吃香港菜，可她不敢说，怕秋萍嫌贵，东方、进宝是男的，不做主，老太太这么大年纪，吃不了多少，无非跟着热闹热闹，所以，地点还是秋萍定。她订了个川菜馆，美其名曰：老太太爱吃四川菜，可居里看得透，她就是想省钱。但秋萍也是要做面子，订了个包间，大圆桌，气氛是有了，可点菜的时候，东方要多点一个灯影牛肉，秋萍死活不愿意，要改麻婆豆腐，特价，老太太看不下去，拿起拐棍，抬脚走人，急得进宝在后头追，说“妈，您慢点”，又回头骂他老婆，说：“你搞的什么东西。菜还没点完就散伙了。”

居里一百个不满意，东方宠她，说：“那我们自己去吃点别的。”居里说：“那去吃甜品，去茶餐厅好了，也不贵。”到了地方，坐定了，居里故意撒气，多点了几个，杧果糯米甜甜、多饮茶、香叶牛排，东方不眨眼，他赚得不多，花钱倒舍得，居里认为这是大气的表现。对着一桌子菜，居里开始说正题了：“让妈去做自己喜欢做的事，这病就有得治了，否则她无法发挥余热，只能朝周围的人发泄怒火。你刚才也看到了，这样下去，你这辈子都休想吃灯影牛肉。”东方若有所思，点头。

“妈的兴趣是——”居里引导。

“唱京剧。”

“那就让她唱呗。最好是让她到外面去唱，唱的同时还能不与社会脱节，跟人交流交流，你说呢？”

“有理，可是爸——”

“爸怎么了？”

“爸……不想让她出去唱。”东方吞吞吐吐，“怕出问题。”

“这个年纪了能出什么问题？”

“不好说。”

“你们罗家人是不是都有这传统？”

“传统？”

居里笑嘻嘻道：“我想着有一天我已经老的退休了，我老公还要跟在我屁股后盯着我，怕失去我对他的爱，我就感到——很——欣——慰——”

东方惊诧。

“你以后可别管着我。”居里说，“我算看明白了，你们家的财政大权是掌握在你妈手中吧？这就是所谓的互惠互利吗？你爸把工资交给你妈，你妈把自己的兴趣交给你爸。你妈除了愿意在你身上花钱以外，在其他人身上哪怕花一点钱，她都会精打细算，不过也正常，她对她自己也舍不得花钱。”

“一个伟大的勤俭持家的母亲就被你诬蔑成这样。”

居里正色：“罗东方，我可告诉你，你赶紧给我赚钱付首付买房子，我们好搬出去过独立的日子，不然的话，你小心点。”

“孩子还没生呢，生了孩子还不是要我妈他们帮忙？”

“孩子是我生，要帮什么忙？”

“孩子离得开奶奶吗？”

“奶奶可以接到我们的新家来住，楼上那个鸽子笼有什么意思，太阳都晒不到。”

“一家人还是应该住在一起。”

“怎么跟你就说不通呢。”

一碰到这个问题就讲不通，居里恨，东方就是愚忠愚孝，甚至有点妈宝爸宝的意思。居里说：“我跟你说个好消息。”

“你中彩票了？”东方还是没正形。“差不多吧，朱姐给我介绍了一份工作，在一家日资企业做文员，周一面试。”朱姐帮了她不少忙。

“日资企业？太辛苦了。”

“舒服是留给死人的。”居里道，“到时候再说。”东方不语，居里心里就有数了，对于她去上班，他并不是强烈反对，两个人赚钱总好过一个人，这就是现状。他们就是一个上海的中产以下的家庭，有房子，有一点老本，但这些跟居里关系都不大，未来的日子，还是要自己奔。东方迷糊了一会儿，说：“如果妈唱不了戏该怎么办呢？总不能天天在家待着。”说这话时，居里看得到东方眼里的深情。是，不能在家待，一山不容二虎，东方显然也知道其中利害，居里有些宽心，因为东方还没想找她，居里神游着，突然，她呕了一下，接连又好几下。

东方紧张：“怎么了？胃不舒服？”

居里看了看小碗里，道：“是不是这个杧果有问题？”

东方招手叫服务员，人来了，东方问：“你们这个杧果是不是有问题？刚才我太太吃了反应很大。”

“我们的杧果绝对是没问题的，今天刚从菲律宾进口的新鲜杧果。”

居里说：“我闻这味道就觉得恶心。”

服务员端起杧果白雪黑糯米甜甜，凑在鼻子下，闻了一下。

“要不给您换一份？”

一会儿，另一份端上来了，刚摆到桌子上，居里又是一阵呕。

服务员道：“女士，您最近身体是不是有什么特殊状况？”

居里道：“没有特殊状况啊。”

服务员道：“如果有喜，也会发生这种情况的。”

居里一听，剧烈干呕起来。

东方大惊。

弱势群体

居里怀孕了，去医院检查，医生跟她说得明明白白，是怀孕，呕吐是早期妊娠反应，属正常，但胚胎着床还不稳固，没过安全期，不要剧烈运动，建议好好休息，保胎。“可我下周要去面试。”居里当场就喊出来。东方问医生：“我太太这种情况还能参加工作吗？”秋萍打断他：“别废话！”居里用余光捕捉到秋萍的表情，觉得她简直是满脸横肉！他们铁定不让她去面试了，可一是自己的生计，二是里面还夹着朱姐的人情，哪怕是面试不上，人也得露个脸。居里说：“妈，我还是得去看看。”可秋萍就两个字回应：“不行。”

一家人坐在客厅里。秋萍站起来说：“现在我们召开一个家庭会议，就居里同志的再就业问题表个态，同意居里同志继续外出就业的请举手。”居里举手，她朝罗东方看，罗东方对她使颜色，但还是没举手。罗老太举手。秋萍皱眉头：“妈，你能不能别跟着瞎掺和。”罗老太说：“你这是霸权主义。”秋萍道：“这怎么是霸权主义呢，我正在进行民主集中制。妈你有权利举手，不过，哼，现在的情况是两票同意上班，三票建议不上班，三票胜。我宣布从现在开始居里同志的主要工作就是在家待产。散会。”

居里着急：“妈，你不能这么问，你应该问，不同意居里外出再就业的举手。”

秋萍、进宝立刻举手，老太太没动，东方犹豫，秋萍着急了，要打儿子：“你这个小兔崽子你举手啊。”东方犯难：“我中立！”

居里道：“二比二平，休庭，再议。”缓兵之计。

但一进了自己屋，居里便饶不了东方，她说："罗东方你什么意思？"东方说："不是，看你难受得不行，我这是为你考虑。"居里道："我的身体我自己知道。"东方说："上海女性如果真个个都像你这样，上海早实现现代化了。"居里披头散发："你让我天天在这里憋死呀！"

"可以干的事很多，上网、看电视、做家务、看书。一生中难得有那么多机会可以陶冶情操，你还不抓住？还可以多跟爸妈交流感情。"

"你妈不是一般的妈。"居里说。东方一听不乐意了，但还是劝："再不一般，现在她对你也得上心，你怀的是她的宝贝孙子。"居里说："那万一是孙女呢？"东方道："孙女更好，我喜欢女孩。"居里戳东方的脑袋："我说罗东方你这人真是有独特的生存之道啊，你能不明白吗？在这个家，你喜欢什么不重要，你爸妈喜欢什么才重要，我都听你妈说了好几次孙子了，我要不生个孙子还不真成你们老罗家的罪人了。其实跟我一点关系没有，《百家讲坛》都解释了，生男生女跟女人没关系，跟男人有关系。"

东方不接茬："《百家讲坛》还说这个？"

"那就是《动物世界》。"居里突然发现自己被东方带沟里去了，随即大吼，"罗东方！"

过了一周，居里没能去面试，现在这个情况，即便面试上了，也无法正常上班，索性休息休息。

等肚子稍微隆起来，居里提议，给秋萍报个老年大学兴趣班，学绘画，琴棋书画，秋萍自认就缺画。白天能把婆婆支出去，公公有班要上，自己在家休息，偶尔上楼跟奶奶聊聊天，也算稍有安慰。

可秋萍上了没几节课，就跟老师吵了起来，导火索是嫌老师没水平，高更和凡·高，谁是法国人都拎不清，教什么绘画。早饭过后，居里在扫地，秋萍夹着画板走进来。"我的小国宝，你放那儿，不用你扫，快快快放那儿，不用扫不用扫，快上床躺着去。"秋萍嚷嚷着。居里说："妈，我刚起床，不用躺。你怎么这么快就下课了？"秋萍放下画板："不学了！那老师还没你妈我聪明，应该我教她，她给我学费。现在倒好，还反过来了。”居里说：“那学费白交了。”秋萍道：“学费我去讨回来了。”说着从口袋摸出几张百元大钞，扬了扬。居里刚想伸手接过，秋萍又把它塞到自己兜里。居里傻眼，这钱是东方付的，是小两口的生活费。

秋萍敦促道：“好孩子，快去躺下，以前人是没条件不能躺、没时间躺所以不躺，你现在有时间、有条件干吗不躺？躺着好，养胎。”居里觉得有些怪，过来人都说，孕妇应适当运动，好生。可秋萍坚持说那是胡扯，说自己是过来人，躺着比站着好。居里说：“我刚起床睡不着。”秋萍急了：“怎么就说不明白，没人让你睡觉，是让你休息。”居里只能回小卧室，斜斜地躺着，无聊，便抱个平板电脑在胡乱翻。过了一会儿，秋萍端着一碗糖水进来，见居里在看平板电脑，立刻耷下脸：“现在哪还能看这东西？辐射多大，对胎儿不好，快关掉，电脑上有什么都是垃圾信息，你没事看看书、听听古典音乐，对孩子是好的。我去给你拿一本。”转身回屋，不多会儿回来了，递给居里一本佛经：“今天交给你一个任务，把这本佛经给我念三十遍。”居里说，好多字不认识。秋萍道：“小和尚念经，有口无心，只要念就行了。快，你先把这个糖水喝了。”居里说：“妈，我不能再喝了，刚吃饱。”秋萍劝道：“你现在是一张嘴吃两个人的饭，多吃点没问题。”居里说：“我够胖的了，自怀孕到现在，我胖了三十斤。”秋萍撇嘴道：“正常现象，怀孕的人，难道还减肥啊？”居里解释：“我不是减肥，我是怕到时候太胖不好生。”秋萍笃定：“好生，我看着你。”

居里眼下最大的目标就是把秋萍支出去，绘画不成，就推唱戏，可因为这个唱戏。进宝和秋萍闹过多少回了，认为有伤风化，不务正业，是个不良嗜好，秋萍表面凶悍，但实际上，这么多年，她不是不怕进宝，她骨子里多少还有点传统思想，夫为妻纲，她惧怕离婚。但话虽如此，巧妙地闹一闹，秋萍还是擅长的。这日，全家聚在一起吃饭，老太太吃得少，很快就吃完，起身要走上楼。秋萍说：“进宝，你快去送送妈，这么大年纪，爬楼梯，摔一跤可不得了。”进宝赶忙三口并作两口吃完碗里的饭，扶老太太出门。门一关上，趁罗东方、居里没注意，秋萍立刻用手指蘸了点青菜汤抹在眼睛周围、脸上。秋萍带着哭腔："东方、居里，你们都不知妈我嫁给你们老罗家有多命苦啊——"居里、东方被唬得心里没谱，不知妈在唱哪出，只能等下文。秋萍跟着嘈嘈切切起来："想我当初是书香门第的大家闺秀，琴棋书画样样拿得出手，却下嫁给你爸这个没文化的，命苦啊……"居里心里有数了，原来为这个。秋萍对东方说："你很幸运，你知道吗？因为你娶了个懂你的老婆。你看你平时和居里，那么多共同语言。你要出去闯事业，居里就在身后默默支持你，为你加油。"

居里脑门子瞬间出汗了，这是草船借箭？

东方直摸后脑勺。

秋萍道："你妈妈我就没那么幸运了，你从小就知道，妈妈这一辈子，就一个兴趣爱好——唱京剧，认识你爸前，因为种种阻挠当不了文艺兵。认识你爸后就更惨，他不但不能和我聊京剧，还阻止我去唱。你们说我就这点兴趣爱好，他为什么还阻拦我？"说到动情处，秋萍真有眼泪。罗东方、居里面面相觑。

秋萍朝居里使了个眼色，居里瞬间全明白了，她不得不帮着秋萍说话，这关系到她自己的生存环境："东方你就跟爸说说情，让妈出去唱戏吧。妈就像风筝，爸就像拿线的人，妈虽然出去唱戏，但线却在爸手中，只要爸一收线，妈还是很快就会回来的呀。妈现在退休了，还是需要与外界进行人际交往的，以前还能上班跟同事唠唠嗑，现在天天憋在家里多闷得慌，久而久之还会影响身体健康。"

秋萍摸摸头，又摸摸心："退休了，总觉得身体哪儿都不舒服，浑身不得劲。东方，这个家你爸听你的。"

东方若有所思："我待会儿跟爸单独说说。"

居里该去照B超了，秋萍要陪，居里百般委婉推托，终于换成东方陪同，夫妻去医院，名正言顺，秋萍有点不高兴，去唱戏，唱了没多会儿就回来了。东方做了进宝的工作，秋萍暂时能去唱戏了。可一回家，看到秋萍一身健美操一样的戏服，进宝的气又来了。秋萍浑然不觉，只道："这俩孩子，我就说得我陪着去才行，毛手毛脚到现在还没回来，不会出什么事吧？我这去票房都回来做好饭了，他们还没回来。"进宝不顺着她的话说，却道："你也知道你京剧唱了好几出了，你知道我这半辈子最讨厌你什么吗？唱戏！一唱戏就跟丢了魂似的，男男女女鬼混。"几茬事，秋萍心里有气，若在平时，进宝说她，她一个耳朵进，一个耳朵出；可今天不行，去唱戏，是他罗进宝允许的，她有免死金牌，怎么又成罪人了？只听见秋萍道："你别什么事都扯到我唱戏上好不好？没给你做饭？没给你烧洗脚水？你、你老妈、你儿子、你儿媳妇哪个不是我伺候的？我效率高，都做完了，不唱戏干吗，看你这张老脸？我是书香门第，不像你，连个业余爱好都没有，白活！"进宝道："业余爱好能当饭吃？"秋萍冷笑道："哦不对，你有业余爱好，炒股，可惜输得一塌糊涂，把儿子婚房的首付款都搭进去了，不然第一个媳妇也不会跑。哼，现在来了第二个，小心吧，没准儿……"进宝毫不示弱道："你对别人好点就没人会跑，媳妇刚进门就教她烧锅做饭，培养接班人，你做的什么？"

这话正说到秋萍心头上，秋萍随口道："媳妇这物种，本就代代相传，老太太是别人的媳妇，我是老太太的媳妇，她把处理家务的技能教给了我，我现在就得把这个技能教给别人，跟武侠片里练功一样，自己练功，最后还是要传给别人，正因为这样，人类才能代代相传繁衍，我才能从繁重的家务劳动中解放出来。罗进宝，我可是个天生的京剧名角坯子，如果当初我当了文艺兵，现在……哼，不说了，说多了没劲。"

进宝说："人类是靠你拯救的？你好好笑的。"

两口子斗了一会儿嘴，又各干各的去了，直到下午，东方和居里才到家。秋萍问："孩子怎么样？真是的，我要去，非不让，如果我去，绝对不会到这个时候。东方说："人有点多，都是孕妇，乌泱乌泱的。"秋萍说："我就说怀孕的多，现在是你们'80后'女人大肚子的时代。"

进宝嘀咕：“这话说的，还书香门第。”

秋萍立刻回头，眼神凌厉：“怎么样？”她耳朵尖着呢，吓退进宝，她转脸对着东方两口子。东方说：“没什么问题。”可这无法满足秋萍的好奇心：“大夫说什么了吗？”东方诧异，说：“没说什么啊，正常就好。”进宝原本靠着沙发的背直了起来。

“男孩女孩？”进宝问。

居里拉了拉东方的手。

罗东方说：“爸，现在不能验这个，你不知道吗？是男是女，到时生出来不就揭晓了嘛，国家有规定的。”秋萍跟着说：“你爸平时不看书、不看报，只知道炒股。”东方给居里倒水，秋萍拦在头里，利索地倒了，端到居里面前，手上递着，眼睛却打量着居里的肚子。居里起鸡皮疙瘩了。“妈——”居里柔和地叫了一声，算是反抗。

秋萍道：“我看，是女孩。”

进宝撇撇嘴。

居里不知如何应对，坐稳，攥紧东方的手。

“妈，你还有透视眼？”东方故意幽默，缓和气氛。

秋萍用手比画，说：“肚子圆，多半怀的是女孩；肚子尖，才是男孩。你看居里的肚子，圆滚滚的。”居里讨厌这个“才”字，都什么时候了，还男尊女卑？可在这个家里，她的确感受到了这种气氛。

进宝起身去阳台抽烟。他也不满了。居里恨，但又想哭。

东方还是向着居里的，他用一种开玩笑的口吻说：“妈，你在这儿胡说八道什么？”

秋萍立刻来劲：“我这可是有根据的，不信你问你奶奶，当初妈怀你的时候，肚子是不是尖的？还有，素鸡她儿媳，肚子也是尖的。你小姑怀孩子时，肚子就是圆滚滚的，结果真生了个女儿。多少年的经验你不信不行，实践是检验真理的唯一标准。”

秋萍故意朝阳台大喊：“是吧，进宝？你妹怀小孩时肚子就是圆的，跟居里的一样。”

进宝不搭理，继续抽闷烟，时不时在石栏杆上弹烟灰。

居里觉得自己的肚子突然被判了刑，泪水在眼眶里打转。

罗东方着急："妈！你这到底要干什么呀？"

秋萍哼哼一笑，道："男孩女孩我都无所谓。就怕你们老罗家——"说着，瞅了眼阳台。

"这是没有科学依据的！"东方声音大了。

"唉——"进宝一声长叹，捻灭烟进屋，刚好罗老太太推门进来。

"闹什么，我还没死呢！女儿也挺好，"老太太对进宝说，"你老婆到底在闹什么？"

居里放声大哭："奶奶。"

生男还是生女，这个问题居里想过，可她没想到，秋萍会让她如此下不来台，更糟糕的是，经过秋萍这么一调侃，这还真成个"问题"了。居里更恨的是，自己的宝贝还没出生，就受到了"批判"。她闹情绪，觉得委屈，坐在卧室的小沙发上一言不发。东方知道居里的不安，故意放大声音，透过门缝给大家听："这都什么年代了，上海什么人没有，什么情况不能接受，做丁克的都大有人在，还男女呢。"居里抽抽搭搭，眼泪没有，鼻涕倒下来了，"分人，一盘白米里总有几个米虫。"居里早就对秋萍有意见。东方立刻表态："女孩是爸爸前世的情人，我最喜欢女孩。"居里忍不住笑，顺着说："我也觉得女孩好，男孩还要备房子，可你爸妈不那么认为。"东方说："一代不管一代，他们有情绪是他们的，这是我们爱情的结晶，我只希望她健康，要能像你一样漂亮就更好了。"东方的甜言蜜语让居里舒服了点。可她还是说："好像生了女孩，我就没功劳，我是外地来的，穷人家的女儿，来到你们家，就该生男的，才能母凭子贵，你们都是上海人，洋气。"东方道："上海还不都是外地人建设得多，你怎么能有这种思想？我土生土长，从来都不这么想。"居里辗转，想了一会儿，说："现在我是弱势群体。"东方道："是，老弱病残孕。"居里打了他一下："少贫嘴。"又摸着肚子，"女儿呀，真是可怜，还没来到世上就快要被爷爷奶奶嫌弃了，干脆就叫多多好了。"

"多多？俗气。"东方说。

“你叫罗东方就不俗气？”居里道，“你怎么不叫罗沪生、罗家汇、罗黄埔、罗虹口？”

东方不吱声，他了解居里，吃软不吃硬，他铺床。

“罗东方我告诉你，孩子出生后，我们得有独立空间。”这是居里最想说的，说完，她盯着眼前的丈夫，他还在铺床，但肩膀似乎颤了一下。居里了解他，居里学过心理学，甚至考下了专业心理咨询师，她原本想往这方面发展，怎奈这碗饭不好吃，她毕竟不是专业出身，所以转而学会计谋生。可东方应该感谢居里，她这个赤脚心理医生，治好了他的强迫症加抑郁症。都怪他前妻！离婚对他打击很大。因为这，居里觉着自己在东方面前，总有些理直气壮，穷人的女儿怎么了？外来人口怎么了？她可是他的“救命恩人”。

“我明天出差，你忍忍。”东方扭过头说。一听这个，那口气，淡淡的，再配合他扭动的背部，居里知道，东方的心还是向着父母那边，单住，依旧遥遥无期。她倚在床上，静静地看着眼前的这个男人，不知怎的，突然想起八个字：“哀其不幸，怒其不争。”可转而一想，嗨，人家有什么不幸的，又有什么需要争的呢？归根结底，在上海这种城市，房子的问题解决了，还有什么大问题呢？人家是祖产，尽管不大，可到底在淮海路附近，她的要求，在人家看来，是无理的、非分的，除非她有重大贡献，或许才有谈判的筹码。

居里竟觉得感情这东西，一旦遭遇现实，就有些虚幻了。

外面，小客厅，罗老太太还没上楼，儿子簇在她旁边，媳妇秋萍离她远远的，搬张小板凳坐在挂历下头，挂历上是只猛虎，龙虎精神的意思，可顶在秋萍头上，总有点危机重重的意味。老太太说：“现在男女平等，就说缺个孙女呢，现在好，来个曾孙女。”进宝说：“这还没到大结局呢，都没准儿。”老太太不言语。进宝连忙又说，“我没意见，我听妈的。”秋萍愤然：“你又没意见了？都是我做坏人啊！”进宝和稀泥：“本来就是，现在男女比例失调，找不到对象的男人多了去了。”秋萍道：“这是理论上，你真看到在上海有几个男的找不到对象了？少，在我们上海大龄的男青年还是要比大龄的女青年有竞争力的。”老太太听不下去，起身欲走：“秋萍，你可要跟居里道歉。”秋萍咬牙：“我有什么错？要道歉也该进宝道歉，这是老罗家的事，我姓安。”老太太拿拐棍撞地板：“嫁鸡随鸡，嫁狗随狗。”秋萍委屈，欲哭：“妈，你这可不能双重标准啊，在人家那儿就男女平等，在我这儿就三从四德，我不道歉。”老太太道：“行，那不道歉，给钱，补贴人家一点。”秋萍立刻不哭了：“那我还是道歉吧。”随即放开嗓子朝屋里喊，“居里好孩子！妈刚才都是开玩笑！你别放在心上啊！好好养着。”半天，门缝里传出来一声：“哎，妈——”长辈都低下来了，居里只能顺着台阶下。

日月光

东方出差去了。目送丈夫离家的背影，居里隐约觉得不妙。回到屋里，她觉得自己应该端起架子来，生儿育女，劳苦功高，别人家的孕妇，都跟太后似的，怎么到她这儿却成下脚婢了。想到这儿，居里坐在房中，忍不住喊了一句：“妈——”

泥牛入海，没人答应。她又叫了一声，这回有人答应了，是进宝的声音：“去票房唱戏去了！”居里脑中轰然，肚子却咕咕响。“爸，有什么吃的吗？”居里逮谁问谁。进宝楞脑子，有一说一，照实答：“你妈说冰箱里还有点剩稀饭，你热热，要不你等会儿我给你热，厨房台子上有点雪菜肉末，肉末好像被吃光了，就点雪菜吧。”

居里眼绿，可到底跟进宝生不起气来，这东方刚走，是故意的？也不像，秋萍是只顾唱戏，进宝在家务上心大，行，那就自力更生吧——一下午，居里吃了不少零食，吃完收起来，她怕秋萍啰唆，说没营养，浪费钱。可她做的就省钱有营养吗？完全不是这样。居里觉得秋萍心狠，她沈居里再多不是，肚子里怀的也是罗家的下一代，怎么就能在吃上克扣她呢？秋萍、进宝两口子整天省钱，省出什么来了？这点牙缝里抠出来的，想要赶上上海房价的上涨速度，无异于痴人说梦。居里算看清楚了，什么本地人、外地人，她和他们的阶级差距，也不过是一套房子的距离。

晚上，秋萍唱戏回来了，简单张罗张罗，叫进宝和居里吃饭。两个人分别出屋，居里怀孕有些日子了，大腹便便。秋萍拉出两张椅子，摆好，道：“喏，椅子都给你们放好，都是家里的大功臣。”居里没吱声。进宝问："什么大工程？盖几层的楼房，妈的饭呢？"他还是比较关心他妈，故意来个幽默模糊焦点。秋萍抽出一张纸，擤鼻涕，然后才说："已经送到楼上去了，还用你说？呵呵，你还不是大功臣，我还没嫁进你们家，就听你妈仔仔细细地描述当年生你的时候有点膈应人的经历，我听了都好笑。"进宝怒目："扯这些老婆三调的做什么？"居里本已分不清饱饿，一听秋萍这么说，忙问缘由。秋萍便指着进宝道："你公公是在楼梯上出生的，老奶奶说要生要生，一下楼，扑通，就生出来了，方便吧，跟放个屁差不多。"说完大笑。进宝扭着秋萍的胳膊作意要打。两个人斗了一会儿嘴，开始吃饭了。秋萍从厨房端来两个菜，淡油炒青菜，绿不拉几的；红油方块豆腐乳，白瓷碟托着，红是红白是白。然后再端来三碗稀饭。秋萍不抬头，说："快吃吧。"又说，"居里，多吃点。"还嫌不足，又跟着说，"晚上也不能吃太多，烧心。"居里看着恶心，不晓得是心理反应还是生理反应，她只好明说："妈，我现在不能吃豆腐乳，添加剂太多。"

秋萍道："那就多吃点青菜。"

居里喝了几口稀饭，吃了几口菜，越想越委屈，秋萍就是故意的，居里眼眶有点红了。可秋萍却仿佛能猜中她的心思，随即说："居里你千万别觉得委屈啊，妈妈不是不给你吃，快到观音菩萨的生日了，最近一个星期，我们吃斋，念佛，保佑宝宝顺利出生。"进宝道："我妈可吃不下去。"秋萍喝道："阳台上还挂着几块过年做的老咸肉，够她吃的了！"进宝立刻缩头，不作声了，老咸肉还是头一年过年做的，风在阳台上，上吊似的，天阴渗水，天晴起盐，仿佛还在垂死挣扎。居里见形势不妙，碗一推："我吃饱了。"秋萍笑道："哎，快进屋休息吧。"

居里以为，秋萍提出的吃素理由，只是一种玩笑，她还有不到一个月就生了，秋萍干吗在吃上跟她过不去。可第二天一起床，等秋萍端上牛奶和豆腐皮，居里才意识到，秋萍没在跟她开玩笑。秋萍有秋萍的理由，但这个理由她不说出口——吃素，可能可以生男孩。这是素鸡传给她的秘方。素鸡的话，秋萍向来不听，可这一句，秋萍是宁可信其有，不可信其无。“这营养够了啊。”秋萍敲敲牛奶瓶子。居里面露难色。第三天，秋萍奉上一盘子炒青椒和一碟子雪菜，一丁点肉末都没有。居里喊：“妈——”声调拖得长长的，这是温柔的抗议。可秋萍听不懂，或者是装作听不懂，凛然道：“吃吧，补充维生素C。”

卫生间，居里坐在马桶盖上，肚子撅得老远，她看着镜子里的自己有点可怕，头、胳膊和腿，好像是插在一只圆球上的藕节，可即便这样，她还是嘴馋。居里给她妈打电话：“你来不来？我这没几天了。”居里妈说：“这不还没到预产期吗？票都订好了，没几天了。”居里有什么说什么：“妈，我真的是待不下去了，你来给我做做饭。”居里妈说：“营养够就行，之前你是有点营养过剩。”说完，又说她爸喝酒回来，挂了电话。居里欲哭无泪，妥协，她明显听得出其中的妥协态度，在居里妈眼里，女儿能嫁到上海，能住在上海市中心，那已经是飞上枝头了，跨越了小、中、大城市的居里，就算一时半会儿没变凤凰，起码也是变了喜鹊。为了更高地飞翔，妥协一些，也是值得的、应该的，比如生孩子，居里妈就一百个着急、一千个敦促、一万个赞同，在居里妈看来，这是投之以桃，报之以李，是居里在上海站稳脚跟的根本之一。可在居里看来，原来只向着她的妈，完全变了，变得不可理喻、无法沟通、混淆是非、颠倒黑白！挂了电话，居里想哭，可哭有什么用，她怕对孩子不好，也怕被公婆看见，又要解释，费劲！居里给东方打电话，问他什么时候回来。东方说客户出了点问题，还得一个星期。居里失控大叫：“我告诉你罗东方，再有一个星期就要出人命了！”说完，挂电话。敲门声响。“没事吧。”是进宝的声音。“哦，爸，没事没事，一个骚扰电话。”居里刚掉下来的泪被抹掉了。她告诉自己：坚持到底，就是平贵，自力更生，丰衣足食。

第二天，居里才开始出门觅食，她给业勤打电话，业勤在陪女儿上补习班，又问乐乐，乐乐来了，两个人去“日月光”吃了一顿白斩鸡。居里问乐乐，工作怎么样了。她见乐乐有些浓妆艳抹，担心她走歪路。乐乐不抬头，只顾吃，半晌，说：“卖房子呢，做中介。”居里两眼放光：“挣钱不？”乐乐道：“不挣钱。”又诧异，“你问这干吗？你就这样，还做中介哪，过几天还不得带孩子。”居里道：“要挣奶粉钱。”陶乐乐把筷子一放：“嫁个本地老公，婆家还不管？好姐姐，你可都是我们学习的榜样。”居里不能说秋萍，她怕丢面子，可实际上，她在上海混得就像夏天的莲子，外头光里面苦。居里自嘲：“一个二婚男，还成宝了。”陶乐乐道：“姐，你可别这么说，二婚也是个宝呢，何况你对你们家那口子可是有恩，没有你，他估计早疯了。”乐乐这么说，居里心里咯噔一下，疯了？她和乐乐没说过这么详细，只在厕所里聊天时提到过，但朱业勤知道，难道是朱姐告诉她的？居里心里有些不舒服。可陶乐乐随即又说：“走出一段失败感情最好的方法就是开启另一段感情，现在你们结婚生子，瓜熟蒂落，姐，你功德圆满。”听这么一说居里又放心了。“东方上次说他有一个哥们儿不错，回头介绍给你。”居里关心乐乐的人生大事。乐乐随口应付一下，又说谢谢。居里看着乐乐，多少有些惆怅，是啊，这样一个没有固定、体面的工作，没有学历，长相一般的女孩，该怎么在上海立足？这样想着，居里两只手撑着下巴，脖子伸直，天鹅似的，她曾经喜欢自己的脖子，长，进而显得有气质，可就在瞥见玻璃窗中的自己的一刹那，居里的心抖了一下，胖，哦不，是肿——她忽然讨厌镜子、玻璃和一切反光的东西，是它毁坏了她曾经引以为傲的美貌和气质！居里忙低下头，狠狠地咬了一块白斩鸡。

天下雨，居里刚从“日月光”回来。一进门，秋萍便问：“你都几个月了，还往外跑，出了问题谁负责？”居里立刻做出温良恭俭让的样子，半低着头：“就在楼下。”秋萍转身，继续忙活，不看儿媳：“快吃饭吧，你爸都吃完走了，就我还在等你。”“等”字落音特别重，增加了居里的负罪感。居里忙道：“哦，妈，今天我不饿，您一个人吃吧。”

“不饿？”秋萍诧异，转而不干了，“你不饿肚子里的孩子可饿啊。”她怎么说怎么有理。

居里走进小卧室，轻轻地关门。这便是抗议了。

秋萍歪着脖子说道：“成仙了。”

下午，门缝里，居里伸出头，东张西望，见没人，企鹅一般，慢慢踱出来了。她又去“日月光”。小吃店门口，一手交钱，一手交货——一包起司鸡排，居里笑眯眯地转身，下台阶，谁知脚下一空，居里心想完了，可这台阶到底不高，居里胖得跟馒头似的小脚只是崴了一下便稳稳落地，站住了。化险为夷，吉人天相，居里为自己庆幸。她先是得意，跟着眉头微皱，然后是痛苦的表情，嘴巴微张。小吃店店员见状，连忙从店里出来，扶住居里，呜里哇啦地问情况。居里还能行动，掏出手机，递给店员：“我老公，打给我老公……”店员拿着手机，呆道：“你老公叫什么？”居里脑门子上都是汗，发疹子似的，“通信录找，老公……”店员这才还了魂，拨通电话：“你太太要生了！在‘日月光’脆脆鸡！”居里又说：“打进宝、秋萍……”店员这下机灵了，在通信录里找进宝、秋萍。秋萍接了电话，慌忙甩掉护袖，从厨房弹了出去。小区楼下，进宝一手握着电话，另一只手不听使唤，忙乱中打翻了棋盘，对弈的老头不高兴：“玩不过就不要玩，搞这一手你好好笑的。”只听见进宝对着电话大喊：“先打120！叫救护车！”他还没失去理智。周围的几个老头却蒙了，面面相觑。

性别不同

沈居里熬了九个月的大戏，就这么冷不丁地上演了，没有预告、没有彩排，甚至刚开始连观众都没有，她措手不及，满头大汗，心慌意乱地被推进产房。那感觉好像是小时候滑滑梯，只要进了那个轨道，便不由自主地滑下去，最终着陆，但这一回，居里不知道自己将要滑向地狱还是天堂。她叫着“罗东方”三个字，无人应答，追上来的，只有安秋萍那张她不太愿意见到的脸，居里叫她妈，涕泪横飞。秋萍只说：“好孩子，快了，加油加油！”这一刻，她对她是真心的。因为居里归根结底，要生的还是罗家的孩子，虽然秋萍不姓罗，但这孩子身上，多多少少也有她的血脉，于是乎军功章，便自然而然有她安秋萍的一份。

产房外，罗进宝和安秋萍坐在长椅上。居里被推进去了，有知觉，尚能自然生产，但也保不齐剖腹，两口子等儿子来签字。

秋萍埋怨道：“真是什么样的人就做什么样的事，脑子缺根筋的人就会做出这样的事。”

进宝叹气：“你少说两句吧，你也没做什么善事，就要临产你突然开始吃素，幸亏我妈最近没下来吃饭。”

秋萍一惊，想不到这个罗进宝，揣着明白装糊涂，现在打开天窗说亮话了。秋萍感到难堪，好像遮羞布被扯了一般。菩萨生日的话她没必要再跟进宝说，她只说：“天冷了，你妈要冬眠，不是我不让她下来。再说了，我这不是为你得不到孙子出气吗，而且那天你也听到了，他们说，医生说了这孩子营养过剩，我这是遵医嘱，现在不是以前了，吃吃不上，喝喝不上，现在就是要少吃少喝，别孩子还没生出来呢，就‘三高’了。”

进宝道：“能不能不要说破嘴话？你这是矫枉过正。”

秋萍笑道：“行啊，罗进宝，满嘴成语，这么多年被我熏陶得也慢慢成为文化人了。”

进宝说：“文化是要在心里的。”

秋萍不看他，撇嘴道：“你那些小衣服白准备了。”

进宝说：“小孩衣服又不分男式、女式。”

秋萍不饶他：“得了吧，你买的那些，一看就是给男孩穿的。”

进宝叹息：“人生哪，哪能事事都如自己的意。”

秋萍站起来，天神般对进宝说道：“要不你回去吧，没什么大问题，有事再打电话叫你。”

罗进宝抬头：“产妇保证书你签？”

秋萍毫不含糊：“签就签。”

东方来了，气喘吁吁，一头汗：“妈，怎么样了？”秋萍让儿子坐下，递上纸巾：“问题不大，月份足了，又年轻，有劲儿生。”东方擦着汗，秋萍就抱怨开了，“你这个老婆也真是的，都什么时候了，还往外跑。”东方没说话，算是态度。秋萍不高兴了，儿媳妇不在旁边，儿子都不帮自己说话，这说明什么？儿子的心被居里收服了。这是精神控制！是娶了媳妇忘了娘！秋萍越想越心寒。嘴上忍不住多说了几句，都是有倾向性的。“妈你现在改吃素了？”东方轻轻地说。安秋萍瞬间炸了，居里跟东方告状了？说自己受委屈了？这什么孩子？反了教了？逆了天了？！“是你老婆跟你说的？”秋萍眼似铜铃，瞪着儿子。“妈——”东方两手插进头发里。这是叫板！秋萍站起来，道：“也不看看肚子都大成什么样了，这存心要生出巨婴来，吃那么多，孩子怎么能好生？我这良苦用心谁知道？谁知道？”说着眼泪出来了。真真假假，秋萍自己都分辨不出什么，这么自言自语说着，她真觉得自己委屈，一万个委屈。丈夫、儿子、老太太……媳妇就更不用说了，个个都跟自己作对。“妈，你大人不记小人过，居里不懂事，你就让着她点。”东方说。一句话，秋萍的眼泪又回去了，哦，儿子还是向着自己的。“一家人不说两家话。”秋萍坐下了。

产房灯灭了，隐约有哭声，不那么响亮，又一会儿，助产士出门，抬头便说：“恭喜，是个千金，晚上六点零六分。”东方一脸是笑，他扭头对秋萍说：“妈，晚上六点零六分，好时间。”秋萍干笑笑，吞了吞口水，道：“我回去告诉你爸，恭喜他喜得孙女。”

秋萍回去禀报，进宝并没有不高兴，但也无雀跃，倒是罗老太太知道了，高兴得晚上多吃了一碗稀饭，四世同堂，是一种福分，老太太嚷嚷着要去看曾孙女，秋萍劝着，说刚生完，不方便，天色又晚，只好作罢。第二天，进宝上班，秋萍借故说有事，又没带老太太去医院，自己溜达过去，媳妇生产，她有她的责任要尽。

沈居里躺在病床上，脸色苍白，东方握着她的手。秋萍站着，居高临下。沈居里欠起身子：“妈。”不知怎的，她多少有些愧疚，因为没生男孩？没满足他们的期待？可居里转念一想，她为什么要满足别人的期待，女儿是她的，她何必抱歉？想到这儿，居里脸上的表情又平静了。

“躺下吧。”秋萍说。

不多会儿，护士抱来个婴孩，笑嘻嘻地说：“家长看一下，你们的女儿，六斤三两，没变化。”东方喜不自禁：“六斤三两呢，别饿瘦了，大眼睛多像你。”居里随口说：“鼻子像妈，妈的鼻子挺。”东方望着秋萍，嘴角上扬：“隔代遗传。”秋萍端详了许久，说：“不像。”居里笑不出来了。

护士要抱走孩子，居里恋恋不舍，目送。老太太拄着拐杖进门，罗进宝搀扶着她。“怎么不叫我，我来看看我的曾孙女。”东方忙迎上去，说刚抱去保育室，不过有照片，说着，拿着手机凑到老太太跟前。老太太笑弯了眼，道：“这小小的还真可爱。”又转头对进宝说“跟你小时候像。”进宝嘟囔一句：“性别不同。”老太太发火：“我是说样子！”进宝这才说：“好像是有点像。”老太太问：“名字取了没有？”进宝道：“妈，你着什么急啊，这才刚生下来没几分钟。”秋萍笑道：“妈要取你就让妈取，妈知识渊博。”老太太扭头看她一眼，道：“不过比你书香门第好一点。”东方说：“孩子是晚上六点零六分出生的。”秋萍抢白道：“要不叫六六，罗六六。”老太太道：“不是有个女人叫六六了吗？我最反对叠字，什么六六、七七、八八，又不是打牌。”进宝道：“妈，你又生气了，秋萍只是随口一说，你说一个。”居里本来想说叫多多，听老太太这么一咋呼，也不言语了。老太太问她，她便说听奶奶的。老太太想了想，道：“按辈分算，他们这一辈应该是‘世’字辈了。”秋萍道：“哪个‘事’？事情的‘事’？”居里问：“世界的‘世’吗？”老太太一拍手，道：“就叫世卉！”东方立刻说“好”。秋萍却说：“女孩子家取这么一个名字以后怎么出嫁？世卉，世界大会。”老太太道：“单名是花卉的卉。”进宝、东方都笑了。几个人坐了一会儿，进宝陪老太太回去，东方和秋萍留下照看，秋萍不大高兴，撇撇嘴。

晚八点，东方问居里饿不饿，居里说想吃粥。东方说门口有家粥店，要去买，又问秋萍喝不喝。秋萍有些不悦，这种事，怎么还要问，给老妈买东西，不是理所当然的？再说这粥，秋萍也不稀罕吃，媳妇有，老妈是顺带才有，不是独家独份。如此想着，秋萍便说：“不要给我买，家里有，乱七八糟的粥我也喝不惯。”东方不以为意，扭头去了，临到门口，被居里叫住：“最好配点韩国萝卜干，或者橄榄菜也行。”她口重，想吃咸。秋萍直皱鼻子。作！病房里静悄悄的，窗台上一枝花泡在瓶子里，软了，耷拉着，垂头丧气。秋萍盯着居里看，居里有些不好意思，偏过头去。秋萍带笑不笑，拉着老腔老调：“生孩子这种事，说辛苦也辛苦，不过女人都要走一遭，奶奶那个时候，生育条件没有那么好，产妇是有危险的，我生东方的时候，危险也比较大，我失血很多，进宝上班，你奶奶也上班，就我一个人在产房里，就那样也生了。所以居里，你们现在是很幸福的了，医学发达，产妇受罪少多了，我看你生个孩子，几个小时也没费劲，跟下个蛋似的，噗，就把世卉生下来了。”居里小声说：“也差点痛得不省人事。”秋萍笑说：“不过生孩子也好，可以排排毒，你看那些不生孩子的人，很多都会有妇科病。”居里没接话。秋萍跟着笑道，“现在国家政策真是放宽了，可以生第二胎，两个孩子好，热闹。”

居里心里明白了，婆婆是想让她再生，她气，这也太着急了，第一个刚落地。居里赌气道：“那也得谨慎，经济上不必说，生孩子不是买菜，得负一辈子的责任。”秋萍道：“以前城里谁家不是几个，农村更多。”居里道：“农村是因为需要重劳力，需要分地，需要男的撑门头。”秋萍忙道：“现在就不需要立门头了？”居里呵呵笑道：“生了养不起啊，妈给贴补贴补？”秋萍说：“穷有穷的养法！”居里见缝插针：“妈，我打算生完孩子还出去工作，想跟您请示一下。”秋萍两手抓住居里的胳膊：“哎哟，这还没开始坐月子呢，就想这么远啦，你孩子心真重。”居里说：“我也怕给家里增加负担。”秋萍站起来，用一种娓娓道来的口气说道：“千万不能这么想，没有负担，我们三个老的，不需要你们养活，你和东方只要能养活你们自己就成。话说回来，以后带孩子，还得以你们自己为主力。你爸你也看到了，打着小工，经常出去给人修修水电，他是个男的，你让他带孙女也确实有困难，我呢，可以带，不过身体一年不如一年，只能说帮把手，不能当主力。至于在这个之余，你是去工作也好，干什么也好，我都没意见。”居里脑中一片空白，但很快又恢复清醒，婆婆不给带孩子，这几乎是铁定的了，秋萍这么说，就是想把自己摘干净。也好，自己的孩子自己带，能出去工作就是万幸，再不济，居里也想到了一个人。沈居里望着安秋萍，四目相对，仿佛四鸿秋水，猜不透的深潭，但居里还是撑着，只说：“谢谢妈的理解。”说出口，才觉得有些像脏话，理解，去他妈的理解！秋萍说：“相互理解。现在是新时代了，我绝对不是那种封建家长。”

罗东方小跑进来，拎着外卖，有粥和橄榄菜，摆在床头，小心翼翼地打开，端到居里面前。沈居里瞄了一眼秋萍，秋萍说：“吃吧。”居里挖了一口，嚼吧嚼吧，皱眉头，故意说：“有点咸了，还是甜的好。”东方立即说：“那我再去买。”秋萍白了他一眼，却偏偏被居里捕捉到了，她欢喜着，不为别的，就为这一刻，东方完完全全听命于她。秋萍的大权开始旁落了。

等东方再端着粥进来，秋萍已经先回去了，坐在这儿，哈欠连天，居里看着没得来气。碗又端到跟前了，居里尝了一口，不吃了，只问东方："你妈是什么意思？"东方不知所以，忙问怎么了。居里道："这孩子落地才几天，鼻子不是鼻子，眼不是眼的。"东方诧异："没有啊。"居里问："你看看现在几点了？"东方说八点多。居里说："才八点，你妈的哈欠大得恨不得都能吃人了，不想待没人强迫，何必演戏。"东方说："这两天妈也挺累的，别误会，她没那么多心眼儿。"居里抢白道："刚才还劝我生二胎呢。"东方笑道："人之常情。"居里恨不得蹦起来："妇女有不生二胎的自由！"东方还是微笑："没说你不自由啊。"居里说累了，便道："不跟你说了，没力气了，你去看看病房什么时候换，说好了要单人病房的，我妈出钱，只是我提前生，不过过几天应该就能匀出来。"东方应承着，刚巧护士进门，他便问护士单人病房的事。护士走过去，翻了一下沈居里床头的病牌号，问："产妇沈居里是吧？"东方答应。护士道："刚才您家属已经去病房部退订了，已经有别人订上了。"居里声音颤抖，看东方："家属，哪个家属？"护士说就是一个中年妇女。东方忙站起来，说是不是弄错了，哪知居里撑不住，把粥掼在地上，"罗东方！我不过了！"说着，挣扎下地，体力不支，沈居里重重地摔在了地上。

刀山火海

说来也奇怪，在中国开放最早的上海，却依旧有着像罗进宝、安秋萍这样的小市民坚守着孙子是天的思想。一没有多少财产需要被继承，二没有多少才学、手艺需要被流传，或许是骨子里的那种血脉延续的执念，让这两口子愤愤不平。尤其是安秋萍，她生过儿子，立过功，所以格外对居里的“办事不力”不满，尽管他们早就知道——街道普及过——生男生女的问题，是由男方决定的。进宝在泡脚，秋萍拎着壶进门，朝木桶里加水。罗进宝道：“好了，哎呀，烫死人，下手一点没有准头。”秋萍道：“你都不知道，居里使唤人那使唤得开心的，一会儿要吃咸，一会儿要吃甜，正宫娘娘也不过就这个劲头。”

“你跟一个生孩子的人计较什么。”进宝说。

“我生孩子的时候，你跟你妈都不在，我要喝口米汤都难，怎么叫我计较，幸亏生的是女孩，那要生的是男孩，我们家还不被她翻过来，我成媳妇，她就是我婆婆了？”

“做人不要那么狭隘，眼光要放长远。”

“我眼光放长远了呀，我跟她说了，可以生二胎，现在国家也允许，你知道人家说什么吗？”

“说什么？”

“说养不起，这里是上海，不是乡下，这叫什么话，养也是我们东方在养，也不是她在养。”

“你就少说两句吧，反正啊，日后我们少问点就是了，他们来找我们帮忙，我们才帮忙，不找我们，我们也不多事。”

“罗进宝，你挺开窍的嘛。”

两个人你一言我一语，这孙女的事似乎也就过去了，可消息一不小心传到隔壁邻居素鸡的耳朵里，事情瞬间变得不简单了。健身器材旁边，素鸡和几个中老年妇女在锻炼，安秋萍走过去，锻炼，甩胳膊。素鸡乜斜着眼道：“安老师，听说你们居里生啦？”她一直尊称她安老师，可语调拖着朝上，怎么听怎么有点讽刺味道。安秋萍底气不足，便先发制人，带点干笑：“生了，怎么，又想说生女儿不好是不是？”素鸡演戏，高声吆喝道：“生了女儿呀，哦我不知道我不知道，这不是等安老师来给大家报喜嘛，什么时候散红鸡蛋？”秋萍道：“等着，回头亲自送上门，不怕吃撑了你。”素鸡还是笑：“哎哟，安老师脾气大的，孙女没什么不好呀。”安秋萍呵呵笑道：“生孙子也没什么不好，多准备几套房子就行，你可要多多努力，不能那么早就退休。”素鸡摇头晃脑道：“我就不操这个心喽，幸亏我儿子还有点能耐，房子已经准备好了，我就等着我那小孙子长大，结婚，再给我生个重孙子，叫我一声太太。”人比人得死，货比货得扔，秋萍本来没那么大气，可话赶话到这儿，再加上素鸡十三点的劲头，不由得火冒三丈，下器械，叉腰，喷着唾沫星子道：“你能活到那一天再说吧！”素鸡一听也火了，既然都撕破脸皮，索性开闹，她跟秋萍从年轻吵到老：“哎，这个安老师，是不是刚从茅厕出来啊，嘴巴那么臭？”秋萍不示弱，一边骂着，一边舞动双臂，素鸡接招，嘴里嘟囔着“来来来”，拳头已经打到秋萍脸上了。一群人拥簇着，嚷嚷着要拉架，可说到底是看的比拉得多，秋萍和素鸡放开了打个痛快，打累了，就气喘吁吁地趴在健身器材的跷跷板上继续骂，最后骂也骂累了，才各自走开。进宝在楼上远远地看见，叫了声“哟”，便拿着东西修电表去了。在这个问题上，他并不打算帮他的妻子，原因是，丢不起这个人。

天黑了，罗东方沉着脸，脱了衣服，甩在沙发上。

“唉，这孩子，谁惹你了，甩脸子给谁看哪！”秋萍正在气头上。

罗东方阴着脸：“妈，你是不是太过分了？”

“你吃错药了？”

“干吗退单人病房？”

“住不了几天，为什么就不能坚持坚持？你知道妈妈以前生你的时候是在哪儿吗？那是在大队的生产车间外头！普通病房还不行还要单间，这是什么资产阶级生活作风？再说了，你出去挣钱多不容易，哪能这么乱花。”秋萍跟机关枪似的。

“那是居里的妈付的钱。”

秋萍愣住了，她想不到自己千省万省，省的是人家的钱。可她还是不肯承认错误，只能一犟到底，无非还是那些艰苦朴素的老词老调，可这一切放在此时此刻说，是那么苍白。

“我去车站。”东方丢下一句话。

“去那儿干吗？”秋萍这才从自己营造的喧嚣环境中回过神来。

“居里她妈来了。”

东方留下个背影。秋萍觉得无比凄怆，分水岭，今天根本就是个分水岭，老话说有了媳妇忘了娘，东方娶了两房媳妇，秋萍还没这种感受，可现在东方有了女儿，她得了孙女，这种被抛弃的感觉才真真切切。秋萍突然有些委屈，泪眼婆娑。

“傻站着喝风呢？”进宝回来了。

秋萍收了泪，愤然：“居里她妈来了！”

罗进宝道：“正常，嗓门儿能不能小点，等会儿又把素鸡给引来了。”

“我怕她什么，真是的。”秋萍完全恢复正常。

“你不陪着去车站？”

“我去干什么？”

“书香门第，礼数，礼数。”进宝替秋萍着急。

“打车钱你报。”秋萍不含糊。

“行！”进宝这回爽快。

火车站外广场，一名中年妇女走过来，头发后梳，两手拎了好几个包，是居里的妈妈王家芝。东方招手，王家芝快走过来，罗东方迎上去接包。安秋萍迎上来，伸手，王家芝连忙握住。“早就说让你来上海来上海，盼星星盼月亮终于盼来了。”秋萍习惯先发制人。家芝有些不好意思，嘴上嘟囔着，一着急说出家乡话，也说不清楚。秋萍冷不丁掏出一沓钱，往家芝怀里一塞：“这个钱给妹妹。”家芝惊慌，忙问亲家这是做什么。秋萍解释说：“妹妹别误会，这是居里的住院钱，医院病房紧张，有个大出血的产妇特别需要，你看，我们老罗家人都心善，看到这种苦事，实在不忍心，就高风亮节让给人家了，而且居里过几天就出院回家休养，费那个钱做什么，所以就还是普通病房，这个钱还是还给妹妹，不能浪费妹妹的钱。”家芝忙说不能收，推搡了一阵，秋萍伶俐地把钱揣回裤兜。上了出租车，司机问，去哪里。副驾驶上的东方转头看二位，家芝和秋萍却一个说去医院，一个说回家，秋萍忙笑着改口，对东方说：“听你丈母娘的，快去医院。”家芝小声说：“居里她……”秋萍道：“师傅，麻烦去黄埔医院。”车开了，两个老太太在后座坐着，声音消失了，家芝不知道说什么，秋萍则是懒得说，她多少看不起这个亲家，东方和居里结婚，她打心眼儿里反对，可又有什么办法呢，东方是二婚，只要有感情，能过还是过。秋萍说不出什么，可她认真地觉得，东方应该找一个对他、对整个家庭有帮助的女人，而非找一个拖油瓶。

秋萍闭上眼，头靠在后座上，她想起了她的前儿媳石玉燕，她曾经恨她，恨她甩了自己儿子，石玉燕土生土长，知根知底，是她看着长大的厂子里的女孩，她不敢相信石玉燕会这么做。可现在隔了几年再回头看，秋萍觉得自己的恨意也淡了，也许是沈居里来了，产生了对比。石玉燕有什么错呢？她不过是为了更好地生活，在这一点上，她跟沈居里没有分别。只不过，层次不同、阶层各异而已。但安秋萍宁愿将石玉燕划为同类而非沈居里，在她眼里，居里不过是一个外地来讨生活、费尽心机朝上海钻的心机女人，是下等动物。以此类推，眼前的亲家，这个叫王家芝的女人，则更等而下之。

到医院了，家芝在罗东方的带领下，快速走入居里的病房，乱哄哄，吵嚷嚷。居里一见到亲妈，眼眶就红了。可王家芝却似乎很冷静，问孩子呢，又说居里看上去情况还不错，居里对妈妈的表现有些不满，她原本是救兵，可现在呢，好像已经投诚。

居里噘着嘴，道：“妈，我的病房……”婆婆在跟前，她点到为止。

秋萍上前道：“跟你妈说了这事。”

家芝笑笑说：“先凑合几天，过几天就回家里养了，钱也退了不是。”居里听了涨红着脸。秋萍挽住家芝：“亲家，居里在我们家里就跟亲女儿一样，走，咱们别在这儿凑热闹了，让小两口聊吧。”两人刚走，居里瞪眼，问东方：“都跟我妈说什么了？”东方说：“没说什么。”居里抵死不信：“够厉害的，我妈都被洗脑了。”东方嬉皮笑脸缓和矛盾：“没那么严重，大事化小，小事化了。”从这一刻起，居里对东方开始有些失望，和稀泥，他现在的状态就是和稀泥，刚谈恋爱的时候他可不是这样，山盟海誓、刀山火海，什么他都答应。但现在呢，居里靠在软垫子上，看着眼前的这个男人，突然又笑了。计较什么呢，他也有他的难处，他们有过爱情就够了。

陶乐乐难得主动约朱业勤出来，过去在公司，她是个保洁员，朱业勤是小中层，地位不一样，现在不同了，她们是闺密。居里缺席的日子，朱业勤愿意和陶乐乐说说话打发时间。从旋转门进去，左手边，B12桌，朱姐差点没认出来，眼前这个人是陶乐乐？气质，衣着，妆容，都有了提升，像上过速成班，韩国范儿的，你说这个人一年之前在做保洁员，估计谁也不会相信。朱业勤突然有些不好意思，跟陶乐乐比，自己这一身随意的连帽衫显得有些土气了，尤其是袖子，跟猪大肠似的，嘟嘟噜噜。“要咖啡还是茶？”陶乐乐热情招呼着。“玫瑰花茶吧。”朱业勤说。陶乐乐一招手，服务员来了，点了玫瑰花茶，还点了曲奇，两个女人坐在落地窗旁，光从半透明的窗纱透出来那么一点，隐约飘着，心慢慢也放开了。“这丝巾是给姐的。”陶乐乐把东西拎出来。朱业勤更意外了，不过是喝个下午茶，连忙说不要。“姐别见外，这是客户给的，颜色比较端庄，给姐戴正合适，别误会，可不是说姐，戴东西，关键看气质。”陶乐乐嬉笑着，只能从她的一点口音中听出来出处。她背后那个生她养她的小山村，全在这一点口音里了。再推托不太好了，只能收下。朱业勤到底见过点世面，半个小时，她把陶乐乐现在的基本情况问清楚了：在一家风投砸钱的公司做前台，也兼做接待，一个月五六千，大部分用在房租上了。她现在住卢湾，租金高，但方便应酬。她的野心全写在脸上，朱业勤偷偷感叹，为居里，更为自己。陶乐乐还有奔头，而自己现在除了辅助女儿学习，和女儿共同进步，似乎就再没有什么大事需要去完成。当然，相伴而来的，还有状态，上个月月经来迟了不少日子，再这样下去，朱业勤怀疑自己会提前停经，但谢平贵还是如狼似虎的年纪。

“姐有福气。”乐乐开始说客气话。

“什么福气，不过等死罢了。”

“姐嫁得好。”乐乐笑呵呵的，小勺子在咖啡杯里搅拌。

朱姐没开口，低头喝咖啡。

“大哥的生意现在做得可大呢。”

朱姐抬起头，大哥，哪个大哥？仔细一想，才想起来是谢平贵，乐乐还有居里过去都称她家老谢为大哥。

“小买卖，我懒得理他。”朱姐说相反的话，以示谦虚。忽然想起来不对，强压住慌张，问，“你怎么知道？有什么情况吗？”说出后面一句话来她立刻有点后悔，有点像怨妇了，时刻注意丈夫在外面有无情况。

乐乐倒很平静，笑道：“前几天接待过大哥一次，来我们公司，我认识大哥，但大哥却不认识我。”朱姐想说“你帮我盯着点”，但话到嘴边又咽下去，改成：“有机会认识认识。”

“大哥跟我们老板的朋友很熟。”

朱姐隐约想起乐乐提过，新公司的老板是个女的，至于老板的朋友是谁，她一时摸不着头脑。“老谢做什么生意我都不太清楚，倒买倒卖，勉强糊口。”

“那老板姓秦，跟大哥好像是战友。”乐乐低头呷咖啡。

老秦？朱姐心里咯噔一下，这个人她知道。“是光头吗？”

“是是，头发不多，挺干练的。”

老秦和老谢算不上战友，只是先后在同一个部队服役，老秦生意做得大，而且多半走政府系统，这几年行情不好，才来上海落户，零星做点买卖。不对，乐乐为何对他如此感兴趣？朱业勤随即道：“乐乐，有话直说吧。”

陶乐乐笑道：“姐别想多了，我不是那样的人。”

哪样人？此地无银三百两，老秦怎么着也有六十岁了。这小妮子难道想在他身上打主意？朱业勤道：“他儿子都比你大，乐乐，姐劝你一句，别走这条路。”

乐乐笑得更大声了，过了好一会儿才停下来：“姐姐，你真想歪了，我实话实说了吧。我刚进这个公司，没什么根基，铁定不会受重用，刚好谢大哥来了，他跟大股东又那么熟，我就想如果有机会谢大哥能把我推荐给秦总，或许我可以换一个职位，毕竟前台没什么前途。”

朱业勤的心放下来一半，可另一半还悬着。这小蹄子，一年前还拿着拖把拖地，一年后就懂得借力用力，华丽转身，朱业勤不得不承认，有些人际交往的智慧，那是天生的，她工作了半辈子，又跟着一个做生意的丈夫，却始终没有学会这些招数，或者退一步说，她看得透，却做不到。由此，她更加佩服陶乐乐了。

自古英雄出少年。哪怕是脂粉堆里的英雄，也必然是从少年里杀将出来的。

“行，我帮你问问，不一定能成啊。”朱业勤没把话说死。

“谢谢姐。”乐乐说。音乐弥漫着，乐乐冷不丁又补充一句，“现在商场多乱啊，也亏得是姐姐，宅心仁厚，我要是你，我绝对不放心在商场上的男人。”

朱姐听罢浑身一紧，忍不住伸手抓住乐乐的手腕：“你听到什么了？见到什么了？”

乐乐诧然：“没什么事姐。”旋即又说，“放心吧，我看着呢，眼观六路，耳听八方，有情况随时向姐姐汇报。”

嘻笑间，朱业勤觉得眼前的这个女孩子不简单，也难怪她不安于做个保洁的小妹，也正因为这份不简单，朱姐决定帮乐乐一次。帮别人也是帮自己。

跨过去

罗老太太带领着罗进宝、安秋萍站在门口。沈居里头戴线帽子，穿得厚厚的，王家芝搀扶着她。罗东方抱着孩子，从楼梯慢慢走上来。罗老太太满脸笑容："亲家母，欢迎欢迎。"王家芝拱着手，说着不标准的普通话："不好意思，打扰了。"罗老太太道："怎么会打扰，快进来坐。"安秋萍上前："把孩子给我。"罗东方道："世卉睡着了。"秋萍不予理睬，乐呵呵道："小世卉，醒来给爷爷、奶奶、老太太笑一笑。"居里急了："妈，世卉睡了，你就让她睡吧，醒来又麻烦，回头我们晚饭都吃不成了。"罗老太太道："对对，先吃晚饭，吃晚饭。"

晚饭自然是秋萍做的。小圆桌，一干人入座，老太太让居里妈坐主座，居里妈死活不肯，两个人客客气气，终究还是罗老太太坐在了那张太师椅上。居里妈王家芝陪在她右手边，再旁边是居里，左手边是进宝和东方，临门口一个小板凳是留给秋萍的。秋萍从厨房端菜出来，一见到小板凳脸就阴下来了。她这一辈子最不愿意做的，就是老妈子——她是要追求艺术人生的呵，可这个小板凳深深地刺激了她。老太太在，不好说什么，秋萍故意把菜盘子重重地磕在桌子上。老太太到底见过世面，知道秋萍的不痛快，医院退房的事她还没理论，索性摆出长辈的脸子道："干什么？得帕金森了？这么一丁点菜还怕人不知道，给猫吃？"秋萍道："我是为了让亲家母多尝几道菜，才做了少量多份的。"居里妈打圆场，夹了一根青菜塞进嘴里说道："好吃好吃，亲家母的手艺真不错。"进宝凑上去说："亲家的手艺也不错吧？”居里妈有些不好意思：“只会家常菜，上不了大台面，不比亲家母做的菜精致。”秋萍听了觉得像讽刺，气头又上来了。进宝实话实说：“我们家秋萍倒是很会做菜，只是现在不经常做了。”前头一句秋萍爱听，她喜欢进宝只称她的名字不说她的姓，亲昵昵的，但后一句她就不爱听了。“谁说我不经常做，你天天吃的是什么？”秋萍反唇相讥。“我不跟你抬杠。”进宝闷头吃。居里这才见缝插针说一句：“妈做菜很厉害，还教了我好几手。”说完，笑着看自己的妈。秋萍本有些得意，但看到居里的眼神，又搞不清她嘴里的妈究竟是自己亲妈还是她这个婆婆，但也只能顺着说：“你看，还是我儿媳妇亲，说实话了。”居里妈说：“以后居里还是要请老姐多教教，以前光顾着读书了，家务事都没学着做，这也算是现在教育的一个缺失呢。”这话说到秋萍的心坎里了，秋萍跟着说：“我们家东方倒是小时候经常帮我洗这个弄那个，只是现在他太没有时间，每天忙于工作都忙不过来了，唉，都说生男孩好，我看没什么好，小时候喜欢，到大了还不是要辛苦挣钱养家撑门头，累都累死了。”居里妈不说话，微微笑着，聆听亲家母的教诲。

老太太年纪大吃不了多少，一会儿工夫，就起身告退，上楼吃药去了。王家芝起身半点头送客。又过了一会儿，都吃饱了，剩一桌子碗筷，秋萍和家芝抢着洗，这个说哪能让妹妹洗碗，那个说姐姐已经做饭了，我洗个碗是应该的，最后秋萍投降，洗碗的工作交给家芝。孩子吃饱奶还在酣睡。居里和东方进小屋看一了眼，居里问东方：“晚上怎么住？”

“要不我睡客厅吧。”东方说。

居里从门缝里看看客厅那老木头的沙发，弯弯曲曲的弧面，坐着都硌屁股，别说睡了：“那怎么睡，杠人。”

“凑合凑合。”

居里有些心疼东方，但为今之计，也只能先这样。她跟她妈、世卉一个屋，东方爸妈原地不动，东方睡客厅。可谁知这个决议在《晚间新闻》的时候遭到了秋萍的坚决反对。妈妈心疼儿子，比妻子心疼丈夫更甚。

“不行不行不行，你怎么能睡客厅？这个冷死了。”秋萍直摆手。

“没关系。”罗东方拍拍胸脯。

家芝一听也立刻表示反对：“姑爷要上班挣钱，精神不好可不行，还是我来睡客厅。”

进宝原本在阳台抽烟，见此局面觉得有必要展示一下自己的智慧，他慢慢踱进客厅，左手叉后腰，右手做指点江山状：“哎呀，问题简单的咧，谁都不要睡客厅。”秋萍脸色一变，生怕进宝说出蠢话：“就你灵的，什么意思，难道住宾馆啊，两百块一晚，你付钱啊？”进宝道：“所以说你们死脑筋的，现在我们五个人，哦，不，还有小世卉，六个人，直接合并同类项不就解决问题啦。”还合并同类项，居里差点笑出声，笑公公古怪的幽默。秋萍拿手指戳进宝的脑门儿：“说鸟语啊，神经的。”东方也说：“爸，别开玩笑了。”罗进宝着急道：“没开玩笑，都不需要睡客厅，男的和男的一个屋，女的和女的一个屋，我和东方住在小卧室，亲家母和秋萍、居里、世卉睡在大卧室，夜里方便照顾，客厅没有空调，上海的冬天冷，开了空调，都不怕了。”这一安排可触了秋萍的霉头了，她一不愿意和陌生女人同床，二开空调也费电，更是犯了大忌，就立即反对：“不行不行，这样太挤了，怕亲家母受不了，这才来第一天。”谁知居里妈愿意忍辱负重，淡淡地说：“我看就这样吧。”居里当即轻轻叫唤：“妈——”百感交集。东方说：“那就听爸爸的吧。”大局已定，安秋萍一肚子气，默默地走向洗手间，一屁股坐在抽水马桶上，嘀咕：“这下热闹了。”

磨蹭到十一点，秋萍还在客厅看电视，东方进屋了，跟进宝倒腿。居里在里屋喊：“妈——该休息了。”秋萍这才抱着被子进屋。居里和家芝在床上弄孩子，秋萍问怎么睡，家芝说我都行。居里出主意：“我看要不这样，妈，你睡最里面，我和世卉睡中间，阿姨，你睡外面，还好我们这个床够大，我看没问题。”秋萍走到窗前，把窗子开了一条缝。家芝忙说：“小心贼风吹到孩子！”秋萍道：“谁没生过孩子，这隔着几丈远呢。”秋萍不是不心疼孩子，可居里、家芝这么特别提出来，她偏要唱反调。“这什么味？头晕。”秋萍扶头。居里抱歉道：“可能是我的奶腥味。”秋萍大惊小怪：“不，是人肉味。”居里不理会，把世卉的位置靠墙，其余三个女人躺下了，秋萍最靠外。正式闭眼前，秋萍去了趟洗手间，对着镜子，秋萍忍不住自言自语：“亲妈一来，我就成阿姨了。”里屋，进宝和东方发出轻微的鼾声，男人心就是大。秋萍抱着满腹牢骚上了床，她原以为自己会失眠，可没等几分钟便进入梦乡，伴着轻微的呼噜声。居里睡不着了，翻身，婆婆的呼噜声让她心里跟被猫抓了一般。“死猪！”居里小声骂道。家芝睡眠本就轻，换了床，头一夜自然不太适应，她用胳膊肘点了一下居里的腰部，用假嗓子说得轻轻微微：“睡吧，闭上眼，一会儿就睡着了。”

半夜，世卉醒了，哇哇哭，声音震房顶。居里翻身坐起来，开始解衣服，准备喂奶。王家芝也起来了，盘腿坐着。可居里挤了半天也没奶水，世卉含着奶头，吮吸一阵，估计见无实利，又哭了起来。王家芝建议冲点奶粉，居里说在外头的客厅大柜子上，王家芝起身要去拿。居里对着横亘在床沿子的秋萍抱怨道：“怎么还在睡，真是大水淹了都不会醒的人。”王家芝摆手，示意沈居里别说话，她做口型，打手势，告诉居里，婆婆已经醒了，但不想起来。家芝道：“我去吧，奶瓶给我。”居里道：“还是我去吧。”居里从床上站起来，从安秋萍身上横跨过去。一会儿，回来了，又跨上床，故意地踩在安秋萍的腿上。

秋萍随即“啊”地大叫，必须醒了。

居里忙说：“妈！对不起！刚去给世卉冲奶粉没注意。”

家芝忍住笑，说：“亲家母，快睡吧。”

秋萍吃了哑巴亏，只能倒头继续睡了。

带孩子的问题

家芝没待满月就回老家了，居里爸在家，需要照顾，原本一天都离不了，但居里这里特殊，估计一辈子就一次，才勉为其难放老婆出来照顾女儿。居里爸从前是工人，大老粗，不懂得怜香惜玉，生了居里他也是一百个不满意。居里对老爸又爱又恨，但她可以确定的一点是，她绝对不要重现父母那样的婚姻。

出了月子，朱姐来看居里，带着东西来的，吃的用的，还有一条蜀绣的披肩，是平贵的朋友送的，她嫌太老气，转送给秋萍，秋萍心花怒放，出去唱戏去了。秋萍刚走，朱姐便笑道："这才哪儿到哪儿，就受不了了？"居里道："月子还没出，我妈就被赶走了，我能怎么样，赤手空拳来到上海，出了这个门，连个落脚的地方都没有。"居里故意夸大其词，显示自己的困难。"怎么打算的？"朱业勤问关键问题。居里叹道："失了业，产假都没有，只进不出纯消费，东方的那点工资，啧啧啧。"朱姐劝说："起码住宿、吃饭不用花钱。"居里忙道："吃饭要花钱的，我和东方，一个月七百，交给他爸，但月月也见不了几次荤腥。"居里又问朱姐的情况，打不打算上班。朱姐把自己的近况跟居里说了个大概，做陪读妈妈，被拽得死死的，什么也做不了，女儿还有点叛逆，这点随她爸。说到这儿，两个人都笑了。居里又问乐乐的情况，朱姐没说乐乐找她问秦总情况的事，只说乐乐在一家公司上班，好像做得还不错。居里叹息道："你看，上了一个台阶了。"朱姐说也没想到她这么有办法。居里道："我们来大城市，就跟打怪升级差不多，农村的想到城市，城市底层想变中产，中产想变上层，二十几岁的时候我觉得自己有无限可能，可现在呢，是力不从心，再加上有了婚姻和孩子，拖都拖死了。”朱姐也是多年前来上海的，但她有些家底，父亲是当地干部，她跟谢平贵结婚时，老父亲一百个不愿意，她索性和老谢来上海发展。但父亲也并非绝情，老谢生意刚启动的时候，他介绍了不少人脉，还给了一部分资金。“乐乐不简单。”居里反复说。又说，“我现在啥也不想，就巴望着买自己的房子，搬出去，哪怕房贷压我到六十岁，我也认了，图个清静。”朱姐早过了这个阶段，无法真正理解居里的痛苦，也只能开解道：“多往好处想想，这里是市区，你买房子，都到乡下了，就算你以后再出去做事，也不方便，而且家里老人给带孩子，多好。”居里不再多说。

晚上，进宝、秋萍都不在家，居里决定好好给东方吹吹风。东方进屋，摘掉领带，脱掉外套，倒在床上。世卉在睡觉。“一天之内最值得期待时刻就是回家这一会儿了。”沈居里埋头在写字桌上，写写画画，没回头。

“吃了？”居里问。

“在公司叫了快餐，特别难吃，什么时候能吃上你做的饭啊？”东方懒懒地揉肩膀。居里故意说：“现在锅台由你妈把持着呢，现在我不上班，每个月你我还要交七百的生活费，真不知道吃了什么，吃青菜吃得脸都绿了。我有心做，你妈那两下子我学到不少，可是也没闲钱买啊。以后你有能力供自己的房子，再跟我说吃我做的菜的问题吧。”东方一听便知居里在朝房子上引，他无法给出承诺，只能用一贯的方法，表明前途光明，道路曲折。“新职位大有可为，买房子指日可待。”这话东方不是第一次说，居里听了可气，他还是向着家里人，而她，是一个外来户，尽管已经和他有了孩子，可放眼整个家，就她和他们没有血缘关系。居里掰着脚趾头也能算出来，这样一个土生土长的上海家庭，可能没有一点家底吗？存款不说多，几十万总该有，还有进宝手里那些股票，老放在里面，还不趁着股市没大跌抛掉，再熬下去，迟早被割韭菜，所以她沈居里也是为他们好。不动产是当下最好的投资，这是真理。居里决定掰开了、揉碎了跟东方说说，是在战略上，但战术上，她决定迂回着来。居里先说：“爸最近好像心情不好，在家里总是面色凝重。”东方没当回事，说那你陪他多说说话。居里随即道：“男大背母，女大背父，女婿可以跟丈母娘亲，媳妇可不能跟公公多啰唆呀，再说我也够关心你爸爸的，父亲节，我都从自己的私房钱里拿出一点给你爸买礼物了，母亲节也没见你给我妈买。”东方愣了一下，问：“爸吃饭没有？这个点还没回来。”居里道：“看到了吧，娶了个老婆不沾家，饭都吃不上，你就知足吧。”东方故意跟居里亲昵：“你看你，生了世卉，跟我都不亲了。”居里用胳膊肘顶开东方：“少来，我自学会计呢，准备再就业。”东方说：“你跟我妈学啊，我妈有经验，几十年的老会计了。”居里忙说：“算了，她那点心思，都用在自家人身上了，我是要出去算账的。”东方故作严肃说：“你看你，还说妈，你不也是一生完孩子就要出去了？”这可进了居里的套，居里转正身子，两手抱臂，朗声说道：“我和你妈能一样吗？她是光荣退休，我这人生刚开始呢，而且孩子是你们让我生的，现在又说我不管孩子，其实呢，打从生下来除了我妈，当然是我这个做娘的最关心世卉，毕竟是从我身上掉下来的肉呀。可是，罗东方先生你有没有算过，上海现在的房价还在涨，照这个情况我们什么时候才能买得起自己的房呀？细的不算，我就粗粗给你算一笔账吧，就打我们买一套小房子，就打六十平方米吧，还不可能是市中心的，照现在的情况来看，能买到七宝那样的地方就算不错了，就那还得四万一平方米呢，六十平方米就是两百四十万，公积金贷款，首付百分之三十，一个月我们省个五千块，也得将近十几年呢，可谁又能保证这六七年中没有别的事情要用钱呢？而且通货膨胀，房价也会涨。”

一通洗脑，东方傻眼了，他只能说“我在努力我在努力”，可他这努力的声调，显然赶不上居里的期待，再努力三十年，居里都快六十岁了。六十岁才住上自己的房子，有自己可以做主、可以大声笑大声哭的房子，又有什么意思呢？居里不是女权主义者，但她特别喜欢某个著名女权主义者的一句提议：女人应该有一间自己的房子——居里把它中国化了，她要这房子不是去读书思考的，她从来也不是文艺女青年。这房子关乎她的安全感，代表她在上海有了根。

带孩子的问题此前没讨论过，世卉生下来，她姥姥带了一个月，出了月子，大多数时间是以居里照顾为主，秋萍搭把手为辅，没提过钱的事，也还没出现矛盾。秋萍要唱戏，票友的戏，进宝第一个反对，秋萍在外面疯了一辈子，进宝和她的斗争是表现在行动上的：只要秋萍回来晚了，踢桌子、摔板凳不许她上床，非弄得秋萍求饶不可。居里为了拉拢婆婆，在唱戏这一点上，站在了婆婆这一边，就好比这次北京的京剧票友大赛，秋萍要去，进宝反对，东方也不赞成，就居里说："妈喜欢就应该去，光荣应该争取。"一句话，打成二比二平，秋萍又说："小卉卉呀，赞不赞成奶奶去呀？"世卉咯咯笑，秋萍立刻说："好了，三比二！还是去！天意！"打好行李箱就走了。秋萍一走，世卉就彻底由居里托管。一上午，进宝坐在沙发上看电视。居里抱着世卉出来说道："爸，你抱一会儿小卉，我去买菜。"进宝一边说"家里还有一点挂面"，一边接过孩子，可抱在怀里怎么都不舒服，一会儿，孩子头朝地、脚朝天了。居里连忙纠正说："爸，这样不行，孩子不舒服，你也不舒服。"进宝忙说："男人就是男人，以前干工作，孩子都是东方奶奶和你妈照顾，我哪会呀。"居里道："那要不爸下去买点小菜，买点鸡肝和五花肉？"进宝有些心疼了，但嘴上说不出什么，只能绕着弯子说楼下这小菜市荤菜不好，回头去新民菜市场看看。两人正说着，老太太下楼来，撞见两个人说话，她当然知道自己儿子的脾性，当下掏出钱来，说鸡肝就不用买了，现在都是饲料鸡，肝也不正常，买点牛肉吧，吴老大家的，回来炖炖汤。居里大为感动。老太太又对进宝说："孩子还小，秋萍忙，你也忙，东方要上班，我是力不从心，居里一个人看不过来，应该请个保姆。"请保姆要花钱，进宝一百个不愿意，可既然老母亲说了，他也不能说不，只能说："要不等秋萍回来商量商量。"老太太说："我那楼上小房子还有个客厅，让保姆住还可以，实在不行现在也有不住家的保姆。”进宝不再说什么，拿着钱出门了。居里欢喜得恨不得抱住罗老太太，但还没等她情感爆发，老太太便又悠悠地上楼了。

居里打心眼儿里觉得，这个家里，个个都是聪明人，但个个都没有智慧，唯独老太太例外。老太太具有能将复杂问题简单化的能力，看得穿，看得透。当晚，沈居里就将请保姆的事跟东方说了，并表明是老太太的意见。东方跟他爸一个反应：“不用等妈回来吗？”居里道：“老太太大还是妈大？”东方说：“真到了请保姆的地步了啊？我是担心，保姆教不好孩子，孩子还是应该自己带。”居里道：“我说不带了吗？我是出国几年不回来了吗？你一个月挣多少？咱们是那种闭着眼什么都不用考虑的家庭吗？我也不想出去工作，谁不知道舒服，但能行吗？”面对老婆连续的反问，东方一言不发，他总觉得有些心虚、愧疚，虽然是土生土长的上海人，可在赚钱能力上、家底上，他都不是那么“进步”，说一千道一万，他太穷，赚钱能力不够。这让他又想起前妻石玉燕，在家里住了没半年，就宣布离婚，去国外了。他和她青梅竹马，有爱情吗？曾经有，可石玉燕更想要出人头地。居里跟她比，层次上下去一些，但本质上，没有太大差别。东方了解居里的忧虑，但正因为此，他更加自责。

电话响了，东方接，听筒里传来秋萍的怒吼：“不许请保姆！”震耳欲聋。东方忙解释：“是奶奶要请。”

“我过两天就回去！”秋萍的音量一点没减小。

挂了电话，东方呆坐。居里哭了，嚷嚷着：“我说不那么早生，是你们非要生，生了又不带，在这么个小的屋子里，你知道有多憋闷吗？我一个人带我干吗还要住在这个家，比螺蛳壳也大不了多少！世卉在这样的环境中长大，心胸都会变得特别狭窄的……”一边哭，一边捶打着东方的后背，世卉不懂大人的情仇，只是看着爸爸妈妈闹来闹去，竟还咯咯笑了。

最后一个知道

莉莉去美国留学的消息朱姐是最后一个知道的，是从莉莉嘴里说出来的，轻描淡写一句："妈，我要去美国了。"去美国？什么情况？朱姐说了一句"别胡说"，莉莉纠正她说："什么叫胡说，爸爸都安排好了，说是在半年前就办了留学，委托给一个机构，只是爸爸一直没说。"没说？朱姐觉得这简直就是奇耻大辱，孩子去留学为什么不说？她是外人，还是保姆？她这么长时间以来照顾莉莉，是为了什么？这是演戏。"不许去！"朱姐下意识地喊出来。莉莉反驳，说："为什么不准去，那是常青藤名校，你知道有多难申请吗？""不许去就是不许去！你得在国内上大学。"莉莉白了朱业勤一眼："我自己的事情我自己做主，妈你能不能不要这么落伍。"朱姐愣了一下，道："不许你这么跟妈妈说话。"莉莉道："不许不许，这不许那不许，妈你除了'不许'现在还会说别的词吗？我说你落伍是对你的提醒，你看看你自己现在，乌突突的，衣着品位、说话内容，哪一个不是被时代淘汰的？中老年人也需要与时俱进。"莉莉摇头晃脑地说个不停。朱姐只觉得天旋地转，血冲到脑门儿上，啪地给了莉莉一个巴掌。莉莉没哭，眼睛里飞出刀子，战争就这么爆发了。

莉莉当天就搬走了，带着自己的行李箱子，平时什么都不会，离家出走倒是见出了真功夫，箱子里整得特别整齐，独立极了，显然是去她爸那儿——那个小公司，上面有员工宿舍可以住。朱姐觉得可笑，又没离婚，还分成她爸那儿、她妈那儿。这个房子是为莉莉学习租的，可现在突然说去留学，还马上就走，那等于给这房子宣判了死刑。朱姐坐在屋里，等于是坐在牢笼里。她气女儿，任性、刁蛮，就她那德行，高中还没毕业就去美国，能行吗？她更气莉莉说她“落伍”，自从不外出做事以来，她最烦的，就是听到这两个字。朱姐对着手机照了照自己，老了吗？长相落伍吗？她又看看一身衣服，也谈不上落伍。她拨通平贵的电话，没人接。她有些怨自己的丈夫，莉莉留学这么大的事，他竟然一直捂着不告诉她。他们还是夫妻吗？他还爱她吗？他是靠她父母的关系起来的，他就这么忘恩负义？她过去一直都觉得，自己有权利、有资格、有能力把控自己的丈夫。可就从莉莉宣布要去美国的那一刻起，朱姐发现自己在家里的地位变了，从原来的第一位跌落到第三位，哦不，甚至连第三位都不如。她决定找谢平贵好好聊聊。

一夜没睡。莉莉走了，她本来一肚子担心，可现在女儿和丈夫统一战线，瞒天过海，朱业勤连担心的心思都断了。女儿的话犹闻在耳：“你落伍了，爸爸才是成功人士。”睡不着就起来，朱业勤拨打老谢的电话，打不通了。一大早，怎么会不通？难道有情况？再打莉莉的电话。通了，传来睡意蒙眬的声音。“你爸呢？”朱姐开口就问。“我哪知道。”莉莉说。“你在哪儿？”朱姐的声音有些凌厉了。“你管不着。”女儿叛逆劲又上来了。“在哪儿？！”朱业勤几乎在咆哮。“同学家！行了吧！”跟着，女儿旁边传来同学的声音，说：“阿姨你别着急……”朱业勤当即把电话挂了。一是放心了，二是她必须立刻去找老谢。打车到家，家里没人，桌子上一层灰，进门的鞋架上，拖鞋都落灰了。她去陪莉莉上学，准备期末考试，有一个多月没回来了，可老谢呢，他有什么理由不回来？再打老谢的电话，还是打不通。朱姐在房间里走来走去，东看看，西看看，像所有神经过于发达的侦探。然而技术太差，实在侦查不出什么——保不准是罪犯太过狡猾。“男人有钱就变坏”，这是俗语了，朱业勤过去只是听，没有思考过，因为她觉得这事绝对不可能发生在自己身上：第一，她对自己有信心，她优秀、漂亮；第二，她对老谢有信心，他老实、忠诚，更何况她还有恩于他；第三，她对老谢的状况还算了解，在上海，他还算不上有钱。可现在，朱业勤有些吃不准。她老了，他却越来越成功。别人都称呼她朱姐、朱姐，称他为谢总、谢大哥。叫哥是好事，叫姐，未必。

朱姐掏出手机，挨个儿看，哦，还有个小伍，一直跟老谢干的，见面次数不多，人还不错。拨过去，通了，朱姐问："小伍，谢总呢？"小伍支吾，还是叫姐。朱姐说："小伍，你说实话，姐姐谢谢你，将来有什么事，姐姐也会保你。"她说出这话自己都感觉好笑，她自身难保，凭什么保别人，然而到这个地步，只能狐假虎威。小伍说："姐姐，你是好人，但你千万不能说是我说的。"朱姐说："你说，我绝对不说，你放心。"小伍说："我们在'月亮湾'，来了几个客户，陪了一夜。"月亮湾？朱姐脑海立刻浮现出香艳画面，这个地方她听过，出了名的声色犬马。她脱口而出，问："找小姐没有？"小伍笑说："只是喝酒聊天。"朱业勤问了这句话立刻后悔，太小家子气、太沉不住气了。"谢谢你，小伍。"朱业勤郑重感谢，挂了电话。月亮湾，她开始在手机上搜索，说什么都有，商人、官员和小市民，去过那儿的很多人，点过这个那个，各种游戏人间……朱业勤不愿多想了。去吧，去一趟，她胡乱抓了件衣服，下楼开车。

安秋萍从北京提前回来了，票友大赛得奖无望，她怪罪到沈居里头上——原因是，分心影响到了嗓子。罗家人坐到一起，老太太不在，秋萍气势更足。"坚决反对找什么保姆，我们家才多大地方，还找保姆。"东方帮居里说话，也传达奶奶的意思："说是奶奶屋可以住。"秋萍道："谁说的？"进宝说当然是他妈说的。秋萍道："住奶奶屋，那是照顾奶奶还是照顾世卉？"居里低头，抱着孩子不说话，这个时候，她什么都不能说，说了她就是坏人。只能由东方做她的发言人。

"居里一个人实在忙不过来。"东方劝。可秋萍哪里会听呢，她最擅长的事情之一，就是打嘴仗。只听得秋萍掰开了、揉碎了道："这个家里不是只有一个人，我、你爸都可以轮换着搭把手，不过东方，有一点情况你一定要明确、要明晰，这个孩子，是你的孩子，是你和居里的下一代，你们是她的监护人，你们必须负全责。不要什么事情都推到我们老人身上，我最反对的一点就是年轻人什么都依赖别人，什么事都认为理所当然，很少自己想办法解决问题，养孩子是一辈子的大事情，你们必须亲自去体验作为父母的每一天，酸甜苦辣都是你自己的对不。我们做老人的，只能在关键时刻给你们出出主意。为了你们这些子女，我们已经操劳一辈子了，从小到大现在又成家立业，我也想静下心来做一点自己想做的事情，我也想过几天清静日子，这个要求不过分吧？”这话是批评东方，可火力明显是对着居里去的，居里属牛，这叫隔山打牛。

东方思考了一下，勉强承认不过分，但他也不肯松口，笑笑说：“这也是给爸妈减轻负担嘛。”秋萍瞪眼道：“是减轻你们的负担，不是减轻我们的负担，我们的负担就是你，现在不应该继续是负担了。”听到这儿，居里眼眶已经有些湿润了，请保姆无望，她出去工作更无望，没有工作，她能有自己的房？没有房子，她妈将来怎么办？一切都不敢想、不能想。好在，东方还是向着她的，可这恰恰是秋萍恨她的一点。她抢走了她的宝贝儿子，她就是一个女特务，策反了一个原本忠心耿耿的好儿郎。可事已至此，居里不能不硬着头皮往前走。她脑中思索着，只听到东方说了这么一句：“这孩子可是当初你们千叮咛万嘱咐着急生的，现在却不管了，合适吗？”火上浇油，秋萍立刻站了起来，指着居里问：“这话是不是你教他的？我儿子说不出这话。”居里瞪大两眼，不知说什么好，冤枉，天大的冤枉，她能教他什么，都是成年人。东方挡在前头，还算是个男人：“妈，你别冤枉居里，这是事实。”东方这么一挡秋萍更恨，这还是自己的儿子吗？吃里扒外，有媳妇不要娘！随即战火继续烧向东方，指着东方的鼻子道：“罗东方我告诉你，别搞错了，孩子是你们自愿生的，谁都没逼你，我们只是期望、愿望，抱着美好的一个心愿希望你能生，这孩子以后喊你爸叫她妈，做人要拎拎清，这孩子以后是给你养老不是给我，你现在种树，以后你自己乘凉，年轻人，不要总是觉得什么事都是给我们做的。不是这样的！我们希望生个男孩抱个孙子，你们生出来了吗？”

话赶话说到这里，居里实在听不下去了。又是孙子的问题，她从小就因为自己是个女孩而被左邻右舍说风凉话，现在长大了，还是如此。她算看明白了，在这个家，谁生不出孙子，谁就是孙子！居里对着进宝、秋萍怆然道：“爸，妈，前几天你还说你不重男轻女的！孩子是我们的责任没错，可时代能一样吗？过去一家同时养六七个孩子都没问题，现在能行吗？养一个孩子都累得歪鼻子斜眼的，难死了，你以为我想出去打拼，我不知在家舒服？可是能行吗？这一桩桩、一件件事都抵在跟前，妈是无事一身轻唱大戏去了，可我们是上有老下有小，孩子要养，以后爸妈有什么问题，也都是我们来处理。”

老人最怕想以后。这话还没落地，秋萍就炸得跳起脚，右手食指恨不得戳到居里头上去：“你咒我？呵呵，就算我有躺在床上那一天，也用不着你端屎倒尿！”进宝见老婆实在控制不住情绪，一声暴喝：“安秋萍！”

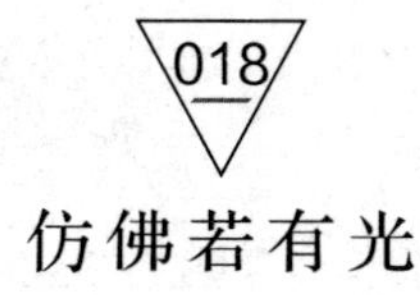

仿佛若有光

“月亮湾”这种地方，朱姐是第一次来。进门就是金碧辉煌，她有些眩晕，她自认自己是见过世面的人，可到了这种地方，还是有些不适应。大堂朝里，宴会厅里，一群穿着浴衣的男男女女在吃自助餐，左右两侧写着“男宾”“女宾”。朱姐掏了三百八，心想着不吃点喝点再洗洗澡，对不起这票价。但一转念，才记起是来找老谢的。八成在桑拿房睡觉。“能不能帮我找一下一位姓谢的客人？”朱姐问服务生。服务生笑笑。朱姐再次追问，服务生才委婉告诉她，进了这个门都是不叫真名的。朱姐诧异，问那叫什么。服务生笑笑，点点朱姐浴衣上的铭牌，小小的，金色方块，上面写着“周芷若”。“大姐您现在就是周芷若了。”朱姐顿时出了一身冷汗，瞟一眼身边路过的人，有的叫张无忌，有的叫陈家洛，还有的叫阿紫、黄蓉、东方不败。“东方不败算男的算女的？”朱姐问服务生。她还没忘了幽默感。

“跨性别。”服务生很淡定。他见得多，识得广。朱姐这才觉得自己多问了，大惊小怪没见识。在这宫殿一般的娱乐场所里转了一圈，朱业勤才渐渐放松了，精神上、身体上。她打老谢的手机，依旧没通。打小伍的电话，一声起，立刻又挂了。她不能再给小伍添麻烦，万一老谢知道了，她难做人，也会痛失小伍这个线人。

自己找吧。朱姐突然想起一篇课文《桃花源记》，里面说有小洞，仿佛若有光，走过去就是别有洞天。找了一圈没找着。路子不对，她这才发现还有三楼。拾阶而上，都是包间，隐约听到有喧闹声。顶里头一扇门露着点缝，里面细细碎碎有人说话，但听不清，走近看，是日式装修，铺有榻榻米，男男女女席地而坐，老谢的脸正对着门。朱姐头皮发麻，想直接叫，但又有些叫不出口，看他胸前铭牌，叫张无忌，跟自己的周芷若是冤家。

门缝里闪出个人，是小伍。

“姐。”小伍比画了一个小声的手势，“哥在里头呢。”

“叫他出来。”朱姐既然来了，就打算破釜沉舟。莉莉的事，她得问清楚。

“稍等。”小伍一猫身，又回头，“别跟大哥提我。”

“放心。”朱姐说。

小伍进去了，低着头趴在老谢耳朵边嘀咕着。恍惚间，朱姐仿佛瞄到个熟人，陶乐乐？坐在那老男人身边的，裹着白色浴巾，是她吗？在这种地方也化着妆，她不是来洗浴的。在她旁边，还有两三个女人，有化妆的，有没化妆的，分不清来路。一群人推杯换盏，虽然不似低俗场所的声光绮丽，但空气中也有些异样的味道。

再一偏头，是陶乐乐没错。她也看到她了？也许没看到，朱姐不想让老同事知道自己来过。

没多久，老谢出来了。叉着腰，皱着眉，一身正气，老干部样，“你怎么来了？”这一句就激怒了朱姐。我怎么就不能来？“你电话不通。”

老谢不假思索：“哦，没电了。”

“不是没电，是打不通。”

“没电就是打不通。”

两口子抬杠：“莉莉去美国是怎么回事？”

“好了，不是什么大事回去再说，这朋友都在里头呢。”

“女儿的事不是大事？”

“你给我点面子。”

“谢平贵！”

“就是那么打算，还没定，还要跟你商量。”老谢的口气软了下来。朱姐心里稍微舒服了些，他还是在乎她、怕她的。“这事不能这么草率。”

有人叫“张无忌”了。

“你先回去。”“张无忌”劝周芷若。

朱姐有些气弱。没化妆——她也不会化，蓬头垢面上不得台面。糟糠之妻不下堂，但糟糠之妻也出不得场。自惭形秽，唯有撤退。可朱业勤又有些失落，他没把她介绍给他的朋友们，别说这一次，就是这么多年，她似乎也从来没有在他的朋友圈出现过。她就这么带不出手？想到这儿，朱姐又有些来气。

她一把抓过老谢的铭牌：“叫什么张无忌，有好下场吗？”

老谢道：“你还不是也叫周芷若？”

朱姐抢白道：“周芷若没问题，就怕出来个赵敏。”

老谢没搭茬，转头进去了。朱姐刚转身走，背后有人喊她。回头一看，果真是陶乐乐。朱姐曾经帮她向老谢套话，问老秦的情况。

“姐。”乐乐微笑着。她胸口的铭牌闪闪发亮，上面刻着两个字：“赵敏。”朱业勤下意识地不舒服，但立即开始解释：“哦，钥匙忘在屋里了，找老谢拿个钥匙。”

乐乐不说话，上前抱了朱姐一下，又双手扶住她的双肩，说：“放心。”

千言万语都包含在这两个字里头。

朱业勤一头雾水，但又隐约觉得恐怖，放心？放心什么？放心张无忌不会出问题？还是放心赵敏跟张无忌没关系？上次在咖啡馆见面，她就觉得陶乐乐有些变化，这一次，变化更大了，是内在的，从眼神就能看出来。

这是一种挖地三尺也要从上海挖出什么来的眼神。

朱业勤不由得打了个冷战。

请保姆的事居里请教过朱姐。朱姐的建议是：二一添作五。老太太愿意出一份，东方、居里出一份，秋萍夫妇出一份。东方委婉地跟进宝提出来，进宝再转告秋萍，算是缓冲。秋萍对着镜子梳头发，罗进宝站在她身后，看着镜子里的秋萍。进宝说："你说你这刚回来较个什么劲，不就请个保姆吗？"安秋萍放下梳子："我是小气的人吗？上次你要买那个什么全套的冲锋衣我没给你买吗？不该花的钱不能花，钱要花在刀刃上，这么纵容还行？"进宝嘀咕："妈都同意了。"

安秋萍大声道："妈同意也不行，我们也要出钱的，那就得有发言权。"

"真不知道你是怎么把东方带大的。"进宝不正眼瞧秋萍。

秋萍当即跳脚："废话，不是我带大的难道是你？一代有一代的责任，推卸责任可不行，动不动就怪时代、怪压力，我看很多农民工进城来上海的，不照样带着孩子满街跑，我看那孩子一个个的，也都充满活力。"

"那接受的教育不一样，长大之后未必能成才。"

"我的天，所以我说现在的家长就是把自己的孩子看得太高太高了，恨不得个个都当总统，现实吗？能安安分分、健健康康地长大，做一个普通人就行了。争个什么劲啊！连我这么充满天赋、色艺俱全、九岁就被京剧名家预言未来能够在戏曲界一炮而红的天才戏曲演员，混了这么久还只能是票友，你就知道人生是多么无奈、多么无常了，好多事情真是，有命做就做，没命做就不要做。"

"就你懂得多。"

"我是书香门第。"秋萍吸了一下牙，吐出一丝芹菜来。牙缝干净了。

请保姆的事磨了一个星期没结果。白日里还是居里照顾，秋萍外出唱戏，进宝有事做，只有周末居里才能腾出手去外面透透气。东方代班照顾孩子，她本来不放心，但不出去她实在受不了。居里和朱姐约在蒙自路，惊鸿咖啡馆。居里是来诉苦的，可朱姐也有好多苦要诉，可是居里的苦是明的，朱姐的苦却是暗的，媳妇在人后抱怨婆婆，似乎是天经地义，可妻子在背后抱怨丈夫，只能显得自己无能，与幸福生活无缘。所以居里不问，朱姐也便不刻意说自己家那点事。这时刻，朱姐瞪着眼睛问居里："你婆婆真不愿意带？"居里撇撇嘴道："就我婆婆那样的，她就是愿意带我也不敢给她带，心粗得跟什么似的，上次我让她把我洗好的奶瓶拿过来，她老人家给我拿来一瓶洗衣液，我说这怎么能一样，她说是你告诉我放在洗衣机上的呀。"朱姐问："东方怎么说？"

"他是早给我安了一个名头，贤妻良母。我也想做贤妻良母啊，可我到底不能不多想一点，还是那句老话：我一个人在上海，连个房子都没有，如果有一天我跟东方吵架，他一怒之下让我走，以我这么一个自尊自强的现代女性，我能不走吗？"

"都说了让你到我那儿。"

"别打趣我了啊，在现代社会做女人不容易啊。"

"做人就不容易。"

"帮我留意留意保姆啊，要熟手，最好不要那种特年轻的农村来的，那种容易出问题。有的说不干就不干了，还有给孩子下安眠药的。"

朱姐劝居里别把人想得太坏了。居里却说害人之心不可有，防人之心不可无。"你婆婆不出钱你还照请？"

"婆婆不出公公出，多的出不了出少的，总不能一个子儿也不出，实在不行，我和东方的伙食费不出了，那我们出也行。"

"别闹得太僵。"

两个人聊了一会儿，居里问起莉莉。

"要出国了。"朱姐说了实话。去"月亮湾"之后，她又跟老谢谈了一次，女儿的成绩一般，能申请上国外学校的半奖，的确比在国内强。可朱姐就是怪老谢不把这事提前告诉她，不把她当回事。居里惊诧："不是在上海读大学吗？"

"出国好一些，学校过硬。"

"莉莉走了你怎么办？"居里脱口而出，她说话常不经大脑。

朱姐的心痛了一下。这个问题一直都在，只不过由沈居里说出来，她才真正意识到问题的严重性。莉莉的离开，是她惧怕的。

她和老谢的关系，目前不冷不热，甚至于趋冷。她和莉莉虽然吵吵闹闹，可莉莉给了她一份热闹，这才是人间。莉莉走了她怎么办？

工作没了，朋友也没几个，兴趣爱好，除了饭后散散步，基本没别的。她的大把时间怎么办？接下来的日子怎么安放？

朱姐一时答不上这个问题，只得扭转话题："前几天见到陶乐乐了。"居里一听这话，立刻来了兴致，乐乐的故事，是她爱听的。这个小女子身上有一些她想做却不敢做、破釜沉舟式的勇敢。

"她怎么样？"

"好像做业务呢，迎来送往很娴熟。"朱姐笑着说。她故意隐去了地点——月亮湾——那个香艳的场所，也隐去了老谢也在现场的事实。

"真行。听说他们老板是个女的，对她不错。"

"女的？她对男老板感兴趣。"

居里随即哈哈大笑："资本，年轻女孩子的资本，善加利用，一飞冲天。"

是人都蠢

请保姆的事磨了半个月，秋萍肯出钱了。前提是，她对保姆有绝对的控制权。东方、居里愿意让一步，跟着正式托介绍所和所有关系开始物色人选。

这天，门被敲响了，打开，门口站着位大婶，穿着袄裤，有点土气，但两眼放光，盘着头，头发有点灰白，看上去挺利落。

“进来吧。”秋萍看出了个大概，便端出女谢架子。

沈居里从里屋出来，见桂香来，客气地说：“你是？”

桂香忙不迭地半弯着腰，缩头缩脑地说：“俺叫刘桂香，是朱老师让俺来的。”

秋萍端坐：“哦，保姆。”刘桂香赔笑：“是是。”秋萍严肃地说：“介绍一下你自己。”刘桂香笨拙地说：“俺叫刘桂香，家在安徽砀山，今年五十八岁，爱孩子，也懂得照顾孩子，当过村口的老师，烧锅做饭都会，俺不是那种一般的只认钱的小保姆，俺比较挑，太难相处俺不干，做保姆，一是看孩子，二也要看大人。俺看大姐挺面善的，这位姑娘也面善。”秋萍连忙嗔道：“乱讲，我叫你姐姐还差不多，你比我还大几岁呢，我们家是没得挑，通情达理的书香门第，工资也不会少你的，住，你就住楼上，跟老太太住，老太太也是个好老太太，你们还能聊聊天。不过你这身子骨，还能干不能干？我身子骨这么好都干不动了，年龄到了不由人。我对安徽人还是有好印象的，去那儿插过队。”居里多少为婆婆的这番话感到难为情，同样是劳动人民，秋萍还没给钱呢就趾高气扬。怎奈桂香也挺上道，秋萍话音刚落，她便觍着脸问："俺该怎么称呼姐姐啊？"

秋萍正色道："叫我安老师，叫她居里。另外一个是罗老师，出去办事还没回来，还有一个是男主人罗东方，你叫他罗老师就行。"

桂香问："安老师，您是去安徽那拐子插过队啊？"

这可说到秋萍心坎上了："淮北，离你那儿不远，不过我没过两年就跑回来了，幸亏那时候有八个样板戏，我就考文工团还真回来了，可惜把我分到文工团也是做会计。你们那个安徽的土地呀，贫瘠得很，丢下去都不长庄稼，不过安徽人都长得不错，活计做得也细。"桂香自谦又自夸道："现在庄稼都长得好得很，俺们安徽，南北交界，南方人的优点有，北方人的优点也有。"秋萍喜笑颜开，说自己的："对对，当时我去农村，干活，我就是间间草，他们都说我干活的姿态优美，像电影里的人干活。"

桂香叠着双手："安老师一看就是个文化银（人）。"

秋萍得意："言归正传啊，你来我们家，主要就三项工作：一是带带孩子；二是做做饭；三是看看老人，就这三点，多了也不让你做。"

居里插话道："朱姐介绍来的，肯定不会亏待你。"桂香道："行李在楼下，你们没同意用我，不敢拎上来。"居里说跟她一起去拿，又交代她住在楼上，跟奶奶一起。桂香问："孩子多大了？"居里说："快一周岁了，还不会说话。"桂香道："没事，我来带，说话晚的孩子还聪明呢。"

桂香来了，居里和秋萍解放了不少，居里去外面上课，争取早日拿倒会计证，秋萍日日唱戏，进宝炒股，桂香倒也尽责，日日抱着世卉，时不时上楼跟老太太拉呱（聊天），各司其职。东方经过居里介绍，和朱姐的丈夫谢平贵往来甚密，除了公司业务，还想着在外头做点生意。居里为答谢朱姐，上门拜访过几次，老谢均不在家，莉莉倒在，但已经没了学习的心思。居里问朱姐："莉莉真要出国？"朱姐道："跟老谢谈过了，去加拿大上高三。"居里又问："费用多少？"朱姐比了个手势，十指全伸。居里不解，"十万？"朱姐呵呵笑道："三年起码一百万。"居里惊叹道："姐，你真找了个能干的老公。”朱姐叹道：“能不能干在哪儿呢？都这个年纪了。”居里没再多问。

没多久，世卉抓周，桂香从农村来，习俗尽通，便帮着秋萍、居里忙活，土洋结合，与时俱进。秋萍问桂香：“都准备了什么？”桂香道：“计算器、水彩笔、书、镜子、卷尺、印章、螺丝刀、积木……”秋萍皱眉：“女孩子家，要螺丝刀做什么，百元大钞怎么能没有？主席慈祥的目光小孩子从小就要领会的。”正赶上东方下班回来，进门见地上一趟明，便问准备好了没有。秋萍道：“桂香早都准备好了，就等着主角来抓了，虽说在我们上海不流行封建迷信，但抓个周，是一种美好的希望。”顿了一下，又故意左顾右盼，说，“居里人呢？哪儿去了？也不分个天色早晚，都做妈的人了，还非要学什么会计，我做了半辈子会计见到数字头都痛，她偏偏要学，当妈还没当好呢，当会计。”东方知道他妈故意找碴儿，只是低头忙自己的。秋萍不肯作罢，紧追着说：“都是你，自己的老婆不好好管管。上海男人疼老婆，可也没有这么个疼法的，你整天累死累活恨不得披着星星出去带着月亮回来，她倒好，找来桂香做替身，逍遥了。真是孙猴子附体。”东方拗不过，只好说：“妈，《婚姻法》规定了，夫妻双方有自由参加生产、工作学习和社会活动的权利。”秋萍道：“哎，你这孩子，还跟我讲起法律来了，法律上还说父母有抚养孩子的义务，怎么没见她好好抚养啊？”

进宝扶着老太太进门，坐定了。老太太道：“开始吧。”

秋萍忙说：“妈，对不起，只能请您稍等片刻了。”老太太诧异，说：“吉时已到，等什么。”秋萍道：“世卉的亲妈还没回来。”老太太问：“哪儿去了？”秋萍带着笑道：“谁知道呢，整天鬼撵似的朝外跑。”进宝骂秋萍道：“好意思说别人，自己不也那副德行。”正说着，居里提着蛋糕进门。

秋萍闭嘴。居里一个劲儿道歉，说路上堵车，放下蛋糕，就准备抓周。刘桂香把小世卉放在地上，把抓周用的东西在世卉周围摆成一个圈，众人围着。小世卉东看看，西看看，就是不下手。居里拍手，凝视：“小卉卉，这儿这儿这儿，看妈妈这儿，抓书、抓笔。”东方道：“抓计算器。”安秋萍不说话，盯着看。

小世卉看了一圈，拿起了一支水彩笔。罗老太太呵呵笑道：“哦，要当画家了。”众人皆笑。安秋萍重重地叹了口气。进宝猜出老婆又要作妖，道：“干吗，鬼上身了？”秋萍不看众人，眼瞅着地说：“抓个画笔……”东方笑说：“女孩子做艺术家也不错。”秋萍板起脸，直言不讳：“你没发现吗，富裕的画家都是男的，女画家富裕的不多，有几个名留青史的？也都是命运坎坷。”居里肺都要气炸了，女儿抓周，只是个意头，好坏不问，都应该叫好，可婆婆偏偏不给面子。居里强压怒气，半笑不笑，说：“难道在妈妈眼里，抓到钞票才是最好的？”秋萍一拍大腿，“哎”了一声，转个圈，对众人说：“为什么就不能现实一点，正确地面对自己呢？谁都知道钞票好，可偏偏有人故作清高，说我拜金主义，其实拜金爱钱不肯安贫乐道恰恰是这些人。醒醒吧，你们那些伪善的世界观。”

罗老太太一拍桌子：“都给我闭嘴。”

世卉哇的一声哭了。

进宝轻推了一下桂香：“把孩子抱进去。”

为抓周这事，居里跟东方抱怨了一晚上。东方只能劝，他既不能完全说他妈不好，也不能完全说居里不好。事实上，在世卉抓周这件事上，他妈的态度是有点傲慢，错在先。但她有权表达她的价值观。居里也意识到她和婆婆的冲突，不是因为眼前这个男人罗东方的冲突，而根本是两种价值观的冲突。婆婆眼里只认钱，这是这个大都市赋予的，一手交钱，一手交货，拿人钱财，替人消灾——这些都是这座成熟的商业城市的运行规则。她婆婆安秋萍的价值观，就是一个大都市小市民的商业价值观。她会给一切估价，包括人。但居里更担心的是秋萍“带坏”世卉。东方则劝居里，说我妈的岁数快是你的两倍，也就是说每个人都在自己的价值观、世界观里浸泡了那么多年，磨合肯定是不容易的。

“谁的孩子谁操心。”居里用枕头丢东方，据理力争。

“明天还要上班，老婆大人。”东方释放糖衣炮弹。

居里转过头，瞥见丈夫憔悴的面容，心又疼了，东方不容易。世卉出生，自己不外出做事，整个家庭的压力都担在东方身上。可他从来不叫苦叫累。东方属牛，是家里的老黄牛。想到这儿，居里倒下身子，把东方抱住了。

居里在怨秋萍，秋萍同样。秋萍洗脚，罗进宝拿着洗脚毛巾，坐在一边。秋萍嘴巴拉成“八”字形，苦口婆心地抱怨：“看到了吧，都看到了吧，这就是你乖巧的儿媳妇，一方面说自己厌恶钱、看不得钱、恨不得把钱放在鞋子里跟踩在脚底，另一方面自己又拼命学这个学那个，跑遍浦东浦西找工作赚钱，你说这是什么心态？”

进宝把洗脚布丢到秋萍身上：“你记住一点，世卉是东方和居里的女儿，他们一个是世卉的妈，一个是世卉的爸，他们会对自己的女儿负责，他们有自己的方法教育女儿，你没事少插手。”

“你以为我想插手吗？我偶尔说那么一两句，只是希望他们不要把孩子教育得那么蠢。我这一辈子，最受不了的就是蠢人。”

“你自己多聪明？混了半辈子，不是连隔壁素鸡混得都不如？”

“素鸡算个什么东西。我不如她？”

“你再废话我要放屁了。”进宝很严肃地说。秋萍平生最恨进宝在被窝里放屁，“哎呀！粗蠢不堪的人……”

楼上，刘桂香坐在罗老太太旁边，手里拿着钩针。她要给小世卉钩个毛线鞋子。“安老师脾气大的哦。”桂香说。老太太云淡风轻：“习惯就好了。”桂香道：“俺跟儿媳妇还好。”老太太说：“人就爱争，《三国演义》看过吗？曹操、孙权和刘备，争来争去，争出什么了，愚蠢。”桂香放下钩针：“哎哟，老太太学问大的，我都快听不懂了。是谁蠢，安老师还是沈老师？”老太太慢慢地倒在床上，翻身，面朝里，屁股对着桂香说：“是人都蠢。”

一只花猫从房檐上跳到窗台。

桂香“啊”地叫了一声，险些从板凳上跌落，她忍不住用家乡话嘀咕：“这大城市的猫都比俺们那儿的凶些个。”

贤内助

飞机场，安检完，换票，一家三口坐在候机大厅。朱业勤反复叮嘱，她不放心，这是女儿第一次出这么远的门求学。在她眼里，莉莉只是一个什么都不会的娇气小姑娘。可老谢大刀阔斧。成绩不够体育凑，莉莉七八年的游泳没白练，刚说去加拿大蒙特利尔，被打回来之后，他又找人以体育特长申请学校，误打误撞，竟然拿了明尼苏达大学的全奖。老谢和莉莉击掌相庆，并以此力证朱姐的不知变通。“没有转弯的路不但不会短，还会更长。”莉莉郑重地送朱姐这一句话。朱姐听着，总觉得别有深意。莉莉要走了，回头抱妈妈，朱姐一下就哭了。她即将失去的不但是莉莉，而且是一段生活。从前有莉莉陪伴，再怎么压抑也都还好过，可现在她彻底轻松了，不问了，不管了，管不着了，但那种无形的压力却始终没有消失。谢平贵站在两米外的地方，朱姐可以看到他凝望着她们母女。他面无表情，冷酷到底，他从来都是一个坚毅的男人、父亲、丈夫，莉莉崇拜他，可她并不，或者说谈不上。他过去曾经那么依赖她和她家庭的关系网。“时间差不多了。”老谢上前，像个审判官。“保重，照顾好爸爸。”莉莉转身，潇洒地走开。朱姐泪眼婆娑，目送女儿进登机口。可女儿的临别赠言她不喜欢。“照顾好爸爸”，难道她天生就是伺候人的？朱姐从小到大的优越感不容许她这样。

女儿的身影彻底消失。一段生活宣告结束，另一段尚未开启。

朱姐站在原地，心里空落落的。半晌，她转头对老谢的方向，擦掉眼泪，低语、叹息：“回去吧。”

老谢不在了。

朱姐心里发慌，左看看，右看看，人流纵横，哪有老谢的身影。朱姐喊了两声，声音瞬间就飘了。朱业勤转而有些愤怒，他不等她，莉莉刚走他就不等她。孩子走了，他演戏都懒得演？她知道他们之间出了问题，但她没想到有这么严重。

朱姐打谢平贵的电话，他接了。“你在哪儿呢？我得走回去？”朱姐口气很冲。

“买包烟。”谢平贵情绪稳稳的，没有被激怒。

朱姐的火气一下又退下去不少。买烟？可能是真的。他抽了几十年的烟，一个小时也离不了。

“也该说一声……”朱姐哩哩啦啦地抱怨。

老谢站在她身后，咳了两声。

开车回家，一路无话。

到了家，老谢朝沙发上一坐，看财经杂志。朱姐心里有气，故意没事找事。“起来点。沙发都坐出个坑了。”老谢挪了一下，没看她。

“晚上吃什么？”朱姐又问。

“随便。”老谢依旧不抬头。朱业勤生平最恨这个“随便”。“那不做了。”朱姐带着气，老谢还是不理睬。朱姐一把将杂志从他手里抽出来。

“看看看，你是真看吗？半个小时也没翻两页。”

“你想怎么样？”老谢平静地问。

这一问倒问住了朱姐。她根本不想怎么样，无理取闹引起注意仅此而已，可她还不得不找个理由，可一时半会儿又想不起来，只能说：“你小心点。”没头没尾一句。

老谢诧异：“小心什么？”

“你‘三高’，死命喝，瘫在床上我不管你。”

老谢觉得朱姐现在可笑。他知道她需要什么，可偏偏不给她。一起过了几十年，他反倒有点恨她。他不理她，可看到她歇斯底里的表情，又有点心软。

“没事混混圈子。”他提醒她，“别老在家待着。”

“出去不要花钱？”朱姐不假思索脱口而出。老谢咳嗽了一声，不再理她了。这也是他对妻子感到厌烦的一点，小县城的干部子弟家庭出身，怎么到了上海却成了守财奴了？以前困难，省是应该的，可现在他们已经跻身于中产。该省的省，该做面子的就要做面子，在他看来，作为夫人，她起到的作用应该是社交。

他们是因为恋爱而走到了一起。可他们现在却是合伙人关系，经营的东西是婚姻。

“回头我去你们公司上班。”朱姐冷不丁地说。

老谢扭头望她一眼，不置可否。

“我去当保洁。”朱姐故意说。

老谢还是不说话。

“当保安。”

老谢重新拿起杂志。

“当保镖。”朱姐越说越俏皮。

老谢把杂志摔在玻璃茶几上：“怎么就跟你说不明白呢！”

朱姐何尝不明白，可他带她出去过吗？她真就那么带不出手？她现在闲下来了，去公司帮他难道不是帮忙？她一辈子都有帮夫运，算命的都说了，怎么到他姓谢的这儿就是累赘了？姓谢的没有好东西，谢平贵，谢莉莉！

门铃响了。

两口子休战，一致对外。朱姐故意坐着不动弹，老谢起身去接电话，看对视窗。是秦总，旁边还带个女的，明显不是他老婆。

单元门被打开了。老谢捋了捋头发，准备迎客。秦总上门是第一次，很突然，难道合作又有希望了？秦总做房地产，跟政府有关系，做得很大，老谢原来做食品，现在转建材，但他的价格跟别家比并没有竞争力。虽然上次聊得很好，但他不抱希望，可现在突然又上门了。

老谢在门口迎着，挂上笑容。朱姐也下意识地认识到情况的严峻，忙活起来，烧水，摆出很少用的印度茶具。

“老弟老弟……”秦总从电梯口走过来，仙风道骨，号称儒商。

朱姐迎在后头，眼见秦总身后出来个人，她愣住了。是陶乐乐，脸上轻描淡写，化妆术明显又上一层，端正，艳丽。朱姐一时不知怎么应对，一是感叹乐乐蜕变之快之大，二是叹人的光明正大，老秦就这么带着乐乐上门，算什么？又不是夫妻，算情人？世道这样了？以前光听人家说，没见过，现在真见识了，才觉得不是别人脸皮厚，而是自己脸皮太薄。地点老秦不会认识，八成是乐乐引路。

“我代表石总，领着秦总来一趟。”乐乐微笑，随手递上礼物。哦，她是全权代表，是公司行为。朱姐至今没摸清乐乐到底在什么公司、做什么，依稀听老谢说过，是做公关。在朱姐眼里，公关就是喝酒、陪酒。

两个男人进书房聊了。

朱姐领着乐乐进莉莉的小卧室。一派粉红，少女情怀。

朱姐刚要说话，乐乐抢先说：“姐，秦总可不是白领来的，一会儿我可要跟谢总表表情，有生意一起做。”

还要一起做生意。小蹄子见缝插针，士别三日，朱业勤不得不对乐乐刮目相看：“你的意思？”

“公司的意思。”

“你拿下来的？”

“费了点工夫。”

“乐乐，姐劝你一句，别吃亏。”

“想哪儿去了。”乐乐脸不红心不跳。

“稍等。”朱姐转身去泡茶，上好的太平猴魁。乐乐一杯，她自己一杯，剩下两杯，用一个高级托盘，送蟠桃一般递进屋。秦总见状对着老谢笑呵呵道：“老谢，贤内助这么漂亮，金屋藏娇不地道啊！”

老谢连忙打哈哈。

朱姐却觉得五脏六腑都熨帖了。

等的就是这句话，不管它是真假。

术业有专攻

世卉喜欢桂香抱着来回颠颠，不吵不闹。秋萍看不惯，说："也没必要一天二十四小时不撒手，没那么娇气。"桂香道："报告安老师，孩子昨天有点拉肚子。"秋萍说："腹泻？怎么搞的？吃点氟哌酸，一吃就灵。"桂香没立即执行，小声质疑，说氟哌酸副作用大，孩子吃是否合适。这可点了秋萍的炮了。

"怎么不能吃，我就吃，东方小时候也吃，谁说不能吃的，和到奶水里喝下去就行，你这个基层人民怎么比资产阶级还娇气，我说没有就没有，你比我懂得还多？找去。"

见秋萍直眉瞪眼的样子，桂香也怕，把孩子放在婴儿车里，忙不迭地找去了。

桂香前脚进屋，居里后脚回家，进卧室换衣服，见桂香翻东西，便问找什么，桂香转头，一脸为难，居里更生狐疑。再问，才知道刚才那码事。

居里一肚子火，正打算找秋萍理论，秋萍拿着一板子药进屋了。

"来来来，找到了找到了，还没过期。"

居里沉着脸："这药还是留着给妈吃吧。"

秋萍不理睬，倒水，径直准备喂药。居里急了，横加阻拦，两个人你推我搡，水泼了出来，再一推，哐当一声，连杯子带药掉了，玻璃碎了一地。

"沈居里！"这回轮到秋萍嚷了，"你想干吗，孩子病了不给治，你存的什么心？别不知好歹。"桂香吓得不敢说话。

居里见婆婆强硬，只好退让一步，和颜悦色道：“妈——我好声好气、和声细语地跟您解释，世卉现在的病情没那么严重，即便严重了，她是孩子，也不能乱吃药，我们可以带她去医院让大夫瞧，不要因为您的一点面子、一点已经被时代淘汰的医学知识就给世卉乱吃药行吗？”

这话飘进秋萍耳朵里已经很难听了。她只听到两个字——淘汰。她最听不得的就是淘汰。她怎么可能被淘汰，她是谁？书香门第，新民菜市场风云了几十年的人物，她怎么可能被淘汰！

“你说谁淘汰？”秋萍决定反击，“你给我说清楚，谁淘汰？”

居里见秋萍狰狞明显升级的脸色，才意识到自己犯了大错。

“也不是淘汰……意思是过期。”

“谁过期？”

“也不是过期……”

进宝进屋了。

安秋萍不好再发作，对居里严肃地说：“出了问题后果你自负，杯子十五元，从伙食费里扣。”又对桂香说，“地扫一下。”

居里深刻地意识到，她和秋萍的矛盾的本质，是孩子的教育上谁说了算的问题，推而广之，是这个家谁做主的问题。多年的媳妇熬成婆，媳妇可怜，熬成婆便变本加厉地迫害媳妇，这是过去。现代时代开放，年轻人多半单过，大的家管不了，小的家还能做主。可居里呢，现在连自己女儿吃不吃药，都得摔碎个杯子、费九牛二虎之力才能尘埃落定，遑论其他。当晚她就找东方商量，吹风，建议搬出去。“租房子要钱。”东方算账给居里听，“能住在市区吗？上班也不方便。”居里道：“用公积金。”东方问她：“那你不打算买房了？”居里又犹豫了，买房，以他们现在的实力，只能贷款。“那我去看看廉租房。”东方侧过身，屁股对着居里，这姿势跟进宝一模一样。“老谢找我谈了一次，说有个项目，看能不能一起做。”居里来劲了，鼓励他做。“他的意思是让我跳槽去他那儿。”东方说。“有公积金吗？”居里关切地问。“私企哪有这些。”东方道。这可是个大问题。居里觉得奇怪，这么大的事朱姐没跟她通气。想想又觉得释然，丈夫的事，老婆未必知道。去了朱姐家几次，她也隐约能感觉到朱姐和老谢之间的不对劲。她打算隔天给朱姐打个电话问候一下，要不是得准备财务考试，居里愿意多跟朱姐见见，论阶层，朱姐比他们好歹高些。人总是愿意跟比自己高的人接触——所谓人往高处走。

白天居里去图书馆看书，秋萍指挥桂香指挥得如鱼得水。可她对居里勤学财务知识十分不满，认为是重蹈她的覆辙，而且她始终认为居里没有做财务工作的天赋，“心里长草屁股上长钉，天生坐不住的人。”秋萍在进宝面前这么评价居里。进宝难得反驳了她几句，因为他认为居里学了财务，多少能和他交流交流炒股。进宝的股炒了几十年，基本在亏，可他永远说赚。生活没有奔头，唯有炒股能给他刺激。世事无常，中国人尤其爱赌，赌他个一夜暴富。

秋萍认为进宝的立场是大问题，随即来个庖丁解牛，道：“现在年轻人哪里还像我们以前那样，我进文工团的时候，明明是青衣，结果团里没人做出纳，我一做好几年，从头学，自学、跟老员工学、传帮带。现在好，你要教东西给年轻人，年轻人都未必愿意学，认为你落伍过时老古董，阻碍了社会进步、人类发展，他们才是有生力量，是社会的未来，还说你不懂压力。其实呢，哪个时代没压力，就比如我，书香门第，嫁给一个大老粗，本身就是压力的结果。”

进宝还击：“现在反悔还来得及，男票友到处都是。”

秋萍脸上瞬间烧一片。确实有几个男票友倾心于她，可她坚持做贞洁烈妇，什么也没发生。但如今被进宝当着面提出来，她心里不知为何突突的，有鬼，莫名地不理直气壮了。她偷偷看进宝，还在忙手里的活计，似乎只是随口一说。

桂香抱着孩子下来，进门，化解了尴尬。

秋萍问：“世卉吃了吗？”

桂香答：“吃了，居里留了奶在冰箱里，一大早就热热吃了。”

秋萍问：“大便还正常？”

桂香道：“正常，已经不拉肚子了，屎也不干。”

罗老太太缓缓进门："一大早起来，能不能不要把什么大便屎的挂在嘴上？"秋萍迎上去，赔笑，解释："妈，小孩的屎，黄黄的，软软的，不臭，小孩的肠道很新鲜，还拉不出太臭的屎，不像某些人。"

进宝跟他妈打了个招呼，出门修水电去了。秋萍凑在老太太跟前，没话找话，老太太有存款，还有房子，她惧她三分，虽然进宝带了他妈这么多年，可老太太还有其他子女。"妈，你看，桂香真是能干啊，我当初下放去安徽的时候，就发现安徽人民特别心灵手巧，你看桂香，除了不能哺乳，其他的活简直都被她包了。"

老太太道："你说这话就不觉得难为情吗？你还比她小几岁，桂香能做的你却不能做，桂香能承担的你却不能承担，桂香的女儿身体不好，所以桂香才这么大年纪还出来工作，为了家庭、为了女儿，你呢？"

秋萍道："不能这么说，术业有专攻，一个人在社会上只要会一门专业就行，比如我，我就戏唱得好，为广大人民群众唱出美妙的歌声，这就是我对社会的贡献呀。而且，我还有另外一份贡献，我是以会计身份退休的，为文工团算了几十年的账，这也是我对社会的贡献。现在大学里毕业生努力的话，会拿到双学位，而我，等于是双学位毕业。"

老太太嘀咕："整天一大早就起来在阳台上嗷嗷直叫，除了影响人睡觉，我看贡献也不大。"

小世卉蓦地叫了两声。

秋萍惊喜，嚷嚷道："妈，听，世卉该会说话了！"

桂香笑道："小丫头是开始学讲话了，她啊啊叫的时候，我就跟她讲两句。"

秋萍起舞："妈，快听听叫的什么，会不会叫奶奶，会不会叫老太。"

老太太眉开眼笑："老太这个发音也太难了。"

世卉又叫了一下。

秋萍道："好像在叫奶奶，什么，不对，是阿奶，啊，这是哪里的话？”

秋萍和老太太侧耳倾听。

秋萍着急：“阿奶阿奶，这可不就是一股子土味吗？我去淮北下放的时候，耳朵都快听出老茧了。阿奶阿奶，全是第四声。桂香，你怎么乱教孩子啊，我虽然上海话说得不好，那是因为我小时候是在南京长大，以说普通话为主，可妈，你和进宝可是完完全全的上海一家人呀。这倒好，开腔第一句，既不是山东话，也不是上海话，也不是普通话。”

“阿奶！”世卉再度牙牙学语。

秋萍：“我的天哪！这怎搞！”她自己倒蹦出合肥话来了。

老太太见不得秋萍这跳脚鸡样子，便道：“你急什么，这个才刚开始学，慢慢会改，真是的，听你说得我头都疼了。”说罢转身出门。

秋萍嗔怪桂香道：“是不是你教的？怎么能乱教。”

桂香委屈：“也没刻意教，可能是带孩子带得勤，孩子听着听着就学会了，安老师不要生气，这也说明咱的孩子聪明，学习能力强。”

秋萍哼了一声道：“少在这儿跟我打马虎眼，好了好了，孩子给我抱吧，让世卉也接触接触我这书香门第的儒雅气。”

桂香把孩子交给秋萍，世卉哇的一声就哭了。秋萍吓了一大跳：“怎么养出个炸弹来，这个居里，真会生。”

桂香伸手接孩子：“安老师，还是我来抱吧。”

“你抱你抱。”

“孩子可能认生。”

秋萍立即正色：“刘桂香！请你注意你的措辞，什么叫认生，我可是她如假包换的亲奶奶。”

桂香满面惊惶：“太对不起了安老师，您瞧瞧我这嘴……您是亲奶奶，您是亲奶奶呀！”

心甘情愿

家里来电话叫陶乐乐回去，并千叮咛万嘱咐，带五万块钱，这让乐乐有些发愁。才来公关公司做事，尽管深得女老总喜爱，可工资就那么点，除去房租、衣物、吃饭、应酬，她卡上只有两千块余款。可乐乐知道，这钱必须得有。她妈打电话来说是急事，尽管她年年挣钱、年年往回汇，可攒一笔整钱，还是第一次。再者，能带钱回去，说明她在上海过得好，有前景，没必要回村里。她的生活因此有了合法性，她可以理直气壮地在上海漂着，伺机而动。

她妈催她结婚不是一次了。年年催，月月催，只要她回家，这事必然挂在嘴上。对象介绍了不少，多半是村里、镇里、县里的。乐乐不打算回老家，只这一条就否定了一船人。人往高处走，陶乐乐是下定决心要在上海闯出一条路。不破楼兰终不还。

没有存款，只能借。想了一圈，跟公司女老总借？不现实，关系没到那一步，才上班没多久就借钱，以后怎么处？居里跟她关系不错，可她刚生了孩子，听朱姐说过，也是捉襟见肘。只有朱姐了。

她刚带了秦总去找她家老谢谈生意，算是立了一功。可刚有点眉目就借钱，一借就是五万，似乎有点不妥当。正想着，老秦来电话了，打到公司，乐乐接，老秦问石总在不在，说打她电话打不通，乐乐忙说她可以帮忙打，老秦又说不急，说让乐乐看看她在不在公司。往办公室瞄一眼，不在。乐乐回了他。

“要不你过来吧。”老秦道，“几个朋友，在梦江南喝茶。”

朋友？喝茶？去还是不去？乐乐犹豫。带老秦去老谢家，是石总的意思。她粗估摸，石总和老秦的关系也不一般。过去几次见老秦，石总都在座。这次突然私自前往，她怕石总多想。

“石总估计一会儿就回来。”

“我派车接你吧。”老秦说。

这就不好拒绝了。车都来了，看来老秦有诚心。电话都快挂了，老秦又补充一句，问：“今天穿的什么？”

乐乐脑中一叮，从胸部朝下打量自己，这才意识到，自己穿的有些过于职业化：套装，白色丝巾，看上去有些死板。还好公司放了两套。

“放心吧。”乐乐说。

补好妆，换好衣服，在“巴黎春天”买的洋装，外面再罩个小西服，谁也看不出她的出身、来路、经济状况。她不说，跟土生土长的上海人似乎也没什么两样。

车来了，黑色奔驰，笨笨重重的，跟老秦一样深不可测状。司机下车开门，乐乐优雅地进了车，好像羊入虎口，她心脏怦怦乱跳。二十分钟车程好像开了一个世纪。到地方，进包间，见到老秦，她的心才落下来。

是有客人，不是老秦一个人。

“来，给你介绍介绍。”老秦起身，笑脸相迎，竟有几分温暖。张总、李总、谢总，个个都有来路，有头有脸。老秦不能喝，乐乐就代他饮酒，堵枪眼一样挡在前头。她能交换的，似乎也只有这个肉身，因为格外豁得出去。可她也注意，不能轻浮，多喝，少说，这样既显得大方，又不失矜持。

酒喝得差不多，电话响了。乐乐踉跄着摸出门去接，是她妈，问她准备好没有，第二天要回家。“知道了知道了！”乐乐不耐烦，跟着呕吐了一声。

她妈问：“你喝酒啦？”

乐乐捂住嘴，强忍回去：“不说了，明天晚上到家。”挂了。乐乐又呕了一下，不得不去卫生间清理、补妆。

对着镜子一番折腾，回到原貌了。想起钱，乐乐头疼。

她手握电话，彷徨再三，还是给朱姐拨了电话。

简单说了几句，理由，钱数。乐乐没敢说多，只说两万。朱姐没有立即拒绝，只说手里没有现款，再就是要跟她家老谢商量商量。乐乐仍说谢谢，但也大概明白了朱姐的意思。送孩子出去有一百万，两万都拿不出来？上班这么多年，朱姐怎么可能没有私房钱？说明不是没有，而是她们的关系还没到那一步。她陶乐乐不值两万，乐乐有些沮丧，对着镜子看着眼前这个陌生的女人，忽然有些自怜，眼眶红了，但还是得憋住。整理好情绪，出去又是个女战士。

夹着包，乐乐走出洗手间。

老秦站在门口，抽烟。乐乐心里有鬼，吓得“哦”了一声。

“我这么可怕？”烟头捻灭，老秦笑了，露出一口牙，前几天还是黄的。估计洗了，白得晃眼。

乐乐不知说什么，绾了一下头发，笑笑，朝包间走去。

“遇到难事了？”老秦在她身后轻轻一句。

乐乐的心咯噔一沉。停住脚步，该怎么答？乐乐没经验，不能说是，也不能说不是，只好偏过头再次笑笑，脸都僵了，脚下像灌了铅。门缝开着，她一闪而进。两壁灯光辉煌，是另一个世界。乐乐觉得安全了，心中的羞耻感渐渐消散，穷，到底不是一件光荣的事。可她立即又有些后悔。他问她，她为什么不能大大方方地答？都到这个地步了还立什么贞节牌坊？她前些天那些莺莺燕燕、纵横捭阖的气势哪里去了？她扪心自问，既然入了这个名利场，一门心思往上爬，她这不到一百斤的身子，又何尝吝惜过？乐乐恍恍惚惚入了座，菜也不吃，酒也不喝了。服务员上蓝莓果汁，乐乐要了一点，端着高脚杯，抿了一小口。

一会儿，老秦入座了，也不看她，好像什么都没发生。上海话叫听壁脚，但乐乐相信他不是故意听到的。她不经意转头瞥了他一眼，老猫似的端坐着，不算太老，面容甚至很讲究。难得的是，肚子也不大，不是那种令人讨厌的中老年人。转而又觉得自己可笑，老秦是什么人？陶乐乐是什么人？他讨厌不讨厌，跟她有什么关系？更何况中间还有个石总。想到这儿，乐乐放下了，又有了无限勇气。

散场已近午夜，老秦叫司机送乐乐。“这点量还撂不倒我，我能走直线。”说罢乐乐走了几步模特步。

“我跟胡总的车，司机送你。”老秦掷地有声。

她怕老秦知道她住的穷地方。

“真的不用。”乐乐坚持。

老秦却已经让司机把车开过来了。罢了，要送就送吧，乐乐打定主意让司机在最繁华、最高档的路口停车，剩下半站路，自己走回去。

跟老秦说再见了。他向她挥手，像领导慰问战士。

乐乐上车，一屁股坐进后座。大车就是舒服。

不对，屁股下面有东西，拿过来，是个信封。就着灯光打开看，红色的钞票在夜色中也那么抢眼。乐乐酒醒了大半。

“老板交代，这包东西交给您。”司机说的是这包东西，显然他也不知道是什么。

“不行，你还给秦总。”乐乐不好意思了。但她正缺钱，不动心是假的。

“老板给你的，你就拿着。”司机的话，充满善意，语调温柔，与上海的夜色融为一体。

乐乐坐着不动，怀里抱着大信封。

车快速地穿过上海繁华的街道，灯光一路朝后退，乐乐心中五味杂陈。

她掏出手机，想打老秦的电话，但又怕他已经准备休息。

想发信息，又怕留下证据。

嗨，能有什么证据呢？难道老秦还把这短信给石总看？哦不，他不会这样做，可保不齐石总会偷看。人与人的关系网千丝万缕，不摸清楚，怎么也不能轻举妄动。

正胡思乱想着，来了个信息，石总的。乐乐一头冷汗。点开一看，原来是批准她临时请假的消息，临出门乐乐给她发过一条。不回复了。

一会儿工夫，到地方了，离贫民窟半站，是繁华的富人区。这就是上海，最富裕阶层的旁边，围绕着最贫穷的阶层。乐乐下了车，拎着包，抱着钱，在狭窄的街道上走得慢慢的。她还是想给老秦打电话，这钱算是借的，她必须把话说清楚。他给，她就拿？一上来就已经输了。

打一遍，没人接，第二遍，还是没人接，乐乐决定第三遍还不接就作罢。可临了，老秦接了。“喂——”是一道深沉的声音，乐乐有些紧张。

“我不能拿这个钱。”乐乐赶紧说了，她怕再犹豫就说不出口了。

“谁都有困难。”

“算我借秦总的。”

“回来再说。”挂了。

到家数数，信封里足足五万。刚才在电话里跟朱姐所说明明是两万啊，他翻一倍还多。他是她肚子里的蛔虫。

急用的钱到手了，陶乐乐有些感动，却又怅然若失。

走了一天，天黑了才到家。乐乐家从前在山区，后来搬到镇上。近几年，越来越多的人朝外走，镇上一到晚上黑漆漆的。

晚饭等着她吃。一大桌子菜，家里从来不铺张——镇上的小房子，也是父母一点一滴省着盖起来的，就一层，带个小院——可今天例外，乐乐是带着钱回来的。有钱能使鬼推磨，乐乐有了钱，在家里的话语权比过去明显增多。嫂子忙活着，哥哥坐在一角抽烟。妹妹在玩手机，高中毕业就不读了，在乡办的工厂做事，谈了对象，打算年底结婚。

一顿饭吃得不咸不淡，父母只说房子的事，周围邻居的房子几年前就增高了，两层都不算什么，三层、四层，一座座小洋楼，镶嵌在纷乱的中国乡野环境中，格格不入。

“现在哪家不起个两层。以后我们家这房子盖上去，你那间留着，随时回来住。”乐乐妈说。哥哥生了两个儿子，不盖房住不下。这些乐乐全都体谅，不点破，能满足的尽量满足。

饭后，乐乐把那个信封拿了出来。老秦给了五万，她留了两万，只给三万。这些钱早晚都是她自己背，等于贷款，家里盖房，哥嫂也应该出点钱。

乐乐爸转身回屋了。他心疼女儿，在这家里，乐乐只能和他说上两句。可他终究不过是个退了休的乡村教师，能耐有限，底气从来没足过。

乐乐妈就着灯，蘸唾沫把钱点了点，一脸为难。她偏袒儿子，向来如此。

“就这么多？”

乐乐一听气涌如山，真想说，这么多还是借的。话到嘴边又咽下去，改成：“家里就我一个？”

乐乐妈气弱了，只好转换话题：“你也不小了。”乐乐头大，结婚的话题又来了。去年介绍个村里的男青年，游手好闲，乐乐见了一面不满意。乐乐妈却说：“不要就算了。”就算了？女儿的终身大事，就这么算了？这还是妈？！感情没有，就是算一笔账，嫁给村里青年，划算吗？生儿育女做老妈子？一辈子打工跳不出农门，有什么好？

“这个东西也不是说有就有的。”乐乐不耐烦，不看她妈。

乐乐妈沉默了一会儿，嫂子抱着二侄子躲进屋里。妹妹嚷嚷着让乐乐给她淘一个手机壳，结果被乐乐妈啐了一口，命她滚回屋里去。乐乐妹这才怏怏离开。

“我是第一天跟你说这个事情吗？”人都走净了，乐乐妈反问道，“再过几年都三十岁了，你找谁去？生孩子都困难。”

问到脸上，乐乐不得不正面迎接，反问：“生了你带？”

“你生我就带。”乐乐妈突然无限英勇。三个子女两个孙子，她还没带够。乐乐觉得眼前的妈妈简直昏聩。就是真生了，她敢给她带吗？带成个精明、势利、小气的小动物。

“头痛，早点睡吧。”

这趟返乡之旅刚开始，乐乐就迫不及待要结束了。

又在家混了一天，到家第三天，乐乐启程返回上海。到公司，石总象征性地问了一句，就又投入工作，让乐乐把秦总那边的项目盯紧点，当晚就必须把合同送到老秦府上。乐乐觉得此事有点怪异，但也没多问，服从命令听指挥就是了。

打电话给老秦，问要不要送到府上，老秦没接这句话，说这两天陪客，都住希尔顿酒店，让乐乐晚饭后送来。

陶乐乐一听头皮就麻了。有家不住，去酒店？听说老秦有太太，只不过身体不好，是个老佛爷，万事不问，随他在外头怎么花，只是带着两个女儿过富贵日子。可寻常情况，老秦晚上必定是回家的，听石总说过，老秦睡眠不好，必须要家里那个环境、那个枕头，他才能睡着。因此住酒店一事有蹊跷。何况就算是陪客，但家在上海，何必住酒店呢？乐乐隐约觉得老秦在讨债了。

伸头是一刀，缩头也是一刀。乐乐没打算躲。

晚饭过后，乐乐整理好了，红唇，舒淇式波浪头发，内外衣均为最高档，细高跟鞋鲜红，连袜子都是新的。她倾其所有。

希尔顿酒店8808号。乐乐按响了门铃。

门自动开了，不，是根本没锁，他在等她。房内灯光全开，明亮的黄，照得人无处躲。电视开着，放着《西游记》女儿国那一集，和这洋味的套房形成强烈反差。

“秦总。”乐乐叫了一声。

没人答应。

“秦总。”乐乐又叫一声。

浴室传来水流声，是大喷头淋浴。乐乐心沉入海，哦，他已经在做准备了。豁出去吧。乐乐宽了外衣，只穿一件薄衫，身材如山峰连绵，起伏恰好，若隐若现。她从包里掏出剩余的两万，摆在电视机桌子上，然后坐也不是，站也不是。

等了有十五分钟。

浴室水流声停了，又过半分钟，门开了。秦总包着件白色浴衣走出来，一边拿白毛巾擦头，一边招呼：“来了，坐啊。”

乐乐扭扭捏捏地坐在床边上。

“东西拿来了吧？”

乐乐连忙起身，把一包钱递上来：“剩下三万尽快还上。”

老秦笑了，笑得很憨。喝了口水，才说：“是说合同。”

乐乐恍然大悟，惭愧不已，连忙从皮包里掏出文件夹，端端正正地把合同奉上。

“告诉石总，我看看给她回复，如果合适，宣传还是你们做。”乐乐忙应承着。

然后，没声音了。电视里在唱《女儿情》，气氛旖旎。

“没什么要跟我说的了？”秦总问。

乐乐吸了一口气，知道那个时刻到了。“你想怎么样？”乐乐顿时严肃起来，像在谈生意。

老秦又笑了，拍拍床，示意乐乐坐过去。乐乐咬着牙走过去，坐下。老秦抄起手边的一包钱，往乐乐怀里一拍。乐乐瞬间呆住，这算什么？嫖资？

“秦总……”

“这钱你拿着。”

“无功不受禄……”

“就当做个朋友。”

乐乐无以为报，她不想欠他的。她走到他面前，一闭眼，衣服解了，呼啦坠在地上，一身精彩尽在面前。她就那么站着，看不见也听不见，眼前不是尽黑，她闻得到他的气息。

衣服披在身上了，是老秦给她披的。乐乐又是惊又是惑。他不是为了得到她？还是她不够魅惑，不值得一夜春宵？她越来越不懂眼前的这个男人，沉静似水，却深不可测。

也许是他不行了？有一秒钟，乐乐也这么想。可瞬间就打消了顾虑，老秦的浴衣已经顶起来了。那究竟是为什么？难道还交心不成？

“我不想欠你的。”乐乐直说，行走江湖，挑明了更畅快。

“你不欠我的。”老秦说，“我是心甘情愿的。”

心甘情愿？陶乐乐又被感动了。她自打懂事以来，什么都是交换，就连她亲妈也是，哪里来的心甘情愿？

“爱惜自己一点。”老秦说，“都指望着你呢。”

简单一句，胜过万语千言，把陶乐乐从老家到上海的全部辛酸都囊括进去了。

乐乐顿时流了一脸泪。

好人一生平安

自“氰哌酸事件”后，居里认为桂香诚实可靠，故而格外倚重，视她为自己安插在秋萍身边的眼线，一直存心拉拢。这日晚间，世卉睡了，居里拿出过去单位同事送的一件薄羊毛衫，样式老气些，她一直说带给她妈总忘，刚巧翻出来见有些旧了，打算做个顺水人情，送给桂香。

“谢谢你，桂香婶。”居里这样开头。桂香有些惶恐，连忙说当不起，都是应该的。“妈有时候观念有点……”居里欲言又止，表情为难。桂香立刻领会，道：“难免的，年纪到了，观念更新不上，固执，不听劝，其实只要有耳朵的，谁听不出来你是为她好，唉，时代在发展，做老人也得知趣一些。”居里听得出来桂香故意说好听的，且未见得客观，可这话她怎么就这么爱听。两个人唠唠叨叨指责了安秋萍一番，居里这才递上羊毛衫，“外国货，意大利的。”居里反复强调。桂香拿着正反都看了看，道：“意大利产羊毛不？”居里遭受质疑，立刻解释：“意大利的服装有名，羊不一定在本地养。”桂香道：“跟俺们小阿姨一样，本地的不如外地的，但外地的还要来上海做工。”这个比喻奇巧，居里夸桂香是个聪明人。

时间差不多了。居里没明说送客，可桂香还站着不走，居里只好问：“桂香婶还有事吗？”桂香笑，憨憨地说：“还真有一件事想问问沈老师。”

居里正坐，洗耳恭听。

“俺来了也有一阵儿了。”桂香开始说家乡话。乡音有自信。

居里说：“是。”

“俺做得咋样？”

居里说：“做得好。”

“俺们小姊妹在别家做，都涨工资了，就俺没有。”桂香半低着头，“俺也不敢跟安老师说，主要因为俺也看出来了，这个家，也不是安老师能全部做主的……小卉卉俺是真喜欢……”

话点到为止。居里心里敞亮，她左思右想，找公婆要钱，不现实，他们不但不会给，还可能就此闹出来，搞不好桂香一拧脖子不干了，吃亏的还是她。问东方要？他本来也不太赞成请保姆。算了，自己掏，好在月月兼职在网上写文章，一两百还出得起。

“你想涨多少？”居里当面锣对面鼓。

“俺也不好说。”桂香扭捏，“俺听沈老师的。”

“涨个一百吧。”居里说。

桂香不吱声，算是不满意。

居里咬咬牙，一百五太难听：“两百，如何？多了也没有。”

“成。”这下爽快，桂香嘿嘿笑了。

拿了补贴，桂香闻鸡起舞，居里的话特别管用。世卉的难题，到桂香这儿，立马解决，包治百病。这日近晚，世卉哭闹不止，居里抱着世卉唱摇篮曲，站起来晃悠，死活不行。东方嫌吵，说了居里两句。居里反唇道：“工作的事情就不应该带到家里来。”东方说：“我倒是愿意在办公室完成，可夜不归宿不顾家的罪名，我担不起。”居里道：“你顾哪门子的家了？”

东方合上电脑，起身：“我顾我顾。”世卉躺在小床上，手乱摆，脚乱蹬，骄纵无比。

“没吃饱吗？”东方说着，扑向居里，抓一下她的奶子，被打回去。

“刚吃过。”

“尿了？拉了？”

沈居里摸摸孩子的屁股，朝东方脸上再一抹。

“病了？”

“白天桂香婶带着倒挺好的。”

那就让桂香婶下来哄哄试试。沈居里打电话，桂香从楼上下来，披着衣服。

“怎么啦？天可真冷。”桂香搓手。

“孩子不愿意睡，老哄不好。”

桂香抱起孩子，左摇右晃，唱着安徽方言的安眠曲，世卉慢慢闭上了眼睛，可待桂香把孩子递到沈居里怀里，孩子又哭闹起来。

“要不我带孩子上去跟奶奶睡吧。”桂香建议。

罗东方和沈居里互看一眼。居里道：“辛苦你了。”

桂香抱着孩子刚出门，东方叹道：“这个桂香，真神了。”

平日里，桂香和秋萍待在一处的时间远比同居里多。两个人年纪相仿，状态上融合些。一贯高高在上的秋萍遇上低姿态的桂香，一拍即合。秋萍很快便视桂香为肱骨。这日，秋萍在客厅看电视，桂香抱着孩子来回晃悠。秋萍看到电视上有票友引吭高歌，戏瘾上来，哼唱了两句，又觉得没意思，道：“这没戏唱的日子，还真无聊。”桂香笑眯眯，接话：“安老师唱的是哪出啊？”秋萍说京戏。桂香忙说自己不太懂，但觉得好听，还说自己知道梅兰芳。这可勾起了秋萍好为人师的瘾。

秋萍正色：“京剧是一门高深的艺术，要想学得精，那得一辈子都投进去，都不行。”桂香道：“楼下小花园有的时候也有人练嗓子唱戏。”说的是素鸡，秋萍的发小、闺密、邻居、死对头。一句话引蛇出洞。秋萍抓住时机，立刻贬损道：“哼，她那也叫戏？充其量就是个吃臭豆腐吃坏嗓子的业余爱好者，别说唱戏了，唱卡拉OK都费劲，你还别说，那人有个有趣的名字，叫素鸡，因为头二十年她穷，只能拿素鸡当肉吃，过年也吃素鸡。如果拿唱戏比吃肉，她就是以素仿荤的素鸡，外人听着热闹，行家里手一听就知道根本不是那么回事。”

秋萍这口才，不去说相声可惜。桂香被逗乐了，跟着道：“素鸡，真好笑，还香干子嘞。”两个人说笑了一番，又谈到京剧票友界各式人等的地位、新民菜市场各式人等的地位。结论都是秋萍乃叱咤风云之辈。

秋萍冷不防问：“你来我们家做工也有一段日子了，我问你一句话，你要讲实话。”桂香说：“俺老实着呢。”秋萍微微笑着，轻描淡写地问：“你觉得在我们这个家，谁的地位最高？”桂香不假思索：“那还用说，肯定是安老师你哩。”秋萍不依不饶，追根问底：“何以见得呢？”桂香娓娓道：“秃子头上的虱子，明摆着哩，老太太年纪大了，就传位给你了，居里毕竟年轻，又没有正式工作，再说文化素质肯定也没有安老师高，这就像古代宫里一样，俺打个不恰当的比方，老太太是皇太后，你就是皇后，居里充其量就是个太子妃，而且你还不是一般的皇后。”秋萍听得心里喜悦，迫不及待要听下去：“嗯？我是什么皇后？”桂香道：“是那种垂帘听政的皇后，有实权的。”秋萍听了哈哈大笑两声，说：“没有我，也就没有这个家，你看老罗那个样子，我嫁给他，简直就是扶贫。桂香，平时看你不吱声不吱气的，看人还是挺准的嘛。”桂香连忙谦虚，说：“太明显了，瞎子也看出来了。”

“好好干。”秋萍像老干部似的说道。

机不可失。桂香忙道：“安老师，俺有个事情不知当讲不当讲。”

“你讲。”秋萍现在什么都会答应。

桂香说：“俺看俺很多老姊妹在上海做保姆，工资都比俺高，就是跟俺差不多的，甚至干得不如俺的，都涨上去了，俺就在想，俺的工资能不能也稍微涨点，涨个二百就行，俺也不要多。俺之前问了居里，居里说，她没钱，还说，这个家她做不了主，俺说那俺去问做主的，俺去问安老师，她说你别问了，肯定不会给你。可是，根据俺这么多天的观察与刚才安老师和俺的谈话，俺觉得安老师是一个非常体谅别人的人，所以俺才跟安老师说这个事，安老师同意不？”

秋萍端然：“区区两百块，也值得这么叽叽哇哇、蝎蝎螫螫的，我特批，从下个月开始你找我拿。”

桂香山呼：“安老师呀！好人一生平安！”

秋萍站起身，一副起驾的态势：“坐了一天了，腰都坐直了，外头天还不错，走，我们下去走走，抱着世卉。”

桂香忙说：“安老师是要微服私访啊。”

秋萍一笑，抬腿，迈步，煞有介事：“可以这么理解。”

断章取义

有了桂香“护驾”，秋萍存心在邻居面前摆摆派头，尤其是素鸡，秋萍打算当面给她点颜色。楼下小花园，安秋萍在前晃荡，刘桂香抱着孩子在后头跟着。安秋萍两手背后，踱着方步，一副老干部派头。小路尽头走来几个人，是邻居们，素鸡在正当中。秋萍还没来得及主动出击，素鸡便先发制人了。

走到跟前，素鸡笑呵呵地说：“哟，安老师，这是带着谁一起逛花园呢？”素鸡乜斜着眼。

正中秋萍下怀：“眼瞎了？我们家用人。请的。唉，有时候我在想我这人是不是天生不是累命，这又一代人出生，我正准备像妹妹你那样把屎把尿一天二十四小时不分昼夜、恨不得三顿端到孩子跟前那样伺候着，可孩子们偏偏不给我机会，巴巴地请来一位既有经验干活又麻利又体贴人的、跟我年纪差不多的好用人，你说说这孩子们的孝心，我不领还不行了。”

素鸡一听有些不乐意，道：“安老师真是好命，我就没那个福气，也怪我自己心软，我那大孙子，给谁带我都舍不得。不像安老师，反正女孩子以后还是要嫁人的，是人家的人，再用心，也是给别人做工，不如不做。”

秋萍打算血战到底，随即道：“你落伍了。当今社会，无论男孩、女孩，只有孝顺你才是真的，男孩不成器的多了，你看监狱里那些犯罪分子，大部分都是男孩，还有那些打老婆的、把父母赶出家门的，也是男孩多。”

“安老师如果存着这样的心，真是连门都不要出了，世界上的不平事多了去了，我们总应该往好处想，事情才能变好，如果整天往坏处想，不知哪一天坏事真的会降临到你头上。”

秋萍正要还嘴，小世卉叫唤了一声。

素鸡带着几个女人围着看。

“这是你的孙女吗？怎么跟你一点都不像啊，安老师皮肤这么白，可这孩子……真黑。”

“黑？你眼睛上是不是糊了煤灰了，这孩子哪里黑，还没你十分之一黑。”

素鸡起哄：“真的谈不上像，哎呀，安老师，这孩子到底是不是你们家孙女啊，别是在医院抱错了吧。”

“胡扯，就算你走错家门，我也不会抱错孩子！”

“大家快看，没一处像，啊，孩子又叫了一声，她叫什么呀，怎么口音怪怪的？到底是哪里来的孩子啊？啊，又叫了，她叫什么？”

众人仔细聆听。秋萍有点发窘，一时想不出什么法子自证清白。

素鸡恍然大悟：“孩子说的是哪里的土话？大人会说谎孩子可不会，一个在上海长大的孩子怎么会说土话？”

桂香站出来：“俺是安徽人，俺带的孩子。”

秋萍手指素鸡：“素鸡，你不要妖言惑众！”

素鸡这外号，平日里都在背后称呼，谁也不会在她面前叫。在素鸡眼中，这外号等于奇耻大辱，谁叫这外号，比割她肉还厉害——“素鸡”二字总能勾起她对艰苦岁月无限伤惨的回忆。

原本是开玩笑逗乐，“素鸡”这两个字一出口，她开始发狠了：“安秋萍！你拐骗孩子，我说怎么你们家沈居里生孩子之后就没出门，是不是她根本就没生？！你们这孩子是抱来的，好呀安秋萍，我要去公安局举报你们。”

“素鸡你疯了吗？！”秋萍护住孩子。她还没意识到问题的严重性，“素鸡”二字仍挂在嘴上。

居里和东方去超市买东西回来，路过楼下，刚好遇见这一幕。居里见一众邻里脸红脖子粗，情势不对，忙上前问：“妈，怎么了？桂香婶，你们在这儿吵什么？”

桂香委屈：“她们几个非说这世卉不是俺们家的。”

居里顿觉可笑。

东方道：“上楼吧，不理就行了。”

秋萍却不肯善罢甘休，气得坐在小花园的长椅上，指着素鸡说：“她就是唯恐天下不乱。”为了保护女儿，为女儿正名，居里义不容辞，立即与婆婆站在一条战线上，她冷笑一声对素鸡说：“阿姨，这青天白日的，屁可以乱放，话可不能乱讲。”秋萍为居里叫好。

素鸡见自己寡不敌众，哈哈大笑，道：“好啊，三个打一个，都聚齐了是吧，我来打110，你们一个都跑不掉。”

东方见她认真了，忙劝：“阿姨你这是做什么，有什么话不能好好说呢。”

素鸡冷笑道：“怎么，心虚是吧，拐骗孩子可是最起码要坐十年八年牢的大罪，姓安的，你的六十岁大寿就准备在牢里过吧！”

秋萍张牙舞爪，绝不投降：“让她打！都别拦着，让她打！我还要去法院告她，告她诽谤！”

几个人你一言我一语斗得厉害。素鸡还真打了个电话，如此这般交代一番。秋萍说她虚张声势，不过是给家里男人说了几句，就说是打电话给警察。没多会儿，进宝下班回来，路过，也被拉过来。秋萍见到自己男人，适才的刚强劲儿一下松下来，多少年的恩怨齐齐涌上心头，她抓住进宝的褂襟子，泫然道：“这个素鸡，当年没能跟你结婚一直耿耿于怀，现在好了，开始报复了吧。我早知道这样，当年就把你让给素鸡，我也省得现在操这份心。”进宝一头雾水，领着一家人要上楼。素鸡却朝楼梯口一横，躺下来，大叫今天谁也跑不了。

人越簇越多。居里抱着孩子要走，却被素鸡死死拽住裤腿，居里只好把世卉递给桂香。居民楼里老邻居不多，大都市，很多住了许久的街坊，也不知道彼此的身份、名字，所以素鸡一嚷嚷，竟没人敢为秋萍、居里一家做证。

没多久，来了两个警察，一男一女。

“是谁报警说这里有拐卖儿童的情况？”男警从人群中钻进去，问。

素鸡如见亲人，道：“警察同志，是我报的警，这里可能发生了拐卖儿童的情况。”她用“可能”二字，为自己留后路。

女警指着世卉，问：“这是受害儿童？”

素鸡道：“可能是的，请警察同志问问清楚。”秋萍情绪激动，连说素鸡放屁，被居里拉住。婆婆平时杀伐决断很是利索，怎么到了关键时刻，这般出不得台面，屎屁尿挂在嘴上，警察会怎么想？居里因此有些瞧不上秋萍。

进宝连忙上前：“警察同志，这是误会，这是我们家的孙女，这是我们请来的保姆。”东方也上前指认，说是他女儿。

居里不失时机，手指素鸡，道：“警察同志，她诽谤，应该抓她。”

素鸡振臂：“我有证据！”

“你说。”女警说。

“这孩子刚学会说话，是外地口音。”

男警和女警对看了一下，走到孩子旁边，打量桂香。

男警问：“这孩子会叫人吗？”

桂香颤巍巍地说：“会。”

女警说：“让她叫一声，喊人听听。”

居里急赤白脸：“卉卉，我是妈妈，卉卉，我是妈妈，叫妈妈……”

东方说：“叫爸爸，我是爸爸，卉卉……”

桂香轻唤：“小卉卉，叫阿奶。”

罗世卉突然地喊：“阿奶，阿奶。”

秋萍气得拍脑门儿。

男警断定：“这孩子的确不是本地口音。”

秋萍解释：“警察同志，那是因为我们请的这位保姆是外地人，所以孩子有样学样，也是外地人口音。”

“这种情况的确有可能发生。”女警说。

素鸡忙道：“警察同志，千万不能放过一个坏人啊！”

男警想了想，道：“既然你们是孩子的家长，那就抱一抱看看。”

居里自告奋勇，说：“我是孩子妈，我来。”说着，从桂香那儿接过孩子，世卉立刻大哭不止，居里窘得脸颊通红。

素鸡得意：“如果是亲生的，孩子怎么会不认亲妈？！”

东方上前抱世卉，世卉还是大哭。

秋萍跳出来说：“我来抱，我是她亲奶奶。”可她一抱，世卉哭得更厉害了。

一家人百口莫辩。

“还是请你们去公安局走一趟吧。”男警说。

安秋萍欲哭无泪：“不是……警察同志，你可不能冤枉好人啊！”

素鸡见缝插针：“也不能放过坏人。”

女警说：“请放心，我们只是请你们去公安局配合一下调查，查明了真相，我们会按照规章处理。”

居里呆立原地，东方搂着她。

居里哭出声来，呜呜地说：“世卉不认我们了……”

一家人在警察局待了一夜。居里觉得世界幻灭，她从未意识到，怎么证明一个孩子是你的这种无聊问题，有一天也会降临到她头上。宫廷戏里滴血认亲的戏码，竟然会在二十一世纪的上海再次上演。派出所户口查证？头发丝做化验认亲？血型配型？居里的脑海中闪过无数画面，到终了，却是妇产医院的出生证明为居里和世卉的血缘关系还了个清白。但这突然爆发的狗血事件也给全家人提了个醒，养孩子，不是交给保姆就万事大吉那么简单。

这事平息之后，居里连哭了两天，秋萍也意识到了问题的严重性。现在这个家里，罗世卉除了桂香，谁都不认。口音随桂香，口味随桂香，就连睡觉也必须跟着桂香。这还是罗家后代？还是居里十月怀胎生下的宝贝儿？为了解决这一问题，秋萍破天荒掏钱请客，在饭店包厢里开了个家庭会议。当然，桂香没受到邀请。会议上，每个人都做了检讨和反省。老太太微言大义、秋萍慷慨陈词、进宝指点江山、东方狂飙突进、居里梨花带雨，检讨和反省的结果是：孩子还要自己带，请桂香走人。

而辞退桂香这一艰巨的任务，大家一致推举由秋萍担当。

秋萍也不含糊，一拍大腿，道："行，我来做坏人吧。"

这日，晚饭后，一众人都在，秋萍拍拍手，说要开会。

众人到位，做聆听状。

秋萍带着笑，对桂香道："桂香，跟你说个事。"

桂香早有觉察，自打素鸡事件后，她就感觉到这个家里的人对她特别客气。她毕竟有年岁了，又在外面混了那么久，兵来将挡，水来土掩，秋萍这么说，桂香也不再伪装，笑道："安老师，你不会要辞退我吧？不行的啊，世卉还需要我呢。"

秋萍被这话问得心里没底，吸住气，循循善诱道："桂香，你听我说，不是你做得不好。你做得太好了，太优秀了，优秀得孩子已经只认你不认我们了。这样让我们很担心，你明白吗？桂香你是一个持家能手，找工作肯定没问题，这个月的工资等会儿拿给你，好不好？我们还是好朋友，以后欢迎来家里做客。"

桂香临危不乱，只说："安老师你这个决定太突然了。"又说，"这算违约。"居里忙说，这个月工资照发，又说对不起。

世卉哭了，桂香站着不动，冷若冰霜。居里去抱孩子，可根本没用。

秋萍道："快抱进屋！"

东方急得一头汗，嘀咕："这孩子真是亲疏不分。"

安秋萍进屋，拿出一沓现金，递给桂香："数数，两清。"

桂香仔仔细细地数了一遍，又反过来数了一遍，突然抬头，说："不对，少了四百。"

秋萍诧异："少四百？你再数数。"

"不用数了，是少了四百。"

秋萍不解其意。

桂香径直走去卧室找居里，居里正在忙孩子。

桂香道："居里你说好的，补给我两百。"

秋萍站在后面，居里朝桂香挤眉弄眼，桂香没反应，伸着手，做要钱状。

秋萍哼了一声，说："居里，你发财了？钱多得没处用了，私自给人涨工资，你一个月赚多少钱，烧钱哪？"

东方为了息事宁人，对他妈说："两百块钱至于吗。"

"怎么不至于，原则问题，办事情没有原则，随便妥协是要出大问题的。"秋萍叉腰。

桂香忽然转身，伸手："安老师，你也答应给我涨两百块的，我现在要走了，这最后一个月的工资，你得给我涨。"

秋萍的记忆忽然回来了，转而恼羞成怒。

"桂香，你可不能乱说，什么时候答应你了，你这想要就要的毛病可不好，不是说不给你，真是的，说话比吃糖都方便，要钱张嘴就来，居里，都是你惯的。"

桂香撇着家乡话："安老师怎么说话不算数呢？"

秋萍说："我什么时候说话不算数了？我没说过的话你让我怎么算数你说说，没吃萝卜你让人怎么能放出萝卜屁来？"

桂香拉着秋萍到客厅，指着沙发说："安老师就是坐在这里说的。"

进宝羞得不行，对秋萍说："你真说过？真说过就给人家！"

秋萍死不认罪："我没说！这个桂香真会撒谎。你说我说过，你有录音吗？"

"有。"桂香掏出手机。

众人吃惊，张大嘴巴。

录音播放出来：

第一段："那是，没有我，也就没有这个家，你看老罗那个样子，我嫁给他，简直就是扶贫。桂香，平时看你不吱声不吱气的，看人还是挺准的嘛。"

第二段："区区两百块，也值得这么叽叽哇哇、蝎蝎螫螫的，我特批，从下个月开始你找我拿。"

秋萍大窘，浑身乱抖，指着桂香骂："敢录我的音，挑拨家庭关系！”

进宝直眉瞪眼，啐了秋萍一口：“扶贫？我不要你扶贫了！”

秋萍忙解释：“进宝，你听我说，她这是断章取义。”

进宝怒：“我脱贫了，你去扶贫别人吧你！”

居里抿嘴偷笑。

东方着急：“妈，赶紧把钱给人家吧。”

秋萍跺脚，京剧嗓子上来地动山摇：“不给，绝对不会给！真是世风日下，人心不古！”

难得糊涂

老秦造访之后，朱姐找到了自己的新定位——辅佐丈夫老谢，把生意做大。莉莉走后，她心里空落落的。与此同时，她清楚地认识到，自己与老谢的关系，已经不似从前。老谢是一步一步走高，她呢，日落西山，稍不留神就有出局的危险。乐乐那样的女孩，在上海，一抓一大把，怎么防？

如果能参与到老谢的事业里就不一样了。

做老板娘，手握大权，明晰公司的运作，即便将来有异动，最起码还有筹码可谈。就在一个月前，朱业勤“一不小心”翻看过老谢淘汰的一台笔记本电脑，密码是老谢的他妈，也就是她死去婆婆的生日。

每一个文件夹、每一份文件、每一条浏览记录，都好像鞭子一样抽打在朱姐身上。老谢和所有男人一样，他并非那个从农村走来、喜欢手风琴、出淤泥而不染的“四有”青年，全天下男人有的弊病他都有，只是隐藏得深，他看黄片、玩裸聊、和网友打情骂俏——在他还不甚得意的时候。他过去试图邀请朱姐一起观赏，然后学习，用色情片里的体位，被朱姐严词拒绝。她反复教育他，那是演戏，日常生活中没有那么多花头。现在好了，他们根本和苦行僧一样，半年都来不了几次。这责任在朱姐，年纪渐大，她逐渐干涸，根本没有那方面的想法，这很危险。老谢还如狼似虎，他在网络发泄还是幸运的，在现实生活中呢？朱姐不敢想了。

她必须稳住老谢。

老家坟山开发，闹过一阵平坟，老父亲的坟被平了坟头。换了一届领导，坟又不平了，老家表弟打电话来问朱姐要不要重新立碑。朱姐本打算赶在清明节，但现在情况特殊，她二话没说就下达指令：“立。”

老父亲立碑，老谢一定给面子，朱姐这样想。

当晚，朱姐就把重新立碑的想法跟老谢说了。老谢当即同意立，还表示掏钱，不计成本，要立最好的。“爸一辈子不容易。”老谢的神情中流露出少有的温柔，“要我说，干脆迁到公墓去，在小野山，不知道哪天又被平了。”朱姐立即否定了老谢的提议。迁坟非同小可，地下躺一个，胜过地上活十个。朱姐觉得老谢这话说得有点毛躁。

还是立碑，碑上要署名。除了“朱天禧千古”之外，还要署上立碑人的名字。朱姐把老谢的名字放在前头，贤婿谢平贵，爱女朱业勤。强势了几十年，朱姐突然明白，在家里，男人永远要被抬得高高的，至少是面子上要有，这就是中国的伦理纲常，中国的社会法则。

选了个好日子，朱业勤和谢平贵并排立在朱老父亲的坟前。纸没烧完，火星子乱飞，老谢就跪下磕了三个响头。他就是对朱姐再不满，对朱老父亲还是满意的。仗义，朱老父亲几次都很仗义，转业的时候撑他，下海做事，再次加足马力，这个恩情他不能忘。朱姐站在丈夫身后，她明白，正是因为有前一辈人积的德，老谢才能跟她过到现在。举案齐眉，相敬如宾。马上就要迈入五张，朱姐应该满足。

可她偏偏不满足。

“放炮了。”朱姐提醒丈夫。老谢起身，把炮仗挂在树上，他要用打火机。朱姐建议用火柴，打火机不安全，万一炸起来不得了。“这有什么关系。”老谢不听她的，火机打着，一柱立着的火苗，摇摇晃晃去点炮。

炮噼里啪啦炸起来，瞬间浓烟滚滚，老谢侧着身子护住朱姐。没白来，朱姐想。

从坟山下来还有半天，朱姐建议四处走走，老谢没拒绝，开车遵照妻子的指令。先去天长公园，朱姐和老谢最初见面的地方。他们是相亲认识，就在蚌母献珠雕塑下约见。“还记得吗？”来到雕塑下了，朱姐笑呵呵地问。老谢一改往日严肃，面容舒展，似乎有无限温柔有待释放。他不为他们的相遇感叹，他感叹的却是时光消磨了他的青春。“记得。”老谢说。“记得什么？”朱姐穷追不舍，做少女状。老谢有点不舒服了，他不说话，绕着雕塑转悠。蚌母身后，一些促狭的游客乱写乱画，到此一游有之，污言秽语有之，老谢皱眉头。朱姐跟在后头，问：“还记得我那天穿了什么？”老谢诧异地望着妻子。

这是做什么？他还没老到需要怀旧！

朱姐却掏出手机，找出一张照片，是当年他们在雕塑下照的。她穿着一袭连衣裙，像公主，他一身黄布装，裤脚还有泥巴，完完全全的土八路。女高男低，社会地位一看便知，老谢不舒服了。“弄这干啥？”他不再看照片，迅速走开。“再来一张。”朱姐嚷嚷着。二十年故地重游，朱姐的意思是，一生一世一双人。老谢一万个不愿意，可路人已经被拉来当摄影师，他只好就范。朱姐搀着他的胳膊，像姐姐搀着弟弟，她显老了。“笑一点，茄子。”朱姐提醒丈夫，老谢依旧僵硬，他笑不出来。

第二站是个小吃店。在中学后门，做炸油盒子的，面皮里面放粉丝和韭菜，在平底锅上煎。油太大，现在已经很少见了。油盒子曾经是老谢的最爱，那些年生活艰苦，他缺油。

亏得多少年了还没关门。

“老板，三个油盒子。”朱姐招呼，用家乡话，又回头问老谢，“够不够？”

“够了。”老谢厌恶，又说，“多了，油那么大，容易‘三高’。”这时候他想起养生了。

一会儿工夫，三个油盒子上来了。朱姐又点了羊肉汤，老谢说嘌呤高，只喝自己带来的茶。

“那时候记得吧，你在后门口等我，下了班就来这儿，吃完再逛逛商场……”朱姐沉溺过去，不可自拔。老谢觉得这简直是对他精神的鞭挞与羞辱。

“差不多了吧。”他吃了一个就放下筷子。

“还剩一个。”朱姐让他，“你以前一口气能吃四五个呢。”

“有点不舒服。”老谢找借口。朱姐立刻关切地说：“血压药没吃？丹参滴丸呢？……”絮絮叨叨个不停，老谢就烦她这点。

第三站是去看个人，到家里拜访，是老谢在工厂做车工时的师傅，姓方，也是老谢和朱姐的证婚人。方师傅身体不错，正在家里喂鸟。做了一辈子大老粗，老了老了文雅起来，养花、喂鸟、琴棋书画，但一张嘴说话，还是那种豪迈气派。

“你小子行啊！”一见面，方师傅就拍老谢的肩膀。老谢似乎被这一记泰山压顶压住了气势，立刻变成小徒弟了。“听说发财了。”

老谢打哈哈，奉上礼物，一幅当地名人的墨宝。方师傅乐得嘴都合不拢。朱姐补充道：“老谢要拿上好的茶叶，我说不用，师傅哪缺这些，画才清雅，四个字——难得糊涂。”方师傅再度哈哈大笑，说：“对对，难得糊涂啊。”又对老谢说：“怎么样，我给你介绍的这个好老婆不错吧，我在乡下的时候学过看相，我早都跟你说过，小朱是帮夫相，谁娶了她谁就有福。”

朱姐羞怯，低首不看老谢，做婉转蛾眉状。

老谢嘿嘿一笑，很不自然。

“孩子呢？”方师傅问。

朱姐道：“去美国了。”方师傅立刻大惊小怪，赞叹老谢有本事。两个人聊了一会儿，不知道怎么谈到打麻将了。方师傅立刻来劲，琴棋书画只是幌子，打麻将才是正题，他打了一辈子麻将，十打九输，但还是爱打。

老谢却是一把麻将好手。

“师傅厉害。”他故意恭维方师傅。

“跟你比差远了。”方师傅说，“你那时候可是麻将皇帝，脑子够用，不然怎么现在生意做那么大。”这是夸他本人和朱姐，跟其他人无关，老谢微微一笑，很满足。“不过你也有马失前蹄的时候。”方师傅补充道。

马失前蹄？老谢不懂他说什么，一脸茫然。

方师傅卖足了关子，才笑呵呵道："那年年前，派出所为了弄过年费，抓了一批打麻将的，你不在里头啊？还是小朱带了三千块钱把你赎出来的吧。"

老谢只觉得五雷轰顶。

怎么拐拐绕绕，说到这里来了。又跟朱姐有关！她赎了他！功劳大大的。

朱姐和方师傅谈笑风生。

老谢起身，说了句"留步"就转头出门。他就知道这次回来有蹊跷，她就是提醒他——他欠她的，一辈子都欠，永远还不完。是这样吗？他偏不！

三十年河东，三十年河西。他偏要反攻倒算！

朱姐跟上来了："怎么说走就走了？"

"不舒服。"他永远只有这一个借口。

"哪里不舒服？说得好好的。"朱姐不理解他。她觉得这半天的活动安排得成功极了。旧地点、旧吃食、旧人物，所有的一切都只为唤起老谢对过去的一点念想，有了这点念想，她便能修补和他的关系。

马上就是二十周年结婚纪念日，她还要跟他提进公司的事。前面的都是铺垫，她向来步步为营。

可这一切偏偏是他想忘记的。

"不舒服就是不舒服！"老谢声音大了。快步走，把她甩在身后。

"吃错药啦！"朱姐也没了好性子，叉着腰，看着丈夫走向车子，百思不得其解。

优缺点

居里有一种紧迫感，这种紧迫感来源于她的出身，从一个小城市走到大城市，想要立足，最起码得有一栋自己的房子。东方是靠不住了，居里想到了自力更生。生完世卉，居里想找一份工作，朱姐帮过忙，但没有找到合适的，居里开始自学会计，拿证书，四处投简历。在海投的第二个月，居里谋到了一份职，在她看来，那简直是一项壮举。和她一起面试的七个人中，有三个名牌大学和三个海归，还都是硕士，只有她是一个地方不起眼的本科毕业生，且为一个孩子的妈。居里想，HR之所以给她机会，大概是因为她也是一位妈妈，因此有了惺惺相惜的想法。HR对居里说，加油！这句似乎只是客套的话给了居里无限的勇气和憧憬，她没有理由再放弃。居里是爱孩子的，十月怀胎，亲生骨肉。可眼下这种情况她实在没心情在家带孩子。

她必须和东方说明情况，并且，请婆婆、伟大的安秋萍女士，暂时来帮他们照看孩子。居里不明白，在内地，在她们县城，婆婆帮着照看孩子似乎是天经地义的事。来到了上海，这个自由女性最多的地方，婆婆便成了一种野生动物，她们不负责照看孩子，她们有自己的生活，就好比自己的婆婆秋萍，她，需要唱戏。整天在外面待的时间比在家里还多。家，对她来说倒像个旅馆。连她丈夫也受不了她，但也这么过了一辈子。

这些是东方跟秋萍说的，他是儿子，好说话。但东方没有直说，只是敲敲边鼓，说了一个朋友家孩子出生了，他妈妈带得很开心。秋萍一下便领会了儿子的意思，不接茬。东方又说，其实老人和孩子相处的机会也就一两年，带个一两年，就该上幼儿园了，解放了。秋萍听后圆睁双眼，好像听到了外星人袭击地球的消息，他说什么？一两年？一两个星期都够呛，再说，上幼儿园就不用管了吗？上幼儿园也是个孩子，也需要人接送。这是一个妈妈应尽的责任，我是奶奶，我只负责照顾你——我的儿子，现在我的工作已经完成了。

东方把秋萍的拒绝委婉地向居里传达了，居里对东方说，要不给妈一点钱呢？居里的这个办法，算是找对了路子。但她低估了秋萍，也没考虑到变幻莫测的实际情况。

当晚，秋萍跟进宝说了东方来敲边鼓的事。秋萍说："这小子，有了媳妇忘了娘，这事儿我是不干，打死不干。"进宝站着说话不腰疼："卉卉也是你的亲孙女啊！"秋萍大怒，说："难道不是你亲生的？她可是姓罗，不姓安。"

其实内心深处，秋萍还是喜欢孙女的，抵触情绪也没有那么激烈，只是时机不对。京剧票友即将赴美国表演，这对秋萍来说，机会千载难逢，她怎么可能一口答应为居里和东方带孩子？再说即便是答应，也不能以这种方式当时答应，她觉得自己不能如此不值钱，得把价钱谈好，钱交了，人再上岗。至少过两个月再说，也让居里吃吃苦，于情于理这孩子就该居里带。

居里开始去新公司上班了，在浦东，比她原来的公司还远，来回四个小时。实习第一天就累得一身酸痛。但她必须坚持，过了这个村就没这个店，有"三金"，税后五千，这对一个没有亮眼学历和工作经历的妈妈来说，已经是天大的喜事。下了班，居里给东方打电话，她还想再做做东方的工作。或者说，她希望东方再去做秋萍的工作。

居里请东方吃日餐。平日里一家人下馆子，要不就去楼下那家破旧的四川饭馆，要不就是街边的苍蝇馆子。居里百思不得其解，一个土生土长的上海家庭，怎么跟川菜干上了。居里受够了这家人的节省，可他们即便节省钱，也没花在大地方，房子一直没买，进宝永远在炒股，永远没赚，像只叫驴一样永远被套得牢牢的。秋萍手里也有钱，但没人知道数额，那是一个女人的私房钱，比口枯井还要深。

居里和东方对坐，桌子上摆着各式菜色：三文鱼、牡丹虾、北极贝、烤鳗鱼、烤帝王蟹腿、海胆、银鳕鱼、布丁……琳琅满目，都是他们喜欢吃的。自助餐厅刚好赶上牛年特惠，属牛的来这里吃饭，付一位免一位。东方属牛。

坐在西餐厅里，看着楼下熙熙攘攘的人流，一览众山小，为他们服务的是一位意大利的厨师，撇着不标准的上海话，给居里割三文鱼。居里觉得，这样的生活才入流，才是真正在上海应该体验的生活，这也是她来上海的目的之一。

居里给东方下命令：“必须跟妈说清楚，必须帮我们带孩子，两三个月是要的。”全是祈使句，全是必须。居里请了饭，底气十足，她如此骄纵，当然也因为吃准了东方爱她。东方有点为难，说：“妈最近好像有点忙。”居里说：“忙？谁不忙？我们都忙，忙着赚钱，忙着为未来的生活打算，老人不帮忙，我可告诉你，以后我可不问他们的事。”居里开始威胁。东方连忙安抚住她：“吃饭吃饭，我最近工资涨了一点，还发了点补贴。”居里立刻警觉，工资涨了，怎么没见短信通知？她掌握着东方的工资卡。东方笑笑说：“银行可能还没那么快。”谈到钱，居里想探探底，这个家庭还没给她交过实底。她说：“爸到底有多少存款？上次爸不是说，要掏钱给我们付首付吗？”进宝的确说过这话，只不过那次是在亲戚聚餐会上，进宝为了充大，故意说的豪爽话。事后他后悔得要命。东方说：“我好像不记得了。”居里说：“怎么不记得？就是大姑、二姑来的那次，看看你们家这些亲戚多少年都不走动吧，这就是大城市。”东方只好说各有各忙。居里喝了点小酒，越发起兴，敬东方一杯，说：“其实吧，爸是一个好爸！爸几乎具备了上海男人所应该具备的优缺点，顾家、纵容老婆、勤勤恳恳、精明、小气……”东方立刻质疑：“我爸怎么小气了？”居里放浪形骸，笑笑说：“这还用我说吗？左邻右舍谁不知道？你看他的衣服，买过新的吗？现在穿的还是十几年前的，那T恤衫上都是洞，说是结婚时买的，丢在路上乞丐都不要。”

“那是对自己小气，叫节俭。”东方说。居里说：“对你也不大方，就这么一个儿子，现在上海的家庭谁不是有几套房子？爸抱了一手股票，也不能生钱，搞得现在非常被动。”

“炒股本来就是有输有赢。”东方说。居里说：“咱妈成这样，咱爸也是功劳大大的，按照传统社会的说法，夫为妻纲，夫纲不振则妻猖狂。东方说：“那我是不是也该一振夫纲？”居里说：“你知足吧，我跟你可是头婚。”

东方嘴里咬着一只蟹腿，不说话了。

坐在黑暗里

罗家客厅里，安秋萍也在做进宝和罗老太太的工作。

秋萍站在两个人面前手舞足蹈，说自己的人生目标是一代名角，现在就是机会，在票友大赛中击败了多少人，才能去美国巡演。

进宝不理会，问："有什么用？能吃饭吗？"秋萍向罗老太太求助，说："妈，你赶紧批评批评进宝，根本就不懂艺术，和吃饭有什么关系？俗不可耐。"

进宝转过来不看他老婆那张脸，说不理解又怎么样，反正已经过了大半辈子了。

秋萍见好说不行，索性撒泼："你不许我去美国，我就不许你去炒股，你把股票全都抛了。"进宝急了，说："你胡说什么？"罗老太太最反对儿子炒股，在她眼里，进宝上次炒股还是1992年，大概是潘虹主演《股疯》的时候。老太太问："还炒股呢，你看看潘虹演的那个人，炒股都炒疯了，得住精神病院。"进宝连忙说："妈，你别听秋萍乱讲，我炒什么股，认真工作呢。"秋萍往沙发上一坐，道："反正我要去美国。"

去美国演出，这在秋萍看来是一件极其高大上的事情，如果能去美国，她大半生作为票友不得志的委屈似乎也可以消减一些。这是她退休以后最大的一件事，她必须办。

晚上，秋萍跟进宝吹了一夜的枕头风，并且威胁警告，如果进宝不同意她去美国，不给她报销一部分费用，她就要跟儿媳妇站在一起，要求进宝必须、立刻、马上为儿媳妇掏首付款。一谈到钱，进宝有些气弱。“几天？”进宝问。秋萍眉开眼笑道：“没有几天，顶多三五天。”这事就算敲定了。

所以，当东方再次和母亲大人安秋萍女士谈论带世卉的时候，秋萍一下就否决了。“我马上要去美国了，带什么孩子？”居里没有办法，她必须上班，上级对她的期望很高。还说，部门马上开大会，PPT由她做，由她讲演，她必须表现优秀，这是她的第一次亮相。

居里没办法，只好找朱姐暂时看几天世卉，朱姐当即就同意了。居里要给朱姐算钱，朱姐搪塞了一会儿，最终还是拿了居里的五百块钱。居里为了让朱姐下得来台，还笑着说：“姐，这可不是给你的，这是给我们家卉卉买小零食吃的。”

秋萍赴美当天，全家人给她饯行。桌就不摆了，吃个早饭就算送行了，秋萍一会儿说居里贤惠，一会儿说进宝能干，一会儿又亲吻世卉的额头，说奶奶一定给你带礼物。饭煮好了，有粥有小菜，还有在楼下买的豆腐脑、茶叶蛋。秋萍这天特别慈祥。一家人坐定了，进宝问：“妈呢，怎么还不下来？”秋萍说：“可能想多睡一会儿，老年人觉多。”

进宝不放心，亲自上楼，敲敲门，没人应，打开门，走到他母亲床前，见老太太歪在那里没动。进宝慌了，大叫一声：“妈！”老太太还是不说话，一摸额头，烫，进宝又叫了一声“妈”。

老太太病了，突然地，“120”开到家里，秋萍也不好意思立刻去美国，当了几十年的儿媳妇，在这关键时刻她不能掉链子。飞机从上海虹桥机场缓缓飞起，消失在蓝天白云间，秋萍带着无限惆怅，坐在医院的病床前，围着老太太。医生说老太太得的只是流行性感冒，但年纪太大了，引发心肺不适，短暂昏迷。

进宝急得跟什么似的，秋萍一肚子不高兴，她的梦想就因为一场感冒而破灭了。东方和居里也站在病床前，东方请了假，居里抱着世卉。过了一会儿，朱姐来了，她把世卉暂时领走。秋萍见了，先不理会，过了一会儿，她问东方：“你老婆想干吗？都这时候了，孩子还不愿意带。”居里急得一头汗，她必须去公司，必须、立刻、马上，否则会出大问题。

居里朝秋萍身边靠，小声说：“妈，我……我得出去一下。”秋萍立刻张扬出来，瞪大眼睛道：“你这孩子，存心要给我们家捣乱是不是？还嫌不够乱？奶奶躺在床上生死未卜，大家都急得跟孙猴子似的恨不得变出七十二个人，你倒好，见到事就撤退？你什么意思？”居里百口莫辩，说：“妈，不是那样的。”秋萍不再听她解释，转脸照顾老太太，美国都不能去了，她立志做一个孝敬、尽心、口碑极佳的儿媳妇。

进宝对秋萍的表现非常满意，转而对居里有些不满。过去他一直对居里的大事小事不闻不问——这就算是支持了。可现在老太太躺在床上，居里却还要走，他觉得这个儿媳妇简直不明事理。居里一咬牙，看了一眼东方，以极其微弱的声音说自己很快回来，转身快步走了。秋萍被激怒了，凭什么她沈居里能走，我安秋萍就不能？她上的什么破班，能跟去美国比吗？岂有此理！她见老太太微微睁开了双眼，便大声道：“妈，美国我也不去了，我就看着您，这么多年，除了我，谁还留在你身边，去指望这些个小的，能指望得上吗？人心都是肉长的，我现在绝对不能离开！”

罗老太太似乎无法领到这个情，一动不动，只剩呼吸。可没关系，这些话是说给进宝听的，进宝果然被秋萍感动得眼眶含泪，他抓过秋萍的双手说：“这个家，没有谁都不能没有你。”又过了一会儿，医生已经明确地说老太太脱离危险，不用都看着。

秋萍转头对东方说：“傻站着干吗，快，去上班吧，迟到了要扣钱的。”

沈居里满头大汗地冲进了会议室。

一推门，手里的文件夹没拿稳，掉在了地上，她连忙点头哈腰，算是道歉。把她招进来的HR也在座，面色凝重，觉得很没面子。

居里站到讲台上，一边道歉，一边慌慌忙忙地打开笔记本电脑，插上数据线，打开投影仪，又在皮包里一阵乱翻，手颤抖着拿出了U盘，插在了电脑上。谁知U盘一打开，投影上播出的却是罗东方为了给夫妻生活助兴下载的黄色小短片。

拿错U盘了。

会议室顿时发出“哦”的一声惊呼。居里拼命用鼠标点击短片右上角的“×”，可她的老电脑却拒绝配合，像中了病毒一样，死活关不上。

主管业务的副总看不下去了，站起来大吼：“这个人是谁？哪个部门的？叫什么名字？！”

居里吓得花容失色，连忙去拔电源，插座一阵电火花，啪！跳闸，整个会议室停了电，一群人坐在黑暗里。

居里知道，自己好不容易谋来的一份工作，很可能不保了。

玫瑰花瓣

朱姐想进老谢的公司，她打算在二十周年结婚纪念日这天提出。大日子，风风雨雨多少年，在那种氛围的衬托下，她相信老谢一定不会拒绝。朱姐为这事准备了一个星期，甚至动用了老谢身边的人——小伍。但小伍跟朱姐说："不是我不帮忙，但这事跳过谢总实在不好，他会扣我工资，还会降我级。"朱姐在电话里立刻换了一种口气，说："你就不怕我对你印象不好？不怕告诉你，很快我也要进公司了。"小伍没话说了。他只能配合朱姐，把这出戏演好。

朱姐不打算在家做饭，她订了餐，还破天荒地包下了锦江饭店的豪华套间，这是小伍建议的。小伍说，谢总最喜欢这个套间，可以看到黄浦江，每次站到窗前都觉得意气风发。朱姐还在房间里点满了蜡烛，放上玫瑰花瓣，一切都是按照电视剧里的情景打造，到下午三点，朱姐给老谢打电话，假说是自己娘家亲戚来上海，在锦江请客，让他晚上到，老谢答应了。多少年来，老谢和朱姐在上海的家都是他们老家亲戚的落脚地，习惯了。在挣了一些钱后，老谢也愿意承担这些，一来有面子，二来他不想欠朱家太多。

老谢有老谢的事，今天他约了几个大客户谈事情。朱姐不停地给小伍打电话，反复叮嘱，无论老谢谈事谈到几点，都要用车把他给拉过来。

晚饭时间，朱姐在房间里，坐立不安，服务生敲门，说："牛排来了。"老谢有钱以后，最喜欢吃牛排，八成熟，朱姐吃不惯，但今天她为老谢点了一盘。朱姐说放下吧。老谢来电话了，说他有事现在到不了，请亲戚和朱姐先吃饭，回头他来埋单。朱姐决心把戏演到底，也不催他，就一直等，一边等，一边给小伍发信息。小伍回复：“老板还在谈事。”一个人等的时间长了，朱姐不由得有些愤恨，结婚二十周年，这么一个天大的日子，他忘了就不说了，现在，朱姐推说家里有事，来了亲戚，他依旧不能到。这多少令朱姐有些寒心。

电话又响了，这次是居里。居里再次感谢朱姐帮她带了几天孩子。朱姐问居里工作怎么样，居里没好意思说自己被停职，只说还不错。过了一会儿，乐乐来电话，朱姐觉得有些奇怪，但还是接了。

乐乐还是来问老秦的情况，这次问得比较详细，而且开门见山，比如，他老婆现在在干什么？孩子多大了，是女儿还是儿子？在外面有没有孩子？有多少资产？目前身体状况怎么样？在朱姐面前，乐乐从来不隐藏自己。这也是朱姐欣赏乐乐的一点，贪婪得比较坦荡。

“怎么了？对老秦有兴趣？”朱姐直言不讳。

“目前还没有。”乐乐说。

朱姐说：“你这个想法非常危险，老秦那个人我知道，不是一般的人物，你小心掉进沟里。”乐乐笑说：“谢谢姐的提醒。”朱姐想起了自己以前看过的张爱玲的一篇小说——《红玫瑰与白玫瑰》，她觉得自己就是白玫瑰，是一副失血过多的样子，而乐乐则是红玫瑰，哦，不，她应该是野玫瑰才对，带刺、妖艳、野心勃勃，她有这个资本，因为她年轻。在上海这个城市，如果你不年轻，你就必须富有，如果你不富有，那么你有青春就还有希望，如果你两样都没有，你在这个城市是无法立足的。朱姐挂了电话，牛排冷了，她又叫服务生拿去热着，等客人来了再上。朱姐一个人到楼下咖啡厅坐着，她很久没有这么放松了。听着音乐，周围全是一些衣着华美的人物，半年之前，还带莉莉读书的时候，她绝对舍不得花这个钱。可现在，她似乎想明白了，不花白不花，人生都到这个年龄线了，还受钱束缚，大可不必。朱姐低头看手机，又给小伍发了两条短信，问具体情况，小伍刚开始回复得很快，但两条之后，就没动静了。朱姐下命令，无论多晚，都必须把谢总给我带过来。

一个年轻人，悄悄地坐在了朱姐旁边。梳着大背头，油滴滴的，面容刚毅，身材魁梧，看上去，三十岁出头的样子。朱姐不知道他要做什么，刚打算走，那人给朱姐买了一杯酒，让酒保送过来，招招手，很帅气的样子。朱姐心想，啊？遇到牛郎了？可惜我不是富婆。但她纹丝不动，屁股想要抬起来走人，却迟迟没有行动，她还比较享受这种情况，有人找她，至少说明她还没老，还有消费的空间。年轻人问："怎么，有心事？"惯用的套路了。怀疑是高级牛郎，肯下本。朱姐笑笑："你怎么知道我是一个人？"年轻人说："我猜你是单身。"朱姐觉得奇怪，问："为什么这么说？"年轻人说："单身的女人有两种状态：一种是不成功的单身的女人，她们往往萎靡不振；另一种是成功的单身的女人，她们修炼了很多年，已经在岁月的沉浮中变得淡定了，她们有智慧、财富，她们懂得享受人生。我想你是后者。"朱姐在心里感叹，完全不是他说的那样，但不得不承认她还是高兴的，一个年轻人这样说她，她甚至愿意为他花一点钱。朱姐从钱包里掏出一张钞票，推到男人面前说道："谢谢你的好意，但我不习惯让男人付账。"朱姐也开始演戏。年轻人反问："你紧张什么？难道你喜欢我？"面对这种情况，朱姐的正确反应应该是：大怒、走开，或者把酒泼到他脸上。可她并没有，而是臊得满脸通红，站起身，快速走了。朱姐为自己的表现羞愧，才这么两个回合，她就败下阵来，她不记得自己已经有多少年没有这种脸红心跳的经历了，她自认为看过很多爱情小说，但在爱情上，她却经验稀疏，和老谢的那一点可怜的经验，也是短平快式的，两个人迅速地走入了婚姻。老谢在她眼里是不解风情的人，她当初找他，也就喜欢他的老实木讷，可今天看来，有一个风趣有话的男人在她旁边，她也觉得不错。朱姐回到客房，还是等，一直等，她看完了一部电影，迷迷糊糊的，住这种地方，真是春宵一刻值千金，每分钟都要算钱，可朱姐却蹉跎着。晚上十一点，她不耐烦了，给小伍打电话，小伍说："谢总已经到门口了。"朱姐问："你没向他透露情况吧？"小伍说："放心吧。"朱姐站起身，在镜子面前打量自己，今天她穿了一身新，在淮海路买的衣服——套装，里里外外都上档次，也难怪有年轻人找她搭讪。她站在门口，装作若无其事，等待着电梯缓缓上行，为她送来一个如意郎君。今晚之后，她也许就进入了老谢的公司，继续和他并肩战斗。夜色温柔，窗外是黄浦江，灯火辉煌，朱姐感到前所未有的幸福，这幸福也许是老谢这个沉稳的男人和楼下那个轻佻的年轻人共同给她带来的，她觉得自己还没有那么衰老，不，不能说衰老，应该说有几分年轻。朱姐就端坐在沙发上，门半掩着，一会儿，小伍扶着老谢上楼了，朱姐听到电梯门的开合声，立刻赶到门口，谁知门一开，小伍怀里的老谢就倾倒在朱姐身上，哇一口，秽物冲天，吐在了朱姐身上。她今天的精心打扮瞬间毁于一旦。朱姐气急败坏，怎么回事？喝成这样！有什么天大的事要谈？小伍摇头说："没办法，好几个老板非要喝……"朱姐怒道："他喝你不能劝？"小伍说："我是什么人呀……"声音很弱。朱姐和小伍把老谢扶到床上，对小伍说："你可以走了，明天再说。"小伍告退，朱姐去洗手间拧了一把热毛巾。床上的玫瑰花瓣被酒醉的老谢拨弄得到处都是，浪漫解体，一片狼藉。朱姐给老谢脱衣服，西装、裤子、鞋子，一件一件，然后又为他擦脸、擦身子，在这个结婚二十周年纪念日的夜晚，朱姐突然发现所有的浪漫都是虚假的，都会被现实击败，只是她在给老谢擦身子的瞬间，她似乎又感觉到了一点什么，仿佛他们又回到了当年，他还是个毛头小伙子，第一次喝醉酒……一转眼就老夫老妻，相敬如宾，知己知彼，共同进退。朱姐有些被自己的婚姻感动了。

西装口袋里掉出一件东西，是个小信封，鼓鼓囊囊。朱姐好奇，拿起来，信封背面，写着这样一行小字："致朱业勤女士：二十年了。"朱姐打开信封，里面是一束玫瑰标本，干枯的，带点香味，还有一张支票，面额：15万。朱姐的眼眶立刻就红了，想不到，老谢还记得今天，还记得今天是他们结婚二十周年的日子。是小伍说的吗？她又打电话给小伍，小伍对天发誓说他从未透露。朱姐释然，哦，是他自己记得的。一日夫妻百日恩，何况他们经过了二十年。把老谢料理好，他已然酣睡，她费了九牛二虎之力，把他搬到床左侧，这么多年，他一直喜欢睡左边。朱姐拉起被子，进入被窝，抱住老谢的身体，同床共枕，大概就是这个意思。谁说钱不能表达感情？朱姐望着酣睡的老谢的侧脸，觉得很幸福。她打算明天早上第一缕阳光从黄浦江上照进酒店窗台的时候，她就向老谢提出要进公司，起码做一个管理岗位，就办公室主任吧。她相信老谢一定会同意。

一夜过得很快，朱姐想不到这一夜她睡得比老谢还要沉，等睁开眼时，发现身边空了，洗手间水流汩汩，老谢已经洗漱完，穿好了衣服，道貌岸然，板板整整，又是那个社会上有头有脸的男人了。朱姐向老谢问了一声早，老谢“哦”了一声，也没问为什么自己在锦江，更没提二十周年纪念日的事，好像昨天什么事都没有发生。朱姐说：“谢谢你。”老谢没再说什么，所有的浪漫都埋在了昨天那个黑夜里，他似乎不允许它再破土而出。

朱姐说：“你醉了。”

老谢开始穿皮鞋，说自己还有个会。

朱姐说：“你等等，有话跟你说。”

老谢把皮鞋穿好了，站在朱姐面前。

“我打算去你的公司工作。”朱姐笑着说，“帮你一把。”

老谢皱眉头，他显然讨厌妻子这么说。以前是她帮他，可现在不，时代早变了。

“什么？你能做什么？”老谢说。

这话让朱姐不高兴，她什么不能做？朱姐说：“我做办公室主任总可以吧？”老谢说：“我们那儿还没大到需要设立一个专门的办公室。”朱姐决定胡搅蛮缠下去，说：“那现在就设立好了，我不做老板娘，伺候人总还可以吧？”

老谢说：“这是做生意，不是乱来。”朱姐说：“我也有生产力的！”老谢说：“我不跟你说了，时间到了。”朱姐立刻大声说：“你站住，今天你不同意，不允许出去！”老谢还是径直朝门外走去。朱姐赤着脚，穿着睡衣，头发凌乱地冲到酒店门口，大声嚷嚷着：“谢平贵，你给我站住！”又是祈使句！老谢最厌恶的句式！老谢嗖地钻进电梯，走廊里空荡荡的。一个打扫卫生的阿姨推着车，打门口经过，用怪异的眼神看着这个穿睡衣的女人。朱姐浑身一麻，又一紧，有些不好意思，这保洁一定把她看作是一个不正经的女人。这又是何苦呢？朱姐退回屋里，拿起手机，她决定给老谢发一条长长的短信，她知道，老谢这个人，用文字沟通更好一些，朱姐相信自己的文笔，她相信只要自己在情在理，老谢一定会让她当办公室主任的。

这样一个男人

乐乐四处打听老秦的情况，她相信老秦也在打听她。不过她也没什么可打听的，乡村来的，出身清白，做过保洁工，基本上白纸一张，她想这也是老秦喜欢她的一点。像这种有钱的、事业成功的男人，总喜欢白纸一张的女孩子。可他们不是喜欢女学生吗？乐乐没有文凭。但老秦也许不一样，他会看人，而不是看学历，乐乐不是一般的女孩子。

乐乐已经觉察到，老秦在和她斗智斗勇，从那五万块钱开始，她和老秦之间的猫鼠游戏就开始了。献身感谢老秦失败之后，陶乐乐便不再着急做什么，和老秦若无其事地交往起来，说交往，基本上是业务往来。

她刚开始以为石总和老秦之间有些特殊关系，久而久之，她发现其实两人根本没有什么，石总嫌老秦太老。据说石总离过婚，跟过一个香港的老头子，第一次婚姻是为了钱，现在有钱了，再找男人，则纯粹是为了取悦自己。石总只是佩服老秦在生意上的手段。

乐乐认为老秦对她感兴趣，是因为在一次吃日本料理的时候，老秦的手，从桌子底下偷偷摸过乐乐的腿，结结实实的、有弹性的，甚至是浑圆的，健康的女孩子的腿。有了这么一次，乐乐的心放下了些，她不怕他占便宜，就怕他什么都不图。

上海新开了一家大型游乐园，圣诞节前夕，老秦突然给乐乐打电话，问她圣诞节有没有空，如果有时间，能否带一个女孩去游乐场玩玩，乐乐二话没说答应下来。圣诞节当天，乐乐按约定时间在游乐场门口等。来了一辆车，不是老秦的车，车上下来一个女孩，穿小袄子，圆脸，跟老秦长得不太像。老秦没来，一整天乐乐便暂时是这女孩的监护人，两个人玩得很开心，过山车、激流勇进、鬼屋，女孩胆大，什么也不怕，这一点倒像老秦。吃午饭时，乐乐不经意地问："秦叔叔是你什么人呀？"女孩不假思索，说："是我爸。"乐乐大吃一惊，她没想到老秦的女儿这么小，也没想到他会让她带他女儿出来玩。她的亲妈呢？难道，这是老秦和别的女人生的孩子？乐乐又问："你妈呢？"问出口之后又觉得自己失言，她怕女孩跟老秦学话。那女孩一点也不怯场，说："我妈已经去世了。"乐乐又觉得不对，她打听到老秦的原配还在世，如果是年轻的妈，怎么会这么快就去世？这孩子究竟是哪来的？她不好意思再多问。到了晚餐时间，老秦来了，带着女孩和乐乐一起去酒店吃饭，女孩扑到老秦脖子上又是亲又是抱，老秦竟然露出一些老爷爷的气息，这个女孩，与其说是老秦的女儿，不如说是更像他孙女。可女孩子叫老秦爸爸，毋庸置疑，她就是他女儿。

玩到晚上十点多，老秦安排车把女孩接走。他自己的专座，送乐乐回家。老秦和乐乐并排坐在后座上，老秦很自然地把右手放在乐乐腿上，乐乐也不躲避。老秦让司机放一点音乐，司机没说话，开始放萨克斯风，气氛旖旎。乐乐心想就当还债了，今晚无论老秦怎么对她，她也不会反抗。但她就想问老秦一句话，这女孩的亲妈是谁？她知道自己的这个问题很可笑，所以不得不开着玩笑打掩护，把这话问出口。

"想不到你还有这么年轻的一个女儿。"

"不止一个，好几个呢。"老秦云淡风轻。

乐乐更为吃惊，没再多问。一路上老秦除了把手放在乐乐腿上，就再没有其他行动。到了淮海路，让司机靠边停，他下了车，又命司机把乐乐送回家。司机和乐乐早认识了，上次开车给钱也是这个司机。乐乐又让司机把她送到老地方，离贫民窟半站下车，这样她有面子。

车开到一半，乐乐对司机说："秦总真是风流啊，孩子这么多。"

司机笑笑不说话，从后视镜看看乐乐。

乐乐又说：“还有这么年轻的女儿。”

这下司机开口了，说：“这个女孩是地震留下来的遗孤，是秦总认养的。”

乐乐听后脑袋蒙蒙的，老秦的形象在她心中瞬间高大起来。

她想不到老秦竟是这样一个男人。

乐乐和老秦往来了一段时间之后，她在公司的位置也变了。石总提拔了她，做总经理秘书，但实际上，石总也不需要她来帮助。石总有自己的秘书，一个年轻的男孩，乐乐平日里的工作就是对接秦总公司的业务。她还听说，居里的老公可能很快来公司工作。她觉得有些奇怪，又觉得世界太小。

令她不理解的是，如果老秦对她有好感，完全可以挖她去他公司上班，只要老秦提出，石总不会拒绝，她也未必会拒绝。老秦一直没说这个话。

八月，乐乐妈带着老家的一个亲戚来上海看病，说是村里大旺老婆的娘家亲戚。乐乐假装有些恼火，怪她妈多事，但她有点自豪。因为全村只有她在上海，她妈是投奔她来的，这说明她还有些本事。

乐乐妈带着这个可怜的女人住在乐乐家，乐乐不但要管一天三顿饭，还要帮着跑医院。老秦得知这个情况之后，问乐乐：“这个人对你重不重要？”乐乐说：“不太重要，”又说，“主要是我妈揽的活。”老秦听明白了。没几天，一切都安排好了，中等医院，中等医生，普通病房，治病是够了。这个好命的女人甚至不知道发生了什么，就在上海瞧上了病，她千恩万谢，觉得乐乐和乐乐妈有能耐极了。回到村里之后，她成了一个活喇叭，到处宣扬乐乐在上海混得好。乐乐非常不愿意她这么说，找事儿，将来来上海找她的人会更多，可她刚起步，并不是像那女人吹嘘的那样，她什么都没有，只靠着和一个男人虚无缥缈的关系，办了一些莫名其妙的事。但乐乐到底有些自得，因为，她终于从那个一眼望不到头的地界跳出来了。

乐乐妈到上海也没少啰唆，还是那套老话，说：“你赶快结婚吧，年龄不小了，有能耐就找一个上海人，没能耐就找个打工的也不错。”乐乐不耐烦，没有心上人，怎么结婚？她对老秦有些好感，可他们没有未来。乐乐妈越是催促，乐乐越有些自伤身世。心比天高，命如纸薄。乐乐对她妈说：“不用你管。”乐乐妈说：“我不管谁管，”还说，“反正三十岁之前你不结婚，我就把你从家里赶出去！”乐乐觉得她妈简直可笑，这么多年她回过家几次？那也叫家？

乐乐妈说相亲总可以吧！

乐乐退无可退，就想着应付她妈一下，勉强同意。结果第二天她妈真从老乡那里找来一个相亲对象。那人在南京，说是学理工科，大学毕业，技术宅男，乐乐和他相亲是通过视频连线，她妈不知道从哪儿弄来个iPad，联了网。乐乐聊了几句之后就很不喜欢这男人，他喜欢打游戏，不修边幅，说起话来上句不接下句，眼神呆滞。可乐乐妈说：“这样的男人好，可靠。”乐乐说：“那他不在上海，他在南京也不现实啊。”乐乐妈说：“现在都可以视频的，视频谈恋爱，先谈着再说。”

乐乐气得双眼恨不得都出气：“你真时髦，还在网络恋爱！”

“这有什么？”乐乐妈走在了时代前端。

“你说我要这个男人干吗？对我有什么帮助？”

“你都多大了，你不要生孩子？一个人能把孩子生出来吗？”

乐乐没话说了。说实话，乐乐很喜欢孩子，她有时候不理解沈居里，她觉得居里不是那么爱孩子。但仔细分析之后，她又能够理解居里了，她觉得居里和自己的情况相仿，赤手空拳来到上海，不同的是，居里有了一个落脚的地方，而她却没有。

没有又有什么关系呢？乐乐觉得自己还年轻，豁得出去，她一定要在上海闯出名头。乐乐妈还在嚷嚷着，说公鸡打鸣，母鸡下蛋，是女人就得下蛋。

乐乐冷冷笑道：“你倒下了不少个蛋，有用吗？你现在有什么？算了吧！”

乐乐妈呆傻在那儿。她没想到女儿会这样说她，她比喻别人是母鸡，可以，但当女儿把这个比喻放到她身上，她就有点接受不了。她觉得自己为家付出了所有，可为什么三个孩子都不听她的话？乐乐妈掉眼泪了，一边哭一边说："我生你们这几个小孩，你知道我付出了多少？那年那天下着雨，你发高烧，我背着你走，走路，走了半个多小时才到医院，身上全湿了……"

这段苦情电视剧一样的故事，乐乐都不知道听了多少遍，好像从小到大，她妈对她付出是最多的：一个是十月怀胎把她生下来，另外一个就是背她走过了那段泥泞的小路。

乐乐受不了这样的哭诉。

厨房的煤气灶蓝火闪烁，乐乐拿勺子搅拌着一锅方便面，听到她妈哭，心烦，不停地敲打着锅边，咚咚咚咚咚咚，好像要把那锅敲碎。"哭啥哩？！"乐乐开始冒家乡话了！几乎是吼。一转身，勺子脱手而出，迅速击中门口的穿衣镜，当啷一声，碎了。

乐乐妈像被雷劈中，突然不哭了。"这不要钱呀！要赔钱的！"乐乐妈嚷嚷着。

乐乐笑了，这才是她妈，一句话中有两个"钱"字。她还知道爱钱，没变。

阔腿裤

沈居里失业了，她又不得不回到家中，做全职妈妈，这就是她的工作。

对她来说，在这个家中待下来，最大的难度，不但在于下有小，更在于上有老。秋萍是她最大的敌人，何况秋萍也有满腹牢骚，老太太生病，尚未完全恢复，她要伺候老太太，有时还不得不帮居里做一些事情。就好比家务吧，就不可能让一个带孩子的居里全部完成。至于外出后，居里可以以假带孩子为名巧妙躲避，令秋萍非常不满。真带孩子居里才知道，世卉是个出了名的骄纵公主，她必须一一纠正，这孩子是她的，她不能不管，纠正不过来，未来受苦的是他们夫妻俩。

世卉哭闹，居里只能在她那小房间里来回逡巡，她觉得自己像一头被困住的野兽，委屈极了。这十平方米见方的小天地就是她的全部世界，就是她在上海的“家”，只要迈出，哪怕是一步，哪怕是走到客厅，也会遇到秋萍、进宝，他们又要说，带孩子这么带可不行。

居里有时候甚至会去读一些心灵鸡汤似的读物求助，可稍过几天，又觉得枉然，在她看来，写那些读物的人多半是站着说话不腰疼，而居里却有数不清的烦恼和麻烦要面对。

居里觉得自己的价值没有被充分发挥。做一个全职妈妈，违背她来上海的初衷，可孩子是她生的——是她把这个小生命带到世界上来的，她就必须对她负责。居里有时候恨自己不是个男人，男人就可以理直气壮地拼事业，而女人却天然地被社会要求回归家庭，即便是一个事业成功的女人，如果家庭生活不美满，也会被归为异类，视为失败者。

居里买了《育儿百科》，按图索骥，按照上面介绍的方法，科学地养育孩子，她慢慢地也爱上了这份工作。不是因为这份工作有多轻松，而是因为这个孩子是她生的，从她肚皮里出来的，是她的心肝、她的肉。

但主要的不愉快来自秋萍。居里归咎于空间太小，居里也不认为自己是一个和气的人，但刚好秋萍也不是，两个都不太和气的人放在一个空间里，就好比苗家炼制蛊毒，不分出个胜负就不能停止。

一天早晨，居里刚抱着孩子准备出门晒晒太阳，秋萍立刻阻止她说："你给孩子穿这么少，想做什么？本来就不足月，会冻坏的。"居里说："秋要冻。"秋萍说："冻也不是这么个冻法。"居里说："你看那些日本孩子，小时候都穿得很少，但长大以后就是身体素质好。"秋萍立刻说："你搞搞清楚，这里是中国，我们家孙女是中国孩子。"居里只好就范，给世卉再披一件衣服，这才抱着出门。秋萍大叫道："帽子，头上都没长几根毛，还不戴帽子！"

世卉开始学说话了。爸爸妈妈、爷爷奶奶，一叫一个上口。在口音问题上，居里坚决反对秋萍整天跟孩子说上海话，可居里一背过脸去，秋萍就教。有一天居里和世卉一起玩，世卉突然没头没脑说了一句："谢谢侬，勿要客气。"居里震惊了，这显然是秋萍的功劳，意图很明显——分裂她们母女。居里来到上海后，首先感到阻隔的就是上海话，她的北方土语和上海话格格不入，现在生了个女儿，她原本希望女儿说普通话，以后沟通没障碍，文化上近一些，可是秋萍呢？就是想把世卉拉到她那个阵营去。

居里坐不住了，她找到秋萍，说世卉应该说普通话。秋萍冷笑一声，用上海话回应说："为什么？世卉姓罗，是老罗家的姑娘，是上海小姑娘，怎么能不会说上海话呢？"居里真想大吼，可于情于理又说不过去，她只好找东方协调。东方却说："会讲上海话蛮好，现在方言保护是潮流，而且会上海话也并不妨碍说普通话，从小就会两种语言，何乐而不为？"居里觉得为这种事跟丈夫沟通根本就是鸡同鸭讲，他根本就不理解一个北方女孩来到上海的苦闷。只能强行，潜移默化，居里甚至试着跟世卉说北方话，可世卉就是学不会，上海口音还是渐渐养成了。

再就是吃饭，吃饭是个大问题。居里主张吃饭就好好吃，不吃就不喂了。秋萍见了不满意，说："这孩子还没吃饱呢，她不吃，你得追着喂呀！"居里说："妈，您那是老观念了，现在的小孩从小就要培养自立能力，不吃就不喂，饿了她自然吃。"

"是你亲生的吗？"秋萍气得跳脚，"看孩子瘦得跟猴似的。"

居里缴械，只能说喂就喂吧。但喂又不是那个喂法，居里对秋萍说："妈，饭如果太热，你冷凉了再喂就是了，每次总是拿着勺子吹，自己的唾沫星子都吹到碗里了，世卉怎么吃呢？"秋萍再度跳脚："什么？嫌我脏？"话说到这儿，俩人只能各回各屋，不欢而散。

至于在教育孩子方面，居里觉得几个老人围在旁边，简直就是对教育的阻碍。他们永远让居里当坏人，唱白脸，自己当好人，唱红脸。可当好人无非就是惯着，世卉摔倒在地板上，秋萍立刻带着孩子嚷嚷说："地板坏，打地板。"

世卉做错事，居里正批评着，秋萍则来个直接居里，居里没有了权威，教育还怎么继续进行呢？导致后来居里一板起面孔做教育状，世卉就笑，当妈妈是小丑了。

世卉举着漫画书看，居里说："好孩子，从小就应该多读书，多读有用的书，这样长大以后才能做一个有用的人。"秋萍倒好，直接来一句："别那么累，懒人有懒福，轻松一点。"气得居里眼冒金光。她就不想想，从小给孩子灌输这种价值观，以后怎么成长为祖国栋梁？秋萍带孙女出去玩，总不注意卫生，回来孩子生病拉肚子，他们总怪居里照顾不周。秋萍好面子，和世卉一起出去，遇到陌生人，总希望孩子有礼貌，可是世卉就是不喊人，她也归咎于居里教育得不好，让老人在外面没面子。居里总是解释："不是我教育不好，是你们不能惯。"正因为这方方面面的矛盾，让居里更加想要一个家、一个自己的独立的空间，这样她才可以保持权威，认认真真、好好地教育女儿该怎样做一个健康、有礼貌的孩子。

这天，居里、秋萍带着世卉到楼下的小花园散步，遇到几个熟人，世卉又没叫人，秋萍又生气了，对居里说："讲过多少次了，在外面见到长辈要懂礼貌。"居里委屈道："妈，我真教了，不信您再教教看。"过了一会儿，迎面又来个熟人，秋萍对世卉下指令："小卉卉，快叫奶奶好。"世卉也有眼力见，张口就叫奶奶好。秋萍喜不自禁，等那人走远了，便给居里上课："就是你没教，还说孩子不学！"居里百口莫辩。

又过了一会儿，迎面又走来两个人，秋萍估摸着是熟人，又对世卉说了要叫人的话。等那两个人走近了才发现是素鸡和桂香，世卉还记得桂香，笑嘻嘻地叫了一声"奶奶好"。素鸡以为是叫她的，慈眉善目，凑过来，道："安老师，看看你们家的小囡多有礼貌，还知道叫我奶奶好。"秋萍还为报警的事生素鸡的气，立刻绷起脸，道："叫的又不是你，为老不尊叫什么奶奶。"素鸡上前，道："我看着孩子挺喜欢我的。"说着便伸手去抱孩子，居里见状，连忙要抢着抱孩子走，可哪里赶得上素鸡的身手，她搂住世卉，大脸凑到小脸上亲，谁知就在她伸嘴的一刹那，世卉一伸手，小肉掌挥舞，又响又脆，啪的一声打在素鸡脸上，素鸡猝不及防，一屁股坐在地上。秋萍哈哈大笑，居里也忍不住笑了。

这也许是她们唯一一次不愿意批评世卉的粗鲁，都说童言无忌，那么小孩子的巴掌也是不犯法的，世卉这个罗家的好孩子间接地替长辈们报了仇、出了气。在这个阴差阳错的瞬间，儿媳妇沈居里和婆婆安秋萍居然团结起来了。当晚饭桌上，秋萍喝了点绍兴黄，还破天荒地给居里夹了一块咸鱼，说："你辛苦了"。居里也投桃报李，给秋萍夹了一筷子青菜，说："妈，你多吃点，补充维生素，对您的身体好。"弄得饭桌上的东方和进宝面面相觑：太阳从西边出来了。敌人的敌人就是我的朋友，秋萍在这一瞬间对居里是满意的。

第二天一早，秋萍就嚷嚷着要和居里一起去逛街，带世卉买点小衣服。两个女人带着孩子走入了淮海路商场，居里已经不记得自己有多久没进商场了，自全职在家带孩子以来，她含辛茹苦、蓬头垢面、昼伏夜出、披星戴月，她甚至不敢看商场镜子里的自己，那个憔悴、臃肿、带雀斑的女人，竟然是曾经胸怀大志、勇闯上海滩的沈居里。进了商场的秋萍，则完完全全成了地地道道的上海女人，东看看西看看，试了好几件衣服，都没下定决心买。居里也在试衣服，一条阔腿裤，高腰，正好适合产后微胖的身形，且显得贵气。居里一看吊牌，咂咂嘴，放下了。秋萍喊居里过去长长眼，那是一件驼色的风衣，秋萍穿在身上很潇洒，一看价格，1800多元。贵是贵，可怎么看怎么喜欢。

居里存心孝敬婆婆，说："买吧，值"。秋萍有些迟疑，两个人又在商场里转了好几圈，直到商场快关门了还没下定决心。终于，秋萍下定决心，买，她记得居里有商场的会员卡，便要了过来。快打烊了，她让居里带着孩子在门口等，她跑步去付账。收银台前，秋萍把卡递了过去，收银员扫了一下，说："今天可以打折。"秋萍感到奇怪，问："为什么。"收银员反问："您是沈居里女士吗？"秋萍说："是。"收银员又说："贵人多忘事，今天是您的生日，凡购买商品均可打8.5折。"秋萍若有所思，"哦"了一声。

商场门口，居里抱着世卉眺望。秋萍拎着购物袋快速走来，等走近了，手一伸，把购物袋送上，居里以为婆婆让她帮拿，连忙用小手指勾着。秋萍把世卉接过来抱，孩子已经睡着了。居里这才低头朝购物袋里瞥了一眼，咦，不是自己刚才试的那条阔腿裤吗？她心内一紧，迅速地跟上秋萍，和她并肩行走，吸了一口气，长长地叫了一声"妈"。秋萍朝她一转头，说："你们年轻人爱漂亮，穿这个好看，我们人老了穿什么也不好看，随便穿什么都行。"顿了一下，秋萍轻描淡写地咕哝了一句，"生日快乐啊。"声音一下吹散在风里。但居里还是捕捉到了，心意领了。她望着婆婆，第一次感受到了家庭的和煦，她难以相信眼前的这个善良、慈祥的安秋萍，就是那个曾经与自己斗得昏天暗地的女人。

居里越来越明白了一句话，世界上没有永远的敌人，也没有永远的朋友，那么有没有永远的利益呢？有的，就是她的世卉。她既是她的女儿，又是秋萍的孙女。

夜色朦胧，起风了，据说明天上海会降温。

可居里不怕，她有阔腿裤，很温暖。

没有特例

朱姐正式走马上任，做老谢公司的办公室主任。这不仅仅是一份工作，更是老谢对她的信任，是他们二十年夫妻感情的证明。公司不大，总共十来个人，朱姐上任第一天就摆了一桌，老谢借口在外出差，实则跟朋友打高尔夫球去了，他觉得尴尬，留给朱姐尽情挥洒。上任饭局，交给小伍全权办理，朱姐得了大空间，方便腾挪翻转，一方面恩，另一方面威，新官上任三把火，也在所有人面前亮个相。酒店订在正午坊，阔朗大气的北方菜馆，订了二十人的大桌，连司机、保洁也请了。

饭菜上好了，所有人围坐成一桌，朱姐站起来，高举酒杯，站定了，清了清嗓子说："认识是早就认识了，但从今以后，我们的关系有所不同，还希望大家多多包涵。"说完这话朱姐又觉得有点不好意思，明里她是办公室主任，暗里她是老板娘，照理说她应该是一人之下万人之上，有什么可不好意思的呢？有什么可包涵的呢？

想到这儿，朱姐又说："不过，以后如果谁有做得不当的地方，我就事论事，也不会给任何人留面子。"第一句话就惊了，第二句话大家又是一惊。好好的一个祥和的聚餐会，突然肃穆得很，本来想开点玩笑的，也当即闭紧了嘴巴。小伍明白朱姐的紧张与尴尬，忙打圆场说："都是一家人，我们公司人不多，但办的事可不少，姐来了，以后我们更好办事了，如果以后大家有什么难处，不好跟谢总说的，也可以直接和朱姐说，朱姐就等于是老板背后的老板嘛！"小伍说得风趣，再配上笑容和肢体语言，效果更佳。原本紧张的情绪释放了，大家站起来，举杯，一饮而尽。坐下来，没人敢动筷子，朱姐则好像女主人一样，伸出手招呼着，微笑着说：“吃，都吃。”还是没人动筷子。还是小伍出手相救，说：“我来先尝一块，整个蛋饺。”大家这才吃开了。

一顿饭吃得宾主尽欢，主要靠小伍在搞氛围，朱姐的目的基本达到了。但她还有一个收获，她对小伍有了新的认识，以前她觉得小伍就是一个听话的人，但现在，她却把小伍看作是一个可靠的能化解危机的助手，是一个懂事的年轻人。

孺子可教。

吃完饭，小伍去结账。朱姐喝得不少，头有些晕，但为了显示老板娘的宽厚，又命小伍带着大家去唱歌——朱姐不肯承认自己喝多，显老，只好说：“你们去你们去，我还有点事情要办。”小伍不放心朱姐，便请手下一个比较爱唱歌的年轻人带着去唱。他开车，送朱姐回家。小伍从来不喝酒，他是助理，开车是他的工作内容之一。

朱姐坐在后座，晕乎乎的，小伍开着车穿梭在都市的灯红酒绿中，朱姐突然有一点感慨，感慨什么她也说不上来，可能是酒精混合着夜色的化学作用，她觉得小伍甚至有一点可爱，她想逗逗他。

“告诉我，谢总到底去哪儿了？”朱姐拖着腔调，好像一个被冷落的妃子，然而她却认为自己的语调和姿态都很有风情。但话一说出口，她对老谢的怨气立刻就还魂了，根本刹不住闸。

小伍说：“谈生意去了。”“在哪里谈生意？”朱姐问。小伍说：“杭州。”朱姐说：“你还替他隐瞒？他人就在上海！”小伍不说话了，车还在开，到了一个红绿灯路口，刹车一踩，朱姐在后座震了一下，哇地吐了一小口。她没系安全带，小伍连忙说“对不起”。

微醺，朱姐笑呵呵的。小伍把车停在路边，转头问：“朱姐要不要去医院？”

朱姐一拍后座：“这点酒算什么？当年我一个人喝倒三个男人！”豪气冲天！她说的是她在上一个公司做业务，有一次喝酒，她就放开了喝，结果人倒了，被人用桌布兜着去了医院，可在她的记忆里，自己永远是战胜了三个男人。

实力不足，勇气可嘉。

小伍确定朱姐没事，又继续开车。朱姐不说话了，只在后面静静地坐着，过了好久，她才突然说："以后一定要跟我说实话。"她多少有点把小伍当成自己人了。

到地方，小伍要扶朱姐上楼，朱姐说不用，可刚下地腿就软了，小伍背着她到家门口。进门，朱姐不忘邀请他进屋，小伍不愿意，朱姐死拉硬拽，他还是进去了。

小伍手足无措地站在门口。

手机响了，视频通话，是莉莉，她那边是白天。朱姐胡乱点开视频，说了几句无关紧要的话，又胡乱挂了。踉跄着来到沙发边倒下，仰面朝天，小伍的皮鞋敲在地板上，咚咚咚，朱姐以为他要走，也不起来，就径直朝着天花板喊"不要走"，小伍又站住了。

"你实话告诉我，老谢在外面有没有女人？"朱姐问。

小伍想不到朱姐硬叫他进来是为这个，连忙否认说："没有，怎么可能。"

"你是说老谢不是男人？"朱姐又问。

小伍又连忙否认。朱姐笑了，笑得很放肆："如果是男人，又有了钱，怎么会在外面没有女人？"

"谢总是特例。"小伍说。

朱姐笑，猖狂地笑到最后有点像哭："我告诉你，这个世界上没有特例。"

朱姐越说越出格，小伍知道自己该道别了。

朱姐突然大吼一声，说："你放心，以后我罩着你！"然后竟睡着了。小伍没再说别的，走进屋，从床上拿来一块毯子，到沙发边，盖在朱姐身上。

朱姐的办公室就在老谢的旁边。一左一右，左面是助理小伍的办公隔间，右边是朱姐的。王朝、马汉、张龙、赵虎护驾，老谢是包公。

可很快朱姐发现，她来到公司，并没有什么事可做。谁会给老板娘找事呢？可她不允许自己这样，她下定决心必须有所作为，不在其位，不谋其政，现在人在位子上，她就必须发挥自己的价值——虽然她所谓的发挥价值，在老谢看来根本就是无理取闹。

朱姐把公司当成了自己的家，一旦有了这种心态，她会变得苛刻。公司里所有的人都觉得朱姐不去纪委工作都屈才，对什么都看不惯，对什么都指指点点，时刻一副明察秋毫的样子。可朱姐认为，我这都是为大家好、为老谢好、为我们这个公司好。

公司里有人传，主角是不是处女座？她太爱挑了。可朱姐认为自己完全师出有名，她是要把这个公司作为一个现代化的企业来运作。规矩，最重要的是规矩，没有规矩，不成方圆，朱姐就要这个。为了规矩，她可以和所有人为敌。

朱姐在门口设立了门禁，刚开始是按指纹的，员工不满，有人用烟头把指纹器烫了，朱姐不服，就改成刷脸的，这下她胜利了。中午吃饭，朱姐要求所有人一起吃，有助于团队建设，吃完饭之后的午休时间只有半个小时，朱姐要求关灯，所有人必须睡觉、休息，这样有助于下午继续工作。请假会扣钱，加班没有加班费，出公差尽量坐最低端的火车，如果在市内走动，少打的、多坐公交车。对办公用品，朱姐也严格把控，节省，一定要节省！纸要两面打印，用完了还可以折成小纸盒放垃圾。用朱姐的话说，这是我们自己动手丰衣足食……没有特殊原因，她建议员工去公共厕所，免得污染空气，可员工们都知道她是为了省水。快递单必须严查，如果是私人寄快递，必须自掏腰包，不能用公司的钱。明的暗的，朱姐要缩减一切开支，老谢广施的恩德，她都要收回来。很快，朱姐的节省有了成效，每个月的成本降低了万来块钱，但却弄得民怨沸腾、怨声载道，老谢都跟朱姐说好几次了，说：“不要那么紧。”朱姐却说：“这是我们自己家的生意，不省能行吗？”

老谢看不惯朱姐的守财奴样子，终于，一天晚饭后，他拿了瓶红酒，和朱姐共饮。朱姐为老谢的意外浪漫感到惊奇，可很快，她就接到老谢一句话："你能不能休息一段时间？"是问句，带着商量的口吻，朱姐立刻就炸了，她毋庸置疑："我为什么要休息？我干得好好的，我比你会管理多了，我才是现代化的管理人才……"老谢一针见血地说："你这是农民思想！钱，不是你这么省出来的，省这点小钱能干吗？我们是要吃政府项目的，还有其他的大项目，这些人只是我们一些可靠的兵，养兵千日，用兵一时，你那么苛刻，真到用人时你会没人可用！"

"我们这是艰苦创业。"朱姐有些气短，但还是硬着脖子。老谢说："羊毛出在羊身上。"朱姐说："不用你管了。"老谢一声怒吼："朱业勤，我命令你，明天不许去上班了！"

可是，第二天，朱姐还是准时出现在办公室。老谢跟她分居了，一个住楼上，一个住楼下。朱姐七点出门，老谢晚一个小时，朱姐坐公交车，老谢开车。老谢尽量少见到朱姐。

除了日常管理，朱姐一直存心想露个脸，办个活动，显示显示自己的能力。终于，她逮到了机会。几个供货商和老板朋友要在一起聚一聚，老谢没把这事跟朱姐透露，可朱姐还是拐着弯知道了个大概，她这回没问小伍，只是侧面套小伍的话，知道了时间和地点。朱姐决心横插一杠子，她明白硬来不行，只能智取。让小伍安排吧！等一切都安排好了，自己再做接收大员直接接手就行了。她要让那些老板知道，老谢背后，不是没有女人，有！而且是能干的女人！

聚会日子很快到了。

这次不是洗浴中心，朱姐放心多了。房间全安排在靠近杭州的一家五星级酒店，餐厅有包房，全吃海鲜。时间到了。朱姐穿着一身她认为最上档次的衣服，从红地毯上飘然而过。所有客人都坐进去了，小伍站在门口，见朱姐来，下巴差点惊掉。他硬要拦朱姐回去，朱姐却说："你让开！"推搡间，朱姐恍然而入，一屋子人见突然闪进来个半老徐娘，面面相觑，不知来者何方神圣。老谢的眼瞪得滚圆。老秦也在座，躲在阴影里，笑眯眯的，他洞悉一切，却什么也不说。

朱姐没认出老秦，只是微笑着走到老谢身边坐下。众人问老谢：

“这位是……”意味深长。老谢还没张口，朱姐便说：“老情人。”老谢吞了一口唾沫。朱姐笑了一下，一只胳膊勾住老谢的脖子，往脸颊上亲了一口。

老谢的脸憋得通红，他没见过这样的朱姐，朱姐却为自己的表现满意，开始给老谢掰蟹腿吃。过了一会儿，陆续来了几位女士。在各个男人身边坐下。朱姐一抬头，有个女人有些面熟。陶乐乐！乐乐走到靠里，撩了撩头发，坐下，她身边那男人搂着她的腰。

朱姐定睛一看，跟着全身一紧，乐乐旁边的男人，却是老秦。

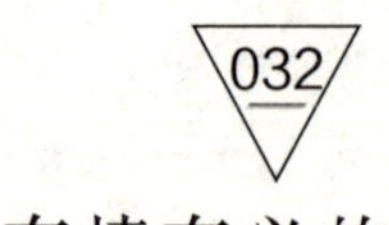

有情有义的女子

看着眼前这些或大气端庄，或妖娆冶艳的女子，朱姐突然有些心慌，她装出来的优雅，在这些举手投足、从容淡定、风情万种的女人当中，显得那么拙劣。就好像一件假货放置到真货里，怎么看怎么别扭。

老谢讨厌这样的朱姐。在他看来，妻子这样做不但不合时宜，而且不自量力。

她给他挑的蟹腿他一口也没吃，朱姐没有“从业经验”，只好朝老谢身上靠，既然演荡妇，索性演得尽情尽兴些，谁知老谢肩膀一震，就把她震开了。老秦望着这一切，不置可否，他不能挑破，挑破了驳朱姐的面子，老谢更没面子，这戏只好演下去。

凑个空当，老谢半低头，小声对朱姐说：“你回去。”

朱姐纹丝不动。老谢加重力气，再一次要求：“你回去。”

朱姐像一尊塑像般，面带微笑，咬牙切齿。

其实老谢第一次说“你回去”的时候，朱姐已经动了打道回府、及时撤退的念头，这环境，她感到不舒服，男男女女酒肉穿肠，还夹杂着俗不可耐的荤段子，他们不是一路人。可当她用余光瞟见老谢第二次说让她回去时那气急败坏的样子，主意立刻又变了。怎么，我就这么带不出手？上不得台面？见不得朋友？所以必须回去？偏不！

赌着这口气，朱姐反倒要扎根这里了。她保持微笑，像所有的女人一样，沉住气，应对风雨雷电。她拿起一只蟹壳，又拿起镊子、钳子，像打扫房间一样细细地清理着，吃，她还是擅长的——如果连这个也不擅长，真对不起这一身肉。

开始上酒了，说是上好的茅台，度数不低。在座的轮流做东敬，杯子轮到老秦面前，乐乐二话没说，拿起杯子一饮而尽，众人欢呼，说老秦的这个妞儿真够意思。乐乐又端起杯子，说："我代劳，回敬大家一杯。"灯光衬着乐乐朴质又清美的脸庞，酒劲上来了，双颧微红，更显风情。她的玉手端着玉杯，细腰阔口，杯子很深，杯壁上印着绿竹，衬着白瓷的底，十分可爱。乐乐一仰脖子，干了。

干脆，利落，潇洒，漂亮！好一个场面上的女人！

望着对面的乐乐，朱姐有种时空倒错之感，乐乐的变化太大，超出她的想象。不久之前，她们还是那个小公司里的同事，还在洗手间窃窃私语，一转眼，就好像到了日本银座，乐乐成了妈妈桑手下当红的艺伎，身上看不出一点土腥味儿，但似乎也没有风尘味儿。

她只是一个有情有义的女子。

轮到老谢这儿了。老谢心疼妻子，他知道朱姐不胜酒力，便端起杯子自己喝。众人都说不行不行，一定是要女朋友喝的。女朋友，这个称呼好！就为这称呼，朱姐也要喝。面子摆在眼前，绝不能掉在地上。服务员斟一杯，她又连着自斟两杯，一字排开，放在面前。老谢吓得像一头奓毛的小狮子，问："你干什么？！"朱姐用手挡开他，笑呵呵地说："诗酒人生才最美，酒不醉，人自醉！"

一拍桌子，喝！

在座的男人多半年轻时是文学青年。朱姐来这么一出，真打到他们心坎上了。有人开始喝彩，说："老谢，你真是找了一位女知己、女诗人呀！"又有人说："朱姐根本就是上官婉儿。"

朱姐心里喜悦，心想上次是周芷若，这回升级了成上官婉儿了，显然上官更高级。老谢拉住朱姐的胳膊，朱姐却刹不住闸，说："我来作诗一首！"

众人一听，来劲了，噼里啪啦地拍掌，叫好，再加上酒劲儿，刚才的拘束全打破了，包间里人人歪七扭八，手舞足蹈。朱姐站起来，开口便说："今日群雄聚，喝酒不心慌，原配均不在，情人操劳忙。"老谢见此情形，知道朱姐醉了，她是个出了名的沾杯醉。

老秦在对面坐着，一言不发，微微一笑，静静地看着。老谢觉得不好意思了，他打电话叫小伍进来，让他赶紧把朱姐拉走。可哪里拉得住呢？众人起哄，朱姐成了核心。其中一位老板站起来，叫道：“说得好！好一个原配均不在。在座的谁不是换了好几个了？张老板都四进宫了吧！只有秦老师，还有谢老板，原配还在，还是结发夫妻。”话音刚落，另一个老板则拿着筷子敲小碗，摇头晃脑，小曲儿唱道：“人生三喜事，升官呀，发财呀，死呀嘛死老婆……”听到“死老婆”这一句，朱姐好像被雷劈，突然醒了，她又有了自我意识，她恨，她要坚决捍卫原配的权利，这才是她今天到这里的初衷和使命。

也就一秒钟，朱姐仿佛换了个人。

她指着那个唱死老婆的老板说：“你再说一遍，谁死老婆？”

那男人有些诧异，刚才还玩得好好的，脸上有点挂不住，只好解嘲似的对老谢说：“谢老板，哈哈，你这妞，急了……”

朱姐抢在前面说：“谁急了？你才死老婆，你还死情人！”

那位老板的情人不干了。这是她难得的能够捍卫自己的机会，立刻站了起来，指着朱姐的鼻子问：“你咒谁呢？大过节的！别不识抬举！”

朱姐不怵，鼻子一哼道：“谁做小三我咒谁。”她打假来了。正宫是真，小三、小四、小五都是假。

乐乐见朱姐有些失常，连忙上前拉住，谁知朱姐已经端起一小杯茶水，直愣愣地泼到那情人的脸上。那情人被淋得雨打海棠，瞬间残败，情绪也失了控，飞扑上去抓住朱姐的头发。

九阴白骨爪！

朱姐也反抓住她的头发。

千蛛万毒手！

两个人扭在一起，在沙发上滚来滚去。

两个线团子，纠缠在一起。乐乐怎么解也解不开。

老秦还是微笑着。其余人等竟像看竞技表演似的观看这难得的打斗戏。老谢一跺脚，大叫："给我住手！"

虎啸鲸吼！

两个女人这才愣住神，停下手。

老谢对朱姐吼道："给我回家！"

老秦嗤笑地说："人家是来卧底的。"

众人还是不解，问："什么卧，什么底。"

朱姐平地一声雷："我是他老婆！"

轰的一下，爆炸性新闻，这才是今天晚上的大戏。男人们也不知怎么处理，他们从心底里怪老谢不守规矩，情人聚会带原配来。可原配不来，哪里有这场好戏呢？

乐乐这才上前，搀扶着朱姐朝外走。

朱姐闹够了，浑身虚脱，也就借机下台，跟着乐乐走了。身后有老板还不忘打趣："老谢，不地道啊，人家是狸猫换太子，你是原配换情人，这叫我们情何以堪呀！"有人说："哎呀，人家谢老板，即便是原配夫妻，到现在还是情人的感情，我们不能比呀！"

随即哈哈大笑。

朱姐一边远去，一边将这些话收入耳中，越听心中越气闷。再看看身边的乐乐，原本没什么，这会儿心里却根本容不得她。朱姐甩开乐乐的手："你一边去！"乐乐不解，说："姐，你喝醉了。"朱姐对乐乐和老秦，原本没有道德判断，她觉得乐乐不容易，女人靠男人上位，自古天经地义，可在今时今日，在这种氛围下，尤其在一场大战之后，朱姐的愤怒不可遏止。她指着乐乐的鼻子骂道："我说你怎么发财的，就做这个？躺着赚！"

乐乐不淡定了，她和老秦从第一天开始，朱姐就知道，她还向朱姐了解情况，开诚布公，她以为朱姐理解她、包容她，可现在她发现自己错了。眼前这个气势汹汹、面目狰狞的朱姐，代表着另一个阵营、另一个集体，她们在岁月的流逝中付出了青春，降低了价值，充满了怨恨，却不懂得反思，正对她口诛笔伐。

震耳欲聋的辱骂声使得乐乐对朱姐的同情心瞬间大减。

她后退两步，说了声“保重”，转身离开。

这一切来得有些猝不及防，朱姐踉踉跄跄地扶住墙壁，她想不到陶乐乐会这样离她而去，她想要收起自己的怒气和满腹狐疑，可怎么也控制不住。她站在酒店的大堂里，破口大骂，什么小三、婊子，什么破鞋、臭三八，几十年来的修养在此时全无作用。

此时的她只是一个杀红了眼的俘虏兵。

路过的人都看她。男人鄙视，女人讪笑，在这个优雅的酒店里，即便有肮脏不堪，可埋伏在表面之下，朱姐的愤怒显得格格不入，粗俗、鲁莽、不合时宜，她才是那个应该立刻离开酒店的人。小伍匆忙走过来，朱姐见了，身子不由得一软，小伍扶住她。

也只有这个马仔可靠。

小伍痛心疾首，说：“这不是你该来的地方。”

朱姐两眼含泪。小伍又说到了她的痛处，他总是能够感同身受。可她该去什么地方？厨房煮饭？在家带孩子？还是去广场跳舞？跟那些大妈一起养生保健？朱姐觉得自己孤单极了，两边不靠。年轻，已经不年轻了，可老也不算太老，她没命做婆婆与媳妇缠斗，暂时又做不了丈母娘，更没有孙子辈可带，让她做什么呢？

朱姐脚下柔柔软软的，酒店的保安，三三两两地赶来了，手里拿着橡皮棍，叽叽喳喳地说“不准大声喧哗”。哼，连保安都欺负她，朱姐的愤怒达到了顶点，怒吼道：“滚！”

是的，她是不适合这份工作，不是因为别人，而是因为这花天酒地里，群魔乱舞中，她的心，根本就承受不起……

罢罢罢！眼不见为净。

胡辣汤

自阔腿裤事件后，居里和秋萍的关系缓和些了。居里逐渐适应了在家的生活，但她还是需要调剂，平日里除了带孩子，也去小区外的一家创业的饮食小店帮忙，一周去三次，挣个两千块钱补贴家用。居里不在的时候，便由秋萍带孩子。不过居里没打算亏待秋萍，存心想着补贴婆婆一点。

还是晚饭后，居里当着进宝、东方、老太太的面儿，对秋萍说："妈帮我们带孩子，太辛苦了，我有点兼职，还要求进步，孩子不好带，所以我兼职挣的钱二一添作五，一半给妈。"说着，拿出个信封，又从信封里掏出一小沓钱，一千块，双手奉上。

秋萍的眼神从诧异，到惊奇、到喜悦，几乎控制不住脸上微微颤抖的皮，她没想到，居里长心了，虽然这份钱她也觉得拿得理所当然，可居里首先提出来，秋萍觉得有面子，舒坦。

真金白银有分量。有钱能使鬼推磨，更何况是对一个上海婆婆。懂事！太懂事了。秋萍立刻说客气话："我也是舍小家为大家，老太太身体不好，需要照顾，这叫上有老，可咱们下还有小啊，小不能不顾，世卉是咱的后代，我义不容辞！"

到底是书香门第，场面话说得又干脆又漂亮。老太太见她们婆媳和睦，心里也喜欢，安抚了秋萍一番，无非是些家和万事兴的老话。进宝颔首微笑，对居里的印象稍微好转。最兴奋的是东方，这事居里没提前跟他商量，冷不丁做出来，简直像义举。他明明白白的，居里这样做，全是为了他。

人兴奋起来就有劲儿了。晚上，东方特地安排世卉跟奶奶睡，和居里好好云雨了一番，事毕，他单手撑头，郑重地对居里说："谢谢你。"居里一笑，说："谢我什么？"东方说："谢谢你对我好。"居里说："是对咱们女儿好。"东方说："一样。"

居里见氛围良好，想起另一档子事，随口就说："听说现在股价涨了，爸的那一只股票不知道抛没抛，此时不抛更待何时啊？"东方说股票他不懂，又问她哪来的消息。居里着急道："我在楼下那店里，好几个老股民都在议论这个，国家马上割韭菜了，能赚就走，不能大意。"东方又说回头问问他爸，居里让东方侧面提醒提醒。东方明白居里的目标在房子、在首付，不知道为什么，他下意识地对搬家有些抵触，他是上海人，土生土长，生活在爸爸妈妈眼皮底下几十年，习惯了。他在情感上对搬家无法接受，怕离开父母。居里每次说单住，他总是消极处理。可现在话到跟前，必须有个表态。表面上，东方说："好行，没问题，我明天就提醒提醒。"居里又说："别当着妈的面，悄悄地问。"东方说："你跟妈现在好得恨不能穿一条裤子，还怕这？再说这事妈不同意，也成不了。"居里说："在妈眼里，钱比天大。"

晚饭后，东方说楼下小卖部的老张头找他请教股票问题，请他下去吸烟。进宝一听，浑身是劲，他好为人师，可机会不多，老张头是他的学生，崇拜他，进宝喜欢这种感觉。于是拿着小录音机，晃晃悠悠下楼。东方跟着走，到一楼楼道里，他才开玩笑似的对他爸说："哦，记错了，好像是昨天说的，今天没说。"进宝诧异，要敲东方的脑袋。

"有好东西！"东方撂给他爸一包软中华，是诱饵，钓大鱼的。"领导给的，孝敬老爹。"东方补充。进宝笑嘻嘻的，露出一口黄牙，拍拍儿子后背："这算你小子有心，还知道给老爹孝敬东西。"

进宝叼上烟，在小区里晃悠，东方跟着他，一言不发。

知子莫若父。进宝了解儿子，无事不登三宝殿，看他今晚那屄样，屁也不放一个，进宝就猜到了个大概。

“说吧，什么事？”进宝在大树底下站定了。

竟如此直接，东方反倒有些不好意思了。

“也没什么事。”东方挠挠后脑勺，在父亲面前，他不过是个年轻人。

进宝说：“没事？那上去吧！”烟头一撂，抬腿要走人。东方连忙说：“不，有点事有点事。”进宝又停住脚，父子俩站在路灯底下。灯光从头顶上打下来，剪出两道轮廓。

进宝双手背在后头，等着儿子开腔，东方依旧不好意思。一时间，两人中间出现一种真空，有些尴尬，最后还是进宝先说：“是不是你老婆又要房子了？”

东方一怔，心想不愧是老江湖，想法全被父亲猜中了，他傻笑着，进宝明白了全部。

进宝问：“就住这儿不行吗？”这问题问得东方有些为难，说不行，伤了爸妈的心，说行，可到底有些困难，居里说的也不全是没有道理。东方只好说：“也得有自己的小家……以后可以来回跑。”

这话说到进宝的心坎里，他叹了口气说：“长大了，你也该单立门头啦！”两个人慢慢朝家的方向走，冷不丁，进宝说：“等过一阵，给你个首付。”

东方想不到，他爸能如此爽快，他恨不得去拥抱这个父亲，可从小到大，他们之间从未有过这种情感表达。千言万语说不出，东方只是伸出大拇指，比在他爸面前：“爸，你牛！”进宝补充了一句：“算借你们的，得还。”东方知道他爸的脾气，这是故意给自己点警惕，儿子借老爹的，怎么还呢，便附和着说：“还，绝对还！”

东方当晚便把这个好消息告诉了居里，居里喜得恨不得从床上跳起来，死磨硬磨，从结婚到生孩子，所有该完成的任务都完成了，沈居里想要的不过是一个自己的家，一个完完全全自己说了算的地方。因为太渴望，居里甚至有些患得患失，她疑神疑鬼地问：“爸不会又是骗咱们的吧？”东方打包票说：“怎么可能，爸可是一言九鼎，真汉子！”居里有些奇怪，这可能是东方第一次如此力挺进宝吧。

开春逢老太太生日。都说年纪大了不过生日，会减福寿，可今年是老太太生病恢复后的第一个生日，家里人都说过一过。老太太几个儿女，国内的、国外的，纷纷来电祝贺，但没见人。老头子死的时候，老宅的房子留给了进宝，弄得别的儿女不高兴，来往少，老太太跟进宝、秋萍住惯了，其他儿女也就不提，大伯、二姑在国外，三姑在上海世博园工作，很少来看她妈，所以要不是这次办寿，居里竟不知道家里还有这些个亲戚。

三姑上门的时候提过房，秋萍觉得不对，这老三似乎是抢房之心不死。可没办法啊，上门都是老太太说了算，老太太说给谁，那就是给谁，没跑。秋萍定定神，心想老太太还是向着这个小家的，再没感情，过了这么多年，也有感情了。不，不能大意，有感情还得继续加固，秋萍打算好好弥补弥补老太太。

趁着生日，秋萍打算尽尽当儿媳妇的本分，送老太太一点用心的礼物。将来百年之后，楼上那套小的，肯定也是他们的囊中之物。

送礼秋萍没有经验，去新民菜市场找三姑六婆一番打探，觉得衣服老太太是不用了，老了老了，干净卫生就成，穿什么都一样。

吃呢？老人喜欢吃。可一般的菜品，老太太又不喜欢。老太太喜欢吃甜的，但最近病愈这些天，她吃甜的心似乎也淡了，秋萍问进宝：“老太太年轻时候喜欢吃什么？”进宝说：“妈对吃的好像没有特别挑，就是那年去河南，看过我爸的一个亲戚，说那儿的胡辣汤不错。”

哦，胡辣汤，这个主意不错，秋萍仿佛接了一道圣旨，二话没说便去新民菜市场找到个卖菜的河南人，一问果然有胡辣汤。当下配方还不行，秋萍要古方，花生、海带、胡椒面，怎么配怎么煮，一分一分都有道理。

她打算在老太太过生日那天，秀出手艺。不过生日蛋糕少不了，得买，得新潮，但也有个意头，上面卧个古朴的寿桃，绿的叶，桃红的桃尖，花费不赀，秋萍也认了。

就在秋萍准备生日礼物的时候，居里也动了心思，老太太平日对她不错，明里暗里地帮衬，居里感怀在心，不能做那不知礼的人，走心最关键。想来想去，她把平日里给老太太拍的照片修好，又去照相馆印出来，做成相册，满满的，算起来有100多张，又洋气又可亲，她知道老太太爱美，不服老，又在端庄之外，点缀着暗粉色边，唤起少女情怀。

生日到了，一家人围坐，进宝率先给老太太磕头，祝老母亲寿比南山。跟着，东方磕头。老太太笑得满脸褶子都显形了。轮到世卉了，磕三个响头，再说居里教她的那句："祝老祖宗安康。"老太太这下笑得更厉害了，老树乱颤，叶落纷纷，当即就掏出个金锁挂坠套在世卉脖子上。秋萍为了表现自己，凑到前头，说："妈，我给您准备了蛋糕。"说着把寿桃端了出来，老太太微笑着，寿桃寻常见多了，她只说："谢谢你。"秋萍见这一招反应不热烈，又从厨房端来了一碗。脚步还走着，嘴上就预告着："妈，您瞧瞧这是什么？"

胡辣汤摆在面前，老太太睁眼看看，说："哦，胡辣汤。"秋萍得意了，说："这是呀，您去河南那次，还记得吧？老味道！"

老太太不咸不淡地尝了一口，轻轻地说："嗯，河南还是比较艰苦的。"秋萍有些失落，心想老太太未免也太难伺候，正当这时，老太太从怀里掏出个红包。递给秋萍，轻轻地说："你辛苦了。"秋萍连忙接过来，仿佛得到了太后的赏赐，喜笑颜开地围住老太太说："妈，您这是干吗呢？"

进宝说："收下吧。"秋萍笑得合不拢嘴，把红包揣进裤子口袋。居里拿出相册，上前，蹲下来，放在老太太腿上，一页页地翻给老人看，老太太显然更高兴，一伸手，对东方说："把我的老花镜拿来。"东方忙不迭地奉上。老太太一页页地翻得仔细，不时哈哈大笑，秋萍看在眼里，不是滋味。

孙媳妇的礼物显然比儿媳妇的效果好，可她也用心了。秋萍不由得对居里有些厌恶，不为别的，纯粹是因为她做得好，得老人心，出了风头，盖过了她。100张看完了，老太太又从怀里掏出个红包，硬塞到居里怀里，居里让了一阵，不得不收下了。

世卉眼尖，见着了，童言无忌，响亮地说了一声："妈妈的红包比奶奶的厚！”

居里忙对世卉说：“小孩子懂什么。”东方也连忙抱住世卉，让她闭嘴。可秋萍还是听到了这句话，她瞥瞥居里，怀里的红包露出点头，看上去是比刚才自己的厚。

秋萍的脸立刻阴沉下来，那次在商场里因为阔腿裤而修复的关系，瞬间又破裂了。

幽暗的部分

产后恢复居里一直做得不太好，腰还是粗，胳膊上也有不少赘肉，兼职的店里一群小姑娘、小伙子，入夏，个个清清凉凉，居里很受刺激。下定决心发愤图强，即便温度走高，她还是坚持锻炼，白天有紫外线，那就晚上走，傍晚，东方无法陪她的时候，她便把世卉交给安秋萍，自己则一身短打，穿过田字坊，走过繁华的街道，越过三四条马路，走入一处法式风情的小公园。在小树林转好几圈，留下跑步记录，晒在朋友圈。居里很快发现，这种夜行对她来说是种乐趣，痒点在能被人打量，夏天穿得少，胳膊是胳膊腿是腿，打田子坊经过，总有几个外国帅哥瞄她两眼，嘴馋心馋的样子。居里是已婚妇女，越矩当然是不允许的。但就是这种说不清、道不明、不可向外人说的小暧昧，却也能让她心花怒放，至少这证明自己还有市场，还是一个充满诱惑力的女子。

这天，居里刚穿过繁华都市，到小公园走步的时候，秋萍打电话来，问她在哪儿。居里说，小公园转转，秋萍说她一会儿带世卉也去。居里没说什么，在小公园跑了起来，围着小树林，一圈又一圈。天还没黑透，小公园的跑道上人不算多，但小树林里人不少，三三两两地站着，多半是中老年人。居里跑了两圈，出汗了，朝小树林信步走去。越走越深，树林里突然发出一声呻吟。居里停住脚步，不远处的地上有两个人，女的斜躺着，上面有个中年男人，压在她身上。居里连忙走开，脸热得发烫，她想不到这种地方，还会有这种事，慌不择路间，一只怪鸟哇的一声大叫，扑棱棱飞起，居里也控制不住叫出声来。

大口喘气，定定神，才继续往前走。

突然想到，秋萍一会儿要带世卉来，孩子万一目睹这些，又是震撼教育。居里连忙给秋萍打电话，说这边路不太好走，她马上要回去，秋萍说她刚好要去票友活动中心，让世卉也接受接受文化熏陶。居里松了一口气。

挂掉电话，一转脸，又不知从哪里传来几句对白，居里听得真真的。是黑暗中的魔音。

男的说："再摸一把。"

女的说："再给十块。"

男的半撒娇半抱怨："都没优惠的。"

一阵窸窣。

跟着，便无声了。

黑暗中，居里大概知道发生了什么。可当这一切完毕，她突然辨识出这声音来，有点熟悉，上海口音，男中音，带点尖锐的鼻声，好像破了口的口琴。她又仔细聆听。

那男的说："这价格以后不能做你生意了。"

女的反驳："什么都涨价，我们不涨价？"

"走吧。"男的说。

居里躲在一棵中等粗细的树后头，还是挡不住她发福的身子，她像一只做了坏事的鼹鼠，半蹲着，又想看，又怕被他们发现。走出树林，那对男女走到路灯下，灯光从上打下来，仿佛舞台的追光，他们一个是男主角，一个是女主角。

居里倒抽一口凉气。

进宝！他那老实可靠、永远忠于家庭的公公！

只是侧脸，居里还是有些不敢相信。等进宝和那女人绕个弯，正打算对着居里，又一偏身子，屁股朝内，一会儿又来了一群暴走族，居里什么都看不到了。

着急确认答案，居里赶忙给东方发了条消息，说响一下你爸的电话。东方没问为什么，在他眼里，妻子有时就是这么不可理喻、神神经经，过了几秒钟，不远处那个男人的电话响了。

居里这才百分之百确定，是进宝。她永远记得他那劲爆的铃声，是秋萍设置的："路边的野花不要采"。

居里紧跟着，这对中老年男女又走进了小树林。这回看清了，进宝塞了十块钱在那女人口袋里，又摸了一把。

画面刺激，居里惊得摔了一跤。

进宝警觉，偏头，好像发现她了。居里无处可躲，吓得不敢抬头。那女的说："恶心的，在这儿拉屎。"说着拉着进宝走了。

居里连大气都不敢出，过了一会儿，伸头看看，人去林空。居里发现自己全身都湿透了。

一路上，居里回想刚才那女人的样子。听口音是个外地的，中年，胖，圆脸，短头发，应该没什么文化，更谈不上素质，但是上围汹涌，在这一点上，完胜秋萍——秋萍早已是坍塌的飞机场。

居里突然有点替秋萍不值，她居然败给一个如此不堪的女人，一辈子把书香门第挂在嘴上，可悲可叹。在秋萍眼里，进宝永远宠着她、追着她，可实际上呢，男人总是多面，居里不由得有些物伤其类。父犹如此，子何以堪，居里觉得东方也不是全然可信的。

她立刻掏出电话，打过去，东方正在应酬。居里问："你在哪儿？"东方说："还在谈事情。"居里要求他立刻回家。东方不感到奇怪，居里惯于无理取闹，东方说："好好好，马上回去。"居里再次强调："你必须立即回来。"东方诧异，刚才明明答应了，他只好又说："我对天发誓，立刻回去。"

居里这才满意，挂了电话。

一路疾步到票友活动中心。里面正唱着不知什么戏，咿咿呀呀。秋萍头发上插着好几朵花，笑靥如春风，嘴里拖着长腔，脚下忙碌，小碎步，人似穿花蝴蝶。她旁边站着一位腰板直挺的老年人，头发全白，面色红润，端着架势，仿佛霸王。

秋萍溜溜地转到霸王跟前，一趟，霸王兜住她，弹起，再转，翻起身来继续唱，四下哈哈大笑了。居里头皮发麻，借戏公然调情，谁也说不得什么，风行水上，清清朗朗，然而又酥到骨子里。居里觉得秋萍没那么可怜了，她仿佛又理解了进宝为什么要去小树林里寻欢。也许这就是夫妻，你在东，我在西，说不清，道不明。

准备好了，居里咳嗽一声，慢慢走入大厅，秋萍立刻收起了所有的放浪形骸，道："这是我儿媳妇，漂亮吧，优秀吧！"秋萍从未这么大力赞美过她。众人围着秋萍，赞东方真的好福气，找了这么好的媳妇。有一个人不开眼，直不愣登来一句："比上一个强！"居里的心咯噔一下。"少废话了，当然比上一个强，不看我儿子是什么人才。"

望着秋萍张扬跋扈的样子，居里才明白，她赞美她，并不是为了她，还是为了抬高她自己和她儿子罗东方的身价。因此这赞美不值钱。

居里问秋萍："世卉呢？"

"旁边玩儿呢。"

秋萍放眼望去，场地旁边、四周，哪里还有世卉的影子？居里大喊："世卉！"急得头上冒出了汗。大厅里的人都慌了，四下寻找，呼喊着："世卉！"

几分钟之内，几乎所有人都知道世卉走失的消息。进宝第一个赶到，老太太也赶到了，过了一会儿，东方也赶到了。就等人聚齐的时候，世卉却从桌子底下钻了出来。

"卉卉！"居里上前抱住女儿。秋萍有些尴尬，围上去轻轻嗔怪世卉为什么乱跑。居里不理她，抱起孩子走了。

平日里一家人难得聚在客厅，这天却得了个机会。到了家，都坐在沙发上不说话，世卉睡了，居里生闷气。秋萍也满肚子不高兴，在她看来，居里根本没必要小题大做，世卉不过是在活动中心玩儿，这样一张扬，好像显得她带孩子带得不好似的。

回到小屋，秋萍对进宝说："我图什么，带孩子还不落好，你孙女以后你带，别回头搞得我就是坏人。"居里和东方进屋，居里对东方说："你妈带孩子可不行！"

这个突发的事件，使得原本几近弥合的关系，分裂得更彻底。

可现在的问题是，除了安秋萍，这个家里，谁又能帮居里带孩子呢？东方对居里说：“要不你就别去兼职，等孩子上小学了，再出去也不迟。”居里一听就来劲，说：“你一个月挣多少，我还不用兼职？”东方不说话了，他在这方面无法理直气壮，两个人背对背，躺在床上。夜深人静，居里还没睡着，她渐渐平复，开始想办法，她想把在小树林看到的一切告诉东方，可转念一想，做人应该隐恶扬善，更何况他们现在还有求于进宝，把这事张扬出去，对她完全没有好处，居里只能把这个秘密吞下去，慢慢消化，进入梦乡。就在快睡着的一刹那，居里做了个梦，梦见东方在小树林里走来走去，她下意识地摸到东方的胳膊，扭了一下。东方痛得惊叫：“你干吗？”居里也醒了，魔魔怔怔、一字一句地说：“你如果敢有外遇，我就杀了你，然后自杀。”东方没放在心上，两个人又倒头睡了。

不过居里可不是什么保守秘密的人，隔几日找个机会约朱姐出来喝下午茶。朱姐刚从酒店大闹的悲痛中恢复了点精神，班是不上了，但愤恨还在，可在居里面前，她不能提。居里从头到尾把小树林的事说了一遍。她本以为朱姐也会选择隐恶扬善，可没想到朱姐却说：“这事应该让你婆婆知道，或者你婆婆早就知道了。”

居里有些吃惊，问：“何以见得？”

朱姐说：“过了几十年了，再狡猾的狐狸也露出尾巴了。”

“这个年纪还那么多花头？”

“男人越老越花花。”

“东方不会也……”居里满怀心事。

朱姐不说话，嘴角微微上扬，像一只看透了人情世故的老猫。

也许每一段婚姻中都有一些幽暗的部分。

极品女人

很长一段时间以来，乐乐都在思考自己和老秦的关系。

石总现在基本给她放羊。公司的事不用她处理，所谓的总助，也只是一个挂名，乐乐本来带着一身闯劲走入商场，可没想到，到头来，才能无处施展，还是靠与男人的关系打开局面。这样一来，乐乐真觉得自己仿佛是《色戒》中的女间谍王家芝，女学生出身，有点生涩，全凭一股子热情摸石头过河，可还没等干出点事情，就一败涂地地陷了进去。她想向老秦提点要求，就说想做点事情。情人节，乐乐问老秦去哪儿，这有点像逼宫了，老秦还挺懂浪漫，说晚上去希尔顿酒店8808号房间。

乐乐明白了，这回是真的了。

她一阵捯饬，突然又觉得自己可笑，真去谈恋爱？不过还一个人情，她和老秦，各取所需。穿着内衣站在镜子前，乐乐不觉得自己是一个荡妇，反倒觉得有几分悲壮与伟大。她最恨母亲的小气与局促，可这从头到脚的身子，恰恰还是父母的赐予，也不对，头脑不是。

防护措施要带好，走之前都检查检查。

晚上八点二十分，乐乐走出贫民窟，转头看，晾衣竿分割了天空，形成不规则的小格子，她吸了一口气，转身走了。

到希尔顿酒店九点差五分，前台早有人等着了。老秦在这里长期包了房间，拿了门卡，进入，地上都是红玫瑰花瓣，摆成心形，乐乐一笑，老秦才没这心思讨好，一看就是手下人做的。

床上也有红玫瑰花瓣。

浴缸水放满了，缸沿子摆着一圈蜡烛。

乐乐仔仔细细地洗了，喷了香水，俗套的东西该有的还是得有。她估摸老秦是来玩浪漫的，她必须配合。

等了一个小时。

快十点，老秦来了。一脸严肃，进门就解皮带。乐乐叫了声秦总，老秦也不回应，径直走过去，一把将乐乐推倒在床上。

玫瑰花瓣被弹起来，四处飘散。

乐乐挣扎着做安全措施，老秦却根本等不及。

洪水猛兽。

猜不准的老秦。

只能迎接。全程不过两三分钟。

老秦气喘吁吁，毕竟上年纪了，可他不服老，还要来，乐乐努力配合，终究还是失败了。老秦笑出声来，歪倒在乐乐旁边。乐乐不知道他笑什么，但她该提的还是要提。老秦开始抽烟。

“最近公司挺闲的。”乐乐和风细雨。

老秦“嗯”了一声。不说话了。

乐乐继续探路：“想找个项目做做。”她知道老秦现在手里抓着不少项目，刚吞并了个公司，准备上市。老秦的财富超出她的想象。

老秦还是不说话。

“总闲着脑子会变笨。”这句是撒娇了。

老秦偏过身子，灯光照在他脸上，他又是那个看上去温和儒雅的老秦了。

与刚才判若两人。

“去读读书吧。”老秦说。

乐乐去读书的事情办得很顺利。石总放行，工资照发。老秦给乐乐改了名字，叫陶乐秦，去掉第三个“乐”字，显得文雅稳重，这名字倒让乐乐揣摩了一晚上，陶乐秦，显然是她陶乐乐，乐意和秦总相处的意思，但她不是很喜欢这种说法，她还总想着独立。

直到去上课的第二天，乐乐才清楚自己要去读的课程是EMBA，就在上海。打听打听，学费几十万元，她觉得头晕，心想这钱与其交给学校，还不如直接给她，回家做点买卖也够了。老秦有老秦的打算，乐乐只能听命，静观其变，老秦大概认为她学历低。

开学了，先认识同学。是小班教学，十五个人，两个女生，其余都是男的。

上课第一天，那位女生就来团结乐乐："喂，坐到前面来。"那女人用食指关节敲乐乐的桌子。烫着微微的波浪，日式，化着淡妆，浓淡总相宜的样子，看不出来年纪。

乐乐是清汤挂面头，素颜，她真是来学习的。

乐乐坐到前排了。"我们不跟那些男的掺和。"女同学笑嘻嘻的，一副贞洁烈妇的样子。

轮到自我介绍环节才搞清楚人物关系，男的大多数是企业家或是企业家的后代，有做得大的，多半是暴富的小老板，多半已婚，不过也有几个年轻的富二代。

轮到乐乐上台了，她还有点紧张，畏首畏尾，身份老秦已经让手下人给她编排好了："陶乐秦，山西人，从加拿大留学回来，读的是酒店管理，未婚。"站定了，乐乐的声音有点抖，可还是完整地说下来了。

轮到这位女同学介绍了："我叫杜丽莎，Dulisha，现在唯尚公关做执行董事，今年26岁，恋爱经历为零。"班上哄堂大笑，但不是取笑，是追捧的笑。

下台，杜丽莎的耳环掉了，弯腰去捡，胸前一道春光，男同学们的眼睛亮了。乐乐也不由得有些脸红，她是一路做接待做过来的，可她的接待全凭一个爽快，喝酒一口闷那种，但杜丽莎不是，她来到此地，显然是为了有所斩获，和乐乐包裹得严严实实的套装相比，她的胸器是如此锐利，以至于刚一出场就宝剑出鞘，所向披靡。

乐乐的面子老秦都照顾到了。上下学有司机接送，零花钱每周给，但这不仅仅是钱的事，乐乐即便改名为陶乐秦，但混在富人堆里，也无法那么挥洒自如。

气场，她缺的是气场。

在乐乐眼里，杜丽莎才是具有“拆迁”能力的上流女人的标配。

第一次同学聚餐，杜丽莎就宣布：“我不结婚，我只谈恋爱。”在座的同学多半已婚，她不结婚，于是大家全无负担。

杜丽莎是个好的恋爱对象，她年龄适中、皮肤白皙、气质高雅，五官小巧精致如明星。她有火辣的身段，并且时不时地秀出来，吃饭时甚至来个胸蹭，记得有一次吃火锅，小杜穿着低胸紧身裙，俯身帮旁边的同学夹菜时，那哥们儿已经血脉贲张了；她家底殷实，父母都在新加坡经营家族生意，她不用工作，但从不缺钱；她生活品位极具智慧，还有一点文学修养，特别喜欢《红楼梦》，对其中的段子如数家珍，动不动做黛玉状，但精明起来又如宝钗。

乐乐觉得自己段数差远了。

这才是她来商学院读EMBA要学的东西。

也有原配找上门来的，就比如班里那位做塑料起家的老板的太太就曾造访，还请同学们吃饭，那天小杜就收敛了一些。

乐乐细细打量，这位“塑料夫人”并不比小杜差。容貌、品位、修养、谈吐……乐乐不明白这些有钱人为什么还要追逐小杜这样的女人——家花已经达标，何必还采野花？

后来从企业家追逐的劲头上找到了答案，他们只是想找做猎手的快感，越多富人一起追逐的猎物，到手之后的成就感就越大。极品女人，就是要留给极品男人追逐，这是富豪们的游戏，关乎成功男人的征服欲。

更何况，小杜的美和太太们的“美”终究不同，用一位男同学的比喻就是，“就好像他们的太太是语文100分，小杜就是化学100分”一样。

小杜平时上课基本不怎么来，一到班内活动，她才盛装出席。但这天酒会活动过后，乐乐正在房间里换衣服，老秦派的车还没到，小杜却敲响了她的房门。

乐乐一边绾头发，一边朝门边走。

“不行了不行了。”小杜架着一个男同学，已喝得烂醉，“这货得卸你屋一会儿。”

“怎么回事？”乐乐刚准备拒绝。

那男同学已经睡成个“大”字，躺在她的门廊里了。

逢场作戏

躺在门廊内的男人口吐白沫，脸朝上，四肢伸着，仿佛一只翘了腿的螃蟹。乐乐不让小杜走，小杜却迅速整理衣衫，溜了。

乐乐只好打电话给宿管员，宿管员说她不管这些事。乐乐有些头痛，这男同学跟她不熟，总不能在她的房间留宿一宿。

过了一会儿，秦总的司机来了，还是那个老司机。进门见乐乐和这个醉酒的男人在一起，没说什么，只是背过脸。乐乐慌忙解释说，是一个女同学把这个男同学丢到这里的。

解释就是讲故事。

显然说不过去，乐乐突然意识到，如果司机跟秦总说，可能会产生大误会，她必须把小杜拉过来说清楚。

司机仍不说话，退出屋子，站在走廊里，一副听不见也看不见的样子。乐乐披上衣服，敲敲门，门开了，小杜探出个头来，说："你怎么还在这儿？"乐乐想拼命挤进去："你把人给我弄回去，爱丢哪儿丢哪儿。"乐乐还要追问，小杜却往外推她，房间里传来男人的声音，似乎是那个做快递的富豪，乐乐明白了个大概，不愿坏人好事，只好退了出来。

没办法，只能央求司机，两个人抬着，一个抬头，一个抬脚，把男同学丢到了走廊里。走了两步，又于心不忍。

"你认识？"司机问，乐乐说是同学。司机说问问他的房间在哪里。没办法，乐乐只好请宿管员派一个人来辨认同学的身份，几个人好歹把这同学拉回到他自己屋里。下面的事，乐乐就管不着了。

车朝乐乐住处的方向开，两个人都不说话，好久，乐乐才突然说了一句：“那个男同学跟我没关系。”说完她就有些后悔，这话蠢透了。司机不说话，从后视镜看乐乐，表情不说谎。

乐乐急于撇清，错上加错：“真是隔壁女同学背过来的。”司机还是面无表情。

唐突，不合逻辑，隔壁女同学为什么要把一位男同学背到她的房间？除非这男同学和她有瓜葛，越想越乱，百口莫辩，索性不解释。她相信，清者自清，也相信，事情终究会水落石出。

果不其然，第二天小杜就主动找到她。小杜先发制人，问乐乐：“你是不是我姐们儿？”这话有些不好回答，说是？的确不是，说不是？有点驳她面子。乐乐知道小杜要为昨天的事找理由，不能给她这个机会，只好岔开说：“去上课吧。”

小杜立刻说：“有件事我告诉你。”

乐乐不收拾了，坐好听她说。

“找谁都不能找老张。”

掷地有声。乐乐不明白：“老张是谁？”

小杜有些不高兴，认为乐乐揣着明白装糊涂，一如商场深如海，装淑女，假惺惺。

“就是昨天那位！”小杜挑明了。

“老张怎么了？”

“这哥们儿根本就是个假富豪。”

乐乐这才明白老张昨天被抛弃的缘由。

“追我的人太多。”小杜毫不避讳，以此为荣。

乐乐觉得莫名其妙，跟她完全没关系。

“大卫你可别跟我争。”

乐乐明白小杜来跟她谈话的用意了。课间，大卫来找乐乐说过几次话，这就有了嫌疑。

小杜谈恋爱的速度比火箭还快，从老张，到小周、到安德森、到大卫。入学没多久，走马灯似的四任过眼，后面两人根本不是乐乐他们这个班的。

小杜串班了。商学院其他班级的活动，小杜照样参加，她风情万种，一出现就成为全场焦点。

小杜的传奇故事，乐乐曾经目睹过。一次同学聚会，一群人猫在酒吧里喝洋酒，这是乐乐的强项，也是小杜的强项。可那一天，小杜却把这强项变弱项，稍微喝了几口，便梨花带雨，作黛玉状，引人怜惜。酒让人思乡。男友大卫搂着小杜，小杜仰着脸看他，好像天狗望月，一口就能吃掉似的。男同学都羡慕大卫，不光嘴上说，眼神也如狼似虎，大卫很受用，仿佛捕捉了猎物。喝得差不多了，小杜说：“哎，这儿什么都好，就突然想南面、想澳门了。”

当着众哥们儿的面，大卫不能驳了自己女人的面子，当即拍板，说行，去澳门。第二天早晨，他不知从哪儿弄来了一架直升机，接了小杜，直飞澳门。那一趟澳门之旅据说花了200万元。

震撼教育，有钱人是这么花钱的，这才是乐乐来到商学院的最大收获。她惊奇地发现，像小杜这样一个女人，在富豪圈里竟是那么抢手，她从男人那里兑换的，也都是真金白银。很快，小杜来向她炫耀：“怎么样，姐们儿？都是做生意的，你这么矜持可不行。我是为你好。”小杜的收获颇丰：一辆百万豪车，中信红树湾、中旅国际公馆两套公寓，还有一家美容院的投资，都是她的富豪男友送她的。大卫家做橡胶生意，在印尼和马来西亚都有橡胶园，近年来转战房地产做得风生水起，这点礼还送得起。

“我不结婚的，”小杜说，转身要走，又回头，“结婚不是这个价。”笑嘻嘻的。

“不交个男朋友，这个班你白读了。”小杜临走还提醒乐乐。

话说多了，乐乐多少走点心。

夜深人静，她躺在贫民窟的床上——她始终没搬走，也从未跟老秦提过换地方，换地方就是包养了，乐乐不想那样。

小杜的劝导犹闻在耳。她跟老秦在一起之前，就已经决定豁出去了，笑贫不笑娼，可真等到了豁出去的机会来临的时候，她又有点游移，不但是商学院的班，就是和老秦，她也有些患得患失。乐乐发现最要命的，是她还残留有一点对真情的渴望。否则现在有了机会，她为什么不放手一搏？哦不，搏也要搏得值得。乐乐由此开始思考老秦为什么要送她到这个狼群一样的班级，或者这根本就是老秦的一计？看看她是否忠心？在班里乐乐倒是学会了一项——算资产，这些小老板和老秦的差距不是一般二般，出手就是几百万。若在以前，乐乐会认为高不可攀，可跟老秦往来的这段时间，她认为EMBA班里的好多只是小玩家，原始积累没多久。老秦才是大庄家，在上市公司出入，大玩家。

但乐乐多少有些不甘心，从开课到如今，竟然没有一位男同学向她示好，也许是因为她上课就来，下课就走，活动也鲜少参加，所以根本没机会。乐乐忽然决定玩一把，不为别的，至少证明给老秦看，让他知道，她也是抢手货。这样想来，男同学在房间里那出，似乎也不是坏事了。既然老秦花这么大价钱做局，她不妨将计就计，和老秦玩一局。

谋定而后动。

第二天上课，乐乐便进入状态了。这不是她的本色，是她的保护色，曾经抖落，而今恢复，那一贯的战斗状态，高跟鞋、低胸装、丝袜、口红、波浪卷，一切的一切，耀眼，诱惑。乐乐走入课堂，小杜吓了一跳，这还是那个一门心思想学点东西的乐乐吗？

小杜拉乐乐坐到她旁边，小声说："怎么？想明白了？"乐乐没答话，坐正，跷二郎腿，听课。有时候气场是要用着装和化妆来成就的，你穿成什么样，化成什么样，你才能成为你想要成为的那种人。乐乐感谢小杜给她示范。

小组讨论，乐乐主动上台，弯腰、低胸、撩头发，很快，下了课就有男同学仿佛发现新大陆一般围在乐乐身旁。约吃饭的、约打高尔夫球的，还有离谱约游泳的，乐乐当然统统拒绝，可越拒绝，男同学们越觉得乐乐值钱。聊天还是要聊的，乐乐聪明，学得快，看看财经版、看看国际政治，满口跑马，谈投资、谈业务，竟然把众人也唬住了。有一回，乐乐故意让男同学陪她走到校门口，老秦的司机开车过来，乐乐说了句“对不起，我还有事，不能奉陪”，说完就上车了。

这是故意做给司机看的。

一路上两个人还是无话。临下车，乐乐向司机交代，马上期中酒会，能不能麻烦请一下秦总，来做舞伴。司机没说行也没说不行，开车走了。

乐乐要试试这个传话人。

舞会那天，乐乐盛装出席，已经有几位男同学蓄势待发，等着邀请乐乐跳舞，但乐乐一直撑着，酒会开始，主持人说开场舞启动，老秦没来。

灰姑娘没等到王子出现，正准备接受别人的邀请，但在最后一刻，老秦还是来了。

一身便装，显然不是来跳舞的，和乐乐的晚礼服格格不入。

有人来邀乐乐跳舞了，老秦坐在一边，阴暗的小角落，打量这一切，一如既往。

乐乐拒绝不好，不拒绝也不好，她下定决心，第一个拒绝，第二个拒绝，等到第三个人来，她就上台，跳给老秦看，这刚学会的华尔兹，也算来读书的收获。

一会儿，第二个来了。过了一会儿，第三个来了。来者大卫，满脸憔悴，小杜不在他旁边。乐乐有些奇怪，但还是伸出手，回头，朝老秦望了一眼，似乎在征求许可，老秦微微点头，摸摸下巴，似乎是应允了。这是绅士与淑女的舞蹈，旋转悠扬，大地回春。可大卫眼神涣散，乐乐觉察到他的不对，小声问：“小杜呢？”

提到这个名字，大卫有些愠怒，像头猎豹：“别跟我提她。”

乐乐大概明白，小杜玩大了。

两个人继续转，灯光旖旎。

乐乐斜眼望过去，老秦还在原地坐着，欣赏舞蹈，乐乐问大卫：“吵架了？还是骗你钱了？”大卫为了不失态，强撑着露出笑容，算是有点修养，也轻声问：“是不是都是这样？”这话问得乐乐有些发蒙，她问他什么意思。

他还没说出个所以然来，一曲终了。

跳完了，乐乐提着裙子，回到老秦身边坐下，为他倒了一杯酒。

老秦问：“怎么样？有什么收获？”

这是明着问，乐乐笑笑说：“长见识了。”

老秦又问：“怎么样？有没有看上的？”

这下乐乐笑了，这才是真正的目的，自古少女爱少年，老秦也开始不自信了，可乐乐终究不是少女。

问题的确难答，乐乐为了不掉身价，只好说：“曾经沧海难为水。”

很显然，老秦是沧海，男同学是水。

老秦哈哈大笑，也许这才是他想要的答案，又坐了一会儿，老秦走了，乐乐去房间换衣服。

小杜突然闯进来，进门就骂：“全他妈是穷鬼！”

乐乐说：“晚宴怎么没看到你？”

小杜说：“姐们儿，有事请你帮忙。”

乐乐问：“什么事？”小杜说：“我爸爸在新加坡有点急事，缺3000万元急用，你能不能借给我？”乐乐在心里笑出声，却一言不发。想不到会找她借钱。乐乐刚说出手头有点紧，小杜立刻就翻脸了，说：“当我没说扬长而去。”，连外套都忘了拿。

在这栋大楼，从那一刻起，小杜消失了，这个女人搅起的风浪戛然而止，乐乐觉得奇怪，她没问过任何人背后的故事，可关于小杜的生存策略也渐渐传开：她根本不是什么富豪家的女儿，不过是一个来自偏远山区的农家女，有好几个弟妹，父母当然不在新加坡，但是在坡上种了几亩地。班里男同学中有人跟她提出过结婚，乐乐猜应该是大卫，办事前查过她的底细，想不到小杜在老家尚有一段婚姻，光是在上海开房记录就有190次之多。

乐乐惊出一身冷汗，她已经假得离谱了，小杜比她更肆无忌惮。

但好歹她现在也是有豪宅、豪车和美容店的人了。

课程结业的时候，清理东西，乐乐把小杜留校的外套还给了大卫——她在此处的最后一任男友。大卫手持外套，叹息一声，他还在痛苦，情网难出，即便是和这样一个女人的逢场作戏。

人生最怕——戏假，情真。

司机载着乐乐回到住处，老秦给她来了电话，请她到他家里去一趟。

正人君子

东方开始去老秦底下的公司工作，老谢介绍的，算是跳槽，月薪过万元。东方没把这个消息告诉居里，他怕居里会立刻要求单住，这是他不愿意见到的。进老秦公司，正好碰上世博园的项目，要下大力气宣传，上头派东方去一家公关公司驻地对接，算监督员。

早晨，东方穿上新西装，打暗红领带。

居里觉得奇怪，说：“怎么突然这么正式了，有财要发？”

东方说：“见客户。”

居里故意打趣：“不会是女客户吧？这一身新。”

东方憨笑道：“难道这世界上客户只能是男的，不能有女的？”

居里嚷嚷：“女财神也是财神，把钱拿回来就行。”

办公地址离得远，地铁倒公交车，下车的时候，西装被扶手的裂口一蹭，破了个大口子。东方叫苦不迭，都是挤公共交通的恶果。他其实一直想买车，上海本地人，有几个没车的？去同学聚会，只有他没车，可为了给居里省出一套房的首付，只能忍痛割爱。

一进门，乐乐就看到了东方，早听说公司要来个专员，知道是居里的爱人，可真等他来了，乐乐有些吃惊。

一表人才。做同事的时候居里没露出来过，金屋藏帅。

一群女人中间，乐乐听着她们的私语，小姑娘们叽叽喳喳开了。就为东方的帅气，好几个女人花痴地说“欧巴欧巴”。的确如此。

眼睛不大不小，却细长，头发有些乱，不知道是做了造型，还是天生如此，但乱得刚刚好。挺直的身板配这套西装，更显得出挑。面容坚毅中带着微笑，不至于拒人于千里之外，但又范儿正。这已经是上海男人中千里挑一的类型。

乐乐有些羡慕居里。可她知道，东方这种类型不属于她，管不住，享受不了，她宁愿选择老秦，有安全感。想到这儿，乐乐又觉得可笑，不过才见一面，怎么就能联想出这么多？而且，老秦又有什么安全感可言？她已经把自己当老秦的女朋友了？这种想法是很危险，甚至自以为是，乐乐提醒自己别做梦了。

东方把公文包放在自己的工位上，有桌签，早安排好了，就在总经理办公室不远处，石总开了门，便能看到罗东方，方便沟通。

东方九点到的，石总没来。等到十点，石总来了，带着个秘书，还是那男的，比东方年轻、精神。岁数岂能饶人。

一出电梯，石总踩着高跟鞋，全员壁垒森严，立刻回归工位，罗东方站起来，捋了捋领带，一抬头，和石总打了个照面，东方愣住了。

电闪雷鸣。

东方真觉得有一道几万伏的电流从脚底板蹿到头顶。

额头出了一层细汗。

石总对东方的到来似乎不感到诧异，反而面带微笑，点头，饱含深意，她似乎早就在等待这一刻。她把外套交给随身助理，用血红的长指甲点了一下东方的桌子，说："到我办公室来。"

东方只能尾随。门刚关上，公司的小蹄子们瞬间又沸腾了。有戏，有好戏！

乐乐捕捉到石总的表情，觉得其中必有大隐情，打算为居里做好监督工作。

石总办公室的女性色彩稀少，巨大的巴西木上系着红绸带，棕色的沉木办公用具，上面放着一排排文件夹。办公室东面墙上挂着投影仪的幕布，旁边一尊大理石塑像，不知是哪路神仙。正因如此，石总身居其中便更显得妖娆，好像万绿丛中一点红。

东方站着，双手插口袋，石总坐在高大的转椅上，背对着他。半晌，终于从老板椅上正过来，起身，整理整理衣装，抬头，两眼凝视，一言不发，充满仪式感。

东方问：“没想到是你。”

等的就是他这句话。石总绕过桌子，走到东方面前，哈哈一笑，拍了拍他的肩膀，道：“怎么？你能十年河东，我就不能十年河西？”

东方说：“是你把我弄过来的？”

不是冤家不聚头，有生之年，狭路相逢，在所难免……石总转身拿起茶具，是工夫茶，男人的最爱。她也有模有样，自己一杯，东方一杯，递到他手上。

“是你要选择走的。你妈的事，也不是我们能控制的。”东方说。

石总立刻红了眼睛，但忍住了，她严肃地告诉东方：“不许提我妈！”

东方见她情绪激动，转身要走。石总说：“你的工位就在外面，随叫随到。”东方表示不能在她这里工作。石总却告诉他，这是两个公司的合作，不要那么幼稚，他现在就是她下属的员工。

东方面无表情。

石玉燕望着眼前这个曾经至亲至爱的男人，心里有一丝得意，她当初为了前程走出家庭，现在她胜利了，压在他头上，哪怕如一片乌云。可一转念，她又有些愤怒，东方来之前，她就知道他已经再婚，有了孩子，这当然是理所当然的，谁能等谁一辈子？可她在情感上还是有些无法接受。也就几秒钟，石玉燕把前半生的事都过了一遍，从东方家出来，嫁给香港富商，父母闹矛盾，爸爸生病、自杀，妈妈跟到香港没几年也因病去世，只剩她一个人。人不恨自己，即便恨也不长久，她反倒有些恨东方，也恨秋萍，恨她没培养出一个敢作敢当的儿子。

面对东方，玉燕觉得自己老了，好在还可以躲在化妆品下。东方呢，完完全全属于另外一个人，胖了些，皮肤更紧，有了成熟男人的韵味。不是一家子，玉燕突然觉得自己对东方完全可以放得开。

她上前撩拨了他的下巴一下：“怎么？一点不念旧情？”

“不要胡闹。”东方有些不自在，身子痛苦地颤了颤。

“行，那谈工作，你来看看活动方案。”

玉燕侧开身子，让路，东方走到办公桌旁，尚未站定，她便一个猛扑把他压在桌子上，脸贴上去。

东方惊愕，圆睁两眼，不动。天雷勾地火，无效，地火心如止水。

“你怕了？”她怪笑。

他要起身，她拼命压制，他便也不反抗。东方不知道该怎么回问她，当初躺在一张床上的两个人，如今在商场游龙戏凤，何必？

办公室外，小姑娘们急不可耐，都说屋里出事了，有动静，不寻常。

乐乐拿着文件，小心地把门开了一条缝，瞥了一眼，立刻退了出来。小姑娘们忙问怎么了，乐乐说谈事呢，就没再多说，刚才那一幕在她脑海中盘旋，心里打鼓，要不要把这事告诉居里，也许为时尚早。

轮到总助进屋了，愣头愣脑，他是真送文件，进屋、关门、抬头，东方已经挣扎着起来了。文件掉在地上，总助连忙捡起来，转身要逃。

石玉燕大喊“回来”。总助只好回头，把文件轻轻地放在办公桌上。东方起身了。石玉燕故意搂了搂总助的肩膀，这是做给东方看的，言下之意，比你年轻，比你能干。

这是示威，她如今可以为所欲为。

东方合门而去，外面人群忽地散开。东方回到自己的工位上，过了一会儿，走了。现在回家不合适，就在附近的咖啡店待了一整天，东方都在思考自己的处境。刚进公司，他能立刻就走？而且中间还有老谢的面子，只能忍。“忍”字头上一把刀，东方深知其痛，但活了这么多年，他唯一学会的一项技能恐怕也只有忍。

耗了一整天，晚上到家已筋疲力尽。居里带着孩子刚从小区回来，东方走进卧室，蹬掉皮鞋，领带解开，颓唐地坐在床边上，倒了下去。居里进门，问：“怎么，跟客户见完了？等等，还喝酒了？”

东方没应答。翻过身，居里趴上去，闻闻衬衫，问：“怎么一股香水味？”东方不动声色，说可能是客户的。居里大惊小怪，说：“还真是女客户，”又打趣道，“你是去上班还是做牛郎？”这话戳到了东方的痛处，他当然不是做牛郎，可被前妻那么一戏弄，心里五味杂陈。他猛一起来，把居里掀开了，居里见他这脸色，知道自己问多了，便说：“辛苦了，财神爷！”东方闭上眼睛。居里问，“现在你一个月多少钱？”东方说：“工资卡不是在你那儿吗？”居里说：“好久没收到短信提醒。”东方刚换了工作，薪水改期发，还没到位。一转脸，瞥见挂在床头的西装袖子上的口子，东方怕居里多想，连忙起来藏了藏。

居里喃喃：“该给我妈寄钱了，今年一年都没怎么寄。”东方默许，居里要求他去洗洗澡，不要把别的女人的味道带上床，东方只好拖着疲惫的身子去冲了冲，又回到床上。

居里在梳头发。她见东方洗澡出来，提醒道：“你手机快响炸了，陌生号码，我尊重你的隐私，没接。”东方说：“诈骗电话。”

电话又响了，当着东方的面，居里可以摆在明面上接电话，抢过来，按下接听键，说“喂”，对方却也落落大方，说“我找罗东方”，是个女的。居里一身鸡皮疙瘩起来，无名怒火胸中烧，撂手机给东方：“你情人！这都什么点了，这工作也分个天时早晚吧。”

东方从听筒里已经听出个大概，胡乱接过电话，但还是板起面孔，一副公事公办的样子，说：“哪位？”对方说了句“是我”，就挂了。

前妻来电……她故意的！

但东方不能表露，只好装正人君子，说：“就一个女客户。”可心里不知怎么的发虚。

“什么客户？干什么的？”居里刨根问底。

“卖建筑涂料的。”东方撒谎，但又觉得做戏做得不足，跟着呆呆地傻笑。

居里不依不饶，说：“电话给我。”

东方必须灭火，他扑到居里身上，每次危机他都首选“肉偿”，两个人滚上床。

电话又响了，这回是居里的。

扫兴!

接起电话，听筒里传来了居里家乡的话：“居里，我是你姨……”

居里整理情绪，笑呵呵地说：“姨，怎么了？”

“快回来一趟吧，你妈骨折了。”

居里心一颤，手一抖，电话掉在了地上。

一山二虎

居里妈王家芝在老家摔了一跤，肋骨骨折，连带高血压、心脏病轻微发作。

居里吓得不轻，立刻回老家，死活打算把她接来上海。当着她妈的面，给东方打电话商量此事，东方说："没问题，我立刻请假过去一趟。"

居里说："不用，我一个人能行。"可东方的第一反应让居里感到满意。

在她看来，东方同不同意，是否立刻同意，是否立刻赶来，都必须上纲上线，女婿等于半个儿，姿态非常重要，在大是大非面前，绝不能有立场问题，代表着东方是否站在她这一边，为她娘儿俩着想。

可居里妈却不同意过去，她怕给居里添麻烦。亲家母的性子，她见识过，用脚趾头想想都明白她的态度。可她就居里这么一个女儿，出了事情，不靠她，靠谁呢?

居里妈只好说："去也行，不过是去看病的，不是养病的，找个小旅馆，地下的也行，短期住住。"居里妈看似无心，可这话却刺痛了居里的自尊。她到上海，最大的心愿就是找个立足之地，让自己妈住旅馆，等于坐实了她的失败。居里随口道："老太太楼上那间房还有地方，暂时住着，还能陪着说说话，没问题。"

居里相信老太太还是维护她的。

王家芝的到来，令安秋萍一百二十个不满。首先是没跟她商量，说是来看病的，很急，可给东方打个电话就了事了吗，谁是这个家的一家之主？这叫商量？看病看多久？首先住在哪儿就是个问题，但无论是住院还是在外面租房子，肯定得在家里落脚，添麻烦是必然的。

其次是秋萍也谈不上喜欢王家芝。是，她谦逊，可家芝也有一股子不服输的劲儿，以柔克刚，绵里藏针，看似低眉顺眼，实则攻城略地，讲真的，秋萍觉得家芝从来没服过谁。

凭什么？！土包子。

睡完午觉，老太太从楼上下来，对秋萍说："亲家母要过来，我那床厚被子，你拿出来，北方人不适应南方的气候，上海冷。"

嚯！老太太的工作都做通了。全家就玩她？还拿被子、拿毯子的。

秋萍一万个不满，可也不能明着反对，只好说："妈，这被子可是您的压箱宝，这就拿出来了？"老太太诧异，道："东西总归是东西，不用不也是浪费吗？"

秋萍不作声了，老太太手握住房产的所有权，地位高。

秋萍晚上跟进宝抱怨，进宝倒是愿意跟她站在一边，一脸的痛心疾首，还说："小地方的人就喜欢占便宜。"

秋萍道："当初我就不同意东方跟这个居里，穷山恶水出刁民，穷凶极恶的，属牛皮糖的，粘上就甩不掉。"

秋萍还在喋喋不休着，进宝的呼噜声却响起来了。

"这老东西。"秋萍打了进宝一下，这是她唯一的同盟军。

没几天，居里带着王家芝，来到上海。东方跟公司请了假，借了车，亲自到火车站迎接，居里觉得有面子，家芝也直夸东方。

秋萍觉得奇怪，说是骨折，为什么还能自由行走？在她看来，家芝充其量是个骨裂，只不过变着法儿想来上海住！她必须严阵以待。

不多会儿，楼下闹哄哄的，老太太站在楼梯口，拄着拐棍，微笑着。秋萍带着世卉端坐家中，一副正宫皇太后的样子，世卉兴奋异常，来回走动，听到一点动静，立马跑下楼了，秋萍喊也喊不住。

楼梯口一阵喧嚣。

跟着是世卉叫人的声音："姥姥，姥姥。"

家芝有伤在身，不能抱孩子，便从包里拿出老家特产的面瓜糖，不值钱，可在上海倒是个稀罕物，世卉塞了一块在嘴里，“姥姥，姥姥”叫得更甜了。

居里说：“行了，别站在楼梯口了，上去吧！”

两口子扶着家芝，一步一步地往楼上走。

秋萍待不住了，杵在门口，老太太在身后。

老太太早在楼上嚷嚷着：“来啦，来啦。”秋萍愤愤，不过是一个乡下亲戚来上海，怎么搞得跟《红楼梦》中的元妃省亲似的。老太太、秋萍下去接，秋萍只好下了一层，还没到楼梯转角，正碰着家芝和东方、居里拾阶而上。

到底是秋萍，立刻换了一副面孔，满心欢喜、众星捧月、鲜花似锦，说：“老亲家，来啦！”

故意加一个“老”字，家芝比她还小一岁，可看上去比她老，有了这个“老”字，仿佛就能证明她安秋萍过得比较优越。

家芝一面也笑着说：“亲家母，真是添麻烦了。”一面又指着东方手里拎的箱包，“我们地里的蔬菜、豆子，都是一些野物，算是没有污染农药，带给亲家尝尝，知道你们不缺，可还是一点心意。”秋萍瞥了瞥，不动声色，心想真成刘姥姥进大观园了，现在谁在乎这个？要的都是真金白银。随即下定决心，只要王家芝坚持在她家里吃住，就一定要收租子。

秋萍左看看右看看，又摸了摸，怎么看怎么不像是有病的人，索性明着问：“亲家母得的什么病啊？”居里抢着说：“摔了一跤，身体大不如前了，不过手脚还行，都是内伤。”秋萍立刻说道：“我就说嘛，骨折的严重性我还是了解的。”东方说：“恢复恢复就好了。”居里狠瞪了东方一眼。

进屋，寒暄了一阵，老太太年纪大了，向来懒得见人，这回居里妈来了，也难得从楼上弯下来。上了岁数的人喜欢谈过去的事，两个人聊着，东家常西家短，还有一些积古的老话，嘻嘻笑笑，好不融洽。

秋萍冷眼望着，多少有些嫉妒、愤恨，婆婆何尝这样与她促膝？

既生瑜，何生亮！一山二虎，成何体统。这个家有一个秋萍，一个居里，已经够折腾的了，再来个家芝，居里声势壮大，变成了2∶1，岂不是要完败？

秋萍正神游，老太太说："秋萍，把我的木板床搬出来，睡行军床可不行，亲家母的骨头不能乱晃。"秋萍老大不愿意，可还是得照办。

天色将晚，进宝回来了。秋萍的心定了些，进宝一到，2∶2了，毕竟是跟她睡一张床上的人。

可进宝一看到家芝，原来的那个刻薄劲一下被甩到了九霄云外，头天晚上还说亲家母这不好那不对，坏话一车。可见到真人，进宝竟然喜笑颜开，让吃让座，还说家芝知书达理、秀外慧中，秋萍气得眼绿，开什么玩笑，她安秋萍才是真正的书香门第、秀外慧中！

晚饭了，秋萍不想大摆，长别人威风，说简单做做明天再说。可老太太今儿高兴，存心大宴宾客，不答应，又要派东方下去买猪头肉，又要让进宝去买口条。

秋萍说："太浪费了，家里有菜，亲家母也带了些。"

"不用去买了，还是让居里做吧。"家芝拦阻道。

秋萍一听，心里冷笑，居里做？那敢情好，就她那做菜水平，献丑！

居里接到指令，也有些发慌，做媳妇以来，做菜学过，跟秋萍，可就是不上道。"妈——"居里撒娇求助，但家芝已经起身了。

"你做，我在旁边教你。"

东方怕居里出丑，又见她满面愁容，忙解围道："妈，不行就去买一点，叫外卖也行。都挺累的一天。"

等等，秋萍差点怀疑自己听错了，儿子叫她妈？哦，也理所当然，可道理是这个道理，秋萍心里还是不痛快，这是认贼做妈！

小厨房，家芝开始指挥女儿做饭了。一块肉，几种素材，没什么花头。秋萍跷着二郎腿，坐等"好菜"。居里手忙脚乱，家芝和声细语，优雅地指挥着，做了一辈子饭，这是她最为得心应手的战场之一，料酒、酱油、盐、味精，什么时间放、放多少，都是艺术。配上从北方现带来的新鲜时蔬，珠联璧合。半个小时工夫，四个菜上桌了。

凉拌红心萝卜、青椒茭白炒肉丝、蒸香肠、清炒菜薹。

端上桌，老太太先夹了一筷子肉丝，立刻叫好。

进宝吃了一片香肠，叫好声比他妈还大。

居里夹了一根菜薹到世卉碗里，香脆可口，小世卉吃得吧唧吧唧的——蔬菜的抗拒者也缴械投降了。

居里满心得意，摇头晃脑地说："妈就是厉害！"

秋萍一百个不服气，可直到夹了一筷子，又一筷子，依次吃下来，不服气也得服气了，这哪是居里的水平？上了何止一个台阶？既有饭店菜的滋味儿，又有家常菜的温馨。秋萍立刻觉得，家芝不得了，是个大对手、大魔头。

秀色可餐。

大快朵颐。

风卷残云。

这是罗家人近期吃得最饱、最快的一顿饭。

"哎哟！"家芝突然捂了一下胸口。

进宝立刻凑上去问怎么了。老太太也不吃了，忙说打120。世卉嚷嚷着说："姥姥，你没事儿吧？"居里绕桌子一圈，蹲在她妈腿跟前儿，说："妈，感觉怎样？"家芝深吸了几口气，享受着众人的关心，过了一会儿，才笑着说："没事，好像岔了个气。没事了。"

秋萍撇嘴，心想，作吧，好一个病西施，谁不会生病，老娘演了一辈子戏！

"哎呀！"秋萍大叫一声，"我的胸口，怎么这么疼？"

东施效颦。

进宝一动不动，他了解自己的太太。

东方倒是喊了句妈。

没效果，怎么办？只能把戏演下去，"不行了，不行了，不行了……"秋萍喃喃自语，朝地上躺。居里以为是真的，说快打120吧。

进宝不慌不忙，走到秋萍身边，说："没事没事，我来做人工呼吸。”说着，也不嫌害臊，嘴对嘴地对着秋萍一口一口地输入。

烟味混合着菜薹味，秋萍哪里受得了？

吹了没两口，秋萍便缓过劲来了，挣扎起身。

进宝笑道：“急救措施还没做完呢。”

秋萍推开进宝，暗踹了他一脚，她怎么也想不到，家芝刚来，进宝就叛变了。

秋萍心想，家花没有野花香，这话一点没错。

贤惠的女人很美丽

家芝趁居里不在，主动找秋萍，给了一千块钱。

没明说由头，只说打扰了。秋萍乐得笑纳，收下钱，一个劲儿客气，说：“妹妹，你想住多久就住多久，干吗还给钱呢？”

亲戚能走不能留，家芝懂得这个道理。可她想跟女儿多待一段时间，人在屋檐下，情面上过不去，钱上自然不能苛刻。

不过，秋萍也抓住机会把话说明了：“妹妹，你还要治病，需要钱，居里又没什么收入，有时候去外面打打野食，也是有限的，剩下全靠着东方在外头挣，小两口日子不好过，能省就省吧。”

这算是逼宫了。

家芝人情世故经历得多了，倒也不卑不亢，听到秋萍说这话，便拆开来道：“姐姐，既然我暂时来这儿住住，到眼跟前了，也不能眼见着不帮孩子们，我那一点退休工资，不多，不顶什么大事，索性都补贴给他们了。不过话说回来，世卉现在奶也断了，也不像以前那么难带，等再大一些可以去幼儿园，居里就能出去做点事，补贴补贴家用。”

一段话，滴水不漏，眼前的、未来的都考虑到了。

秋萍不置可否，居里出去做事，她当然不反对，但她不想带孩子，她唯一担忧的是，如果是家芝想留下来带孩子呢？那局面就又复杂了。想到这儿，秋萍便说：“巴不得世卉赶紧去幼儿园，我们这个家，实在是人稠地满，她去了幼儿园，我们也好喘口气。”

言下之意，王家芝你待一阵赶紧回老家吧。

家芝矜持地微笑着，走一步看一步，这是她多年来的生存经验。

家芝此行主要是来看病，骨裂倒在其次，首先要看甲状腺。朝脖子窝一摸，鸡蛋大小，好几年了，居里一直说要带妈妈做手术，家芝不肯，说是粉状瘤，没问题，这次既然来了上海，索性好好查查，有问题，赶紧手术。但实际病情，家芝没敢声张，也不让居里跟罗家人说，带了个病人，他们更觉得是负担了。

在罗家待着，家芝不免居安思危。

老太太年岁大了，家芝跟她聊得来，但是有时候老太太说着说着便睡着了，家芝怕动静大，吵到老人睡觉，便只好下楼晃悠，孤单单的，或者就躲在卧室和居里带着孩子。居里感觉到她妈的不自在和拘束，人在屋檐下，不得不低头，连她这个正儿八经嫁进来的儿媳妇尚且如此，她妈这个丈母娘就更不用说了。居里心里很不痛快，可没有独立住房，一时半会儿也想不出改变处境的好办法。

母女团聚，家芝常对居里耳提面命的一句话是：“趁妈妈在，赶紧把做饭学学。”后面半段，家芝没说，但居里明白——学好了做饭，就能当一个合格的家庭主妇。俗话说，“留住男人的胃就能留住男人的心”，这样一来，居里在罗家的地位就稳固了。

可居里并不想这样。还是那句老话，这样做，有违她来上海的初衷。她来这儿是要打开一片天地的，买房、买车、生儿、育女，打造一个自己的家，可现在后面半段都实现了，前面半段还遥遥无期。

女人做家事，在家芝的人生观里，是理所当然的，她不愿意居里太忙，所以承担了罗家大大小小的家务。居里见妈妈辛苦就心疼，比如吃饭吧，所有人都坐齐了，开吃，家芝还在厨房里忙活。吃完一半了，盘里被卷得只剩一小点，家芝还没上桌。居里喊了一声：“妈，吃饭了。”家芝说“就来就来”，可还是一直忙到最后一道汤上来，才能屁股沾凳子，牙沾米。

罗家没人说话，睁眼瞎，理所当然，在居里眼里，秋萍尤其趾高气扬，微笑着，好像一个地主婆，吃吃喝喝，穷形尽相。她的亲生妈妈却像一个老妈子，忙前忙后，食不果腹……居里的心在滴血，很痛。

好不容易上桌了，吃完，男人们把饭碗一推，秋萍客套一下，说

“我来洗”，家芝说：“我来吧！”秋萍立刻放弃了客气。

居里帮妈妈把碗筷送到厨房，等人散尽了，她才痛心疾首地说：“妈，不能都是你干，你身体不好，而且这活就得轮着来。”

家芝说：“没关系，我能行。”居里绝不答应，一定要分工合作，她有平等意识。两个人推推搡搡着，一不小心，一只瓷碗撞到地上，当啷一声，裂成几瓣儿。秋萍闻声，一阵风似的从客厅飘到厨房，嚷嚷道：“哎呀，亲家母怎么这么不小心啊！这碗很贵的，民国时期的，老太太的传家宝。”家芝连忙蹲下，一面赔礼说要赔钱，一面急匆匆地捡起碎瓷片，谁知没拿对地方，手指被划破了，血流出来。

“东方，创可贴！”居里愤怒，她妈妈就不是人吗？要如此为难她？她也只能喊东方，朝他撒气。东方倒也知道眉眼高低，一溜烟拿来创可贴。

贴好了，居里扶着家芝回屋，转头对东方说：“剩下的你洗。”

回到卧室，关上门，居里极力劝解家芝：“妈，你真不用干这么多，我知道你是为了我，可我们在这个家又没有地位，也不是靠干家务能换来的。”

家芝依旧慈祥，说：“我不是为你，能干就干不是挺好吗？每个家都需要女人来付出。女人贤惠起来，是很美丽的。”

居里有点发蒙。“贤惠的女人是很美丽的。”这是她第一次听妈妈讲述价值观。言简意赅，发人深省。

夕阳斜照进来，暖暖的，触到床脚上，洒在家芝身上。床头花瓶中的一束康乃馨，黄得灿烂。逗世卉玩的小风铃，在窗户边沿垂着，风吹来，叮叮作响。

居里打量着妈妈，她的面容是那么平静，没有一点怨言，她这么做，更多的是一种习惯。多少年来，妈妈都是这样守护着家庭，守护着爸爸，守护着她，即便是到了千里之外的上海的一个家庭，她也一如既往，这就是她的价值观，就是她身为女人的一种本能，刻在骨血里。

居里敬佩妈妈，却谈不上认同。女人不是应该有更大的天地吗？不仅仅在家庭，更在社会，在自我价值的最大实现。世卉跑跳着进来，扑在家芝的腿上，“姥姥，姥姥”地叫着。这一幕又令居里恍惚，一个女人掌控着一大家子，让这个家运转起来，不是很好吗？过去千千万万年中国的大家庭不正是这样运转着吗？女人是平衡器，有女人平衡各种关系，家庭才能和谐完美，然而这种平衡需要巨大的付出……

时代不同了。

居里望望窗外，夕阳映红了天，巨大的摩天大楼就在不远处，高耸入云，对他们这个古老的小区、这栋红砖墙形成压迫。大家庭已经解体，小家庭被迫建立，人们从群居走向独居。居里迫切需要自己的空间，这可能是连她爸妈都无法理解的本能的需要，她已经是新一代的女性了。算了，不想那么多，先看病吧，居里打算给妈妈在华山医院挂个号，并且做好手术的准备。

第二天，东方刚起床，居里便起床了。东方说：“你起这么早干吗？”居里说：“今天去医院问问情况。”东方又把西装穿起来了，打好领带，鲜红。居里看到了东方袖子上的口子已经修好了，但还有痕迹，她问，“怎么回事？谁撕的？”东方解释“在办公室不小心钩到了”，说着便要出门。

居里这才想起来今天是周六，说：“你陪我去医院吧，妈带孩子，我们先去问问情况。”

东方说：“已经约好了跟客户见面谈世博园的业务。”

“华山医院的赵医生不好约，你亲戚里有没有能走走后门的？”居里问东方。

东方知道他爸妈没这能耐，只好说：“回头找朋友问问，你先去问问情况。”说着便各自出了门。

一路挤公交车，到了医院。居里递上片子，在老家拍的，医生建议带人过来看看，但初步可以确定是甲状腺瘤，得做手术，但医院的床位困难，排队得等到下半年。居里有些着急，真要等到那时候，她妈妈的病情不知会不会发展。

“我们就在走廊里搭个铺子也成，不是大手术……我相信医生……”居里好一阵哀求。

医生说："这个你需要跟院方沟通，这个超出了我的专业范围。"居里十分失落、生气，到了这个年纪，最怕的就是父母生病，她出了医院的门，放眼四处，天地茫茫，无奈极了。她给东方打电话，没人接，她心想东方应该还在路上，决定等一会儿再打。居里不想立刻回家，一个人坐在公交车上发呆，车到田子坊，她才走了下来。

田子坊，咖啡馆，东方走了进去。这次见面，东方做了激烈的思想斗争。本来在公司就能谈，光天化日，公对公的，可是玉燕非要约他喝咖啡，说有私事要谈，请他务必前来。还对她有旧情吗？进咖啡馆的那一刻，东方脑袋里闪出这个念头。不不不，不应该，他已经结婚生子，而她，却成了一个"道上的女人"。他惹不起，也不想惹，就算过去有什么，未来，他们的生活是无交集的。坚定了信心，东方便又挺着胸前进了。

玉燕临窗而坐，咖啡已下去半杯，恐怕早来了。见东方来，她把咖啡杯往前一推，说："你喜欢的，清咖，口味没变吧？"

"有什么重要的事，在公司不能谈？"东方坐下来。

玉燕微笑，说："是私事，求你办事。"

东方问："我能为你办什么事？"

玉燕单刀直入，问："你知道老秦是什么来路吗？"

东方坐正了，知道事关重大，说："什么？我也不清楚。"

玉燕笑说："你既然进了老秦的公司，怎么能不知道老秦的底细？你在我们这儿干着，如果有什么业务，互通有无，或许可以做成大买卖。"

东方不说话，士别三日，当刮目相待，这个女人的意思是，让他在老秦那边做内线。

"你的后台是谁？"东方将了玉燕一军。

玉燕哈哈大笑，道："嫁给了一个老头，他去世后，留了一笔钱给我，所以我也算白手起家，还有什么好奇的，尽管问，你我之间，知无不言。"

东方震惊于玉燕的坦诚，也是，她从来不是藏着掖着的女人，多少年前，她想要钱，她便得到了钱，她不在乎别人的说法，为了目的，她甚至可以牺牲他们青梅竹马的感情。

可现在，她想要什么呢？

东方吃不准。

咚咚咚，玻璃窗震了一下。东方和玉燕循声看去，居里？！她隔着落地玻璃窗和他们打招呼。

东方皱眉，一脸为难，挥手让她走。

可居里哪里能够领会其中奥妙，她迅速地朝店门走去，拐个弯，老远就听到她打招呼："东方，东方……"她叫道。

"这位是？"玉燕问。

"我太太。"东方低头，他知道，考验他的时刻到了。

圣诞礼物

老谢和老秦联手之后，生意越做越大，没有朱姐的“帮助”，老谢反倒如鱼得水，吞并了一个公司，不但做建筑材料，还开始转战食品行业。生意做大了，反倒无专业限制，老谢懂得抓大放小，朱姐偏偏关注的是小事情。

丈夫的事业节节升高，钱上朱姐不用发愁。出去工作变得毫无必要，信用卡她拿着，老谢给她的建议：多读书、健身、美容。

朱姐也的确是这么做的。

参加了几个贵妇圈的读书会，定期去健身、美容院，老谢当然没空，偶尔就让小伍开车，陪着。朱姐终于感受到了这个曾经一成不变的家庭的巨大变化，老谢越来越像一个企业家、一位成功人士，只有在面对莉莉的时候，他还像一名父亲，但他总回不到曾经那个温存体贴的丈夫。

这天，朱姐做好饭菜，点上香氛蜡烛，约了老谢回家。谁知老谢进门之后，路过餐桌，未做停留，立刻走入书房。

朱姐老大不痛快，但还是走过去，说：“吃一点吧，别弄坏身子。”

老谢头也不抬，说：“你吃吧。”

朱姐说：“给你留了。”

“知道。”老谢说。

“再不吃就冷了。”朱姐还不放弃。

老谢说：“我知道了。”已经有些不耐烦了。

朱姐还穷追不舍：“要不给你端进来？”

“说了不用，你怎么就听不明白呢？”老谢把手中的材料朝桌子上一拍。

朱姐傻愣愣地站着，她不明白丈夫为什么要如此残忍？精心准备、认真打理，那是因为今天是老谢的生日呀！朱姐眼中含泪，但她觉得“妻子”这个称呼已经不属于她，但她还是要把话说明。

她微笑着：“老谢，生日快乐。”

老谢怔住了，他当然记得自己的生日，可他想不到她还为他准备着，一副郑重的样子，他抬头看这个结发妻子，刚才的坏脾气，似乎也成为两个人中间的阻碍。

老谢皱着眉头，轻微恼火，中度羞愧，重度尴尬。她帮他过生日，他却不领她这个情。其实他已经在公司里过了生日，全部员工起哄，礼物收了一堆，有人要求主动加班作礼，还有小姑娘上前赠送香吻，那些礼物让他觉得自己年轻。可朱姐呢，老餐老饭旧时人，只会提醒他自己又老了一岁。

这个生日原本就不应该属于他呀！

“谢谢。”老谢发出低沉的声音。他对她，只有责任和愧疚。

第二天，朱姐收到一份礼物，镯子，翡翠的。朱姐觉得宽慰，能有物质补偿是好的，她不敢要求太多。

朱姐突然想约乐乐出来坐坐，上次酒店的气早消了，打电话约吃饭，就已经是态度，冰释前嫌。乐乐是老秦身边的红人，跟乐乐过不去，就是跟老秦过不去，跟老秦过不去，就是跟老谢过不去。更何况乐乐到底是自己人，曾经的好姐妹，愿意帮忙做内线，监督老谢。

桌子对面，乐乐对着光看，说这翡翠够绿，少说也得十来万。

朱姐的心不在翡翠上，问乐乐最近做得怎么样。

乐乐说：“不忙。”朱姐又多问一句，说：“你跟老秦怎么打算的？”

乐乐直言不讳，说：“先处着，他是上级，我是下级，他强势我弱势，争取以弱胜强。”

说的都是虚话，朱姐没有再多问，但她主动爆料给乐乐：“听说老秦的老婆，现在病得不轻。”

“什么病？”

“好像是老年痴呆。”

乐乐不敢相信，说“才多大就老年痴呆”，话说出来，再算算老秦的年纪，的的确确已经算是老年了。可怜的女人，乐乐想，但不知怎的，她心里又有一些莫名其妙的希望。

朱姐问乐乐：“老谢有什么动静，听说没有？”乐乐觉得朱姐每次这样监督丈夫有些可笑，酒店那次就是警告，可朱姐总拎不清楚。外头有人又怎样？他不拿钱回家吗？不问女儿的事吗？提出要离婚了吗？乐乐不懂朱姐几十年感情的不甘，但她面上还得安慰。

“谢总还是挺规矩的，没听说过什么。”

朱姐安心了，这几乎是她此行的主要目的。乐乐问朱姐莉莉在美国怎么样。朱姐说：“还可以，已经能说一口流利的英语了。”乐乐问：“什么时候回来，我请她吃饭？”

朱姐怕乐乐把女儿带坏了，没敢说这几天就回。

莉莉回国过圣诞节，对朱姐来说是件大事，圣诞节因为莉莉而有了特殊意义。自和老谢关系变淡以来，莉莉存在的意义，不仅仅是莉莉是朱姐的女儿，更在于她是朱姐和老谢共同的女儿，只要莉莉在，她和老谢就有一个解不开、割不断的联系。唯一糟糕的是，莉莉出国之后，便更看不起妈妈而崇拜爸爸，原因很简单，妈妈不创造生产价值，爸爸却是她的经济来源，她的坚定支持者，她人生的中流砥柱。

圣诞树早买好了，缠上五彩小灯，闪着光。老谢早说在饭店摆一桌，可朱姐坚决不同意，莉莉回乡，就应该思乡，饭店哪有家里好。

朱姐订好了菜，都是莉莉爱吃的，她还特地下厨露了一手——红烧鸡——莉莉的最爱。老谢派小伍去机场接莉莉，朱姐叮嘱老谢，再多应酬，无论如何晚上八点都必须到家，因为莉莉。

莉莉成了朱姐的一张王牌。她就是要让老谢知道，即便原配老婆是假的，可女儿是真的吧，不能亏欠女儿。

晚上七点半，老谢到家了，洗了个澡，坐在餐桌前，正大光明。朱姐很满意，今天他像一个丈夫，也像一个爸爸了。

“什么菜？”老谢问。

“红烧鸡是我做的。”朱姐等的就是这句话，“还有鹅肝，在丽都叫的菜，不过你不能多吃，‘三高’，到你这个年纪就得有节制。”

老谢听了不高兴，她总是啰唆。

“女儿说了，这次给我们带了礼物来。”朱姐喜滋滋的。

老谢说：“长心了。”

菜上齐，近八点，莉莉还没到家。老谢给小伍打了个电话，小伍说：“路上有点堵，请再稍等一会儿。”

朱姐和老谢隔着餐桌，面对面坐着，默默无言。她已经不记得多久没有这样相对，她抬头看他，他老了，但还是一副不怒自威的样子，没有慈爱。她想跟他说一点什么，可又觉得无从说起，过去种种，万千变化，现在似乎都磨平了，两个人之间只有现在，可现在的实际情况是，老谢如日中天，她却成为黄脸婆了。

蓦地，老谢说了一句：“谢谢你。”没有下文。

朱姐心头震动，眼眶红了。朱姐已经不记得老谢有多久没说过这么温馨的话了。也许是沾了女儿的光？管他呢，朱姐感动得想站起来拥抱老谢，但又觉得太做作，几秒钟内，她整个人动不了，哭不出声，笑不出来，她就那么端坐着，好像在坚守工作岗位，十分贤惠的样子。

敲门声响。

朱姐恍然从梦中惊醒。

“来啦！”她跑跳着如少女追蝶，这是她盼望已久的时刻。

门打开了，莉莉站在她面前，一个大活人。朱姐热泪盈眶，去拥抱莉莉，却发现她身后还站着一堵黑墙，高大壮实，是个黑人小伙子。

莉莉毫不扭捏，把这人拉到门口，两个人前后脚进屋，根本不顾妈妈惊愕的表情，就介绍道：“这是我男朋友，威廉姆斯。”

老谢面容平静，随即去拥抱了一下来客，随口说了几句英语。

他知道？他早就知道？

他们是父女，都姓谢，她是局外人。

朱姐望着眼前的两位外交家，只觉得天旋地转，她知道，这个圣诞节注定过不好了。

并肩飞行

平安夜，老秦让乐乐陪他去一个地方。

徐家汇，教堂，尖尖的房顶被灯火映照得更肃穆。老秦和乐乐下了车，广场上，鸽子扑棱棱飞，天冷，呼出的是白气，乐乐将手拢在嘴旁。不远处，一群人围成圈，有个男孩向女孩求婚，下跪，女孩尖叫。

制造出来的浪漫，也是浪漫。乐乐羡慕这种场景，可她不期待，她从一开始就没问老秦缘何要来教堂，现在更不适合问。难道是求婚？不现实，不闻不问，服从安排，乐乐知道老秦喜欢她这一点。

到教堂了，神父已经就位，满是信徒，老秦和乐乐站在教堂椅子的最后面，走道里神职人员谦和地维护着现场秩序，老秦和乐乐坐在人群中，借着这氛围，乐乐觉得他们和普通的恋人并没有什么不一样。

布道台上巨大的投影幕布投出字母，人们跟着唱诗班唱圣歌，赞美耶稣的降临，唱罢，跟着神父祷告。老秦和乐乐合看一份材料，两个头并在一起，老秦念，乐乐也跟着念，她总比他慢半个字，亦步亦趋，然而她觉得很幸福，也就在这一瞬间，他们可以忘记俗世的一切。光从头顶打下来，神圣的，他只是一个普通的男人，她也只是一个普通的女人。

该祷告了，老秦双手紧握，闭上眼，乐乐连忙学着，老秦念念有词，乐乐也诉说心愿。

完毕，他暗地里捉住了她的手。

乐乐感到满足。

活动一直持续到午夜，老秦和乐乐几乎坚持到最后，人群快散尽了才走出教堂。两个人漫无目的地走在上海街头，老秦裹紧黑色大衣，乐乐也朝衣领里缩了缩脖子，霓虹正好，车水马龙，她不愿意相信现在是午夜，这个场景是那么熟悉，在电影、电视里看过似的。

“来杯咖啡？”路过咖啡店，还未打烊，老秦问乐乐。乐乐点头，老秦转身去店里买了，两个人握着咖啡并排走着。

乐乐问老秦：“你信教？”

老秦说：“不信，我太太信。”

不用说，是那个原配太太了，是为她祷告，还是代替她来祷告？乐乐没问。

老秦说：“每个人都有自己的宿命，我们年轻的时候很苦，尤其在美国的时候。如果没有她家里的帮助，我也走不到今天。”

乐乐好奇他太太是什么家庭，但大概也能猜得到，老秦和老谢走的路相似，可越是靠女方家庭出来的，上了年纪之后，便总想自己做主。听说老秦不止一个情人，过去有，现在她算不算？乐乐不好说。

老秦又说：“人上了年纪，都有点迷信，我太太读《圣经》，有时我也跟着看看，经书里有做人的道理。”

乐乐问：“比如呢？”

老秦说：“比如那句：‘爱一个人，那门是窄的，那路是长的。’”

乐乐低眉婉转，不说话，品这句子。爱是一条不归路，然而越艰难，走得越有意义。富贵险中求，乐乐现在觉得真正的爱同样需要勇敢。

老秦又问她：“什么叫爱？”

这可难住了乐乐，说爱是无条件地付出？太矫情。说爱是永恒？是光芒？太不切实际，乐乐觉得，爱是一种武器。

“爱是保护，我保护你。”乐乐这么说。

老秦笑了。从来都是他保护别人，这小丫头要保护他？然而有这话就够了。萍水相逢的两个人，他从不指望太多，他被人背叛过，也背叛过别人，所以更相信一瞬间的真心。

老秦又带乐乐去金茂大厦顶端旋转餐厅，包房里，无人打扰，玻璃窗下面，是灯火辉煌的上海。乐乐在心里感叹，这才是上海，她心目中的上海，她是要把上海踩在脚底下的。从最底层攀爬而上，直入云端，这有关尊严，这才是她来上海的真正初衷。一切是残酷的，一如她过往险象环生的人生，然而浪漫的氛围让乐乐多了几丝幻想，她想问老秦一句话，但却没有问出口。

服务生推着餐车进来，掀开不锈钢罩，软嫩牛排嗞嗞响，馥香的红酒，乐乐心想，这便是灯红酒绿，老秦说："吃点宵夜。"乐乐本来想矫情一下，说怕胖，但立刻又提醒自己，不要做庸脂俗粉。

享受人生吧。

借着酒劲，乐乐还是想问那句：我是你的什么？我们是什么关系？可话到嘴边，硬生生又咽下去了，她觉得自己有些可笑，是什么关系又怎么样？此刻在一起，何必再想天长地久？没有婚姻、没有血脉的牵连，他们仿佛茫茫天地中相遇的鸟，并肩飞行一段，哪怕很快就仳离……没关系，她还年轻，输得起。

乐乐举杯，红酒轻晃。老秦迎过来，轻轻碰了。

身后的牛排已经冷了。

当晚就睡在酒店。两个房间，都是单人间，乐乐有些意外，这难得的浪漫却没有发生什么，平安夜，她很平安但却遗憾，可转念一想，又释然了，老秦毕竟上了年纪，玩到半夜，身体吃不消。没几个小时便要天亮，她必须快速休息。

第二天就是圣诞节，老秦早起打了几个电话，把公司的事交代了一番，司机来了，老秦和乐乐上车，越开越荒芜，乐乐大概知道要朝郊区走。开了约四十分钟，来到了一处疗养院，里面全是别墅。进去富丽堂皇，稀稀拉拉地有老人在打牌、散步。

老秦轻车熟路，护士、医生都和他打招呼，乐乐跟着，不说话，像个女秘书。到医护室，老秦问护士："怎么样？恢复得怎么样？"护士说："没有太大变化，稳定住了，情绪也比较稳定。"有护士扶着病人打窗外走过，乐乐看着病人痴痴呆呆的样子，心里有些不舒服。

老秦没再问什么，护士领着他们朝外走，走廊尽头，一拐弯，一扇木门，门上贴着圣诞老人贴纸，挂着驯鹿毛绒玩具。护士把门打开，地毯铺满整个房间，走进去悄无声息，一个女人坐在床上，头发花白、面容憔悴、神情呆滞，见到老秦来，也并无异状。

老秦走到床边，抓住她的手，说："秀华。"声音里有一丝温柔。

秀华也不理他，喃喃道："布娃娃，布娃娃……布娃娃坏了。"

老秦轻轻抱她一下，说："买新的。"

护工端饭进来，餐盘上整整齐齐地摆着：牛奶一杯、面包两片、金枪鱼沙拉一份，最边沿一个小盒开着，里面有几片药丸。

"先吃药。"老秦劝说。

护工端水，又将药丸放入女人的手心，那女人看了看，突然把药丸向天一撒，发狂一般手舞足蹈，砰的一声，饭全翻了。

乐乐猝不及防，牛奶泼在身上，她"哎哟"叫了一声。护工连忙说"对不起"。护士说："好久没见她情绪那么激动。"

老秦倒很冷静，让护工再拿一份餐、一份药。

很快，东西端过来了，老秦亲自端着饭，把药片拌在里头，轻轻地对秀华说："都祷告了，都祷告了……替你祷告了。"

乐乐这才明白昨天教堂之行的用意，也确认了眼前这个女人的身份。

老秦一口一口地喂着，女人刚吃了没几口，突然再度发狂，幸亏老秦往旁边一躲，饭才没翻。

"秀华！"老秦没耐心了。

耳边突然响起圣歌，轻灵悦耳，抚慰人心。老秦转头看，是乐乐在唱，犹如圣女。

秀华定住了，她紧张的面容逐渐松弛。

乐乐接过老秦手里的碗，一边唱一边靠近秀华，像母亲对待孩子一般喂她。

秀华竟也听话，像个小女孩般吃着。

喂完了。

老秦说："谢谢你。"

乐乐不知道回答什么，只是微笑着，等老秦下文，老秦似乎也觉得需要补充一句，说：“这是我前太太。”

算是正式介绍了。

乐乐揣摩老秦的用意，带她来见前太太是要做什么呢？她也不懂。因为她痴呆了全然不知道吃醋？还是算准了她陶乐乐不会吃醋，或者不敢吃醋？

门口一阵喧嚷，进来两个人，一高一矮，都是女孩，和乐乐的年纪不相上下。

两个人进门毕恭毕敬，叫了老秦一声“爸”便坐在床边。

是老秦的女儿无疑了。

乐乐更加困惑，是老秦故意安排女儿也来？算是见过面了。

是打算让她做后妈？她完全没有心理准备，但却下定决心，无论多困难她都见招拆招，不失体面。

秀华见有客人来，又开始手舞足蹈，突然站在床上蹦跳。

乐乐连忙又唱起圣歌，抱住她的腿。

个头儿高的女孩厉声叫道：“你放开我妈！”

乐乐并未被震住，反倒牵住秀华的手，让她慢慢坐下，坐回她原来的位置。直到秀华停止躁动，乐乐才收了歌声。

老秦依旧绷着脸，任凭一切发生。

终于，他向乐乐介绍：“这是我大女儿秦日，这是我二女儿秦月。”

乐乐微笑点头，说了句“你好”。两个女儿均不回应，她们眼里只有妈妈。

老秦带乐乐出了病房。花园里，蜡梅露了一点花骨朵，还没见香。老秦问乐乐：“你还会唱圣歌？”

“昨天现学的。”乐乐笑着说。

戴梵克雅宝的妇女

居里走过来了，东方连忙起身，迎上去，堵在半路。

“你怎么来了？谈事呢。”东方说。

一解释，居里反倒更有兴趣，探着头，看那沙发座上的女人。

“我找你也有事。”居里顶开东方。

咖啡座前，石玉燕抬着脸，一动不动，居里走近了，大大方方地伸出手：“你好，我是罗东方的太太。”东方跟在后头，眼冒金星，一个是前妻，一个是现妻，他脑海中飘过相遇的场景，但怎么也想不到，是在这里，以这种方式相遇。

石玉燕站起来，微笑，同样大大方方地伸出手：“你好，我是东方的同事兼半个上司，阿曼达。”

名字是英文，居里认为是海归。

“咖啡还是茶？”阿曼达问居里，和和气气。

居里打了个空拳，回复说：“喝咖啡。”

东方坐下了，三个人默默无语。居里的介入，让石玉燕也有些尴尬，但一切都不能由她说破，她现在就是阿曼达，一个端端正正的职场人。东方和居里并排坐着，这个时刻，他不好再苛责居里什么，尽管不高兴都写在脸上。

服务员端咖啡来，阿曼达一招手，咖啡放在了居里面前。

“来些甜点，就英式套餐吧。”阿曼达又给服务员下命令。

居里有些不好意思了。

来的时候怒气冲冲，谁知竟碰到个知书达理的，居里跟谁闹呢？

撒泼也需要对手，太冷场也不好，她只好自我解嘲，说：“不好意思阿曼达，打扰你们谈事了。”

阿曼达对东方说：“罗部长，爱人这么漂亮早应该带出来嘛。”

东方额头的一层细汗仍旧没下去，打了两声哈哈。

居里跟刚泡过澡般舒坦。

东方从未带她出来过，别说同事，连见朋友都少，她曾为这事大闹过，但无效——一个男人不愿意带你见他的朋友，通常原因有两种：第一，你带不出手；第二，他有不可告人的秘密。居里两点都不愿意相信。

“我就说，罗部长一表人才，哪个女人能搞定罗部长，必然不是凡角，今天一见，服了。”阿曼达加大糖衣炮弹。

居里立刻屈服了，在她看来，这样一位优雅的女性，还是东方的半个领导，对她如此礼赞，等于官方认证了她的价值。

不一会儿，甜点上来了。居里毫不客气，大吃大嚼，东方看不下去了，问居里到底有什么急事找过来。居里这才想起说她妈看病的事，还是得找人。

“哪家医院？”阿曼达很热心的样子。

“华山医院，可能要看肿瘤科。”居里说。

阿曼达立刻说：“华山医院，我有熟人，包在我身上。”随即拿起电话，打过去，如此如此交代一番，电话那头似乎很热情。挂了电话，阿曼达便跟居里说，“搞定了，你明天上午，带着老人去，找赵医生。”居里拍掌笑道：“对对，就是赵医生。”

东方心里难受极了，现妻找前妻帮忙办事，闻所未闻。他拉了居里一下，挤眉弄眼，居里转过头，诧异地看着东方，她就这么带不出手？别人要帮忙也不能帮？居里甩开他的胳膊，说：“你干吗？”东方闷闷的，半晌又说：“差不多回去吧。”

阿曼达笑呵呵地说：“以前我们觉得，罗部长在外头应酬，家里老婆怎能放心，现在见到罗部长的爱人，才相信应该是罗部长担心夫人在外头应酬，不放心太太出来见天光，所以逼着她做全职太太，金屋藏娇。呵，是啊，如果我是男的，有这么一个如花似玉的夫人，我也不忍心让她在外头抛头露面。”

这话引动了居里的心事，她忙说：“我倒是愿意为社会发光发热呢。”说罢朝东方撇撇嘴。阿曼达接话，说：“那就是罗部长不对了。”两个人你一言我一语，谈得心花怒放，真真假假说不清楚，东方每一句都听不下去，每一句都想叫停，可是又无可奈何。

一会儿，居里说要去洗手间，阿曼达也站起来说要去，两个女人，手挽着手，好像亲姊妹一般，嬉笑着远去。东方看着这对背影，拿纸巾擦了擦汗。

一进洗手间就是大镜子，居里看到镜子中的自己吓了一跳，头发如稻草，面容憔悴，肥大的运动衫，松垮垮的运动裤，运动鞋是旧的，有点开线，鞋侧张了点口。刚才她也真夸得出口。居里记得阿曼达说出过“如花似玉”四个字。显然是奉承，假的，当时还舒服，可真相却逼得居里不舒服了。反观阿曼达，波浪鬈发，桃色口红，套裙显出身段，丝袜耀眼，前凸后翘。

完全是两个世界的人。

居里暗叹，这就是职业女性和家庭妇女的区别。

居里问阿曼达的年龄，阿曼达据实报了，比居里大两岁，算姐姐。居里一高兴，就叫了声姐姐好，阿曼达也入戏，连忙喊妹妹。两个人哈哈大笑，就算义结金兰了。

“当姐姐的得给妹妹见面礼。”阿曼达从脖子上取下一条项链，梵克雅宝的四叶草，“巴黎买的，一定收下，罗部长结婚我不知道，就当是送你们的结婚礼物吧。”居里扭捏了一下，还是任由阿曼达给她戴在了脖子上。这项链她在淮海路的店里看过，过去同事也说过，在巴黎买正品要两万多块，她做梦也想不到这样一个美丽的小物件，会跟自己扯上关系。

说实话，如果不说是梵克雅宝，居里不觉得这条项链有什么特别，不就是一个黑色小“十”字，像朵小花，可是，一旦配上品牌，再配上那价格，再小的东西也高贵起来了。

戴完，阿曼达对着镜子补妆，涂口红、上粉、刷睫毛膏，居里在旁边全程观赏，叹为观止，她想不到一个女人在洗手间里可以瞬间完成那么多工作，可说实话，的确有效果，人变美了，变精致了……等阿曼达做完全套，她才恍然大悟般发现居里在旁边，忙掏出手机说：“哦，那个医生的电话给你，明天一定要记得去哦。”

大堂里，东方如坐针毡，他知道阿曼达的性格，他害怕居里在里面会受欺负，谁知居里从洗手间出来，手摸着脖子上的梵克雅宝，少女做梦般喃喃，说：“太客气了，姐姐太客气了……”东方瞪大双眼，他不清楚阿曼达给居里灌了什么药、催了什么眠，可他不能戳破阿曼达就是他的前妻。

“不能要人家的东西！”东方嚷嚷，但很无力。

“有病。”居里骂她丈夫，这点礼都不能收？怕还不起？太不男人。

阿曼达说：“我见了妹妹就喜欢。”

东方差点没把才喝的咖啡呕出来。

三个人又坐了一会儿，东方假说有事，但是居里却不愿意走，还要坐一会儿，东方只好就范。又坐了一会儿，东方和居里刚打算起身，落地玻璃窗又被敲响了。

大街上站着一个人，却是安秋萍。

东方大惊，阿曼达脸上似乎也飘过一丝乌云，居里皱着眉头，她讨厌婆婆，更想不到会在这种高雅的社交场合遇到她。

秋萍大摇大摆地走进来，阿曼达大笑着站起来。待安秋萍走近了，她首先伸出手，跟秋萍握了握手，秋萍愣住了。她这才认出阿曼达的真实身份——许是她妆化得太浓，许是她变化太大。秋萍捉着那一只手，说不出话来，阿曼达却说：“安老师，别来无恙。”说罢，拿起她价格十来万的包，在秋萍眼前嗖地一晃，扬长而去。

居里诧异，问东方：“她认识咱妈？”东方急得抓耳挠腮，不知该从何说起，太多秘密无法摆到台面上说，都是自己造的孽！一跺脚，他走了。

居里却不尽兴，捉住婆婆秋萍，一个劲儿说阿曼达大方，还秀出项链，说是梵克雅宝的。

秋萍听得不耐烦，啐道："你是不是傻？"

居里像被点了穴道，千万个念头从脑中奔驰而过，全是解释秋萍这个"傻"字的。秋萍为什么突然说她傻？是见不惯别人送她礼物？还是送了她却没送她？又或者是见不惯她出风头，有出得了台面的朋友？哼，她就是嫉妒！

但居里到底不想得罪秋萍，便说："行了，项链给你戴几天。"

秋萍歪鼻子斜眼道："你知道她是谁吗？"

"谁？阎王老子？还是王母娘娘？"居里笑嘻嘻道。

"东方的前妻。"秋萍本来不想说，可她见居里傻得厉害，还是一咬牙说出了真相。一个是东方前妻，一个是东方现妻，秋萍都不喜欢，但她还是站在了居里这一边，她们是同一战壕的，阿曼达却是叛徒。

"前妻"？这两个字像两道闪电，劈得居里外焦里嫩，她回不过神来，任凭秋萍大踏步前行也跟不上，她走过旋转门，来到街上，日光倾城，她无所遁形，她恨！恨东方不早告诉她人物关系，恨阿曼达把她当傻子！

大街上走过一个卖气球的老头，大把气球攥在手里。碰见居里，他问："要买气球吗？"居里突然发了疯一般哈哈大笑，抡着包，肆意一挥，正击打在老头手上，手一撒，气球全飞上了天。

五颜六色，瞬间散开，各自去追逐白日梦去了。

老头哇哇大叫，抱住居里不依不饶。居里这才大梦初醒，大喊救命，老头缠着不放，居里没带现金，急得百爪挠心，一低头看见胸口那条项链，恨意再生，她一把将梵克雅宝扯下来，塞到老头怀里，说："给你给你，这值两万。"

老头说"我要钱，你赔我气球"，不依不饶。

"这真的值两万！"世间哪有道理可讲，"白给你，你赚了……"

老头当她说屁话，又去抓居里的包。

推搡间，居里一屁股坐在地上。

突如其来的深吻

在朱姐的强力反对下，莉莉的男朋友没住家里，去附近一家酒店暂居。莉莉对妈妈一百个不满意，圣诞节七天，三天没跟朱姐说话。

第四天，老谢去杭州出差，晚上，莉莉进门，当然没带男朋友回来，她瞥了朱姐一眼，进屋了。朱姐端着拌好的水果沙拉，换上笑容，推开门：“莉莉，真不理妈妈啦？明天带男朋友回来坐坐。”莉莉一听妈妈松口，转过脸，沙拉递上，她吃了一口。

母女俩相对了。

这是朱姐第一次端端正正地打量女儿，一张脸不再清纯幼稚，都是妆。

“浓妆如毒药，少化妆。”朱姐忍不住教训。

莉莉坐在写字桌前，过去她在这儿K数学题，现在成了她的梳妆台。她在拿卸妆油卸妆。黑眼圈卸掉了一只，眼格外小，反衬得另一只眼巨大，熊猫似的。

“你还太年轻，女孩子这样做是要吃亏的。”朱姐接着说，停不住。

“妈——”莉莉不耐烦了。

可朱姐该说的还是要说：“我们是中国人……”朱姐竭力唤起女儿的民族感情，可似乎没用。莉莉立刻反唇道：“妈你什么意思，都什么年代了，你还搞种族歧视。”

“可是黑人……”朱姐欲言又止。

“威廉姆斯不是黑人，他是印度裔！你根本就不愿意去了解别人！”莉莉咆哮了。在她眼里，印度裔和非洲裔是有天大的区别的。可在朱姐眼里，一样黑。女儿过激的反应令朱姐寒心，她是带着牛油果沙拉来的，还邀请什么威廉姆斯到家里做客，结果得到什么了？一顿咆哮！女儿还属于她吗？显然不。

“你爸同意你这事？”朱姐压住火气。

“爸爸是最开明的。”莉莉很骄傲。

她就知道！一定是他纵容的！谢平贵！该杀！朱姐在心里呼喊。他要亲手毁掉她十月怀胎生下来的女儿！

“我不许你跟他在一起！不许你跟他结婚！”朱姐拍桌子了。

莉莉也不是被吓大的，国外的生活经历，已经让她变成了一个独立的人，这个年仅二十岁的小姑娘冷笑道：“妈，你太老土了，谈一次恋爱就结婚，你以为我是你吗？”

朱姐被戳痛了。她这一生只接受过一个人的追求，谈过一次恋爱，结过一次婚，跟过一个男人，却一败涂地。“不许你这么跟妈妈说话！”朱姐竭力维护自尊，可面子已经掉地上了。

“妈，你不觉得你这样下去很有问题吗？”莉莉说。

又说到根子上去了。朱姐突然觉得自己端着沙拉走进来根本就是一个错误。莉莉说：“妈，你应该有自己的生活，我爸已经找到了他自己的，但你丢掉了生活，你没有你自己。”

冰水从头浇！朱姐浑身发抖——事实如此，可从女儿嘴巴里说出来，太震撼了。我自己的生活？朱姐思索着，我什么时候成了这样？我应该怎么做？可该做的努力都做了，又能怎么样……脚下轻飘飘的，朱姐坐在了沙发上，像一只斗败的鸡，眼神涣散、无助。

莉莉卸完妆了，面色无华，双目淡漠，但她还是朱姐的女儿，她走过去，像抱住一个在战争中受伤的伤员一般护住朱姐的头，慢慢抚摩。莉莉说：“妈，我心疼你。”朱姐又是一惊，什么时候她已经孱弱到需要女儿保护、心疼？她讨厌女儿的早慧、早熟，但事到如今，她又觉得莉莉是她唯一值得信赖的人。

“爸在外面有人了。”莉莉说。

重拳落下，朱姐被打得五劳七伤，然而表面上完全看不出来。

先前朱姐只是怀疑，不敢确认，但这话从莉莉口中说出来，太残酷。可是，除了莉莉，又有谁真的关心她呢？朱姐落下泪来。

“妈，你早知道了，是吗？”莉莉温柔起来。

朱姐摇头。莉莉不懂她的意思，是不知道，还是不敢面对？

“你会离开他吗？”莉莉不说爸爸，而说他，仿佛是在说一个不相干的人。离开？朱姐忽然警觉，她意识到，莉莉不是无目的的，为什么突然聊起这个？老谢还不在家，留出这个真空就为了提离婚？是老谢的安排？他自己说不出，所以利用莉莉？朱姐一瞬间便将自己从忧伤中拔出来，恢复了理智。

“那个人是谁？你怎么知道？”朱姐再度拥有了她这个年纪该有的情商。

“爸爸告诉我的。”莉莉直言不讳，没有停顿半秒，“是他的下属，但他不打算离婚。”

“你为什么要告诉我？是他让你说的？”朱姐面露凶光，也称他。他他他，可恶的他。

“你是我妈，我是你女儿，到什么时候都不会变。”莉莉坐到床上。朱姐稍得宽慰，女儿还是女儿，贴心的小棉袄。

“我知道了。”朱姐以这四个字结束了谈话。

一晚上没睡。朱姐给老谢打了个电话，那头，老谢声音充满睡意，朱姐本想问，跟谁在一起？但又觉得问也多余。索性不问，落个贤妻的名头。她相信莉莉不是被策反，而是发自内心想保护她。可老谢就不好说了，他告诉莉莉，难道就想不到女儿会告密？或者他根本就是存心。可恶！他想逼她主动提离婚？她偏不！老谢外头有没有女人也存疑，如果有，她不可能一点没觉察。如果没有，那么老谢可能真对她没有一丝感情了，更可怖。

第二天，莉莉带威廉姆斯来家里吃饭，朱姐看他顺眼多了，黑也不黑得那样纯粹。吃完饭，莉莉带威廉姆斯出去玩，朱姐一个人在家，喝了酒，想出去走走。她下意识给老谢打电话，老谢说，我在开会。一棒子被打醒，朱姐意识到自己这个电话打得多余。喝了酒不能开车，她又打电话给老谢的助理小伍，让他把车子开过来。二十分钟后，车开到楼下了。朱姐换了身衣服，配披肩，拎上包，出了楼洞，小伍下车给她开车门，朱姐说她不坐后座，坐副驾驶位子。

坐定了，小伍问："去哪儿？"

朱姐说："先开着。"

车开了，楼宇和人群都往后退，朱姐和小伍仿佛进入了另一个时空，这时空里只有他俩。

"放点歌。"朱姐说。小伍放邓丽君的，朱姐不满意，说，"我有那么老吗？"小伍又改成孙燕姿的，朱姐说，"太年轻了，听不了。"后来改成那英的歌，朱姐满意了。

上高速了。朱姐有些吃惊，她想不到会开到高速上，上了高速就走远了。远就远吧，难得放肆一回。

车顶挂饰是一个菩萨。朱姐随口问小伍："你信佛吗？"小伍说："谈不上，但尊重。"

"你相信因果报应吗？"朱姐又问。

"我信。"小伍打了一下方向盘，下了高速。

"我上辈子到底造了什么孽？"朱姐平静地说。

小伍不接话，认真开车。那英在唱《征服》，到高潮了。

"谢总外头有人了。"朱姐称丈夫谢总，她和小伍还有距离。小伍依旧不答话。朱姐追问，"是真的？"这是在试探，她不全信莉莉，所以找小伍求证。小伍面容平静，他见过许多世面，这样的事，更是稀松平常。

"那就是真的了。"半晌，朱姐叹气。

车停在路边。

"怎么了？"朱姐问。

"有点故障。"小伍说。可小伍却坐着不动，他并不打算修车。老谢来电话，问莉莉的情况，朱姐还没说完他就挂了电话，这令朱姐更伤心。她魔魔怔怔地坐在车里，这是她的避风港，她的脆弱随时准备决堤。

“我老了。”朱姐说完这句话就哭了，泪水模糊了视线，妆花了，世界花了，反倒有种说不清、道不明的朦胧美。

恍惚间，朱姐感到一个人影压上来，她擦掉泪水，刚看清鼻子和眼，便有一张嘴唇贴到了她的唇上。

干涸、温暖、真切、激荡……朱姐全身一紧。她抱住他的头，奋力推开，可没用，或者她根本就不想要推开。

从惊愕到享受也只有半秒。

哦，小伍。

不知不觉，朱姐沉浸在这突如其来的深吻中了。

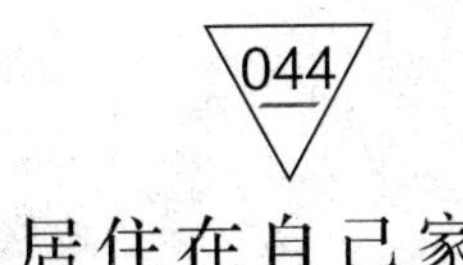

居住在自己家里

梵克雅宝的项链居里到底还是拿回来了。

东方救美，给钱，卖气球的老头欢天喜地。可回到家，居里却一晚上没跟东方说话。

他瞒她。瞒着她跟前妻见面，还什么半个上级，假公济私，可恶，可恨！

可居里又迫切想知道东方和阿曼达的一切，如何相识、如何相爱、怎么分裂、怎么离婚。当然知道了还是骂，可既然见到了真人，居里就像有了毒瘾一样，关于阿曼达的一切，她都想知道。

半夜，居里翻身起来，世卉在楼上跟家芝和老太太睡，更给了她空间。“说吧。”居里光着膀子，拽东方起来。东方瞅了妻子一眼，闷不吱声，他自认没做错什么，可居里如此这般半夜审讯，他似乎也觉得自己错了。好像做梦。

居里见东方不言语，拧了他一下。东方疼得说：“干吗？”

没开灯，屋内黑乎乎的，居里像女鬼，披头散发。

“你跟阿曼达什么关系？”居里问。

这问题东方又难答了，明知故问。一个前夫，一个前妻，除此之外，就是暂时的合作伙伴，可居里想听到的显然不是这种回答。

“没有关系。”东方冷处理。

“还撒谎！”居里大吼。外屋有动静。居里又收小声音，“能不能坦诚点？”

东方不知道自己说了什么谎，只好说：“睡觉吧，明天还要去医院。”可居里不依不饶：“你见她干吗？实话实说。”

“就是公司的事。”

“不能在公司谈？”

东方不好说了。对啊，公司的事为什么不能去公司谈？有旧情复燃的苗子。

“说吧。”居里又祭出最具杀气的两个字。

“说什么啊？！”东方也急了，累了一天，眼都睁不开。

“你跟她怎么认识的，怎么在一起的，谁追谁？为什么要结婚？为什么要离婚？……没想到你喜欢这种类型的，多骚，是不是想旧情复燃、移情别恋，你图她的钱是不是……”居里连珠炮般问个不停。

许久，问完了。

夫妻俩之间出现个真空。

东方倒头要睡。居里一脚踹他起来：“说啊！站那边去，别睡我床。”

东方只好抱起被子跑到小沙发上。

“说。”居里正式提审东方。跟他结婚之前，她知道有这个前妻，可在家里搜遍了，也没发现与阿曼达有关的蛛丝马迹。现在正好趁此机会，问个底朝天。

“认识嘛，就是从小就认识……”东方这样起头。居里立刻不高兴了。从小就认识？青梅竹马喽。她立刻反唇道：“这样的最不适合做夫妻，太了解。”说完“太了解”之后自己被自己气到了，她对东方都谈不上太了解，却有一个女人比她还了解他。

“然后就是她追我……”东方娓娓道来，压箱底的都倒出来了。

“我就知道！”居里如遇知音，拍腿叫好，“一看她就是这种女人，没羞没臊的！你就喜欢这样的女人，对吧？”

东方不答。

居里问道：“她美吗？”

东方还是不答。

“身材比例特别不好，上半身与下半身一样长，皮肤还黑，好看吗？指甲那么长，一点不居家，这样的女人娶回家就是败家，哪像我，‘沈居里’三个字你知道什么意思不？”

东方的一双眼在黑暗中闪闪发光，他摇头，表示不懂。居里说：“你瞧瞧，在一起多久了，连我名字的含义都不知道。”东方说：“愿闻其详。”

居里道：“这名字首先来自居里夫人，居里夫人知道吧，大科学家，那是主外的，建功立业的，沈居里，意思就是要像居里夫人一样做出一番事业，再一个，居里也指居住在家里，意思是我很居家，是个贤妻良母，同时也是主内的。”

东方嗤一声说：“那你还不愿意居住在家里？”居里立刻炸毛，说：“我说的居住在家里是居住在自己家里！”东方狡辩，笑说：“现在就居住在自己家里呢。”居里跳下床，飞跃过去扯住罗东方的耳朵，东方嗷嗷乱叫，又怕惊动父母，只好捂住嘴巴。居里说：“我今天就是给你上文化课。”东方求饶，说：“什么文化课？”居里这才撒手，说：“刚才我就是教你一句成语。”东方问：“是什么？”

居里道：“耳提面命，刚才是耳提，现在要给面命，我说的居住在自己家里，是指你、我和世卉，我们组成的小家庭，单门独户这才叫自己家，罗东方，你不是妈宝男，结婚了还要找妈妈，你该撑起自己的小家庭了。”

东方只求早点睡觉，只好说：“撑，一定撑。”居里这才作罢，转身打开床头灯，把白天阿曼达赠的梵克雅宝对着灯光，一把塞到东方手里，说：“给你，你前妻送给你的结婚礼物。”东方也对着光看了看，说：“一个丑东西，丢了算了。”居里大叫：“等会儿。”东方定格，居里指了指自己的脖子。东方问：“干吗？”居里大声道：“给你老婆戴上，浪漫点！”东方会意。也不知怎的，在外头他似乎很会开玩笑、耍浪漫，可一到了居里面前，便十分木讷。

在台灯的映照下，东方将妻子居里的头发捋了捋，小心翼翼地环过项链，给居里扣上了。他一把将居里抱住，居里回头一吻，对上号了。

一夜欢歌。

第二天，东方请了假，陪着居里和家芝去医院瞧病。东方为了避嫌，说要不算了，别找阿曼达介绍的那个医生了。可居里不愿意，在这方面，她足够理性。有熟人，干吗不用，虽然是东方前妻介绍的，又有什么关系？只要能把病看好，治好她妈妈的病。“看，为什么不看。”居里下命令。

进宝和秋萍这天也起得早，秋萍带世卉，孩子刚戒了奶，她给孙女做米汤。进宝叮嘱东方，打车去，照顾着点。老太太也下了楼，叮嘱居里，看病要紧，钱不够找她拿，说得居里心里暖暖的。家芝倒感到抱歉，说真是给添麻烦了，本来没什么事，不值得这样。

一路平安。三个人到了医院，东方去挂号，居里按阿曼达给的号码打赵医生电话，果然提前插队，立刻就看。赵医生态度很好，问得很细，居里稍显宽慰，对阿曼达的恨意少了些。“做个CT，明天来做，做完了再决定方案。”赵医生微笑着。待东方陪丈母娘出了诊室的门，居里问：“医生，我妈没事吧？”赵医生说：“问题不大，不用太担心。”居里这才舒了口气。

第二天，一切遵医嘱，居里陪家芝做了CT。做完，居里又非要请客，陪妈去吃老家菜的馆子。家芝本着能省则省的原则，不太愿意去，但拗不过居里强烈的孝心，还是去了。到了菜馆，家芝不肯点贵的，居里心疼妈妈，硬是点了几个像样的菜才作罢。“居家过日子，不能这样。”家芝劝居里。

“十不充一，我平时可省呢。”居里道。

“以后凡事忍让点，你的日子还长，别跟老人计较。”家芝担心居里的脾气。

居里道：“你是说我跟他妈？”吃一口菜，她又突然想起头一天的事还没来得及跟妈告状，“妈，你知不知道，东方那前妻，可是一个妖精……”

家芝打断她道：“不管她是什么，妖精也好，神仙也罢，都是过去式了，已经过去了，现在就是你俩过日子，好好过就行了。”

一句话劝得居里没词了。

吃菜吧，世上只有妈妈好。

诊断报告一个星期才能出来。

一大早，居里还在床上，便接到一个电话。是赵医生，让她去医院一趟。

居里立刻紧张，但又不愿把这种情绪传染给其他人，只说下楼去一下便打车前往。到了医院诊室，赵医生早等着了，见到她，没有笑容，但也看不出什么忧虑。

“建议你妈妈立即手术。”赵医生对着片子说。

居里急道：“我妈什么病啊？”

赵医生说：“甲状腺癌，已经过中期了。”

居里立刻吓哭了，拖着腔，一把抓住赵医生的胳膊：“大夫，一定要救我妈呀！”

赵医生说：“阿曼达的朋友，我肯定尽力。”

全部身家，一条老命

家芝要做手术，首先得准备钱。

居里和东方没多少现款，存款有一些，全是整额定期，现在拿出来，三年的利息便功亏一篑。这两年养孩子，存款始终上不去。居里建议东方去找进宝借一点，半个月前无意中听他漏口风，股票抛了不少，赚了，刚好有闲钱在手里，居里本想让东方再去找他提买房的事，但因为妈妈的病，没顾得上。如今刚好用在治病上。

东方不大想找进宝借钱，张不开嘴。他本想偷偷摸摸地把定期解了，至于利息，等发工资再补足，瞒天过海，可谁知居里早把卡藏了起来，网银密码也换掉了，东方束手无策，只能去找他亲爸想办法。

趁秋萍不在，东方陪进宝在小阳台吸烟。

“爸，我丈母娘这马上要手术了，手术费还差一点。”东方没说得太白。进宝立刻明白了，他不讨厌家芝，但他也不认为自己可以轻轻松松地把钱用在一个外人身上，他不说话，抽完一点烟屁股，转过脸，对着儿子，这个时候他最有老子样，可以教训人，威震四方。

“怎么，帮你娶了媳妇，还要帮你照顾丈母娘？”

“不是，爸，是真困难了。”

“结婚时候的份子钱呢？”进宝心里明镜似的。

“哪有多少钱，日常开销不少，还有应酬，对了，还在您的建议下买了点基金，早没现钱了。”

“你每月的工资呢，不是听说挺高的嘛。”进宝笑呵呵道。东方立刻明白了他爸要满足自己的虚荣心，只好顺着说：“那点工资够干吗的，在上海，拿工资的没一个发财的，要发财，就得像爸这样，会投资，必须是有脑子的。”这话说到进宝心坎里去了，他九十年代就炒股，风光过一阵，后来股灾，被套了十年，现在行情起来了，近来他刚翻身做主人。

其实他跳出坑的事，罗进宝谁也没告诉，包括秋萍，他怕他们惦记着。可有一次在听股市分析广播的时候，他自言自语说什么老子再也不被割韭菜了云云，刚巧被居里听到，所以才有了这次借钱。

“东方，知不知道一句话。”进宝说。东方问什么话。进宝哼哼笑道，“姜还是老的辣。”爷儿俩又说了一些废话，无非是国际政治、国内经济，插科打诨，进宝好歹肯借钱了，不多，三万现款，东方三个月的工资。

出了银行，进宝叮嘱：“不能让你妈知道，否则她又要去美国唱戏。”东方说“知道”，立刻夹包要走。进宝又说“等会儿”，死活拉着他到街边专卖烟酒茶的小店，笑呵呵地对老板说“来一包中南海小太阳”。上海本地产的，流行很广。

小店店主递烟过来了。进宝招招手，东方明白了，奉上钞票，算是孝敬爹爹。

“老板，有笔吧，有纸吧。”进宝叼着烟。店主不解其意，但还是奉上。进宝趴在玻璃桌台上，一笔一画地写：“借条，罗东方、沈居里夫妇今借罗进宝三万元整，限一年内还清，利息三千。”然后写上日期。

东方一看，惊愕万分：“爸！怎么还有利息？”

“钱生钱，利滚利，哪有借钱没利息的？这些钱不借给你，我投资去赚得不要太多。”进宝轴上了，“你不借可以哇，给我给我。”

东方被套住，借，还是借吧。

小店桌台上有个红印泥。进宝拿过来，又拽过东方的手，说：“简单简单，按一个手印就行了。”东方木然，这是他第一次按手印，亲爹操纵。

“爸，你狠。”

"什么叫狠，我这是爱，叫你知道赚钱不容易，培养你的责任心懂吗？"进宝振振有词。东方走了，小店老板竖起大拇指，直称赞进宝教育有方，又问进宝投资秘籍。

进宝说："没什么秘籍，就是要投对产品跟对人。"店主又问投什么产品比较合适。进宝突然压低声音，说："别人我都不告诉他，看你小哥还老实，我漏一点给你。"

店主立刻缩着头，两个人鬼鬼祟祟。进宝用手罩着嘴，道："e租宝。"

店主没听清，问："什么？"

进宝怒其不识字，仔仔细细地解释道："email的e，房租的租，宝贝的宝。"

东方把钱拿到医院了，居里大喜，数数，一分不差。东方又递上借条。居里瞬间大喜转大怒："你爸怎么回事，儿子的钱都赚？！这是亲爸吗？"护士叫居里去交款，居里只好暂且压住火气，去病房看了妈妈家芝一眼，转而去收费处。

当晚，东方回家，居里在医院陪床，多人间，都是等着做手术的，她又拿出小借条，接着窗外射进来的微弱灯光反复看，三千利息！这是人吗？根本就是趁火打劫，她气得要落泪。家芝睡得浅，以为女儿为自己生病哭，偏过身子，伸手抚摩居里的头发，说："别担心，妈妈没事的，妈妈还要帮你照顾孩子，还要看着你过上好日子。"

居里忙将借条藏起来。她本没想着做手术的事，可家芝这么一说，反倒勾起居里的无限心事，放眼这世界，跟她沈居里有直系血缘关系的，除了世卉，就剩这个妈了，世卉还小，所以她能依靠、指望遇到事且能商量的，真真的只有妈妈了。

她不敢想，越想越怕，如果妈妈不在了，她不就等于永远被放逐，一个人孤零零地在这座大都市了吗？那多可怕，那多忧伤，那多无助！想到这儿，居里的眼泪流出来了，刚开始是无声，慢慢变成抽泣，后来变成大哭。

隔壁陪床的女的受不了，翻身起来，啐了居里一口道："大半夜的这干吗呢，让不让睡了？人还没死呢你着什么急！”

一听到“死”字，居里立刻不哭了，她愤怒，咒她妈死，她绝不答应。黑暗中，她抓起手边的酸奶瓶子，朝隔壁床的走道方向一丢，“啊”的一声叫。

那人摸摸头，流血了，那人不敢确认，开了灯，这才惊叫：“血！血！杀人啦……”

护士闻声赶来，居里一脸泪水起身，哦，她真的把人的头打破了。

一个晚上都在处理纠纷。

包扎是包扎好了，可对方总说自己脑震荡。

居里就一句话，怎么处理都行，去公安局也行，但是不能耽误我妈做手术。东方来了，他给居里撑腰，带着钱，是定期解冻了。千存万存，还是存不住，是这钱的宿命。

“你这是故意伤害！”

居里百爪挠心，情绪一激动，又站起来：“你先骂人的。”那人吓得赶紧朝墙角躲，有表演的成分。居里是个狠角色。

嘎吱来嘎吱去，快天亮，两家和解，东方拿出一万元来，并签了个承诺书，如果以后有脑震荡后遗症，再另行商量。他明知此事不合理，但为了确保家芝手术顺利，还是勉强答应。

上午十点，家芝要被推进去了，居里带泪亲吻妈妈。东方搂住居里，这一刻，他是她坚强的后盾，他一个劲地说：“没事的，没事的。”

手术室外，远远走过来一个人。居里没注意，倒是东方眼尖。等走近了才确认，是阿曼达。东方惊出一身冷汗。

是赵医生通知她的，而且东方已经好几天没去公司了。也难怪，这手术是托她的关系。

居里一转身，赤裸裸一个东方的前妻摆在她面前。情感上，她恨她、排斥她，理智上，她应该感谢她，因为如果没有她，她妈怎么能这么快手术？

“你来了。”居里轻声说了一句。

阿曼达踮着脚，伸出双臂，一把环抱住居里。

山无棱，天地合，才敢抱情敌。

目瞪口呆。

东方强压住镇定。居里感觉自己有点无法呼吸。

“会好的，都会好的。”阿曼达微笑着。

居里突然感觉这世界有点超出她的理解，即便是势同水火，颇为尴尬的两个人，也能够拥抱，将来或许还能成为朋友。她拧巴着，好像一根麻花，挤出了一点笑容。

罗家客厅，秋萍带着世卉出门。进宝一个人坐在电视机前，拿着小本子，写写画画。他在算双色球，他爱赌，不放过一切机会。

电视画面一闪，是新闻，女主播严肃地报道：“近年借助‘互联网＋’浪潮，各种金融创新和伪创新层出不穷，规范管理和专项整治由此而引起的金融诈骗和非法集资活动已经列入议事日程。银监会主动点名‘e租宝’，认为其打着互联网和P2P的幌子，涉嫌非法集资……公安机关已依法对‘e租宝’平台服务器进行查封和扣押，正在对相关数据进行提取和鉴定。”

e租宝……我的全部身家、我的一条老命啊！进宝在内心呼喊，浑身颤抖。

膝盖上的小本子一滑，跌在了地上。

最崇敬的人

家芝的手术很顺利。医生说切得很干净，只要慢慢恢复，不复发，问题不大。

医院床位紧张，术后第三天，家芝便回了家。

这次回家，居里一直在想两个问题。第一，她妈住哪儿？跟东方商量，打算先把他们俩的卧室腾给家芝住，老太太身体也不好，两个病人住在一起，难免相互影响，都休息不好。东方说没问题，可腾出来后，他俩睡哪儿？总不能和老太太住在一起。

居里这才发现自己把这个问题给忽略了。

世卉可以跟爷爷奶奶住，他们呢，总不能住客厅。想来想去，还是得赶紧买房。居里又觉得紧迫，得去找进宝。但这一次，让东方一个人去谈肯定不合适。刚问他爸借的钱还没还上，这回又让他出钱，还是出大钱，无异于割肉挖心，进宝肯定不同意。

必须放大招。

光是这件事，她想了三天。她打算伺机而动，先跟东方商量商量再说。

还有就是阿曼达。那天她在手术室外的表现让居里意外，可居里怎么也想不明白，她为了什么目的？难道什么都不图？纯做慈善，学雷锋，可能吗？阿曼达不是那种人。

想来想去，阿曼达可能在做戏，为了女人的虚荣心，当年贫贱，出走后受尽谩骂，而今富贵，来这一出，不仅是做给她看的，还是做给东方看、做给安秋萍看的。她要演这出衣锦还乡的戏，以证明她当初的出走是对的。

如此说来，阿曼达有些可恶，居里和东方以及秋萍毕竟是一个战壕的。他们必须共同进退。居里对东方说：“你应该尽快回到总公司，不要在她手下干了。”东方说：“就是没办法。”居里说：“我帮你想想办法吧。”

居里想到了陶乐乐，她知道这其中利害。她还考虑到了朱姐，朱姐的丈夫是老谢，老谢跟老秦的关系不错，乐乐又算是老秦的红颜知己，那乐乐和朱姐如果肯一起发力，事情不怕办不成。

这天下午，居里约茶，乐乐和朱姐来了，都带了礼物，她们知道居里妈刚做了手术。朱姐带来一支人参，乐乐给了份子钱，居里感激不尽，简简单单地把这件事情说了，算是开宗明义，就是想让东方回老秦的总公司去。朱姐笑着说：“哟，这得乐乐帮忙了，县官不如现管。”乐乐有些不好意思，她不清楚该不该帮居里这个忙，不是她不想帮，而是她在老秦那儿究竟有没有这个分量实在不好说，乐乐说：“不能打包票，但我会尽力。”

居里随口又问了一句不该问的，说：“你跟老秦怎么样了？”朱姐撇撇嘴，她有些恨乐乐，不是恨她这个人，而是恨一种人——小三——在她看来，乐乐也是第三者。

“还是正儿八经找个老实人结婚算了，跟着就有钱混，没个头。”朱姐来这么一句。

乐乐不予置评，她知道自己和老秦关系的微妙，可她家里不管，也不知道这些。最近乐乐妈多次来电，喊她回家相亲，也有在上海见的，她瞒着老秦勉强去见了几个。她跟老秦提到这事，老秦却心如止水，说“那听你妈的”，意思仿佛是说：这是你的事，你自己去处理，至于你和我，你可以选择。乐乐被妈催得狠了，多少有些伤心，老秦这条大鱼钓到这份儿上，乐乐不肯轻易放手，这可是她来上海抓住的一个大机会。

没几天，乐乐找个机会和老秦说了东方的事，说得很委婉，讲罗东方不太合适做公关，还不如调回总公司，老秦没说话。又过了一个星期，他才告诉乐乐，让那小子再等等。居里得了消息，便不再想这事了，只能等，虽然慢了点。如果阿曼达上门，她便铁了心，顶住，兵来将挡，水来土掩。

家芝回来之后吃西药，居里又带她看了中医，抓了中药，日日家中煎。

秋萍不乐意了，时不时就敲敲边鼓，说什么“家里弄得都是药味，我都不能出门了，我唱戏哪能这样，我唱的演的是《贵妃醉酒》，不是得了痨病”。

这话传到家芝耳朵里，百般不舒服，本来已经人在屋檐下，这一病之后，变成了屋檐下的屋檐下，恨不得钻到桌子底下去。

偶尔这话也飘到居里那儿，她只能夜里偷偷掉泪，忍辱负重吧！勾践都能卧薪尝胆，她沈居里也能，眼下，她不愿意得罪秋萍。

她打算尽早将这个买房的事情跟进宝敲定，这可是大事情，而且这事不让秋萍知道能行吗？一笔大钱，买的是个大物件——房，但现在不让她知道，将来她知道了又是一番大闹。唉，拖一天是一天吧，木已成舟时，秋萍再怎么说也没用。但如果现在让秋萍知道了，这事很可能就办不成。

居里和东方商量，东方这次和她站在了一边，说：“各个击破吧！”两个人商量来商量去，打算周末请进宝去一个新鲜的地方消费——韩式桑拿房。

从医院回来之后，家芝还是暂时和老太太住，两个人话能说到一起，家芝更悲观，动不动就说人老了，真是没意思。

老太太劝她道：“你如果都算老，那我真是不能活了，现在是过一天算一天，哭着也是一天，笑着也是一天，你现在既然已经做好了手术，就是恢复，不用那么悲观。”

家芝一贯乐观，但她一考虑到女儿居里，又不免悲观了起来，人在屋檐下，她这么一直在这儿，拖累的是居里。小世卉跑进屋，她爱跟姥姥玩，一会儿，跑到家芝腿跟前，可家芝生怕自己的病对小孩子不好，虽然所有人都告诉她，她这病不传染。

家芝说："好孩子，到那边玩儿去。"

世卉天真地问："姥姥怎么了？难道你不喜欢我了吗？"

家芝闻之泫然，她怎么可能不喜欢这个小外孙女呢，可是，她更担心她的健康啊！想来想去，还是决定走，第二天，王家芝强撑病体，去上海火车站买了一张车票，并在夜里悄悄地收拾好了一切，第三天一早她便离开，回了老家。

直到当天下午，居里才发现妈妈走了，当时她就哭了，东方不在家，她只能一个人在屋里痛苦着，居里恨，这是他们逼的！尤其秋萍！风凉话一堆！否则妈妈怎么会走？可居里又告诉自己，她现在不能跟秋萍闹，因为马上还要买房子。

居里给妈妈打电话，家芝说："没关系，我去家里休养一阵，你小姨照顾我，那边条件好，空气好。"居里知道妈妈这么做都是不得已，善意的谎言，又哭了一阵，眼睛哭成了桃核。

东方晚上回来，她终于逮着个人，一番倾诉，百般委屈，东方也觉得为难。两个人决定提前请进宝去消费，各个击破，早日买房，买个二手房，拎包入住的那种。

这样居里就能把妈妈接过来了。

东方说"请爸一起去蒸韩式桑拿"，进宝立刻就同意了。儿子孝敬老爹不是第一次了，进宝已经有了经验，可到了桑拿房里，进宝才发现，这种汗蒸房是男女混用的。白色的大浴巾裹着，所有人在一间巨大的仓库一般的房子里走来走去，还有桌子、水果区，可以打牌、吃水果。等东方领着他走到小桌前，盘腿坐下，一个人端着水果过来，和进宝面对面坐，进宝唬得差点闪了腰，这人不是别人，却是他的儿媳妇沈居里。

公公和儿媳妇共在一个澡堂子，进宝闻所未闻，澡堂子成公共场合了，进宝裹紧了浴袍，还是有些尴尬。

"爸！吃啊！"居里甜甜地叫了一声，进宝浑身汗毛都竖起来了。

东方说："爸，想吃什么吃什么，我们埋单，蒸完再出去休闲休闲，都是居里孝敬的，当然还有我。"

进宝是个聪明人，他猜到儿子、媳妇又要求他办事，胡乱吃了几口西瓜，说：“少来这套，不习惯。”吃罢起身要走。居里急了，东方连忙上前去，好说歹说，才把进宝拉回小桌旁。

进宝见逃不掉，只能端坐如常，逐渐调整情绪，摆出一副老子天下不怕的样子。

居里见时候到了，便开口道：“爸，您是一言九鼎的人，您之前说过一句话，不知还记得不记得？”

进宝知道她要抓住上次酒醉说买房的事做文章，便说：“什么话？我喝醉了。什么都不记得了，喝醉的人，这话也就不成话了。”

居里忙说：“爸可别这么说，知道自己醉了，那就说明没醉。”

进宝低头吃哈密瓜。

居里又说：“爸，您知道吗，我最崇敬您这样的人，为社会贡献了一辈子，为家庭贡献了一辈子，当时我就说，东方这人不错，遗传谁呢？看来看去只能是遗传爸，爸有这样帅气的脸蛋，又何必有这样充满磁性的声音？有这样充满磁性的声音，又何必有这样坚挺的身材？有这样坚挺的身材，又何必有这样灵巧的双手？有这样灵巧的双手，又何必有这样智慧的头脑？爸，您真是一代好爸，投资那可是一投一个准！”

进宝觉得五脏六腑都跟熨烫过一样舒坦，可听到最后，又有些气闷，心里叫苦不迭，还一投一个准呢，血本无归了都！

可他不能说。

居里加大火力，说：“爸，我跟东方商量，等您老了，我们照顾您，我们伺候您，我们给您端屎倒尿……”居里说得信马由缰，越发不着调。

一听到屎尿，进宝坐不住了，他想去厕所，话没听完，就立刻起身，迅速脱掉了白色的浴袍——这是他的习惯——可真脱掉，他便现出了原形，光光的一个人只穿了一条内裤，他吓得立刻又捡起浴袍穿上，飞奔而去。

居里以为进宝是吓怕了，认为自己的鸿门宴血本无归，急得直跳脚，对东方哭诉说：“爸现在怎么这样了。”

两个人没办法，只好回到家中，进宝还没到家，秋萍见有人回来，连忙把客厅的小砂锅端到厨房去，然后擦擦嘴，坐正了，看电视。

居里进屋了，秋萍还是看到了她如桃核的一双泪泡眼。

家芝不辞而别，秋萍心里有些不好受，她并不是坏人，可就是嘴上收不住，真看到居里如此落魄，她又有些于心不忍。她问东方：“又怎么了？整天哭哭啼啼的。”

东方不好跟她说实情，只好换一个角度说：“现在的楼市多好呀，爸手里有闲钱，我们打算让他投资一间房，涨得比什么都快，房产证写他的名都行，可他老人家却拍屁股走了。”居里一听这话，不哭了，在里屋侧着耳朵，等秋萍的下文。

“投资房子好啊，比买股票强，我来说说他。”秋萍说。

两口子一听，觉得大有希望，他们没料到秋萍忽然反水，当然也是为了她自己的利益，没有永远的朋友，也没有永远的敌人。居里走出来，给秋萍倒了一杯茶，甜甜地叫了声妈，比刚才叫进宝还甜。

秋萍“嗯”了一声，太后味十足，跷着二郎腿，守株待兔。

不大会儿，进宝回来了。

秋萍把他拉到沙发上，摁住：“你那闲钱就应该投资房子，只赚不亏的。”

“有病。”进宝不理她这茬儿。

秋萍最听不得“有病”，她是书香门第，知书达理，怎么是有病，大怒道：“放你娘的青天大驴屁！不能什么都由着你，就投资房子，我说的。”

居里恨不得拍掌叫好，她觉得秋萍强势得特别可爱。

进宝朝里屋走，冷处理，秋萍拦在半路，不依不饶，进宝说：“不行，没有。”

秋萍追着他，拿痒痒挠敲他的头：“你脑子坏掉了，现在房地产涨得最快，房地产才是最保值的。”可得到的回答竟然还是那两个字：“没有。”

秋萍来火了，痒痒挠一丢，直接上手，掐住进宝的胳膊，说：“你有没有，拿出来，把股票的钱拿出来。”

进宝踉跄着跌在床上。

秋萍不依不饶，拽他的裤子：“拿出来，你听到没有？！让你投资，不是让你自杀，你这人永远不知好歹！”

进宝被逼得没办法，突然呼天抢地：“没有，真是没有呀！赔了，全赔了！”

秋萍呆若木鸡。

客厅里，东方和居里面面相觑。赔了？

“全赔了！”进宝捶床。

秋萍鼻孔流出两道血流，啪啪啪啪，滴在地上。

进宝以为她吓得大出血，跟股市跳水人跳楼一个性质那种。他拦腰抱住秋萍：“安秋萍，老婆子，你别死呀！”

秋萍不解其意，说他发什么神经，进宝说：“快，把头仰起来。”东方和居里闯进门，屋子里乱成一团。

秋萍摸了一把，手上都是血，忙抬起头。

居里感恩秋萍为她说话买房，嚷嚷着要打120。

秋萍却说：“不用。”

东方说：“妈，还是去医院看看，这血流得太多了。”

秋萍急了，说：“我说不用就不用。”

进宝说：“你别讳疾忌医。”

秋萍说：“哎呀，没事！就是吃居里拿回来的那支人参吃的！”

流星雨下

其实那天朱姐是纠结的，她最终反抗了，给了小伍一巴掌，狠狠地，毫不留情地，至少表面上看来是如此。她以为这一巴掌就能打碎她和小伍之间一些朦朦胧胧、暧暧昧昧的东西，而这一巴掌也证明了她的身份、地位，老板的太太，一个高雅、尊贵、凛然不可侵犯的淑女。

她逃下来，打车回家。

可真等到老谢一进屋，她还是有些惶惶然，心里发虚，觉得自己做了坏事。也许这就是女人和男人的区别，男人在外面花天酒地回来之后依旧坦然，可女人仅仅被人偷袭了一下，便仿佛觉得都是真的，做错了，变坏了，不理直气壮。

通过老秦的关系，老谢正在做卫浴生意，在南通有个工厂，杭州有仓库，他时常两边跑，回家的次数更少了。莉莉已回美国，带着她那个印度裔男朋友。

老谢和朱姐之间又恢复了往日的平静。回到家，朱姐看电视，老谢躲在书房里摆弄他那些字画玩意儿。朱姐看着这样的老谢，安心。能这样就不错了，一个一成不变的沉稳的丈夫，天荒地老也好。

电话响了，是老谢的，立刻枯木逢春，他换了一副口气，笑呵呵的，语气里甚至有几分慈祥，像再恋爱的样子，朱姐的妻子雷达立刻开启，她发现不对了。老谢何时以这样的语气对过她？在房间，老谢的兴奋听得出来："是……好的……马上……不错……是个好地方。"

她发现老谢的句子变得短促，不再是那种慢悠悠的长句子，一副教训人的口吻。

房间里静默了一会儿，朱姐怀疑老谢在发信息，又过了一会儿，老谢开始穿衣服了，窸窸窣窣，很快，然后穿鞋，扑通了两下，踩地板。朱姐隔着门问："要出去啊？"老谢"哦"了一声，出来了："有几个生意伙伴谈谈事情。"

朱姐本想问问男女，可话到嘴边又觉得不应该问，咽下去了。抬眼看看墙上的挂钟，晚上十点了，哪个生意人会在晚上十点来电话？如果有，一定不正经。

朱姐提醒了一句"十点了"，意思是说别出去了，可老谢却根本不听，开始看钱包。可能不够，又拉开抽屉，取了一沓钱塞在钱包里。朱姐心里痒痒的，说："你是去埋单的。"老谢开始不耐烦了，但还是不回答妻子。朱姐说，"你刚喝了酒，不能开车。"老谢说了句"知道"，开门出去了。

朱姐不放心，可这么直愣愣地追出去又不合适。她胡乱从衣架上拿起一条围巾，迅速跑下楼，送围巾总没错吧。

出了单元门，她跟着老谢朝外走。路灯下停着一辆车，老谢上了车后座，朱姐飞快地跑过去敲车窗。车窗打开，司机是小伍，朱姐头一蒙，心怦怦直跳，她没想到，小伍这个点还会来接老谢，但又一想，除了他还有谁呢。她原本已经强迫自己忘了那天的事，可活生生一个人突然出现，所有细节爆炸性地喷涌而出，朱姐慌张极了。她甚至忘了自己原本的使命是来送围巾，她迅速地把围巾丢给老谢，说："注意点，脖子颈椎不好，不能受凉。"老谢说了一声："不用等我。"朱姐听他笃定的口气，又觉得他也没什么特别的问题，是她多心了。

小伍盯着朱姐看了两秒，车发动了。朱姐忽然觉察到了什么，便低下头打量自己，似乎有些不雅，一身睡衣，好在穿着裤子。朱姐双手插在裤子口袋里，一摸，车钥匙在口袋里。一按，不远处有辆车的车灯亮了一下。朱姐走过去，坐进去，迅速发动，踩了油门，跟着小伍的车，一路追随。

跟踪这事朱姐第一次做，而且是开车跟踪，这需要技巧，既不能跟得太紧，又不能跟丢了，两车距离长长短短、进进退退。小伍发现了车后的异常，他没打算告诉老谢，只是静静地开着，尽量开得平稳些，不给朱姐制造困难。

车朝郊区的方向开着。越开越黑，眼看要进山了，朱姐越发害怕，那是山路，她从未开过山路，一边是悬崖峭壁，一边是万丈深渊，她把灯打小，慢慢地跟着，好像一只潜伏的瓢虫。

小伍的车开得很慢，他为朱姐考虑。

盘山而上，朱姐的心情复杂极了，她不知道半夜三更，老谢为什么要来这种地方。深夜聚会？现在的生意人都这样了？抱歉，她真理解不了这样的生意。

车开到半山腰，一片平地。老谢的车停了。朱姐连忙踩刹车，下来，躲在树丛后头，不远处有个帐篷，闪着灯火。外头篝火一团，三两个人坐在那儿，有人说话，是女人的声音。

天空满是星星，在上海的阴天里生活惯了的朱姐想不到周边还有这种地方。

老谢下了车，朝那边走去，小伍在车里，朱姐伶俐地换了一个树丛做掩护，大概看得清了：老谢脱了鞋子，赤脚走过去。

星空真美。周围是轻轻的虫鸣，老谢走到那几个女人旁边，并排躺下。朱姐明白了，他们是来看星空的。多浪漫，可这浪漫犹如刀子般捅进了朱姐的心。老谢何时与她共望星空？先是羞，再是怒。她忍不住往前走了，走得快，拖鞋掉了，荆棘扎到了脚，她嗷地叫了一声。她怕被发现，连忙蹲下，忍痛。

一个男人挡在她面前，轻轻地捂住了她的嘴。

有敌情！朱姐拼命挣扎，恍惚间才看见是小伍，她不挣扎了。

虫鸣停止，只剩两个人的呼吸声。

“不要过去。”小伍说。

朱姐一往无前，拼命挣开。

“受伤的是你自己。”小伍又说。

朱姐突然哭了，她不敢前进了，看看自己这一身，颓唐不堪，披头散发，她这样怎么去看星空？

她不允许自己这个样子出现在老谢面前。

朱姐又往回走，踩在泥地上，脚痛极了，她轻轻叫唤。

小伍利落地背起她，朱姐扭动着，最终平静了。他把她背回车里。

朱姐抽抽搭搭地哭着，说：“你离我远点。”小伍关上车门，两个人静静地坐着。

一道流星从天幕划过。

小伍说：“许愿吧。”朱姐说：“我还能有什么愿望。”又静默了一会儿。

小伍才说：“很久以前，我谈过一个女朋友，她跟人走了，一个有钱人。我到现在也不觉得她有多么不对，每个人都有权利追求自己的幸福。”

朱姐的心像被打了一拳，她愤然说：“你为了报复？”小伍不说话。

“你女朋友被有钱人抢走，所以你就要抢走有钱人的爱人，是这样吗？”

小伍说：“不。”

流星雨开始了，天空一片闪烁。

两个人正说着，玻璃窗突然被敲响。

朱姐吓得连忙趴在后座上，小伍连忙打开音乐，迅速拉开车门下了车。

他面前站着的是老谢。

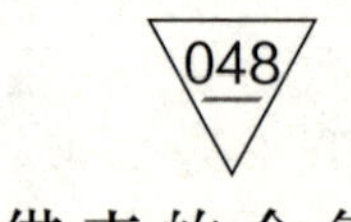

借来的金龟婿

那件事过后，乐乐觉得自己和老秦的关系更近了一步，如果不是信赖的人，他怎么可能带着自己去见他的妻子？乐乐猜测老秦的真实想法。是否可以这样想：老秦想和她继续发展，但同时也间接宣布，原配妻子不可能抛弃。老秦需要的新伴侣，是既要和他相处得来，又能照顾他那位“秀华”。

乐乐在算这盘生意划不划算。眼下可以确认，老秦是想和她在一起的，可当乐乐在酒桌上半开玩笑地跟老秦说：“我妈喊我回家相亲，我妈逼我结婚。”老秦却说：“尊重你妈妈，尊重你。”

偏偏这句话让乐乐丝毫感觉不到尊重。

她觉得老秦的意思是：你的事情你自己处理，我不需要受那些事情和你的家庭束缚。这也是乐乐不敢把老秦介绍给她妈的原因。是，老秦有钱，直接用钱拍，也能解决问题，但这样的对话是不平等的，乐乐不希望看到她妈拙劣的表演。她努力地寻找平衡，即便是钓鱼，乐乐也想要平起平坐地钓。乐乐也不希望她妈受这刺激。

乐乐妈逼乐乐结婚，越来越紧。这种紧张感多半是周围的人带来的，她的亲戚、朋友、邻居，还有她那些不着调的、精明又市侩的老同学，所有的人都指向乐乐妈，你女儿该结婚了，总不能老不回家。

乐乐想到找一个男人回去，演一场戏，秀一秀，淘宝上都有，租个男友回家过年。乐乐想不到自己竟然也走到了这一步，向世俗妥协，可关键是，她还在乎原生家庭，在乎她妈妈的想法。不熟悉的不行，太熟悉的也不行，还得靠谱。

乐乐想到了居里的老公、她的半个同事罗东方。这一层关系，不远不近，而且她不久前刚帮过居里的忙，关于东方的调动问题。而且她出钱，不是白干，肥水不流外人田。

这天乐乐把东方和居里都约了出来，将自己的想法说了说，并且把报酬都说在明面上，一万块，现金，任务是去她南通老家一两天，以及会面后的基本维护。居里听到这事，本能地有些反感，但此前欠了乐乐一个人情，将来东方换公司、换职位，都需要拜托乐乐在老秦耳朵边吹风，再加上费用可观，居里被说动了。

而且说一千道一万，乐乐和老秦的这种关系，东方偶尔去当个道具做善事，应该不会出问题。

“这个看罗老师的，我没意见。”居里先表态。

皮球踢给东方了。

东方不能立刻说行，也不能说不行，只是憨笑。“我听我爱人的。”东方表忠心，但他其实也动心了，进宝投资失败，血本无归，他和居里买房成了泡影，最理想是租房，可出去租房也要房租，就他家那地段，稍微宽敞点的价钱都可观，能赚一点快钱是好的。

“那就西天取经去一回？”居里还不忘幽默。

“就怕别九九八十一难。”乐乐也笑了，为自己这蠢事。

饭桌上，乐乐举起酒杯敬居里：“好姐妹，谢谢！”

居里拍拍东方的肩膀，说：“保证完成任务。”又故意问，“那你们在那儿是住一个屋，还是住两个屋？”半开玩笑，但也是居里真正关心的问题。

乐乐笑说：“我们家房子大着呢！”说着掏钱，付现了。居里死活说不能收这么多，非要掏出两千来还给乐乐，两个人推让了一会儿，最后还是收了全款，居里心满意足了。

返乡前一周，乐乐就开始为东方扮演的准女婿这个角色做准备。她必须换位思考，考虑到想两个人的事：一个是她自己怎么表现，再一个是东方作为男友，第一次去女方家里需要带礼物，还要讲究排场。父母、哥哥、妹妹、嫂子、侄子，乃至于姑表亲，只要来往的，都需要礼物，她要达到的效果是衣锦还乡。

她必须有面子。

在公司，她便想找机会与东方聊一聊，把基本情况对好口径，比如：什么时候认识的？做什么工作？家里什么情况？将来有什么打算？东方倒也配合。

午饭时间，两个人约出来，在附近咖啡馆，故意找一个偏僻点的位置，黑咕隆咚一对座位，你一言我一语，问答，好像真的在谈恋爱。恍惚间，乐乐觉得自己对东方甚至有一点动心，她立刻掐醒自己，梦幻终究是梦幻，她不是这个命，就当消费一把。说找牛郎过了，但在实质上，分别也不大。

罗东方还特别认真，问："你以前做过保洁？什么学校毕业的？你喜欢什么口味的菜？你多高？平时做运动吗？瑜伽？那什么瑜伽？你交过几个男朋友？哦，我是最后一个。"问题敏感，可被他这么呆蠢蠢地问出来，却有了几分可爱。

回家那天，乐乐找老秦借了一辆车，东方开车。这是东方第一次开车上路，驾照早拿了，可就是没车开。第一次上路就上高速，他多少有些紧张。

礼物放在后备厢，乐乐拍拍东方的肩膀，说："一秒钟入戏了，别出岔子。"东方说："我担心车呢，我这技术。"乐乐说："开慢点没事。"

上海到南通不过一个多小时的车程，再往下属市走，开得再慢，两个多小时也到了。一路上，乐乐和东方没怎么说话，仿佛已经有了默契，一切尽在不言中。虽然是演戏，不知怎的，乐乐却也有一点骄傲，尽管是假的，但在外人看来，她还是带了一个男朋友回家，一个上海本地人，长得一表人才，又有不错的工作，还是名牌大学毕业的。有了这些要素，一定能够轰动整个亲戚圈。乐乐要的就是这效果，乐乐妈要的就是这效果！乐乐逆袭了，她从一个傻乎乎、疯癫癫、没学历却一门心思去上海发展的二丫头，成为一个钓到了金龟婿的上海儿媳妇。

光凭这门婚事，她的上海梦也实现了。

快到家门口，乐乐呵呵笑了一下，对东方说："真是对不住了。"东方不说话，帮着拿东西。

乐乐嫂子在院子门口打豆角，先看到乐乐，本有些不高兴，再看一眼，一个高高大大的男子，她上前，贼眉鼠眼地拉住乐乐，问："那男的是？"

乐乐轻声说了句："未婚夫。"东方走过来了，满手都是东西，见到乐乐嫂子，说："这是嫂子吧，给你的礼物。"人物关系早弄清楚了，礼盒递过去，乐乐嫂子更热情了。

跟着出来的是乐乐妹。见到东方，立刻花痴状，再给礼物，更是奉若神明。

乐乐爸也迎出来了，丢了一根烟过来，东方没手接，乐乐代接。

进屋了，大堂焕然一新，神位上供着果品。

一众人簇拥着罗东方说话。过了一会儿，乐乐妈从里屋走道里出来，见到东方、乐乐，也不问乐乐，径直走过去，拽起东方的胳膊，连说了三声好。然后又问乐乐妹："我电话呢？"乐乐妹一番寻找，乐乐妈等不及，又问乐乐嫂子要电话，乐乐嫂子把手机递过去。乐乐爸问："干什么心急火燎的？"

乐乐妈也不问，一个人跑到一边，电话一个接一个打，叔伯亲、姑嫂亲，凡是沾亲的都不落下，话只有一句："乐乐回来啦，要办事啦，明天来家里吃饭，一定来啊。"

东方干笑，明显尴尬。

乐乐急得直跺脚。

她本想阻止她，可再一想，她妈妈也许等这个风光已经等了太久，她也可怜。如果这一切都是真的，该多好啊。想到这儿，乐乐的眼眶红了。

乐乐妹最先发现了这个异常，抢先说："看姐高兴的，喜极而泣。"

她竟然也会用成语了。

同处一室

当晚就是一场盛大宴会。

乐乐妈几乎端出了所有的拿手菜。食材上也尽量高级，长江“三鲜”恨不得都被搬出来了。乐乐觉得感动，但却有一些莫名心酸——为这盛大感动，也为这盛大心酸。

她的婚事在家族的人看起来重要极了，因为每个人都想从中捞一点好处，可以理解。但她不认同他们这种释放压力的方式，不值得，不应该！为什么要受婚姻的束缚？为什么要活在别人的眼光里？可这就是小地方的规矩。

乐乐妈开始敬酒，一杯接一杯，特别开心，所以格外放得开，刚开始说喝黄酒，一会儿又说喝自制的葡萄酒，最后干脆变成白酒。东方也还配合，乐乐妈举杯：“这一杯，我敬你，谢谢你照顾我们家乐乐，余生请多关照。”

乐乐想不到她妈竟然说出这种话，“余生请多关照”？跟电视剧上学的？她望着东方，感受到了他的为难——东方脸颊全红了，他本就白皙，像韩国欧巴，喝了酒，脸上绯红，但却依旧有魅力，沉稳踏实。

但乐乐不敢相信的是，这样一个平时木讷、老实的人，说起谎话来竟然毫无怯色，一点不露马脚。喝酒的时候，他竟会偶尔称赞乐乐几句，营造出一种十分恩爱的氛围。

男人，可怕啊！乐乐在心里感叹，但却更加感激东方了。

恍惚之间，她竟对东方产生了一种知音感，好像他们不是那种雇用与被雇用的关系，而是相识了很多年的老朋友，红颜知音、蓝颜知己。乐乐端起一杯酒，站起来，端端正正地对着东方，他就在她旁边，也连忙站起来。乐乐妈拍掌大声叫好，嚷嚷着喝交杯酒，又嘟嘟囔囔说什么“百年好合、恩恩爱爱、早生贵子”。没一句得体的，乐乐有些羞怯了，可是又一想，她妈又有什么错呢？她说的不过是祝福一对平常新人的话而已，如果说有一点不妥，那也是太着急了。可怜天下父母心！他们才刚刚回家第一天呀！

乐乐将杯子朝东方面前一比画，说：“谢谢你。”

东方回敬说：“谢谢你。”语气重一些。

这一刻，只有这个叫罗东方的男人是她的同盟军。只有他知道她的秘密、她的不堪、她的软弱、她的坚强……

转身间，哥哥、嫂子、妹妹都围了上来，纷纷敬酒，敬这个将来家庭中的重要人物，乐乐举着杯子，觉得酒劲开始上头了。

当晚，乐乐和东方一直陪家人在客厅坐到十点多，一档节目结束，乐乐妈突然起身说：“好了，该睡觉了，早睡早起身体好。”

乐乐看她妈那个兴奋劲，大概知道她的意思，便说：“那我还睡我那间，东方睡楼下那间客房。”乐乐家有间客房，为打通宵麻将的人准备的。

乐乐妈连忙说：“这怎么行？你哥哥嫂子的房已经准备好了，你们睡，新被子、新床单。”乐乐知道她妈的意思，哥哥嫂子也立即展现高风亮节，让出房间。

乐乐把她妈拉到一边，说：“不行，我俩还没办结婚证呢。”她妈倒是很开明，说：“这有什么，马上就结婚了，两个人睡在一起增进感情，你还挑什么？打着灯笼都找不着。”

乐乐还要反驳，一众人却欢天喜地跟东方交流去了。

乐乐望着东方，无限感慨，在来之前，她已经跟居里保证晚上会分房睡，可现在呢，却被逼得同处一室。乐乐用眼神向东方求助，她希望东方拒绝，不过如果东方严词拒绝，她恐怕也会有点失望。

结果东方爽快地说：“行！”说罢和乐乐一起进屋——哥哥嫂嫂的卧室，她锁上门，只听到她妈在外头嚷嚷“好好休息啊”，饱含深意。乐乐听到了希望，生命的希望，他们在外头笑了，乐乐更加生气，百口莫辩，她跟老秦在一起的时候从来没有这种尴尬。仿佛跟老秦在一起时，她就是个成年女人，可现在呢？和一个不太熟悉的朋友的丈夫在一起，她反倒成为一名涉世不深的少女，处处脸红、处处羞涩，说不出个所以然来，有些怦然心动，但又必须抗拒。

进了屋，东方又成了原来那个东方，木讷、严肃，他坐在单人小沙发上，一言不发，屋子里静得只剩下睡觉这件事好做。乐乐觉得东方恐怕有些失望甚至不满，这一场场戏做下来，就是真演员也觉得腻味了。

她连忙说："对不起，我可以加钱，这不是你应该完成的工作。"还能说什么呢？只好公事公办，亡羊补牢。

东方连忙说："不用不用，是应该的，大家相互体谅，我知道你的难处。"

一句"知道你的难处"令乐乐眼眶湿润了，她想不到东方愿意为她着想到这种地步，萍水相逢，泛泛之交，交易一场，他却理解她理解得这样深！她父母还在院子里打量。乐乐站在窗边看到他们鬼头鬼脑的身影，失望极了，她替他们羞愧！她只能把床头灯打开，然后关掉日光灯，两个人隐没在大片黑暗中，暂时隐形。这样可以缓解坦诚相见的尴尬，也击退她父母贪婪的眼光。

"对不起。"乐乐轻声说。她不记得这是她今晚说的第几个对不起。

"真的没关系。"东方弹起来，开始脱外套，"今晚我就睡沙发，你睡床上。"

多么好的男人，乐乐在心底呼喊。可这是单人沙发呀！睡一晚上脖子还不扭着？

"你睡床，我睡沙发。"乐乐谦让。

两个人谦让了一阵，最后东方说："要不都睡床吧，如果你不介意的话，我不脱衣服，你也不脱衣服。"

完全是大实话了，乐乐抿嘴笑，做淑女状。这是罗东方想出的办法。

乐乐不置可否，最后摊摊手，说：“只能这么办了。”

为了明晰雇员和雇主的分别，东方又在他们之间——床正中，用毛巾被搭起了一条小隔断，好像一段小城墙，从头延伸到脚。乐乐那边是塞内，东方那边就是塞外了。

可等到两个人正儿八经开始睡，却睡不着了，枕着枕头，翻来覆去。

夜太黑。

过一点了，乐乐感觉东方也翻了个身，呼吸不匀，便轻声问：“还醒着吗？”东方“嗯”了一声，乐乐有些意外，但想想也在意料之中，刚换了床，又没脱衣服，没睡着是应该的。

“要不我去客房，你脱了衣服好好睡？”乐乐说。

“那不就穿帮了，前功尽弃了。”东方说。

乐乐说：“你还挺有职业精神。”

东方说：“事业对我来说是最重要的。”

乐乐打心底发笑，不错，他还不忘幽默。

两个人你一言我一语说得越来越深入，乐乐冷不防问东方：“你会觉得我是一个坏女人吗？”她突然袭击，就是为了听真话。

她和老秦的关系，到底是不光彩的。

东方没说好，也没说坏，他只说：“每个人都有自己的选择，有自己的命运，每个人都在环境中变换自己的态度，就好像变色龙一样，没有固定的颜色，这都可以理解。”

“你会不会特看不起我，我知道一定是的。”

“谁又能看不起谁呢？每个人都有一些混乱的历史。”话锋一转，东方说，“不过你挺厉害的。”

乐乐不解其意，问：“什么厉害？”

“你搞定了老秦啊，老秦是一般人吗？当然，他也看不上一般人。”东方放开了。

乐乐从不避讳自己跟老秦的关系，可在这夜深人静时，在面对一个并不算太熟悉的帅气男人时，她和老秦的关系，又让她有一些羞愧，甚至尴尬。她不想回答这个问题，便只能反戈一击：“你也不是一般人啊，阿曼达这样的女人你都能搞定呢。”

东方笑了，他似乎也只能用这种笑声来解嘲：“不过没搞定，不是离婚了嘛。”

他很坦诚。

乐乐平心静气地问：“可以问原因吗？”

东方“嗯”着犹豫了一阵，说：“有两重原因，一是可说的，另一个是她不愿意告诉别人的。”乐乐说：“愿闻其详。”

这个夜晚，东方已经说了太多，但遇着夜深人静的时刻，黑暗弥漫在周围，他的心像一只深海的鱼，愿意浮出海面透透气。“第一个原因很简单，她想过上更好的生活，现在她已经达到了；第二个原因恐怕是她一生的伤痛。”东方闭口不言了。

乐乐问：“是什么？”

“她生不了孩子。”东方说。

乐乐立刻站到阿曼达那一边：“她生不了孩子，你就抛弃她？！”东方说：“不是我抛弃她，是她自己的自尊心受不了。”乐乐说：“现在医学这么发达，就因为这个？”东方说他也不清楚，离婚是她要提的，非常坚决。

乐乐瞬间开始同情那个平日里呼风唤雨、强势无比的女人。

她想象不到阿曼达也有“传统”的一面，唉，谁知道呢！她这个本该最传统的女人如此的不传统，而阿曼达那个看上去最不传统的女人，或许骨子里却有传统的一面。这便是人，说不清，道不明。

两个人又聊了一阵，渐渐地睡着了。第二天一早，又变成革命时代的地下党假夫妻，迎来了家里众多客人，东方又是一名合格的雇员了，迎来送往，谈天说地。

中午喝酒，他毫无怯色，乐乐极为感动，她从东方身上看到了一种侠义精神。正是这种侠义，让她对东方有了更深一层的了解，她渐渐喜欢上这个人，不是爱，只是佩服、倾慕，但她知道她和他今生无缘，她不能对不起居里。

热热闹闹了一天，又那么过了一夜，只不过这第二夜跟第一夜不同，东方喝多了，很快就昏睡过去，呼噜打得很响，可乐乐反倒觉得这是一种有趣的音乐。第三天一大早，乐乐妈死活拉着乐乐和东方去陶家祠堂。“妈！”乐乐有些恼了。东方是借来的，活人见完了，还去祠堂里见那些死人牌位？这太难为东方了。“消停一会儿不行吗？”乐乐把话撂给她妈。乐乐妈瞬间有些委屈，当着东方的面嘀咕：“我也是想让你爷爷知道，孙女要结婚了，长大了。”说着竟有几分哭意，东方的同情心又被唤起了，说：“去吧。”乐乐不动如山，喝她的稀饭。“去吧。”东方主动说。这便是罗东方了，善良如天使，俊秀如明星，可就是这样一个看上去完美的人，却必须经受这些莫名其妙、始料未及的冲撞。

“真的没问题吗？”乐乐问。

“没问题，祭祖是有福德的事。”东方说。吃完饭稍微收拾了一番，一家人朝陶家祠堂走去，进门，都是牌位，是列祖列宗无疑了。乐乐爸先去磕头、进香，然后是乐乐哥、乐乐侄子，他们都是陶家人。乐乐没出嫁，自然也还是陶家人，但她是女子，不用进香，只是站着。等一众男丁完成祭拜，乐乐妈才对乐乐和东方说：“把果品端上去。”两个人应命端了上去。乐乐妈又说，“三叩九拜。”东方不懂这些，乐乐熟，他就跟着她做动作。大礼行完，乐乐妈开始说，“乐乐、东方，之所以带你们来这里，是因为乐乐作为陶家人的日子不多了，将来，她就是你们罗家人，生是罗家的人，死是罗家的鬼。”听到人人鬼鬼，乐乐这才哭了，她委屈，为什么要让她在东方面前出那么多丑？！不过是逢场作戏，却要把戏做到这个份儿上，不但阳间的人要看，阴间的人也要看？！如果列祖列宗有灵，恐怕也会识破他们的计策。造孽！

“妈，别说了！”乐乐悲愤发声。可乐乐妈却坚持要完成仪式。她在村里本是神婆，她戴上花冠一般的头饰，闭上眼，念念有词，整个人开始跳舞——这就是所谓跳大神了。跳的目的，是问问神仙，乐乐和东方前世是否有缘。乐乐和东方还是跪着。一会儿，乐乐妈真如神明附体，身体抖动入筛糠，口中乱叫乱嚷，周围人都连忙朝后退了一步，蓦地，她噭一声如梦初醒。

回魂了。

“神仙说了，你们一个是白蛇，一个是许仙，天造地设呀！”乐乐妈宣布请神的结果。一众人还围着问是哪路神仙，乐乐早拉着东方跑了。“你不会怪我吧？”跑动中乐乐问东方，“太委屈了。”东方却说：“倒是挺有意思的。”乐乐恨不得给东方五星好评！

一场戏剧终于即将落下帷幕。吃完午饭，无论乐乐妈怎么挽留，乐乐和东方还是坚决起程返回上海。

高速公路上，老秦来了个电话。开头便问：“回家了？”乐乐说：“是的。”老秦又问：“一个人？”乐乐还说：“是的。”

“嫌我老了？”老秦来这么一句。乐乐觉得好笑，没想到老秦还在乎这个。她只能说：“什么老不老的，避免麻烦，而且这是我的事。”她刻意强调“我的事”三个字，算是对老秦先前无情的反击。这次和东方回乡正确极了，她唯一的担心是老秦故意在工作上给东方使绊子。嗨，也不至于，老秦不是这样的人。

电话里，乐乐没再多谈，只说回去再说。

挂了电话，乐乐觉得自己在与老秦的关系问题上，似乎开始掌握了一点主动权，这正是她想要的。

不漂亮的转弯

老谢站在车外面，小伍迎出去，朱姐躲在车后座上大气都不敢出。

车门关着，她听不清他们说什么。她本能地感到害怕，可又一想，她怕什么呢？她又没做错什么，充其量只能说暗中跟踪，这不光彩吗？老谢才是作奸犯科的那个。她悄悄地按下背侧车窗，露一点缝。

大概能听到了，老谢在和小伍说晚上的事。

“真行吗？”小伍问。老谢说：“那有什么行不行的，你走你的，下山也不远，明早来接我。”小伍遵命。朱姐恨得牙痒痒，可又没有勇气突然跳将出来指责丈夫，要在几个月前，她早干了，不管不顾，不撞南墙不回头，可现在却不同了，她太危险、太弱势了。她如果跳出来，老谢没准儿还倒打一耙，说你跟踪我做什么？不过是朋友搞天文实验。朱姐看到了道具——帐篷外面有高级望远镜。至于为什么只有女的没有男的，老谢也可以解释，男的还没到，他一个电话就能叫来好些个人。

被动，彻底的被动，都说夫妻间要睁一只眼，闭一只眼，可朱姐现在把两只眼都睁开了，得到的却只有满目疮痍。

“巴黎水车里还有没有？”老谢突然拉开副驾驶的门，一只手伸进来乱找。朱姐吓得大气都不敢出，只能静若处子，老谢找巴黎水，又朝后座摸，好在夜色昏黑，他没发现破绽。老谢又嘀咕，说，“记得就在车里有一瓶，没巴黎水怎么活啊晚上？”又摸。巴黎水就在朱姐屁股边，老谢又是一阵抓扒。

小伍上前说：“好像在后备厢里。”老谢狐疑，小伍却已经打开了后备厢，老谢跟着去看，果然找到了几瓶。老谢又交代了几句，拿着走了，朱姐这才舒了口气。但转而心头又有些怨怒，她是来捉奸的，怎么奸没捉着，反倒经受如此惊吓。一会儿，小伍上车了，发动，朱姐才直起身子，见是小伍，骂了一句他妈的，是恨自己无能，在小伍面前，她依旧得做出老板娘的样子。

“下山吧。”小伍说。

“不能就这么算了。”朱姐的勇气又回来了，完全一改刚才的畏缩。

“你怎么打算？”小伍一针见血了。朱姐有些尴尬，他不肯陪她演戏，好像从一开始就是如此，平日里他是小伍，一个听话的秘书、司机、助理，可一旦单独相处，他就好像能把她看透。仿佛她一个人孤零零地站在舞台上，他就是追光灯。怎么打算？她能怎么说？她恨自己的怯懦！多少年前，她视钱财如粪土，她爱上老谢，也绝不是因为他的钱、他的地位，可如今，她却被老谢的钱和地位压得喘不过气来。小伍看透了这一切，他知道得太多，因此也有些肆无忌惮。那个荒唐的吻，朱姐记忆犹新。

“不该问别问！”朱姐搬出老板娘的气势，但是色厉内荏。可这吓不倒小伍，他还是稳稳地开车，沿着山路蜿蜒而下。“人都在变。”小伍说，“变老，变坏，变得不择手段，变得放纵自己，但好在我们都还有选择。”充满哲学意味的句子。朱姐有些不认识眼前的这个男人了，哦不，她从来也没认识过。他从前是老谢的小弟，也是她的小弟，可现在，他要与她平起平坐了。在这蜿蜒的山路上，茫茫黑夜，他只是个男人，她只是个女人。

“你肯离婚吗？”小伍又问。朱姐呆了一秒，立刻捂住耳朵，厉声尖叫。玻璃挡住了，透不进黑夜。外面有群鸟乱飞，震动树丛。天上一轮新月，仿佛银色匕首，刺破苍穹。朱姐的声音对小伍没有任何影响。朱姐停止尖叫了，她喘着粗气。“你妄想！”朱姐喝道。可说出这话，她又觉得中了小伍的圈套。妄想什么？妄想和她在一起？他根本没这样提。

“离婚是不现实的，也没有必要，你们已经是一条船上的人了，你应该赚点钱，不为别人，也为自己的后半生考虑吧。”

这句话朱姐听进去了，刺耳，但打中了朱姐的心事。她和老谢，究竟有多少感情，她说不清，残留的，好像水果上残留的化学农药，有毒，她舍不得的其实是自己的付出，她赌着气，放不下，走不出。何必呢？她如果有钱，有足够支配自己养活下半生的钱，她也许就不会有这种恐慌。

“掉头。”朱姐恢复了镇定。

小伍继续开。

“掉头。”朱姐又下令，“我的车还在那儿，立刻掉头。”

小伍虽然心中有万千想法，但还是找了一处宽敞的地方掉转车头，重新往半山腰驶进。快到地方了，朱姐让小伍停车。“你下山吧，这一段我走过去。”朱姐仿佛回到了二十年前，她那时高人一等，到哪儿都是焦点。“你一个人去不行。”小伍下车，追过去。他对她是真的关切，至少这一刻是。

朱姐笑笑，不屑地，她认为他没有资格。黑暗中，她沿着山路踽踽独行。

小伍坐进车里，火打响了，他一踩油门，车往山下开了，开得很慢。朱姐深呼吸，她已经忘了脚的疼痛，她已经在走一条心灵的荆棘路，肉体的痛苦还算什么呢。到车旁了，她的坐骑。七年前，老谢送她的礼物。那时候她刚学会开车，但驾驶技术一直不好。老谢让她学自动挡，容易上手。她依稀记得刚拿下驾照上路，老谢还坐在她旁边，手把手地教她。两只手交叠在一起，那是夫妻。

仿佛已经是上辈子的事了。

她不知道自己做错了什么，夫妻俩会有如此隔膜。一只怪鸟飞过，凌空，啪，一坨鸟屎落下来，白色的，刚好落在朱姐头上。她摸了一把，白黏的东西，一手都是，她也不打算处理，任由它去。连鸟都欺负她？！她索性放声大笑，凄厉地，仿佛是这山中修炼的妖精、女鬼。

到车旁了。按一下，车灯一亮，门开了。朱姐筋疲力尽，正准备上车，车旁边站着一个黑影。

朱姐视线模糊。是人吗？

再看。哦，是，一个人形剪影。

“你来做什么？”低沉的声音穿过来。哦，是老谢。不知怎的，朱姐突然不怕了，呆呆一笑。

老谢上前：“是观星俱乐部。”

他在解释了。哼，呸！朱姐吐了一口唾沫，正要上车，老谢一把拽住她的胳膊，“今天有流星雨。”老谢还在解释，“我知道你不喜欢晚上出门。”继续，继续解释。朱姐根本听不进去那么多，不久之前，她在车里还是惊怕，可如今，一切都撕破了，她反倒不怕了。她要离开。

“一起玩玩。”老谢发出邀请，他还是捉住她的胳膊不放。朱姐一个扭身，胳膊一抽，带鸟屎的手掌直抻到老谢脸上，胡乱抹动。从额头到下巴，臭一路。

老谢直吐舌头。朱姐迅速上车，系安全带，发动，哈哈大笑着，绝尘而去！

从今往后，只有名分，没有爱情！

前路坎坷，朱姐策马奔驰，一连转过好几个弯，她感到了前所未有的轻松。山间起雾了，又是一个路口，朱姐一打方向盘，一个漂亮的转弯，谁知转过去却只有窄小的一条没有护栏的山路，朱姐连忙回转，却已然来不及了。车子连翻带滚，风火轮般，坠落入半坡的小山谷中。

惊叫声刺破深林寂静。

更低处，小伍停住车，愣了两秒，迅速掉转车头。

短暂的幸福也是幸福呀

小伍把车停在山坡边，迅速地沿着山坡冲下去，朱姐的车在山谷翻着，朱姐躺在车里，头朝地，脚朝天，气囊撑着胸，胳膊被车座压住了。小伍拼命地呼喊着朱姐的名字，奋力将车门打开，完全没用。他只好胡乱抄起石块，拼命敲击车窗，一声闷响，车窗碎成蜘蛛网，小伍探着身子进去，扶住朱姐的两胯，问“行不行”，要拉她出来。朱姐不回答，微微睁眼。四周很黑，小伍拿出手机，打开手电筒，仔细找了一圈，朱姐刚好卡在两条缝隙之间，车翻得斜，需要把车扶正才能救人。小伍对朱姐说“你忍一下”，跟着小心推动车身，车子慢慢转正了，只不过是全然倒转，仿佛一只被翻了身的无助的乌龟。等稳住了，小伍才小心地将环绕在朱姐身上的安全带解开，看清位置，一点一点地将她抽出来。

人弄出来了，朱姐全身太软，意识模糊，嘴角流着血。小伍抱起她，迅速朝坡上爬。是陡坡。小伍连摔四五次，可手上却很稳，他不心疼自己的膝盖，碰破了流血不止，他最担心朱姐来不及被救护。

好不容易上坡了，他把朱姐平放在后座上，迅速开车下山。一路上，他不断地跟朱姐说话，说：“没事的……没事的……马上就到医院，就到医院。”

朱姐一动不动，小伍伸手摸摸她的脖子，还有希望。黑暗中，朱姐茫茫然，她觉得自己好像漂在海上，但她还没完全失去意识，她隐约知道这一夜发生了什么，最清晰的是自己的情绪，先是张皇，再是嚣张，最后一败涂地，又被人救起，她觉得好像经历了一场海啸，狂风暴雨都见过了，但是究竟能不能活下来，她不抱希望。

到医院已是黎明，急诊，动员大夫，手术做得很及时。小伍给老谢打电话，老谢不敢相信这是真的，难道他没听到一声巨响，还有朱姐的尖叫？或者离得太远了，根本听不真切。老谢还和那些人在看星星？朱姐却遭遇大劫，几乎身魂俱灭。从外面进来的时候，老谢十分慌张，他连问："怎么样了？"这是大事，他不是没把朱姐放在心上。可得知手术顺利后，老谢已经露出了轻松的表情。小伍怀疑，老谢是不是巴不得这个老婆死了。

"小伍，怎么回事？在哪里发现的？"小伍刚解释了一小点，老谢就失去了耐心，一日夫妻百日恩，老谢不会丢下朱姐不管，但他感到厌倦，他并不希望她死，她是他历史的见证者，虽然大部分历史是他不想提及的。老谢是一个上升时期的中产阶级，禁不起折腾，也不想折腾，他喜欢玩。手术结束，朱姐被推了出来，依旧昏迷，老谢叮嘱小伍，一切都用最好的。

朱姐醒来已是三天后，前臂粉碎性骨折、小腿骨折、脑震荡、胸部积血，还好没有撞到关键部位。莉莉从美国回来了，看妈妈，老谢推掉了不少活动，在女儿面前，他是一名合格的爸爸。他最少两天来医院一次，一个星期陪一次床。朱姐有些意外，因为这次事故发生后，老谢和她的关系似乎缓和了，她从死亡线上爬了回来，老谢应该愧疚，那晚全因为他！莉莉对朱姐说："你为什么这么想不开？其实你一个人可以生活得很好。"她不知道那天晚上的事，可她也大概猜得出，现在的妈妈，疯狂，歇斯底里。朱姐对女儿说："不，一切都只是意外，我们爱你。"

"你们？"莉莉并不打算和朱姐一起做梦，"我不需要一个表面上的完整，我只希望你过得开心、过得好。"

这不是女儿第一次劝她。可每次劝，朱姐都觉得锥心刺骨。"莉莉，我现在很开心，我只是在还债。"还债？还什么债？莉莉越来越不理解妈妈。其实朱姐也不理解自己，在开车冲下山路之前，在那个转弯之前，她都还那么恨老谢，可是当老谢来医院陪床，就睡在她身边的时候，他们聊着过去的事，有一搭没一搭，好像几十年前那么自然，仿佛一切都没有发生，朱姐的心又软了，她甚至觉得自己的张狂毫无必要，也许只是那天在山林里遇了鬼。那天抓到了什么？似乎什么也没抓到，倒是她自己，醋意大发，她只是受了小伍的蛊惑。应该把小伍开除，他才是一个魔鬼，他一定有他的目的，想赚钱、想发财，痴心妄想！

但过了一会儿，朱姐又觉得自己的想法十分卑劣，是小伍救了她啊！他对她有恩！恩将仇报不是她朱业勤。她只好放下念头，安心养病。这些天，小伍来看过她两次，并且尽量避免和老谢同时出现，这是他的伊甸园，只能有一个男人、一个女人，虽然这个伊甸园充满了白色的痛苦。

朱姐住院后一个星期，乐乐和居里都来了，没人通知她们，可在这个小圈子里，一点事几个小时就能炸开，别人都说，老谢的老婆自杀了，但没成功，所以成了一个“笑话”。老秦把这个“笑话”告诉了乐乐，东方把这个“笑话”告诉了居里，乐乐打了个电话给居里，两个人约好时间，拎着礼物，到医院探望。

乐乐已经是个成熟的女人，她只是微笑着拥抱朱姐，尽管心里有一万个问好，可居里管不住嘴：“朱姐，你可不要想不开，如果是谋杀，应该报案。”

“完全是意外。”朱姐笑着，在居里面前，她永远是一个大姐，不再慌张，仔仔细细地维护着自己和家庭的面子，她依旧是那位高贵的妇人。乐乐却感到一丝恐惧，原配尚且如此，她这样一个半路出来的人，有着说不清、道不明的关系，老婆不算老婆，女朋友不算女朋友，将来的结局会如何？她不敢想，也不愿想。

三个人面对面，无言。其实神经大条的沈居里此时此刻也有些“物伤其类”的小情绪，朱姐曾经是她的偶像——如果说她想要成为什么人，那恐怕便是朱姐了，丈夫事业有成、女儿优秀、不愁吃不愁穿、有房有车、不需要工作、美容是她的事业、想干吗干吗……可朱姐的一场车祸，击碎了居里的幻梦。这么有钱的人尚且如此，那像她这样毫无依靠的人就更没有指望了。

有什么心愿，必须赶紧实现。瞬间，居里坚定了搬出去住、好好赡养亲妈的想法，人生无常，还是应该多为自己考虑。

朱姐问乐乐老秦最近怎么样。其实自老家回来之后，乐乐就没跟老秦联系过，那天在车上，是老秦打电话来，那她就等他联系自己。主动不得，这游戏谁先动手谁输。

“世卉不小了吧？”朱姐没话找话，“会说话了吧？”

“早就会说话了，普通话。”居里说。朱姐说：“是，跟什么人说什么话，跟你就学普通话，跟她奶奶学上海话。”

当晚，居里便和东方说了想租房子的想法，东方说钱不够，得用一部分公积金，然后月月交一点。居里说：“爸妈也不凑点？”东方没说话。居里知道从老人那儿抠钱不容易，而且家里刚亏了不少，就更难。如果想搬，就得自力更生。“等我妈来了，我就能出去工作了。”居里说，“到时候我们就宽裕了。”

东方表示赞同，但他希望居里能够提前跟进宝和秋萍说一声，毕竟是长辈。居里知道东方的心思，爸妈要面子，必须给足了，尽管他们不出钱。居里先去跟老太太禀报了这事，老太太年纪大了，开了春老犯困，现在也不大下来，但她立刻表示支持，说孩子还是自己带好，跟老人混在一起，溺爱。有后援团了，居里又去找进宝说。进宝刚亏了一大笔，心虚，没底气，因为e租宝的事让他睡了一个星期沙发，因为那里头还有秋萍的本钱，血本无归意味着秋萍去美国的钱没了，置办行头的钱没了。

“爸，世卉一天天大了，吵人，闹腾，我在想给她一个单独的空间，管一管，这样以后上学也能有个正形，毕竟是女孩子。不过爸放心，你的事我们还是会管的，以后爸老了，跟我们住。”居里诚诚恳恳地说。

进宝没说什么，这就算同意了。

到了傍晚，东方和居里一起又跟秋萍说了这个事，秋萍没有明确表示反对，也没有明确表示赞同，她只提出一点，最好就在家附近，这样相互有个照应。居里立刻表态说：“妈说得对，我们也是这么打算的，随时欢迎妈来指导生活。”秋萍撇撇嘴说：“我哪敢指导你们，你们不指导我就不错了，以后单吃单过，伙食费就不用交了，家里也不准备你们的饭了。”居里一百个愿意，月月交一千多伙食费，肉都见不着几顿。

第二天，东方和居里开始找房子。有秋萍的大名作保，顺利得很，没通过中介就在附近小区找到了一处不错的房子，高层，十八楼，房东在国外，常年没人打扰，就一个要求，房租一年一付。唯一的缺点是屋子里没什么家具，都得自己置办。东方有些为难，居里却认为没什么，结婚的时候没买家具，连床都是旧的，她娘家陪嫁里有冰箱、彩电，搬过去就行。交了一年房租，东方的存折空了。公积金申请还没下来，只能暂时用存款了。拿到钥匙的那一天，居里和东方一起坐电梯上十八楼，还要一起打开房间门，在电梯里居里还在抱怨东方，说：“你们家怎么这样，在上海混了这么多年，只有一套鸽子笼，你看看上海本地人谁家没有好几套……”可真等到房间门打开的一刹那，阳光从外面洒进来，居里什么怨言都没了。她甚至忘记了这房子是租来的，并不真正属于她。

可短暂的幸福也是幸福呀！

打扫完毕，居里和东方并排躺在地板上，无限感慨。尤其是居里，她终于有了一个自己的家，租来的家，她前所未有地有了归属感，这是她在上海的立足之地，尽管风雨飘摇，可接下来的一年，她是安全的、恣意的。她立刻给妈妈打电话，脸上都是笑，她说：“妈，我租到房子了。”家芝说：“租到房子有什么高兴的。”

居里说：“是我们自己的房子呀，租好了，两室一厅，客厅有阳光，很大很舒服，你赶紧过来吧。”家芝连忙说：“不用麻烦。”居里说：“什么麻烦不麻烦的，就这么定了。”说完，挂掉电话，有了新家，居里说话底气都足了，她的地盘她做主！居里突然高兴得想哭，等眼泪落下来，她才知道这世上真的有喜极而泣这回事，东方抱住她，抚摩着她的头发，说：“怎么好好的又哭了。”居里喃喃：“不容易啊，不容易啊……”单曲循环，好像她来上海所有的辛苦都蕴含在这三个字里头了。东方抱着她打转，旋转木马般。

手机响了，东方放下居里。是居里的电话，乐乐打来的。

“喂，姐，能借东方用一下吗？”乐乐单刀直入。居里有些不高兴，这种时候遇到这种事，但她还是问是什么事情。

“我妈来了，来查岗。”

拿人钱财，替人消灾，还是得有售后服务嘛，好人做到底。心情大好的日子，居里愿意接受一切请求。

“什么时候？”居里问。

“就明天。”乐乐说。

居里挂了电话，打了东方一下，道：“哥们儿，看不出来嘛，你还挺抢手，来活儿啦！悠着点。”

铺天盖地而来

乐乐没想到她妈会搞“突然袭击”，但好在来的前一天还打了个电话，她还不至于完完全全措手不及。她妈不认识她的住处，这救了她。

一大早，东方就来“上班”了。现在他们是假夫妻，真成地下党了。

墙上没有合照，一点新婚的气息都没有，好在家里还有男人衣服，老秦留下的，款式有些老气，但都是名牌，摆出来还行。乐乐已经不住在那个贫民窟的小房间里了，老秦给的钱足够租一处体面的住所，但乐乐为求低调，租了个一室一厅的房子，拎包就能入住。

东方进门了，他问“要不要换拖鞋”，乐乐立刻说：“不用那么拘束，一会儿你就要扮演这里的主人了，你要完全熟悉才行，给你二十分钟。”

东方有些吃惊，乐乐已经一回生、二回熟了，沉浸在角色中，假夫妻比真夫妻多了一层客套，但反倒有种不一样的韵味。

过了一会儿，乐乐从屋里拿出来一个信封，厚度适中，东方一看，知道是钱无疑了，乐乐说“这是劳务费，返场的钱”，东方当然说不能收。“不是给你的，是给居里的，你一个大男人也吃不了什么亏，但居里可会心痛的，这是给居里的精神损失费。”乐乐说得很直白，东方说：“你开玩笑了。”乐乐说：“也就居里是我姐，愿意把姐夫让出来，真真假假扮演这一回，我感激不尽，给点贴补是应该的。”东方说：“都是朋友。”乐乐说：“就是因为是朋友，不是有句老话，有钱的帮个钱场，没钱的帮个人场，你来帮人场，我呢，就帮钱场。”东方有点发窘，如此说来，乐乐也看出他们两口子没钱了。那就拿吧。

东方穿上拖鞋，熟悉地形，这是个一室一厅的房子，客厅在外面，里面是小卧室，旁边还有一个储藏间，其实可以住两个人。他拉开储藏间，里面放着张婴儿床。他有些奇怪，但没多问，又把房门关上。

过了没多久，乐乐丢给东方车钥匙："我妈快到了，去车站接一下，你开车。"

乐乐进屋换衣服，出来落落大方，即便一切都只是一个谎言，但这谎言也要做得美丽一些，这需要功力。东方认为乐乐是一个厉害的女人，厉害就厉害在什么都想要，但也能自圆其说，挽回自尊。

上车了，乐乐坐副驾驶位子，“走吧。”她系上安全带，见东方不动，又伸手给他也系上。东方有些不好意思，脸上尴尬。乐乐说："别误会，对姐夫没有非分之想，只是照顾员工安全。"车开了，打开音乐，此时此刻，他们仿佛一对平凡的夫妻。冷不丁，乐乐从包里拿出个东西，给东方晃了一下，东方看见差点踩刹车。

是一张结婚证，当然是假的，但盖着钢印，还有合照，确确实实是乐乐和东方的合照PS上去的，却能看出一丝痕迹。还没等东方开口，乐乐说："对不住了。这是道具，必须做一下，不然我妈不相信。"东方直冒冷汗，心想做戏做到这个份儿上，少见。

到火车站，乐乐妈已经在出站口等了，东方表现出应有的热情，他吃过猪肉，也见过猪跑，当女婿这是第二遭了，有经验。乐乐妈见了东方，跟见着亲人般，一把搀住他的胳膊——丈母娘看女婿越看越喜欢，何况是看东方这样一个女婿。“我都说自己能去，给个地址就行，识路。”乐乐妈嚷嚷着。东方突然不知道说什么好，乐乐妈显然在撒娇。他不知如何应对，只好被搀着往前走，到车跟前了，东方说："阿姨上车吧。"乐乐一下不乐意了，半开玩笑说："哟，都什么时候了，还叫阿姨啊。"东方有些猝不及防。乐乐从车里探出个头，问“怎么还不上来”，东方连忙将乐乐妈的行李放进后备厢，上了车。

乐乐妈话没说完接着说，她问乐乐：“东方现在叫我什么？”东方不好意思了。乐乐会意，说：“还能叫什么，该叫什么叫什么呗。”

“那究竟叫什么？”乐乐妈不依不饶。

“妈，你怎么这么较真儿，刚来找什么麻烦。”租来的，终究不是自己的，乐乐必须为东方解围。

“什么叫我较真儿，该是什么就是什么。”乐乐妈死磕到底，官大一级压死人，丈母娘问女婿，天经地义。

“妈……”东方响亮地叫了一声。

“哎——”乐乐妈喜滋滋地应道，满意了。乐乐白了她妈一眼。

路程走到一半，按照原计划，乐乐掏出那张结婚证，丢给她妈，说：“我们领证了。”

乐乐妈捧着这红红的一张结婚证，仿佛领了圣旨，又是惊又是喜，这是她养了多少年女儿才获得的结果，在所有儿女当中，她对这门婚事最满意。乐乐哥哥娶的媳妇她不喜欢，小气、势利，乐乐妹妹找了个男朋友她也不喜欢，毛脚女婿，上不得台面，只有乐乐，光耀门楣，光宗耀祖！

可还没等她端详够，乐乐便一把将结婚证抽回来，“别弄坏了。”乐乐不得不防，假的真不了，不能让她看时间太久，以免露出破绽。

“本来不想这么着急办的，东方要出国，索性把这事先办了，我工作也忙。”乐乐开始解释。乐乐妈说：“终身大事怎么能马虎，要办酒席的。”

“上次回去不是已经办酒席了吗？都不是铺张的人，旅行结婚算了。”乐乐说。东方附和着说：“乐乐非要旅行结婚。”乐乐妈的脸沉下来了，婚丧嫁娶，人生大事，办酒席不是为自己吃，是办给别人看，也是一种宣传，该风光的时候不风光是傻，而且不办酒席，以前随出去的人情怎么收回来？乐乐妈岂是那种吃亏的人？

乐乐妈想了想，先问重要的：“彩礼呢？”

问得东方有些不好回答，这是他和乐乐没有通过气的，彩礼钱他给过，给居里家的，但他不知道乐乐那边的打算。乐乐忙接过话说：“东方家已经给了钱，就在家里放着，老规矩十万现金，再加一辆车，就是这一辆了，我们家也不用出陪嫁，十万给你，车，我自己开。”乐乐妈说：“亲家总要在一起坐坐吧。”乐乐说：“妈，你怎么糊涂了，早跟你说了，东方的父母都已经去世了，还有一个姐姐在国外。”乐乐妈一头雾水，她怀疑自己是不是得了老年痴呆，从不记得有这个情况。乐乐又说：“妈，你有空操心操心你孙子，咱们这一代就这样了，下一代不能还不行。”一提到孙子，乐乐妈的注意力转移了，说：“还不是你嫂子不好，整天搓麻将不管孩子，哎哟，我也享不到他们的福，一代不管一代……”

东方舒了口气。

到了家里，乐乐第一条就是先把那十万块钱拿出来，母女俩在床边坐着，乐乐说：“上次接的几万也不用还我了，这十万是现金，妈，你收着。”乐乐妈没见过这么多现钱，真的不知怎么办才好。她怪乐乐，说：“家里放那么多钱多危险啊。”乐乐说：“怕什么，家里又不是没男人。”乐乐妈“哦”了一声，表示赞同。她不知道的是，乐乐就是想用现金给她震撼。乐乐妈看着那一包现金，无限感慨，养女十几年，终于有了回报。她的爱、她的恨，瞬间都值得了，她因此更疼爱这个女儿。“不行，这些钱得赶紧存起来，我去一趟银行。”乐乐妈说。

乐乐说：“不急，一会儿我们一起去银行，不远，就在小区外面，先歇一会儿。”

三个人坐下来，面对面。乐乐这才把想说的话条分缕析，跟她妈说：“妈，这次你来上海当然是突然起意的，本来是应该我邀请你来的，但实在是工作太忙，东方马上还要出国，可能要在国外待一段时间，还不短。所以这次妈来得正好，这些钱你带回去，让哥哥在镇上做一个小本生意，妹妹能读书就让她读，不能读的话就找一个人嫁了，安安分分过日子，你和爸，注意身体。”乐乐妈听得心惊，忙问乐乐是不是出什么事了，怎么跟交代后事似的。乐乐苦笑，她心疼妈妈，可有些事，她不想也不能让她知道，她终究要在小地方过生活，终究还要做人。乐乐接着说："谢谢你这么多年的培养，虽然我读书不多，但知道妈妈对我的期望，这彩礼钱，是东方给的，我再补十万算是给妈的，以后少打麻将，帮帮哥哥，上海就不要老来了，我这边都好，我会定期回去。"乐乐妈一听凭空又来十万，更是怜惜女儿怜惜得不行，但另外一方面，她又觉得女儿与自己的距离远了。都说一入豪门深似海，乐乐还没入豪门，只是嫁给了一个上海无父无母的小子，就有点嫌弃妈妈了。乐乐的妈眼眶有点湿了。

"妈妈不会给你添麻烦，妈妈就是想你过得好。"乐乐妈哽咽着。

"妈，你放心，无论到什么时候，你都是我的亲妈，我都是你的亲闺女，你的事就是我的事，我永远是你的靠山。"

乐乐妈感动得无以复加，抱着女儿，一个劲地拍她的背。

乐乐突然一阵恶心，跟她妈无关，完全是生理性的。她意识到了什么，连忙对她妈说："妈，别等了，让东方带你去银行把这钱存一下，办个定期，或者存在卡里，那十万我回头再转给你，你们先去办，我肚子疼上个厕所，不用等我。"

说着，从里屋取出个双肩包，把一包钱放进去，乐乐妈抱着，东方领着她出门。临出门，乐乐在耳朵边比画了一下，东方秒懂，意思是随时电话联系，他点点头。

两个人刚出门。乐乐便冲到厕所抽水马桶边狂吐，也吐不出什么，只是呕声震天。吐完了，她瘫坐在地上，这完全是计划外的事情，但它确实发生了，这也是她为什么要租东方回去的原因之一。有些事情不能见光，可她的肚子，肚子里的孩子，却终究有一天要来到这个世界上。她想好了，无论老秦什么态度，她都坚持把孩子生下来，哪怕搭上自己的后半生，哪怕一败涂地地退出上海。

又一阵狂呕，仿佛海啸，铺天盖地而来。

这是新生命带给她的痛苦，她相信将来会有快乐，苦尽甘来。

乐乐起身，用毛巾擦了擦脸，扶着墙壁往外走。

敲门声响了。

她感到有些奇怪，他们刚出去没多久。

乐乐答了一声，慢慢走去开门。

门打开，是老秦。

乐乐惊讶，刚说了一个字："你……"

老秦拦住她的话道："为什么不告诉我？"

乐乐一时不知如何回答。

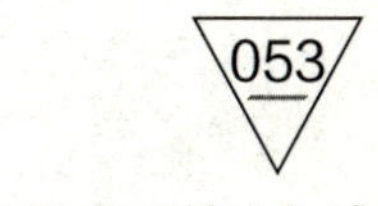

不知道谜底的人

老秦的出现令乐乐措手不及。

她挨了一巴掌不要紧，可别遇到东方和她妈突然回来，一切都摊在了太阳底下不可收拾。她匆忙收拾情绪，冷静地告诉老秦，说："你先回去，回头再跟你解释。"老秦站在走廊，一言不发。还解释什么，木已成舟，他现在就是要安排好后面的事。其实任何一个女人怀了孕，第一时间一定会告诉她的男人，乐乐之所以没说，是因为其间的关系太复杂，她怕她自己接受不了。想要给老秦生孩子的女人一定有，可乐乐这次真的是意外。她想要，她明白生孩子这种事晚生不如早生，后面的事情她也想好了，如果老秦不知道，她就把孩子丢给她妈养，她甚至觉得这样的安排是最理想的。

"为什么不告诉我？"老秦还是执迷于此。他愿意给钱，可她不说，是什么意思呢？想要生下来再带着孩子来逼宫？老秦有些猜不透眼前的这个女人。

"生下来。"他说。

乐乐为这三个字的精神感动，挨了那一巴掌似乎也值了。乐乐想问老秦自己和他究竟是什么关系。女朋友？那孩子呢？哦，没关系，非婚生子同样会受到法律的保护，可她就不一定了，老秦的老婆如今人事不知，但她有两个女儿，对她十分敌视。

乐乐一直没说孩子的事，终究还是因为她想要一个名分。可乐乐知道，这太难。尤其秀华是现在这个状况，他跟她离婚，可能吗？既然不可能，乐乐甚至想过，索性让这个孩子"隐形"。肚子大了她就回老家，生完再来上海，这当然是幼稚的。

“有什么需要跟老张说。”老秦轻轻说道，老张是司机。

“是儿不死，是财不散，我换个衣服，送你下去。”说着，乐乐迅速跑到里屋，关上门，给东方打电话小声说，让他们办完存款，再去街上逛逛，暂时不要回来。东方没问什么，照办，等存款办完，便拉着乐乐妈去吃东西。乐乐妈死活不肯花这个钱，说赚钱不容易，别糟践了。东方见没办法，只好说自己走累了，乐乐妈心疼了，便建议去楼下的小花园坐坐。东方没有异议，两个人来到健身器材区，在跷跷板上坐着。

乐乐妈突然说：“东方，告诉你一个好消息，乐乐怀孕了。”东方差点从跷跷板上摔下来，他这才想起在厨间看到的婴儿床，蛛丝马迹，早有征兆，可他没想到乐乐妈比他还敏锐，或者说是乐乐告诉她的？东方嘿嘿傻笑，掩饰慌张。

“看她状态就知道，储物间还有婴儿车，我这女儿就是心细，不到最后一刻都不说出来，就好像找你吧，这么一个人才，一直到快结婚才说。”乐乐妈开始展现她的推理天分，中年妇女特有的敏锐她全有。

东方不假思索，说：“阿姨你太过奖了。”“阿姨”两个字说出口，东方意识到不对，又立刻改口叫妈。乐乐妈笑了，坐了一会儿她说口渴，起身朝家中走去。东方连忙去拦，可哪里拦得住呢。

乐乐化好妆，从里屋出来。其实她好奇的还有，老秦怎么知道她怀孕的？司机老张说的？她在汽车上呕吐，还是他一直都调查她？包括医院的记录，他有这个能耐。

看着老秦重视的样子，乐乐隐约觉得，自己歪打正着，她要名分，但她不能说，她要生孩子，但她要表现出不需要他的照顾——虽然刚开始出自真心，而且她确实不想让他的家庭参与进来，可事情发展到这一步，老秦的态度又令她满意。

她掌握主动权了。他进门的一巴掌，代表了他的愤怒。一个一贯掌控大局的男人，却在这件事上失控了，打人代表着无能。

孩子是她生的，她的身体，她养育的生命，乐乐意识到这是她的砝码和武器。这也是她不同于一般女人的地方。

乐乐带上门，陪老秦往外走，刚走到电梯口，电梯里出来两个人：乐乐妈和东方。东方下意识地叫了一声“秦总好”。乐乐直皱眉头。乐乐妈敏锐，见女婿叫秦总，立刻知道这是个大人物，乐乐拉着她妈往回走。可哪里能拦得住，乐乐妈是领导都要捧三分的人，她立刻握住老秦的手说：“秦总啊，多照顾我们东方啊，不容易啊。”

老秦指着东方问：“这位是你的？”

“我女婿。”

又指乐乐：“这位是？”

“我女儿。”乐乐妈爽快。

“妈！进去！”乐乐暴喝。

东方全身湿透了，他知道自己铸成了大错，可解释又有什么用？给老板的女人做假女婿，这是什么罪？他做这事之前考虑过这个问题，可居里认为万无一失，是做好事。谁能想到有今天这一幕？

乐乐急忙补救，对老秦说：“秦总，我妈脑子有点问题，不然早介绍给你了。”

乐乐妈跳脚：“这怎么说话呢，女儿说妈脑子有问题。”

电梯下去又上来。老秦没说什么，乐乐上前送，她是编剧，可剧情的发展超出了她的预期，演员在舞台上张牙舞爪，她灭火都来不及。

“回头再跟你说。”乐乐跟老秦嘀咕了这么一句。

老秦没再搭话，走了。

电梯门合上，乐乐只觉得站不住，东方忙上前扶，乐乐妈嚷嚷着：“怎么着了，低血糖吧，孕妇最容易低血糖……”乐乐用尽自己的最后一丝力气，斥道：“妈！回家去！”

事到如今，乐乐妈是这场游戏中唯一不知道谜底的人。

这样一个人，能指望老秦叫她什么？尊称她为丈母娘，叫妈？还是把她请到上海供起来？这还是老秦吗？老秦找乐乐就为简单，他要求百分之百地称王称霸，怎么能容许一个村妇垂帘听政？

事情的发展超出了所有人的控制。

眼下乐乐需要处理的事情是稳住孩子和老秦，瞒住妈妈，她想到了东方的下场，这次就算她力保，东方恐怕也会失业，可居里会误会吗？她必须向她解释，但东方一旦失业，她和居里就算是结仇了。找朱姐帮忙，可她现在还躺在病床上。乐乐想给居里打个电话，可是一来没有勇气，二来想了想，事情还有待发展，看一看再说。千错万错，都是自己造孽的错。她是多么感谢东方啊！

男人之间的事

当天晚上东方回到家，失魂落魄。居里问他怎么样了，东方没说话，从西装内袋掏出钱来，递给居里。居里盘腿坐在床上，一张一张拿出来数。数着数着，她举起一张对着灯光看，又拿到东方面前，说："你看看，这张是不是假的？"东方不耐烦，一胳膊挡开她，力气大，居里歪倒在床上。

"罗东方，你吃错药了吧。"居里这才发现丈夫的不对。

"对不起，太累了，明天还要上班。"东方整理情绪。

居里又温柔地扑上去："你辛苦，你劳苦功高，赚钱回来，我妈就快来了，辛苦你多赚点。"

看着妻子嘻嘻哈哈，东方心如刀割。他大概知道自己快失业了。果不其然，第二天，公司法务和人事来劝退他，东方知趣，他甚至都没找老谢斡旋，便多领了一个月工资，走人。

他不愿意告诉居里，第三天一早还继续去上班，他本想去阿曼达的公司收拾收拾，可乐乐也在，他有点不好意思再出现，免得误会更多。

一整天，罗东方都在鲁迅公园里的小树丛中坐着，刷手机、找工作。这对东方来说是一个前所未有的巨大考验，在没有下家的情况下，他失去了工作。他要养家糊口，他和居里刚租了房子，就在他走出家门的那一刻，居里还说想换一张床，他把银行卡给她，告诉她随便用。他自始至终都是一个好男人，他要给居里一个遮风挡雨的港湾，她是外地来的女孩，他们相遇的最初一刻他就下定了这样的决心。世卉还上着各种学习班，要交钱，还有他货真价实的丈母娘马上要来到上海，他总不能做一个啃老族吧？可是，那卡里是他们最后的存款啊。东方还在往下想，没有了工作，就没有公积金、没有社保、没有医保，无原则的善良把他逼到了悬崖边上。

他还不能告诉进宝和秋萍，他亲爱的父亲母亲。不用想，他们一定是忧虑，甚至是愤怒的，如果知道这事的原委就更甚。他们一直不建议搬出去，能省则省，为什么要浪费？他们一定会要求他搬回家，把租来的房子转手租出去。可这样一来，居里和秋萍二人的矛盾就更大了。

低头刷屏刷累了，东方把两手垫在头后面，长长地舒了一口气。电视剧里那些失业的情节在现实中上演了。居里来微信了，发来两张床单的图片，让东方选，东方回复："你喜欢哪个就选哪个。"居里回道："知道你喜欢蓝色，就选蓝色吧。"她什么都想着他，可这种温柔反倒让东方心酸。

一个小姑娘走过来，一张大脸，从半空降临，对着东方说："叔叔，自己创业，可不可以支持一下，扫一下微信？"她拍了东方的肩膀一下，东方一惊，起来了。

若在平时，东方一定会拒绝这种推销，可如今他怀着失业导致的复杂心情，不由得对这些自主创业的人有了些许同情。

刷就刷吧。

一看，是卖便当的。东方多问了一句："你们这个能卖出去吗？"小姑娘立刻来劲，说："我们家的生意不错呢，现在都是'互联网+'了，一定要有互联网思维。"东方有些蒙，"互联网思维"这词他听得多了，可具体怎么运作他有点不明白，无非是在网上找人来买你的东西。又聊了几句，小姑娘去找别的潜在客户了。

东方坐在躺椅上，闭目养神。

肩头又是一震。

又是扫码的？东方有些恼火，心想这些人怎么没完没了。睁开眼，是个中年妇女，操着外地口音，说自己迷路了，想要两块钱坐公交车。骗子，赤裸裸的骗子。可东方也觉得她可怜，这么大年纪了还要出来行骗，便从包里掏出仅有的两个钢镚丢给她。妇女忙不迭地道谢，走了。

再闭眼。这回他要好好静静，理理思路，找出路。可没多久，他的肩头再次震动了一下。这回力道更大，铁砂掌般，东方被拍疼了。

东方不愿意睁眼，只大声说："我没钱，走开，我失业了，没钱！"

没声音了。

人应该走了。乞丐都不想理失业的人啊！

还是拍！这回是头。东方最恨别人拍他的头，要死脑细胞的，他彻底被激怒了，一骨碌坐起来，刚想开骂，看到眼前站着的，却是他亲爱的爸爸罗进宝。

"失业了？"进宝单刀直入。

这是他自己说的，赖都赖不掉。东方半低着头，在爸爸面前，他终究是个孩子，解释有什么用呢？他等着进宝的狂风暴雨。

出人意料的，进宝并没有批评东方，而是慢慢地坐在他身旁："人一辈子失败了不可怕，爸爸也犯过错，比如炒股、买金融产品，年轻时爸爸还下过岗，可是没关系嘛，人还好好的嘛，留着青山在，不怕没柴烧嘛。"

若在平时，这些话到了东方耳朵里，简直应该是唐僧的咒语，是啰唆废话，可在此时此刻，罗东方最需要的就是这种鼓励。进宝的话像一股暖流暖着他结冰的心，也像一条绳索丢给了落入深井的他，这是慈父，春风化雨的慈父啊！

"爸……"东方热泪盈眶。

"男子汉，大丈夫……"进宝挥拳头，鼓舞士气。东方前所未有地发现了进宝身上十分可贵的地方。那就是无论生活给他多少磨难，他总是能够以一种泼皮精神存活下来。

生活不会让你什么都得到，同样也不会让你什么都失去。

"不要告诉妈。"东方强调。他怕秋萍知道，他从小到大都是秋萍眼里最优秀的儿子，他不想让妈妈失望。

“我告诉她干吗，这是男人之间的事。”进宝越说越像电视剧台词了。

“不要告诉居里。”东方又叮嘱。他怕居里担心。

“说了嘛，男人之间的事，怎么可能告诉女人呢。”进宝道。

东方嘿嘿笑了。电话响了，是阿曼达。东方同样不敢告诉进宝，他接了电话，只说有点事，便夹着包，去与阿曼达会面。

公园里人来人往。

小姑娘走近了，轻拍了进宝的胳膊一下，笑嘻嘻地说：“叔叔，个人自主创业，能不能扫一下微信支持一下？”进宝知道是营销，在电视上看过，他也不接那茬，只笑眯眯地说：“小姑娘，今年多大了啊？这么小就出来工作啦……”

小姑娘一见这神色、这口风，拔腿跑了。

“算你知趣，我手机根本不是智能的。”进宝嘀咕着，“想骗我，你道行还浅！”

刚刚巧，进宝的电话响了，是秋萍。进宝问什么事，秋萍说：“晚上居里不在家吃，我们也不烧了，去南翔买点小笼包回来。”

“居里不在家跟南翔小笼包有什么关系？”进宝质疑，南翔离这里有一段路，他不想跑远。

“她说她朋友什么乐乐请她吃好吃的，那我就想干脆我也吃好吃的得了。小笼包这种东西只有他们不在家的时候买，我跟我孙女吃，他们两个要在家，买多少够吃的？”秋萍实话实说。

进宝只能答应。

“还有，割半个猪耳朵上来。”秋萍补充道。

“知道啦，饿死鬼投胎。”进宝道。

海南鸡饭

东方几天没来上班，乐乐不好问阿曼达，更不能问老秦，但也猜出个大概。

她给居里打了个电话，约了饭，豪华海鲜自助餐，电话中居里十分开心，乐乐便明白东方可能没跟她说工作丢了的事。

两口子帮她瞒天过海，居里和东方丢的却是一份生计。

乐乐愧疚极了。

现在跟居里坦白一切显然是不合适的。东方没说，她不能先说。她必须顾及东方的面子，但她又不能打电话向东方求证。那天过后，罗东方就再没联系过她。

见机行事吧，乐乐心里基本有数。

到了约定的日子，乐乐提前到餐馆，都打理好，只等居里来。她安全期刚过，闻到重的味道还是会呕吐，但海鲜还行。准点，居里来了，见乐乐在，连忙走过去，嚷嚷着："陶乐乐你真是发财啦，这种地方你熟啊。"周围有不少老外，她们在二楼，遥望一楼的表演。

去切点鱼肉，乐乐领着居里走。意大利大厨站在玻璃罩前，乐乐一点，说了句"one piece"，那大厨便给她割了一块三文鱼肉，然后又割金枪鱼。

居里赞叹，士别三日，她都会说英语了。

轮到居里了，她也有样学样，要了两份鱼生，又配好小料，放芥末。哇，这才是居里想象中的沪上生活。居里心想，那话说得真没错，嫁人是女人的第二次投胎，她投到了局促的鸽子笼里，陶乐乐呢，还没嫁人，就已经投到了富贵人家，可是如果把她们的位置互换呢，居里又觉得自己没那么大勇气，处理不了那么复杂的关系。

“说吧，什么事？”两个人坐定，居里问乐乐。她不知乐乐请客是为了赔罪，为了自己的心，还以为又有事相求。乐乐道：“没事就不能出来坐坐啊。”她故意打个马虎眼，尽量让居里舒服。居里说：“这像随便坐坐吗？真是飞上枝头变凤凰啦。”居里这么一恭维，乐乐的愧疚心反倒更加重了。

出餐口，厨师招呼着说海南鸡饭好了。居里连忙端着盘子去，在姐们儿面前她不装，想吃就吃，做自己。饭端过来了。白饭上浇酱油，上面是脆皮鸡。

“东方喜欢吃这个。”居里说。乐乐说那临走打包一份。居里问：“自助还能打包？”乐乐说：“单付钱就是了。”

“怎么，做假夫妻还做出感情来啦？”居里用开玩笑口气问。乐乐头皮却一麻，居里知道了什么？东方已经跟她说了？不应该，居里心大。乐乐觉得应该再试探一下她。

“我怀孕了。”乐乐很冷静，“老秦的孩子，你说怎么办？

炸弹爆炸，居里一口饭差点喷出来。这种事，听说过，但没见过，可现在切切实实地发生在她身边，就发生在她小姐妹身上。居里不是底线高的人，但这事太复杂，她处理不了，找她出主意是白搭。

“那你还得租东方？”居里这样问。乐乐笑了，这就是居里的思维，两肋插刀的二女孩。乐乐说：“你这么说还真说对了，搞不好还要租。”随即，她拿出一小沓钱，还是装在信封里，推到乐乐面前。

“太麻烦了，我先预付吧。”乐乐笑着，掩饰一切。居里没客气，手一伸把钱收了，说：“我就知道你不是白请，那就笑纳啦。”乐乐又问：“东方最近工作怎么样？”居里疑惑，说：“他工作怎么样你应该知道啊，你们一个公司啊，还问我。”乐乐知道自己问错了话，连忙改口，说：“是说工作状态，老板说他最近状态不错。”居里说：“还行吧，就那样，你们那公司我看也是一个皮包公司，光说做公关、做贸易，公什么关了，贸什么易了。”乐乐听这话就知道居里恨阿曼达，便顺着说：“都是胡来，女人做老板十个有九个做不长。”

“对对对对，”居里嘴里含着鸡腿，“你们那个老总，整个一个妖精。”

“她也不容易。”乐乐陷入回忆，嘴一秃噜，下意识地说。

“她有什么不容易的，她太容易了，躺着赚。”居里对阿曼达的不满，全在乐乐这里倾诉，她坚信乐乐会站在她这一边。她羡慕阿曼达的生活，但她有道德优越感，这是一个良家妇女对不走寻常路的女人的鄙夷。

“她这辈子都不会有孩子，还不够惨？”乐乐说。

什么？居里心头大震，随口就问：“谁说她不会有孩子？”乐乐立刻意识到自己失言了，忙解释说自己做助理，多少知道一点，都是女人。

讲到这个关键问题，居里有点吃不下去了，海南鸡饭和海鲜汤吃到嘴里也都不是那个味道了。东方和阿曼达离婚的真正原因是她不能生孩子？再进一步想，他跟她沈居里结婚，是因为她能生育？难怪一来就催着生孩子，而且重男轻女。世卉的到来曾经带来多么大的失望。居里痛彻心扉，她是女人，她常常恨这一点，可偏偏又必须利用女人的天赋才能找到出路。

居里眼神发直，乐乐觉得不对，连忙说：“居里，想不想出来工作？”说完又立刻说，“算了，你孩子小，还是先照顾孩子。”居里一听有工作要做，连忙说：“别，我妈马上就来了，我闲着呢，告诉你，我搬家了，单住。”

单住对居里来说是里程碑式的进展，可在乐乐看来，这也只是一件小事，她有些同情居里。吊足了胃口，乐乐才说：“我有一个姐们儿开了美容店，现在没人管，缺美容师，顺带做店长，有没有兴趣？”居里立刻说行，说自己对美容很有心得，也经常做面膜。

这是乐乐补偿居里的办法。

“三险一金，离你家也不远。”乐乐补充道，居里忙说太好了。但她有些担心，因为美容知识她一无所知，没有这一行的经验。可难得有工作，她没有理由不去。其实一想到要出去工作，居里还是惆怅的，带世卉那么久，她有点离不开，妈妈和孩子培养感情就那么几年。她爱孩子，这也是她强烈要求单住的理由，是的，这是她的孩子，不是秋萍的，不是进宝的，她前所未有地意识到责任的力量。但是正因为这责任，她必须打开一片天，这不是她不信任东方，而是她必须为自己、为她妈妈，甚至为世卉争取一种有尊严的生活。

“我能行。”居里笃定。乐乐说那先问问，有情况随时联系。

吃完午饭，乐乐执意给东方打包一份海南鸡饭，居里拗不过，要了。两个人又喝了点儿咖啡才散。在东方公司的大楼下，居里联系东方，说我在你公司楼下。东方说在老谢这边，让她先回去。

居里觉得奇怪，但也不好多问，突然又想到既然来了，索性上去看看，算查个岗，如果刚好在，就把海南鸡饭奉上。乐乐刚才说阿曼达去外地出差几日，没了敌人，居里平蹚。

上楼，进商务区，居里到前台。问：“请问罗东方罗先生在吗？”

前台小姑娘白了她一眼：“哪个罗东方？”

“就是暂时在这里外派的。”

“他辞职了。”小姑娘说。

居里头一蒙，觉得自己掉进了冰窖里，手里的海南鸡饭掉在了地上。

做小学生状

居里觉得东方这个人可怕极了，藏得深，不可测，至少对她来说是这样。

至亲至疏夫妻。

仿佛一夜之间，婚前隐瞒的诸多事宜终于在结婚后爆发了。现在倒好，辞职也不告诉她，居里觉得，这还是夫妻吗？居里这口气咽不下去，可她不打算直接打破砂锅问到底，斗争久了，居里再傻，也多少形成了点自己的策略，那就是游击战争。

晚上等东方进门，一家人坐在一起吃饭。饭桌上，居里问东方：“最近工作怎么样？”东方愣了一下说：“还不错。”居里又问：“现在工作都有什么内容呀？”东方说“还是做贸易”，这回表情比较平静了。居里见东方如此应对自如，心中暗自惊叹，惯犯，标标准准的惯犯。没准儿给阿曼达出了什么幺蛾子，不然为什么辞职？不过也好，那公司反正也待不住，哪有前夫跟前妻一个公司的，虽然是暂时的，那也不行。可这事不告诉她，就是不把她沈居里当盘菜。

会不会因为太在乎她了呢？居里这么想着，突然有些心软。不，瞬间清醒，不能心软，如果在乎她，就更应该坦诚相待，至少把阿曼达不能生孩子的事透个底。看他这装模作样的表情，居里就知道东方那绝对有大事发生。

“这个月工资发了吧，老说孝敬妈，也没得空，明天请妈出去看戏。”居里笑着说。

秋萍一听，浑身是劲，但一想，再怎么请也是自己儿子掏钱，媳妇一个钱不花，还做了人情，有什么意思，跟着便说："东方每天跟老黄牛似的出去工作，不容易。"

进宝是知情人，知道东方的秘密，他见儿子为难，心疼、体恤，连忙打圆场道："吃饭的时候聊这么多工作干什么，好好吃饭。"

电视里在放动画片，这是吃饭时世卉的保留节目，小朋友嚷嚷着要一个喜羊羊的玩具，居里大喜，刚好借力发力，说女儿想要玩具了，喜羊羊！

女儿想要的，东方必须表态了。"买！"东方说。秋萍说不能这样惯孩子，居里可不管，大摇大摆地走到里屋，从手包里拿出东方的皮夹子，然后到客厅当着大家的面反复翻找，愣没找出几个钱来。"钱呢？"居里问。还没等东方答话，进宝便说："居里，这钱不是都归你管吗？"居里说："这个月的工资还没到账呢，家里开销大，我是月月光，就连这个月的饭钱还交着。"秋萍说："下个月你们搬出去就不用交了，饭就不给你们留了。要回来吃，提前打招呼。"

进宝见儿子发窘，从裤兜里掏出两百块钱，放到居里面前的桌子上，说："给卉卉买喜羊羊玩具。"秋萍顿时不高兴了，一把抓回钱来，这样惯孩子还行，说："那玩具里都有有害物质。"进宝反击，两个人吵吵闹闹，老太太看不下去了，一拍桌子，掏出三百块钱，说："孩子要就买了，吃饭，别那么多废话。"

大家都消停了。

吃完饭，一众人都在客厅里看电视，居里觉得饭桌上闹得不愉快，时机一到，便和秋萍一起带着世卉到楼下玩。小花园里，素鸡带着桂香和她孙子，也在健身器材区玩耍，两队人见了，分外眼红，秋萍和素鸡那是死掐。

进宝投资失败的消息在这个院里传得沸沸扬扬，素鸡也买了一些，但她亏得少，便俨然胜利者，可以对进宝及秋萍口诛笔伐。还有居里搬出来单住，素鸡也趁机抓住把柄，认为那是大逆不道。

素鸡迎到秋萍面前："哎哟，真是，现在人都势利眼，还说媳妇孝顺，人家都不想跟她住在一起。"第三人称，好像是说的别人的事，可全是对着秋萍来的，明箭。一箭双雕，恶心了秋萍，打击了居里，挑拨了她们婆媳的矛盾。

兵来将挡，水来土掩。秋萍对居里单住当然是不满，可大敌当前，得一致对外。

“我们愿意住宽敞点，你不服？”秋萍道。反击得很无力，素鸡家有一百多平方米。

素鸡随即道：“租来的房子，什么宽敞不宽敞的。这年头，我们都还得务实一点，打肿脸充胖子是没必要做的。”说到这句，她进一步问到居里头上，“你有没有做兼职啊，一个月能赚多少钱？老在家可不行。”

居里立刻说：“不劳您老费心，我马上就要上班了。”

素鸡笑道：“孩子谁带哦？上班，上班也是要有条件的。不过我倒是可以上班，桂香管用的，但没那个必要，也不缺那个钱。”秋萍、居里气得脸绿，素鸡见状，也不恋战，转身带着桂香和孩子要走。可那大孙子却不肯走，一个劲地嚷嚷着要跟世卉妹妹玩，哪知世卉来一句：“你奶奶坏，我不跟你们玩。”

素鸡气得直跺脚，说：“真是有其奶必有其孙女！”

童言无忌，秋萍和居里一路落败，却因为世卉的一句话扳回一局，哈哈大笑，阴霾为之一扫，素鸡灰溜溜地走了。在这一刻，秋萍和居里是连在一块儿的，她们有人民内部矛盾，可当敌我矛盾到来的时候，她们便仿佛变形金刚、六神合体，转眼化作一个坚固的集体。素鸡走了，秋萍接着适才的话问居里：“你又要出去工作？”

居里不好说她妈家芝马上过来，所以可以出去工作，她来了个移花接木，连着饭桌上的那茬事说：“家里总得有人出去工作吧。”东方被推进火坑里了。

秋萍立刻警觉，问：“什么意思？东方没出去工作吗？”

居里装作有些为难，欲言又止。

“有什么事你说啊。”秋萍是个急脾气，“跟妈还瞒着？”

“东方失业了。”居里故意把声音压得很低，制造氛围，她知道秋萍的脾气，藏不住事，肯定要去问东方。

“失业了？什么叫失业了？干得好好的失什么业？”

“就是辞职了，不干了。”

“怎么会这样？！”秋萍大惊，虽然不至于暴跳如雷，但立刻掉转脚步朝家里走去，居里舒了一口气。她虽愚笨，可不知不觉中还是贯彻了三十六计里的一招：借刀杀人。她打定主意跟东方掰扯掰扯，用秋萍这张嘴。

说走就走，秋萍脚步快，居里抱着世卉，在后面跟着，一路还劝：“妈，你怎么还是这么个急脾气，这事你可别说是我说的。”

“我儿子不是这样的人。”进楼道了，秋萍道。居里觉得可笑，不是这样的人，那是什么人？一家子水都深，整天就瞒她一个。“也许换工作了。”秋萍浮想联翩，“对，换工作了。”居里气不打一处来，刚辞职没几天，换哪门子工作？换工作了能是这个状态？换工作丢人吗？换工作为什么要隐瞒？此地无银三百两。

到家了。秋萍直奔卧室，东方坐在电脑前，见妈妈进屋，也不动弹。居里跟在秋萍身后，秋萍开门见山问他：“东方，你现在到底在忙什么？工作还干吗？跟妈说实话，妈不怪你。”

居里双手抱臂。东方是她丈夫，她不想看他的笑话，可她要听他说实话。

“怎么啦，兴师动众的。”东方情绪还不错，“说了你也不懂，反正挣钱就是了。”

秋萍说：“我书香门第，有什么是我不懂的？”

居里心说，罗东方啊罗东方，你装，看你能装多久。

“我准备开公司，做贸易。”东方很笃定地说。

居里满脑子问号。开公司？这么说是她冤枉东方了。有可能，东方就是这个脾气，事情没完全办成，不会张扬出来。这么一想，居里有些窃喜，老公出息了，马上要开公司，在她眼里，开公司是个上档次的事情，东方开公司做老板，那她就是老板娘了，老板娘也是份工作呀！

秋萍率先拍掌："儿子优秀！优秀！妈妈为你鼓掌。"

这类肉麻的叫好，若在平时，居里觉得特别不适应，可今天她觉得婆婆秋萍夸得好，妙！东方就是这么个优秀人才。哦对了，在这种状况下，阿曼达不生育的事就不好再问了。

居里正在神游。秋萍扭头教育她："看到了吧，找个工作不难，难的是有想法，去做事情，开公司，我们书香门第，到底底蕴深厚些。"

吹吧！居里不反驳，做小学生状。

一夜无话。

第二天一早，东方照旧出门，居里没多问。既然说了开公司，那就拭目以待吧。秋萍做了公司老板的母亲，也高人一等，不愿意出去买菜，便委派居里前往。单住指日可待，婆婆让买菜，居里忍了，反正没几天了，于是拎着布袋子前往。到了新民菜市场，居里看鲜带鱼，冤家路窄，刚好遇到素鸡也在看。大庭广众之下，居里不想惹事，老邻居多，难看，便率先问了声好。该着素鸡这天心情好，秋萍又不在，她无的放矢，也没了兴致吵闹，也问了居里好。两个人客客气气地你一言我一语，竟越聊越深入。素鸡说："也就你能在罗家待，上一个都走了。"居里心里咯噔一下。上一个，阿曼达？看来素鸡是知情人。

"她为什么走？"居里微笑着，意思是愿闻其详。

素鸡道："要说这石玉燕也是可怜的孩子，是隔壁厂子的，她是她妈抱回来的，但跟她妈也沾亲，据说是她妈乡下弟弟家的孩子，所以她妈是她姑姑。从小也是宠，但后来家里破落了，穷过一阵，但跟你们家东方玩得好，后来就在一起了。这个安秋萍死活是不同意的，说老罗家几代单传，你们家那个大伯是不生的，另外两个姑姑，生出来的都不姓罗了。所以东方必须生孩子的。安秋萍害怕石玉燕不生。结果呢，可可的，石玉燕随她姑，也是不生的。那时候天天吃中药吃了多少服，我看着都看不下去，你婆婆不是人，可还是没用。你婆婆能有好脸、好话对人家？不过你们家也穷，跟我们家是不能比了，石玉燕也看不上这个穷家，所以走了，据说现在过得不错，有钱着呢，安秋萍又眼红，所以说呀居里，你算幸运的，生了，不过不一定，你要有思想准备。”

“什么思想准备？”居里问。

素鸡呵呵道：“二胎。”

道行真深。在素鸡面前，居里真成小学生了。

大雨如注

春天，朱姐慢慢恢复元气。

她能走动了，虽然恢复不到从前那个样子，但已经可以自理。老谢给她请了两个保姆，都先后被朱姐请走了。外界的传闻是，脾气坏。朱姐在人们心中成了一个愚蠢女人的代表，为了丈夫自杀，值得吗？你死了立马有继任者。赶走保姆？这不是上等人的做派。

朱姐懒得跟人解释。她自认为还没到需要保姆的年纪，她下定决心要自立——四十岁出头才开始自立，似乎有点过于晚了，可就在生与死的瞬间，朱姐多少悟到了点什么，不只是经济上，还有精神上。她必须自立，她必须再次长大，不能过于依赖老谢、依赖莉莉，甚至于依赖小伍。

她必须为自己而活。

朱姐打算向老谢提点要求，她希望自己做一点事情，自给自足、自力更生，当然前提是，老谢得支持一把。夫妻这么多年，又刚经过大难，朱姐闭口不言，保全老谢的面子，她自认为值得获得一笔“投资”。

至于做什么事、怎么做，朱姐暂时没什么好点子。她本打算找乐乐商量商量，可打了几个电话不通，她便改约居里到她家附近的美容会所，先做了脸，再出来喝咖啡。

朱姐不经意间简单地跟居里提了一下自己的打算，居里立刻说：“姐，你早这么想就对了，现在就流行创业，你说你如果创业了，我们也能跟着沾点光。”

“我现在这样子，半个残疾人，还能创什么业，无非是打发时间罢了。”朱姐说。

居里说：“你可千万别这么讲，大难不死，必有后福。”其实居里跟着还想说，我们家东方也创业了，但话到嘴边又觉得，在这么大一个企业家的夫人面前说创业，未免太班门弄斧，搞不好就贻笑大方，便硬吞了下去。

嗯，不说，说自己的事可以。居里说：“姐，你知道吗，乐乐给我介绍了一份工作，去一家美容院做管理，跟刚才的美容院比不差。”乐乐介绍的是去做美容师，居里好面子，只记住做管理。朱姐说：“那乐乐还真有心，苟富贵勿相忘了。”

居里说：“你知道吗，乐乐怀孕了。”朱姐的心咯噔一下，乐乐干出什么事她都不意外，但真听到居里说出这个事，她还是觉得震撼，不走寻常路，乐乐做的事都是她们这些良家妇女憎恶的不敢做的事，但憎恶到最后，朱姐又有几分佩服。

“老秦的吗？”朱姐问。

“那还能有谁？”居里说，“谢总没跟你说这事啊？”

朱姐说：“这种事情老谢怎么能知道，”又问，“老秦什么态度，决定生下来吗？”居里说：“那就不知道了，他们有钱人，反正生个孩子跟玩儿似的，但就看乐乐想不想要名分了。”

名分，朱姐听到这两个字觉得太残忍，她为老秦的原配忧伤，她知道那个长期住在疗养院的女人。可这一切又怎么能都怪女人呢，是老秦不好，是他太贪心。但是，哪个男人不贪心呢，男人有了钱和权，这贪心便像毒蘑菇一样日长夜大，迟早毒害人心，难免。

“各人有福各人享，各人有罪各人受。”朱姐叹道。

喝得差不多了，朱姐没约居里用晚餐。她把居里送到车站，自己则往家的方向走，走到小区路口，看到老谢的车停在楼下。她还没回过神来，车上下来一个人，是小伍，他恐怕是来接老谢的。朱姐有些尴尬，车祸事件之后，她总觉得自己欠小伍一点什么，可是，小伍对她暗暗的情愫，又让她觉得别扭。她比他大十岁，已经是两代人了，他们没有可能，至少在朱姐看来不可能，也不可以。可越是这样，朱姐就越强迫自己大方点，装作什么都没发生过，她跟小伍点了点头，说“回头约个时间，有点事问你”——她想到了咨询小伍，他跟了老谢这么多年，很多事情知道得比她还深，他对当前的局面应该有自己的判断，出车祸之前他不是还建议她为将来打算吗？也许他已经有了计划。

他可能也是想赚钱，她现在需要左膀右臂。

“哦好。”小伍显然有些意外。但答应了之后，就迅速地钻进车里，不看朱姐了。做了这么多年司机和半个秘书，小伍有个优点就是藏得深。至少在外人面前，他不会露出什么。他就是一个尽职尽责的聋子、哑巴。但朱姐知道，事实不是这样，在他们单独相处的时候，空气中有荷尔蒙激荡。

过了几天，老谢去南通工厂看卫浴新产品。朱姐把小伍约出来，在虹口一家必胜客。小伍有些意外，他没想到朱姐会约这种青少年快餐店，但想一想也可以理解，他突然袭击惯了，她约在公共场合，众目睽睽，对他有所约束。

窗外有雨，淅淅沥沥，越下越大，小伍和朱姐坐在落地窗边，雨水顺着外窗不断流下，形成一道道小河流。

春雨多情，然而上海的春雨却有几分凉意。

四周座位，有大人带着孩子，还有小情侣，一派柔暖气，和窗外形成反差。

两个人点好比萨、沙拉、饮料，在等餐，小伍笑说，你真把我当成孩子了。朱姐没接话，她能怎么答呢，如果他都算孩子，要么意味着她太老了，要么意味着她爱他——女人爱一个男人的时候才会把他当作孩子。其实她约他到这里，只是为了掩人耳目，咖啡店、会所，保不齐遇见熟人，可这种地方，反倒能够“万人如海一身藏”了。朱姐岔开话题说自己的：“上次你救了我，一直没来得及谢你。”小伍说：“应该的，不用客气，我为老板打工。”

“也算是自己人了，我不怕跟你打开天窗说亮话，我现在就想做一点自己的事情，所以想问问你老谢那边，有什么可以单拿出来做的，我没做过生意，但现在一着手，我想自由度大一些。”小伍立刻明白了朱姐的意思，他说：“谢总那边生意比较多，现在一直在扩大，但做得比较好的只有食品和卫浴。食品在杭州，做卫浴的是工厂，就在南通了，但总的来说卫浴做得最好，听说那个姓罗的，就是谢总的朋友，现在单干了，经常找谢总拿货。”

“姓罗的？”朱姐疑惑。

“他老婆跟你是前同事。”小伍什么都知道。

“沈居里？罗东方？”朱姐讶然，“罗东方不是老谢介绍去老秦公司做吗？”

“已经不做了。”

“原因是什么？”朱姐问。

“这我就不知道了。”小伍说。

朱业勤感到奇怪，几天前她才见的沈居里，罗东方找老谢拿货的事她一个字也没提，是她不够意思，还是她真不知道？按照居里的性格，如果东方和老谢是供货商和经销商的关系，她应该会来找她打关系，怎么可能不说？那很有可能居里真的不知道。

“你的意思是，让我也去做经销？”朱姐问，“可是我哪儿来的渠道？”

小伍说：“那个罗东方也实在厉害，货刚到，不出半个月就销完了。”

“货款给得及时吗？”

“都是先拿货，半年之后才返货款。”

朱姐想了想，说：“这生意我做不了，去跑渠道，我一不会喝酒，二没有人脉。”小伍笑说：“那还是做食品比较可靠。”朱姐说：“开饭店？”小伍说：“做便当外卖，现在上海的白领中午吃饭问题是个刚需。”朱姐说：“你是不是又要说借助互联网？”小伍说：“那是趋势。”

两个人正说着，朱姐的手机响了：“喂，对不起你打错了。”朱姐意兴阑珊。

“别挂，我真是老谢的朋友。”对方是个中年男人，语气很急迫。

“是他的朋友你找他去。”

“不是，是真有急事。”

“对不起，我还有事，不聊了。”朱姐要挂电话。

电话那头的人急了，嚷嚷着：“你快带点钱来，来南通，老谢嫖娼被抓了。”

晴天霹雳！

朱姐的手机差点掉地上。

她以为她和老谢已经井水不犯河水，她心如止水。可命运不允许她这样！

“那就抓，关他到死！”朱姐狠狠挂掉电话，眼泪却涌出来了。

一旁，小伍听得清清楚楚。

“我去开车。”小伍说，他很理性。

“谁说我要去？！让他自生自灭！”朱姐嘶吼。

泪水如注。

“在门口等。”小伍起身，把雨伞留在朱姐手边。他知道朱姐的心，一日夫妻百日恩，何况现在是闹脾气的时候吗？名义上他们是夫妻，她怎么能不管不问？为了钱也要管。老谢最希望的是公司上市，可一旦嫖娼新闻出来，还怎么上市？

朱姐仰头看着天花板，厉声一叫，手中的餐刀一舞，直挺挺地扎在桌面上。

周围的小朋友被吓哭了。大人忙护住孩子，以为身旁坐着的不是杀人犯就是精神病人。

朱姐慢慢地站起身，拿起伞。

天黑压压的，门外，大雨倾盆。

淑女搬家

清晨起来，居里感到无比的兴奋，这是她来到上海后期待已久的一天，多少次她在梦中幻想着，充满仪式感——她梦想中的一天是她买到了房子，搬家，如今退而求其次，租了房子，也搬家。一步一步来吧。

世卉一早就被送到楼上老太太那儿，免得耽误事。东方继续去上班，他现在是大忙人，进宝出去做工，秋萍唱戏去了，家里只有居里一个人在收拾。居里怀疑秋萍根本是存心的，可她不在乎，她马上就要搬离这个鸽子窝了，大包小包、大箱子小箱子，在卧室摆成一圈，她仔仔细细地收拾着，她打算收拾完就找搬家公司，距离不远，但搬家这种事还是得找专业的，三百块钱搞定，新家有电梯，连上楼的钱都不用给了。

三搬当一烧。平时不觉得东西多，可真收拾起来，居里才发现，这次搬家的难度，如果是从一个屋子搬到另外一个屋子，全部都搬走就得了，可现在是从婆婆家搬到自己租住的地方，不能全都搬干净，得留一点，是给公婆一点面子，就比如这张床吧，这是东方家的老物件，居里最不想要，但秋萍头一天就表示说这床得给东方，从小就睡它，换了床不习惯，东方会失眠的。居里恨得牙根痒痒，这不知是几十年代的老式木床，杠得她腰酸背痛，她梦想中的床，是席梦思，铺着乳胶床垫，可现在无法实现了。再比如衣服、鞋子，她的、东方的、世卉的，还有东方的衣服，得两边分着放，意思是他们小两口的心思还在这个大家里，并没有完全搬出去，或者说人搬出去了，但是心还在这里。再比如秋萍从北京带回来的京剧脸谱的挂件，居里不想要，可权衡一下，还是得要，否则秋萍又该说不重视她的礼物……居里放眼四周，摆在面前的所有东西，就在这个小屋之内，似乎都要二选一。居里像一个法官一样，坐在杂物堆里，一条一条地做判断。

正判断着，秋萍唱完戏，上来了。小卧室内一团乱，秋萍推门进来，居里抬头看见婆婆多少有些尴尬。是的，这个时刻终于到来了，她即将带走秋萍的儿子，这个生在这个屋里、长在这个屋里的男孩，还要带走一些在进宝和秋萍眼里可能更重要的东西——这次搬家摧毁了家庭的旧秩序。居里为了掩饰尴尬，笑着说："快来帮我判断判断，这么多东西，也不是全部都得带走，毕竟我们还得常回来，什么该带走、什么该留妈做主。"

秋萍一大早是带着怨气走的，儿子搬出去，她一百个不愿意，可是儿大不由娘，娶了媳妇还忘了娘，能住在附近，她已经不求更多。可她说不出什么，东方有自己的家庭，迟早都要离开，可她宁愿把这个离开的时间一推再推，可如今居里终结了这一切。居里提到"做主"二字，可点着了秋萍的炮，秋萍觉得自己本就是这个家的女主人，当然是她说了算。这么一客气，秋萍便恭敬不如从命了。

她语重心长地对居里说："居里啊，你什么都好，就是不太会持家。"居里听了自然不高兴，但她心想，反正我马上就要自己单住，随你怎么说，你说什么都对，说什么都好。想到这儿，居里便微笑着，说："都得跟妈学学。"

秋萍摆开架势道："搬家是最考验人了，什么该丢、什么不该丢，是一门学问，这里面有做主妇的经验、做主妇的秘密。"居里最怕听到"主妇"二字，她名字里面的"居里"二字已经有一半代表着居住在家里，再做主妇——"主要做妇女"，相夫教子，那不是居里的理想。

秋萍故意从杂物堆里拎着一双袜子，后跟破了个洞，大脚趾和二脚趾破了两个大洞，也不知道是从哪儿跳出来的，可能是沙发底下，早就该扔了。秋萍两指拎着袜子，在居里面前晃了晃，说："比如，这个能丢吗？什么叫艰苦朴素？新三年、旧三年、缝缝补补又三年，新的有时候还不如旧的舒服，这个补一补，还能继续穿。”居里对着一只臭袜子，无比为难，就算缝补了还能穿，但一只怎么行？她本不想问，但被秋萍逼得实在没办法，于是只好轻轻柔柔地顶了一句：“妈，就剩一只了。”

秋萍立刻说：“可以配对啊，一只怕什么，原配没了还能再娶呢。”这有些故意刁难了。居里咬牙说：“行，我再努力努力。”秋萍还没过瘾，环顾四周，看到窗台上的多肉植物长得茂盛，是一盆燕子掌，耷拉老长，这是居里的最爱。秋萍道：“这盆花就留在家里吧。”夺人心头之好呀！秋萍见居里一脸为难，暗暗喜悦着，谁叫她死活要搬家。居里道：“妈，新家搞不好有味道，这花拿过去吸味道正好。”秋萍立刻说：“吸味道嘛，把客厅那盆绿萝拿去好了。”居里无言以对，只好败下阵来。秋萍变本加厉，说：“你那个面膜我用用，我这老脸，还有那个电动脚盆，还有这地毯”——居里的朋友从土耳其带回来的，秋萍一直喜欢，刚好趁此机会夺过来。居里忍痛一一答应。屋子里仿佛战后的废墟，秋萍抄家般翻拣着。

“这个留着，别带过去。”秋萍拎出个文件袋。

居里定睛一瞧，是她的学位证和学历证，她飞扑过去：“妈！这个不行，得带过去。”她马上找工作要用，放在家里多不方便。再说这毕业证书比她的命还重要，读了这么多年书，就靠这个证明。

“租的房子哪能放重要的东西，放在家里，比你存在银行还保险。”

“不是妈……”居里还要解释。

“不是什么不是？”秋萍听不得不是。

居里眼眶含泪，但为了不让婆婆看见，她连忙抱着一个大纸盒子出门去了。她给搬家公司的弟兄们打电话，让他们现在就来。

嗯，离开了，暂时是离开了，虽然走得不远。但好歹能呼吸点自由的空气。

居里使劲把眼泪憋回去。妈妈不久也要来了，她没有理由悲伤。不多会儿，搬家公司的上门，居里整理好情绪，轻轻推开门。

秋萍背对着门坐着。

居里喊了一声妈，秋萍没动。

“妈——”居里又喊了一声。

秋萍转过身，眼眶红红的。居里的心忽地沉了一下。她在哭，还是舍不得。

居里忽然有些感同身受。她不敢想，多年之后世卉如果离开，她会怎样。

很快地，秋萍整理好情绪了。“搬吧。”她说。

工人们开工了。屋子里渐渐空了些。

居里上前，拉住秋萍的手，塞过去个东西：“妈。”

秋萍低头，张开手心，是把钥匙。她惊异地看着居里，她没想到这个时候居里会给她钥匙。

“两边都是您的家。”居里说。

秋萍的眼又红了一下，但转瞬间憋了回去，她还嘴硬：“你要记住，我们是书香门第，一定要把世卉教育成淑女。”

世卉从门外跑进来，抱着个布娃娃。秋萍搂住宝贝孙女。

世卉说：“奶奶，布娃娃的裙子破了，屁股露出来了。”居里大惊，轻声呵斥道：“卉卉！”世卉眨巴着小眼，不知自己犯了什么错。

秋萍说：“卉卉，我们是书香门第，不能说屁股。”

世卉问：“那该说什么？”

秋萍微笑着说：“说小屁屁。”

居里直翻白眼，这就是婆婆所谓的书香门第。

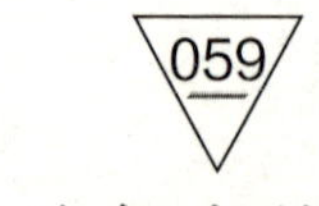

如狼似虎的年纪

朱姐在南通等了三天，她做梦也想不到自己竟会和丈夫在拘留所门口见面。

震惊、愤怒、迷惑，她想当面问问老谢到底发生了什么，不是说来南通出差……朱姐曾经以为自己已然妥协到底，心如止水，睁一只眼，闭一只眼，老谢可以在外面拈花惹草，甚至和他的女朋友们去看星空。但现在呢，性质不一样了，老谢被抓到看守所，托了本地客户的关系，交了两万才被放出来。

他去找了鸡。

本质的变化。交女朋友，可能还有感情的因素，去找鸡则是纯粹的肉欲发泄了。老谢现在是半人半魔。

朱姐站在看守所门口，她不愿意太靠近，在她看来，这种地方关押的人都是渣滓、垃圾、社会败类，她怎么也料不到自己的丈夫有朝一日会和这个地方扯上关系。他不是那个纯朴善良的农村青年小谢吗？他当初单纯得连牵个手都脸红。说好了一颗红心干革命，几十年，是什么把一个红色青年染得一身黑？

没有太阳，这是个阴天，云朵层层压着，让人喘不过气来。

老谢出来了，灰头土脸。看到朱姐，他并没有立刻走过去，迟疑了一下，然后再抬步。走近了，两个人面对面站着，都不说话。老谢是不想说，朱姐是千言万语说不出口。老谢已经放弃了解释，一切都已经那么明朗、清晰。好像他成了妖，一面照妖镜照得他无所遁形。

遁不了就不遁，虽然无耻，但坦坦荡荡之后，老谢似乎并不对自己的所为感到羞愧。

半天，朱姐问了一句："为什么？"

"站这儿不走了是吧？"老谢掏烟，点上。

朱姐全身一震，她想不到，这个在看守所里被打压得灰头土脸、屄包一样的男人，一走到她这个女人面前，便立刻像个男人了。

他是一家之主，是丈夫，夫为妻纲，永远顶天立地，即便他从垃圾堆里、从另一个女人那里一身脏回来也是如此。

夫妻俩四目相对，眼光中含着内容。

小伍开车过来，老谢率先上车，朱姐站着不动，老谢伸手按响了喇叭，朱姐这才上了后座。三个人到了一家本地小饭店，老谢被关三天，吃的除了馒头就是咸菜，他饿坏了。小伍不上桌，点了份盖饭，打包到车里吃。一上午，这个名为团结饭店的小铺子里只有朱姐和老谢两个客人。朱姐苦笑，团结饭店，她看这店名已经像讽刺。

老谢点了个红烧肉、香椿炒鸡蛋，再要一个西湖牛肉羹。菜一上来，他便不管不顾独自狼吞虎咽起来。在朱姐面前，他最不需要伪装。

朱姐一口都不想吃，但是想问他要一个解释，她甚至希望他告诉她，一切都不是真的，是一场误会，是商业伙伴的陷害、是妓女碰瓷、是警察抓错了人，根本就是天方夜谭，他被无罪释放，两万块钱也能追讨回来，一万个念头电视剧情节般在朱姐的脑海中跑马而过……谎言，哪怕只是善意的谎言，朱姐心里都会好受些。

可老谢却一言不发，好像刚刚过去的72个小时什么事都没发生，或者尽管发生了，却也不是什么大不了的事，只是一不小心遇到了一场劫难，他是一个幸存者，并没有道德上的困惑。风卷残云，红烧肉和鸡蛋都吃完了。老谢开始喝汤，他给朱姐盛了一碗。

"到底是为什么？"朱姐问。她已经不问到底是不是真的了，警察已经向她汇报，是真的，老谢叫了鸡，可她就是不理解，老谢这样一个有钱而且还算有点头脸的男人，为什么会叫鸡？！这种下三烂的交易在朱姐心目中应该只有民工才会干。可一旦问为什么，朱姐就又败了下风，男人不喜欢女人问为什么，他只希望她们接受事实，既然发生了，何必问为什么，尤其是夫妻之间，知己知彼，心照不宣。或许朱姐对老谢的了解还不够深入吧。

老谢闷头喝汤。

朱姐把筷子往桌上一拍："你今天必须给我个说法。"这是朱姐的"今日说法"，她觉得自己应该在这个理直气壮的时刻，将自己和老谢的关系彻底扭转，是的，老谢如今是戴罪之身，他的理直气壮丝毫没有道理。可就在这个时刻，朱姐也才发现，自己先前修炼的心如止水，全部都是假象，她还是放不下、解不脱，她还是个俗人。

汤喝干净了，老谢放下碗，抬头看着朱姐，盯了一会儿，才说："那你告诉我，你让我怎么办？这次也是朋友带着，几个人起哄，你说怎么办？我们之间还有那回事吗？"

老谢足够诚实。这是他的优点，却让朱姐觉得五雷轰顶，刹那间，仿佛有一道闪电从自己的头顶穿到脚底，她全身麻了。老谢的这句话将她的心扎了一个洞，他们之间还有那回事吗？没有！她确定没有，在莉莉走之前的一年前就已经没有那回事了。

现在他们分居，更是清汤寡水。

朱姐突然意识到老谢还是如狼似虎的年纪，可她却已经到了随时担心是否停经的季节。朱姐有些想哭，但忍住了，她抓住最后一点优势喝道："你这是违法乱纪！"

"真没有，如果真有什么会这么轻松被放出来吗？交点钱就能走人吗？警察也要有点外快的。什么都还没来得及发生，你总是想太多。"老谢的口气很轻松。朱姐一听没发生什么，竟有点庆幸，但她立刻又自我批评，"还没来得及发生"？但是他的确是想发生的，只是没来得及。还是可恶！

朱姐说："谢平贵，你还想让公司上市？我看你是痴心妄想，就你这品德。"朱姐像一名思想品德老师，开始给丈夫上课，老谢却根本不听这一套，站起身。饭店服务员眼见，上前问是不是要结账，老谢指了指朱姐，走了。朱姐掏钱包的手有点抖，匆匆忙忙付账，追了出去。她三步并作两步上前抓住老谢的胳膊，老谢轻轻甩开她，好像是甩掉粘在衣服上的讨厌的口香糖。

“你到底要怎么样？”老谢问朱姐，这是他永恒的发问。到底要怎么样？朱姐每次都答不上来，她要怎么样连她自己也不清楚。杀了他？吃了他？剁了他？显然不能，她能怎么样呢？

上了车。老谢坐副驾驶，朱姐在后座，小伍发动车了。老谢说直接回公司。朱姐说：“这个时候你回公司干吗，回家。”小伍先把车开动，路途还远，还有纠正的机会。老谢说：“我还有公务要处理，罗东方要来拿货，现在就是赶这批货。”

朱姐还是强调回家，老谢没反对，只好说听她的。

汽车快速地在高速公路上行驶着，天空飘着毛毛细雨，雾蒙蒙的，一片混沌，车厢内静得可怕。老谢扭开广播，是当地的节目，吱吱啦啦地放着，一对男女主播在电波里打情骂俏，说着男女之事。男主播一本正经，说：“据调查，45岁以上的夫妻，70%没有性生活。”女主播一惊一乍，说：“那怎么办？”男主播打趣说：“自行解决。”说完又改口说，“所以要来我们九龙男科医院啦……”

原来是广告。

朱姐唾弃道：“脑子都要炸了，谁要听这个。”

老谢为朱姐服务，换歌了。这回是电视剧《西游记》原声带，唱的是《女儿情》，唱到那几句：“说什么王权富贵，怕什么戒律清规……女儿美不美……”

老谢闭目养神。

朱姐泪流满面。她嫁给老谢的时候，也是不管不顾，不选王权富贵，突破戒律清规……可她得到了什么呢？

老谢睡着了，鼾声轻微。

小伍从后视镜望着朱姐，悄悄地递上一包纸巾。

美容院的事

老谢回家了。

夫妻俩接连好多天冷战，朱姐并没有打算原谅老谢，可老谢似乎也并不希望取得她的原谅，两个人又回到了以前的状态。不，或许连以前的状态都不如。过去每到周末，他们还能在家里安安分分地吃一顿饭，但现在连这顿饭都免了，四大皆空。

老谢公司大发展，是真忙。

朱姐依旧一个人，健身、美容、逛街，过阔太太的生活，可她觉得这种生活空虚寂寞极了。

居里开始在美容院上班了，叫丽人美容，朱姐为了支持居里的工作，便去办了张卡。或许朱姐只是想找小姊妹一起待一待。

居里去了丽人才知道她的岗位根本不是什么管理，充其量算一个领班。她年纪大，小姑娘们尊称她一句沈姐，其实她也就是个蓝领，人手不够的时候，居里还是得上阵——几乎每天都人手不够。

居里每天对着各式各样女人的脸，觉得女人这个物种没意思极了。在美容院聊天，女人们大部分聊的都是男人，她们美容的目的多半明确，年长的是为了保住男人，年轻的是为了勾引男人，也是，自古以来，女为悦己者容，不然美给谁看呢？

美给同类看总归没有胜利感。

女人在这个社会多少有点商品的属性，当然男人也是商品，只不过男人是权力、财富竞争的商品，女人则是男人的商品。来了美容院居里才发现，独立的女人太少了，但她始终追求独立，因为这个，居里不太喜欢美容院的这份工作了。

一天下午，开间最里面的一张美容床上，朱姐平躺着，敷脸。居里知道自己手艺欠佳，便请店里手艺最好的小妹为朱姐服务。一层一层的腻子上好，然后，蒸汽，云雾缭绕，如在仙境，接着是按摩，疏通经络。

做美容，有人喜欢聊天，有人喜欢闭目养神，朱姐属于后者，她什么都不想说，她有时候其实是来睡觉的，在家里睡不着，她现在有点讨厌那个家。

做到一半，来了两个女人，居里领着她们进来，一个躺当中，一个躺在靠门的床上，床与床之间隔一道紫色薄纱。居里带着一个小妹为她们服务，居里给睡中间的短发妹做，她一头金毛，旁边的是长卷发。两个人从一躺在美容床上就开始聊，先聊美容，各有心得，再聊衣服，各有心得，然后聊电视剧，各有心得，再聊明星，各有心得。

居里大概明白了，她们不是正经工作的女人，而是在外面混的靠男人上位的女人。她们多半是小网红、十八线野模，居里讨厌这样的女人，也讨厌她们能扎死人的锥子下巴。在居里看来，这些人卸了妆就是个鬼，尤其眼睛，妆前是大熊猫，妆卸后就成老鼠了。化妆术使得现在的女人极具欺骗性，可有什么办法呢，有些男人喜欢被骗。他们不求清水出芙蓉，只要胸大、腿长、眼忽闪。

终于，她们开始聊那个百年不变的话题：男人。

朱姐依旧闭着眼，其实她早醒了，静静地听着。她没有存在感，这两个年轻女人连正眼都没瞧她。

居里手下的金毛说："哎呀，现在的男人没意思的，花一点钱就觉得自己能怎么样。"

卷毛说："那你是没遇到好的男人。"

"什么样的男人才是好男人呢？"金毛说，"富一代太老，富二代没有担当。"

卷毛问："多老才算老？"

金毛说："不到五十岁就不算老，不过年纪大的也有显年轻的，我一个姐们儿，说她的一个小姐们儿跟的那人不错，有钱还仗义。”

“叫什么？”卷毛问。

“八爷知道不？”金毛答。

卷毛说：“不知道，姓什么呀？”金毛说：“好像姓秦，挺神秘的，具体不知道。”卷毛说：“没听说什么八爷。”金毛说：“你才几年道行，见过几个毛人？八爷这个人非常讲义气，他有一个优点特别好，他喜新，但不厌旧。”卷毛问：“什么意思？”金毛说：“跟过他的女人，他都包办，原配早死了，有一个老二痴呆了，他一直管着，老三好像在国外，现在有个老四，这个老四据说年龄不大的，但也爱得死去活来，反正把每一个都照顾得好好的。”

卷毛说：“反正有钱，什么都能摆平。”

金毛说：“也不能这么说，你以为跟男人就是你躺床上就行了？那是鸡，感情，感情你懂吗？”卷毛说：“我不懂。”金毛说：“这是一门学问，要修炼的。”

朱姐听得心惊，但她依旧纹丝不动，好像一件摆设。

居里讶异得手上的动作都变了形，她就算再糊涂，也明白了几分。

八爷莫非就是老秦？不对啊，老秦原配是痴呆，难道那个疗养院的不是原配？老三在国外也不对。居里不好直接问，只能继续听。世界小得可怕。

卷毛说：“怎么修炼，玩玩的多，又是出来玩，有几个能金盆洗手回去当家做主的？”金毛说：“那就看运气了，前一阵说有几个平时爱玩的在南通被抓了，张山峰、胡青凡、谢平贵……”

居里耳边再次起了个炸雷。她透过薄纱看朱姐，紫色烟雨蒙蒙，里面藏着几十年的愁绪。朱姐已经坐起来了，小妹在帮她揉肩，她的手在抖，胸口起伏如波涛。

老谢出去玩被抓了？这事没听朱姐提过，也是，家丑不可外扬，可现在呢，却被两个外人直直地说出来，朱姐该有多心痛。居里柔肠百转。

金毛继续说着，描述细节：“说是在海边玩暗娼，玩探探约出来的，你说这些老男人，玩起这个来倒是挺时髦……”居里听得心一抽一抽的，下意识地转头看朱姐，她又躺下了，一动不动，仿佛木乃伊，沉睡千年，睡过去就什么都不想了。金毛说：“听说那个姓谢的还玩了双飞。”

居里差点没呕出来，知人知面不知心。她为东方担心，他跟老谢正做着生意呢。

卷毛说：“早就听说姓谢的老婆不行，出不了台面，而且年龄大得跟出了家似的，哪个男人能受得了啊，那方面不和谐也不行，谢总也是憋坏了。”金毛说：“你还别说，姓谢的还挺有男人味的，大男子主义。”卷毛笑说：“我就喜欢大男子主义的……”两个人越说越大声，最后哈哈大笑，极尽讽刺之能事。居里去台子上取护肤液，绕过纱帘，她发现朱姐流泪了。

可恶的金毛、卷毛！居里瞬间愤愤然，她们怎么说老谢她不管，可说朱姐就是不行，女人何苦刻薄女人！

居里拿着护肤泥，悄悄地望里面吐了两口唾沫，搅匀了，走到金毛面前：“准备开始了啊，这是大溪地深度矿物泥，请闭眼……”

居里声音放得柔柔的，软化敌人的注意力。金毛真闭眼了，居里抠出泥，一点一点地往金毛脸上抹，然后，用指腹推按，咦，推到个火疖子在脸蛋上，居里使劲压，火疖子瞬间爆浆。金毛痛得跳将起来，哇哇大闹道：“怎么回事？！毁容了！王八蛋我要投诉！”

居里装作一脸无辜、什么也不知道的样子。金毛门神一般跳脚，抓爬着要去掐居里的脖子。

朱姐坐在床边，一伸脚，啪，金毛正面拍在了地上。卷毛吓傻了，说：“姐，你没事吧？”半晌，金毛才爬起来，这次叫得更大声了：“我要投诉！叫老板来！”脸上的泥糊住了眼，金毛瞎子摸象，卷毛过来扶她，推搡间，一只花瓶落地，当啷一声，粉色玫瑰散了一地。

居里率先小题大做：“呀！这可是古董花瓶！意大利的！这位客人，你要赔十万呀！”卷毛阅历浅，被居里唬住了，金毛嚷嚷着，说：“放你娘的屁，一个破花瓶还古董……”居里上前把朱姐搀过来，金毛再度袭击，居里轻巧一闪，金毛扑了空，一抬腿，踢翻了床头的精油盘，上面大大小小的精油瓶噼里啪啦地掉在地上，香味炸开来。小妹们见客人闯了大祸，纷纷上手压住金毛、卷毛，嚷嚷着报警。

朱姐无限温柔地望着居里，这个时候，也只有居里能够为她挺身而出。居里比了个“V”字形手势，这工作她早就做够了，她要尊严，要创造价值，而不是什么女为悦己者容。

居里又要失业了。

朱姐吸了口气，她想不到，犯了错的老谢竟毫发无伤地成了一众人的偶像，而她，一个完完全全的受害者，却成为口诛笔伐的对象。这个黑锅她不能背，也背不起。朱姐下定决心，回家便跟老谢提离婚。

精油的香味在空气中弥漫，居里动动鼻子，仔细辨别每一种香：薰衣草、茶树、甜橙、柠檬、薄荷、肉豆蔻、洋甘菊、天竺葵、迷迭香、檀香、香茅、佛手柑……深吸一口气，让这些香味分子混入体内。生活本就是如此，采集好的，丢弃坏的。居里闭上眼享受着这一刻。

deer与娣儿

居里和东方搬进自己的小家了，虽然是租来的，但居里还是恍若新生，就为了这事，她和东方连着欢腾了三夜。

两室一厅，客厅隔开，算多了一个小单间，居里已经安排好了：卧室是她和东方住；隔间，将来给世卉做儿童房，她已经开始培养世卉单独睡觉；另外一间靠西的小卧室，那是给她妈妈家芝准备的。

好事成双，搬了家没几天，居里就有了新工作，到美容院上岗，但干了没半个月，遇到朱姐那个事，老板让她避避风头先回家待岗，等过一阵再说，居里大概明白，她也不打算继续工作。她给乐乐发微信说明了情况，乐乐说一切支持她。工作丢了就丢了吧！也不是第一次。但她对老秦和老谢的事很感兴趣。东方没提过，是不知道，还是故意隐瞒？或者是觉得没必要告诉她？这不是夫妻。

晚上看电视，居里来了个突然袭击，用世卉的小气锤打了东方一下，装作不经意："老秦到底有几个老婆？"

东方没应声，居里再追问。东方说："你问这干吗？"

"怕你近朱者赤，近墨者黑。"居里还是开玩笑的口气。

东方说："我都不在那儿干了，我哪知道。"居里盘坐在沙发上，怀里抱着枕头："我听说他光老婆就三四个，不过有的不能算老婆，是情人吧，说那个痴呆老婆之前还有一个，在国外，乐乐可能是第四个。"

东方一面告诉居里，别人的事情少管，跟我们没关系，可另一面却有点担心，为乐乐担忧。自上次陪乐乐返乡之后，他和乐乐似乎有了一点心灵上的默契，乐乐对他，全部暴露，将最不堪的全暴露给他看，可正因如此，他对她的了解偏偏更入骨入肉，进而生出一些真切的怜悯。

他和乐乐互加微信，但从不评论、不点赞，东方的微信没有朋友圈，但这不妨碍他看乐乐的朋友圈，只是她发得很少，偶尔只有一些风景，配着感悟人生的文字，她承担了太多。乐乐在东方微信里的备注名叫deer，他随便打的，意思他不知道，后来才发现，英文意思是鹿，也指“复数”。复数好，总好过单数，孤孤单单，东方想。

心灵的小角落，居里查不到的所在。

可这么一刻意，东方反倒觉得自己对乐乐有点过于用心了。如果清白如纸，有无往来，何至于隐藏那么深呢。东方也许是要骗自己。

自从离开公司，东方和乐乐没再见过面，但他知道她怀孕了，在一个地方躲着，刚听到居里的话，东方的第一反应就是要不要跟乐乐通气。老秦危险，太复杂，事实上他谈不上恨老秦，尽管是他让他没了工作。老秦把他当情敌了，但乐乐也许早都知道。

再说，如果是朋友，他又怎么忍心拆穿这个伤疤？知道也得装作不知道。

阿曼达也是个隐患，他现在跟她联手做生意，没跟居里提过，一提又是大闹。但东方心里知道界限，他和阿曼达的联盟纯粹为了赚钱。可赚钱为了什么呢？完全为了居里和这个小家。他对自己说：我对居里有感情，有感情，有感情，说了三遍。阿曼达只是过往，她有商业才能，她在百难之中给东方指了一条路：找老谢拿货，作为经销商，卖卫浴产品。只不过阿曼达更能跟得上时代，她玩的是互联网思维，东方服气。居里也没再问过他和阿曼达的事，关于生意，她也没细究过，她多半是不懂，从职场铩羽而归，虽然有满腹理想，但在家几年，她还是多少与社会脱了节。东方有意让居里参与进来，可现在毕竟刚起步，而且一旦参与，阿曼达，他的上游，必然跟居里有接触，这是他不愿意看到的。

“老谢的事你知道吧？”居里又拍了东方一下。她表示亲昵的方式之一是轻拍。

东方问："又是什么事情？"

"老谢在南通被抓了，你可要小心点，别跟他学坏，近朱者赤，近墨者黑。"居里语重心长。这是她今天第二次用这个词语。

老谢的事他当然知道，圈子里早都风言风语了，可他没跟居里提过，东方这个人有一点好处，就是从不多言。连秋萍都说："我这个儿子适合做保密工作。"但这也恰恰是居里怨他的，她常怨东方下了班也不跟她说话，闷都闷死了。可悖论是，她当初喜欢他，也是因为他的少言寡语，给人可靠的感觉，居里说他像电影《保镖》里的男主角，凯文·科斯特纳。

"他是供货商，我是批发商，我和他只有拿货的关系。"东方给居里吃定心丸。

"我怎么觉得你的这些朋友没几个正经的呢。"

东方反问："这些还不都是你好姐妹的男朋友或者老公？"

"她们全都瞎了眼。"

"这话朱姐听到可要伤心了。"

居里想了想，把要说的话吞下去了，在美容院的一幕，她也没跟东方描述。她同情朱姐，她们都是女人，朱姐遭到了背叛，从这一点来看，居里和朱姐又是一线的了。东方和老谢、老秦，都是阶级敌人。

居里又对东方说："明天我妈过来，你无论如何要请假去接一趟。"东方立刻说："没问题。"居里心里暖洋洋的，在大是大非的问题上，东方没含糊过，这是她对他满意的一点。随即她又说："算了，你还是去忙工作，我去接。"东方不懂居里葫芦里卖的什么药，刚才说无论如何，这一回又不让去接了。

其实居里只是投桃报李，试探他一下。

久经考验了。

"钱够不够？"东方从皮夹子里掏出一沓钱，望过去有小一千，"带妈去饭店吃，不要在家吃了。"

又搔到居里痒处了。孝顺的女婿，不错的半个儿。

“钱够。”居里微笑着，还是接过了钱。丈夫的钱，不要白不要，居里觉得光荣。

可以共贫贱，也可以同富贵。

第二天一早，居里把家里打扫了一番，又破天荒地去楼下的花店买了几束香水百合，准备迎接家芝的到来。老实说，居里多年来心头最大的担忧便是自己的母亲，她到上海打拼，家芝一个人在家，总归不是个办法，更何况她大病初愈，作为女儿更应该尽孝。

居里正忙着，电话响了。

“姨！你在哪儿呢，我们到了。”

居里一头雾水。

“我是娣儿！”

是居里的表妹。三姨家的独生女，“90后”，大名梁淑娣。家芝也没打招呼，太被动了，这不是她妈办事的风格。

“你们到哪儿了，怎么提前了？”居里耐住性子问。

“我们马上到蒙自路了，打的车。”娣儿说。居里一听更着急了，说“你们在小区门口等着”，便急匆匆地下楼。小区门口，家芝看着行李。出租车开得快，已经到地方了。她不见居里来，又知道搬了新家，不打算先去居里婆家拜访，便站在树荫下，天热了，她用手扇风。

娣儿去附近的小超市买水，一直没回来。

居里来了。

“娣儿呢？”她问家芝，家芝说去买水了。居里知道娣儿一贯莽撞，连忙顺着路去找。

小超市内吵吵嚷嚷。

居里看门口那个指点江山状的背影，就知道是秋萍了。

不妙。

“小赤佬，哪来的土匪，长嘴不会问啊！撞我，眼睛出气的啊！”秋萍挥斥方遒。

娣儿也不示弱：“大婶，我已经道歉了，你到底要怎么样？”

“你叫谁大婶？！怎么样，撞坏了你赔都赔不起。”吵架秋萍从没怕过。

“不说自己长得宽。”娣儿付钱，朝外挤。

居里硬着头皮迎上去，低声招手：“娣儿！”她想避开秋萍。

娣儿眼睛一亮，扑上去：“姨！”

秋萍眼尖，喊住：“居里？你在这儿干吗？”

居里低眉顺眼，轻声唤：“妈——”

秋萍指着娣儿：“你认识这个野人？”

居里轻拍娣儿的头，嘴巴朝秋萍的方向努：“叫姨姥。”

娣儿喝一口红牛，天不怕地不怕状，问：“她谁啊？”

虎虎有生气

娣儿刚到上海就冲撞了秋萍，家芝非常担忧。

居里为劝解她妈，说没问题，还说她婆婆秋萍不是小心眼儿的人，说完这话她自己都不信。好说歹说，家芝还是打算摆一桌，一来赔不是，二来也拜个码头，不光是为了秋萍，还有进宝和老太太，他们在这个家的分量都很重，她如果想长期住，必须搞好关系。

秋萍见了娣儿眼绿，听说家芝已到上海，更是气得只能一个鼻孔呼吸。当晚，进宝一到家，她便嚷嚷着自己是秀才遇到兵。

“哪有你这样的秀才。”进宝泼她冷水。

“你看看，我全说中了吧，居里就想把她妈，还有那些个农村的亲戚，七大姑八大姨哩哩啦啦阿猫阿狗都带到上海来，现在她租这个房子，就是要办成驻上海办事处。”秋萍双手叉腰。

“居里又不是农村的。”进宝较真儿，抬杠。

“她那个小县城跟村里又有什么区别，你都没看到她那个穷亲戚，什么外甥女，人都不会叫的，横冲直撞，整个一个从石头缝里蹦出来的，就是个野人，无法无天，居然说我宽，我哪里宽了？我一米六三的个头儿一百零八斤，标准身材，我唱了一辈子京剧，搞艺术，我书香门第！我是唱《霸王别姬》的，我是唱《贵妃醉酒》的。”讲到激动处，秋萍语无伦次。

进宝本来对秋萍还有一些同情，对居里带亲戚来有一些厌恶，可听到秋萍说什么书香门第、《霸王别姬》《贵妃醉酒》，他又本能地讨厌她了。他端着洗脚盆，悄然而出。秋萍手舞足蹈，一转身，观众不见了，便也没趣。

戳完气，她端着刚炖好的冰糖雪梨，上去找老太太。一小盅吃完了，她又替老太太洗脚，这么多年了，谁敢说她安秋萍不是个合格的媳妇？沈居里什么时候给她洗过脚？

还带了那么个野猴子来气她！大逆不道！

秋萍半嗔半恼地对老太太说："妈，你看看，这就是你宠着，居里都无法无天了，她那个什么表外甥女都来了，我当初就说不能让她单住，没必要惹事，可您老人家心善，支持，结果呢，鸡飞狗跳。"老太太半闭着眼，一言不发，活到这个岁数，别的本事没学会，装傻却修炼得炉火纯青。任凭秋萍怎么念经，老太太也知道她受了委屈，但她偏偏向着孙媳妇。隔代亲。

"秋萍，房产证你拿好啊。"老太太睁开眼了。小房子的房产证，她不久前交给秋萍保管。

秋萍心一颤。又提房产证，老太太这一招鲜，到底要吃到什么时候？秋萍闭嘴了，一会儿，洗好弄好，又给老太太伺候上床。走了。

说实话，家芝对带娣儿来上海有些后悔，可又有什么办法。她三妹一早死了丈夫，改嫁了，剩这么个丫头没人管、没人顾，高中没毕业到社会上混，迟早学坏，老三求爷爷告奶奶求到她门上，她怎么能推她出去？老三说只要能带娣儿到上海，能找份工作，哪怕是饭店服务员，好歹见见世面也行。

晚上，东方回来了。一进门就脱衣服，见到家芝才蓦地觉得唐突，见到娣儿，更是一惊，他想不到家里添丁进口那么快。居里把娣儿叫过来，简单介绍了一下，娣儿花痴地说："姨夫你真帅。"被小姑娘夸，东方还觉得有些不适应。

卧室里，东方小声问居里："你请来的救兵？"虽然是开玩笑，可居里听这话还是有点不消化，就算娣儿有百般不好，也是她娘家人，是她娘家人她就得维护，没有娘家人会被婆家人欺负，这是千古不变的道理。这么想来，居里觉得娣儿还来对了。

居里还打算请东方为娣儿介绍工作，但她没打算现在问，压一压，就算是“填鸭式”，一次也不能喂给东方太多，得慢慢磨。

“这孩子虎。”东方远远地望着娣儿，跟居里说。

“虎有什么不好，总比那绿茶婊强。”居里护娣儿心切。

“我这是表扬，虎虎有生气嘛。”东方说。又问，“她大名叫啥？”跟居里待久了，东方话里话外也啥啊啥的。

“梁淑娣。”居里说。

“淑女的淑？没看出来。”东方促狭。居里追着他打。

晚餐居里做，家芝本要插手，可居里逼着她妈休息，经过这段时间的锻炼，居里的厨艺大幅提高。东方站在她身后，家芝在客厅看电视，娣儿和世卉在卧室玩。

锅铲子上下翻飞。

居里知道东方的不自在，于是提前先道歉：“刚租的房子，就让你享受不到自由的空气，对不住啊。”她这么一说，东方反倒不好意思了，他说：“没关系，以后租更大的。”

这话居里爱听。这才叫男人，哪怕只是口头上的。

家芝这次来给所有人都带了礼物，尤其是东方，他爱吃的小黑豆、蛇龟酒，还有从庙里求来的护身符、发财咒，吃完饭，她郑重地交给东方。居里说：“妈你哪至于这样。”家芝非常严肃地说：“在家里，就得把男人捧得高高的。”

居里不解，说：“他不对也要捧高？他没本事也要捧高？”家芝说：“就算他再没能耐，他终究是个男人。”居里问：“捧那么高做什么？”家芝说：“捧得高才能摔得重。”居里笑了，夸家芝是老江湖。

饭后居里打发东方回家一趟，明里是说取个毛毯，暗里其实是想让东方去探探秋萍的情况。东方知道他妈肯定心情不佳，不愿意去碰壁，便打算在楼下转悠转悠就回。

东方一走，家芝便和居里商量，说打算明天在家里办一桌饭，好好给亲家母赔不是。

居里心疼妈妈：“赔什么不是，咱们有什么不是的。她长辈跟小辈计较，那才真是不是。”家芝又劝居里不要那么强硬，人在屋檐下，得饶人处且饶人。居里嫌在家里做饭麻烦，又怕她妈累着，便说要摆也行，在饭店摆吧。

家芝说："不用，太浪费，又吃不到什么。"

居里只能换个法子劝道："在家里请吃饭，东方他妈会非常不舒服，因为这样一来，她就会认为你是这个家的女主人，而不是她，这是她儿子的家，她必须要占一半，所以不能在家里请吃饭，最好就在饭店。"居里这么一解释，家芝觉得有道理，便同意了。

然后是安排床。娣儿和居里把行军床抬出来，放在小卧室正中间，家芝非不干，要留一半地方。"留这一半干吗？"居里问。

"这一半是给你婆婆的。"家芝说。

"她怎么会来住这里？"

"她来不来住是她的事，地方得给她留出来，这是礼数。"家芝很坚持。居里没办法，只能由着她妈，心想这估计跟人死了还在桌子上留一副碗筷一个意思。"明天你婆婆来了，看到没有给她留地方，心里会不舒服。"家芝反复解释。居里眼眶一热，唉，这就是她妈，亲爱的妈妈，永远替别人着想，永远知书达理，如果说这个家真要评选个书香门第的女人的话，怎么着也落不到秋萍头上，得是她妈王家芝。

行吧，明天请吃饭。

可谁通知秋萍又是个问题。居里本想打电话，让东方代为通知。可既然她妈如此慎重，东方通知，显然不够重视。她想了想，还是觉得自己跑一趟最好。居里换了衣服，下楼朝老家走去，走到楼下，她又想起空着手去不好，便拐去超市准备给秋萍带几盒酸奶。

居里出去没几分钟，门被敲响了。

家芝让娣儿去开门。

门打开，秋萍站在门口。娣儿道："大婶？"

家芝疑惑，朝门口走："哪个大婶……"眼见秋萍脸涨涨的，连忙请神一般请进来，命令娣儿叫姨姥姥。娣儿跟秋萍气场不和，一百个不愿意，但还是低头叫了。

世卉扑过来叫奶奶。

秋萍抱起世卉，狠亲了几口，然后放下，女王巡视一般，挺着腰杆子问："亲家，什么时候来的，怎么也不言语一声？我这个做妹妹的真要礼数不周了。"秋萍比家芝大，但她永远称自己是妹妹。

"刚到的，喏，这是给亲家的礼物。"说着，家芝奉上苏绣披肩，是多年前别人送的，她一直没舍得佩戴，这回派上用场，做面子了。秋萍本是带着怒气来的，但见到披肩，估摸着价格不菲，心便宽了几分，说话也软和些了。

家芝领着秋萍看屋里给她留的地方，秋萍果然心里舒坦万分。两个人说了几句无关紧要的话，秋萍问东方、居里的去向。家芝说都往家去了。秋萍觉得诧异，说自己怎么没看到。家芝说可能走岔了。

说话间，娣儿端着洗脚盆进客厅，她知道二姨姥走一天累了，烧了点水泡脚。

秋萍一见洗脚盆，心事无限，蓦地想起她给老太太洗脚，却没人给她洗，便故意哀叹了一声："哎呀，我是没生个女儿，不然也能享享女儿福，泡泡脚蛮舒服的。"

家芝对娣儿说："这盆给你姨姥姥泡。"

娣儿听不见似的，故意端到家芝脚跟前，家芝又指指秋萍，说"给你这个姨姥姥"，娣儿这才将水端到秋萍脚底下。秋萍有意刁难刁难娣儿，说："哎呀，我腰不好了，这弯不下来腰。"家芝说："娣儿，你帮帮你姨姥姥。"

从老家来的时候亲妈交代了，二姨姥姥的话得听。

娣儿只能咬着牙，帮秋萍脱了鞋，又脱了袜子。下午的气解了，秋萍微微笑着，一副胜利者姿态。

只见娣儿双手捉住秋萍的左脚，往水里一插。

秋萍哇的一声大叫，脚一飞抬，一盆水被踢翻在地上，她整个身子后仰，滚在沙发上。

热水瞬间漫流。

家芝呵斥娣儿："怎么搞的，虎了吧唧的！"

娣儿恍然大悟："凉水没放够……"

家芝连忙对着秋萍的坏脚吹凉气。

世卉一只手捂眼睛，一只手指着秋萍的脚，喃喃道：“臭……臭……臭……”

居里进门了，见一片狼藉，惊问：“妈！怎么啦？！”

两个拥抱

秋萍烫伤了，第二天的饭自然取消，一家人连夜去社区诊所处理、包扎。

次日，家芝带着居里、娣儿上门赔不是，礼物拎了一堆。家芝还让娣儿给秋萍磕头。砰砰砰三个，货真价实。秋萍吓着了，她向来喜欢弄文的，这突然上武的，有点不知怎么应对。

“姨姥姥不原谅我，我就不能起来。”娣儿仿佛杨门女将。

“你有什么错，你用不着向我赔不是。”秋萍脑子转悠，“你起来。”

家芝在旁边赔着笑说：“亲家母，按照我们那儿的说法，有错就得认，有错就得改，有错还得罚。”

家芝一说“罚”字，秋萍心里便有了几番活动。小惩大罚，也是应该的。她烫掉了一层油皮，也得让娣儿掉一层皮，知道知道深浅，明白明白这上海滩不是谁想来就能来的。

“好孩子，起来吧。”秋萍换了一副面孔，和风细雨。

家芝点头，娣儿起来了。

“将功补过吧。”秋萍轻轻柔柔地说。

家芝忙说：“对，亲家母教育教育，到底是书香门第，多教教孩子，她来上海也是来学习的。”秋萍五脏六腑舒坦了，轻轻地拍了娣儿的头，仿佛摩顶受戒，“明天来这儿做义工吧。”

义工？秋萍使用了个时髦的词儿，可娣儿却一头雾水，来家里，有什么义工可做？家芝大概明白了亲家的意思，满口答应下来，打算晚上回去好好叮嘱娣儿一番，其实也没什么好叮嘱的，家芝知道秋萍的脾气，她好强，什么事都爱占个上风，什么都听她的就没问题。

失业之后，居里很少在家待，即便是妈妈和娣儿来了，整天在家也透不过气来。一直等到她生了孩子，她才真正明白已婚已育的女人外出工作的意义，那就是暂时可以忘掉家里的一切，孩子、老公和无尽的家务，还有老人的叮嘱与啰唆。

她觉得出去工作是享受，能见见不同的人，说说不同的话，还能赚钱。为什么不？人是需要变换场景的动物，女人更是需要不同的空间。居里想，不是有一个英国女作家说了吗，女人需要有一间自己的房间，是指书房。可在居里看来，女人不但需要书房，还需要办公室。女人应该参与到社会生活中来。

也不知朱姐怎么样了。

美容院的事过后，她一直为朱姐担心，这天她给朱姐发了一条消息，问："怎么样了，出来坐坐？"朱姐回复："忙着呢。"居里心想能忙是好事。忙着做什么？离婚，闹离婚，还是忙着新的事业？她惊叹于朱姐的自我治愈能力。

居里没再多问，一个人坐在田子坊的咖啡店，面前是一杯便宜的咖啡，怅然若失。朱姐又来消息了："你过来一下，虹口三十八号。"看来心情不错，居里打电话跟家芝交代了一下，安排好世卉的晚饭，坐公交车过去了。

到那儿已近黄昏。虹口三十八号是个会所，石库门房子，说以前是日本人的据点，之后几经流转，成为会所了。两边都是莲花灯，影影绰绰。地面两旁都是盆花，多半是旱地睡莲。小工在搬着梯子，挂东挂西，看样子要办活动。

"姐！"居里找到朱姐，轻拍了她一下。朱姐忙得顾东不顾西，笑说："来了，也没什么事，让你来帮帮忙。"

"这什么阵仗，怎么跟宫里似的，你发财啦？"居里按捺不住兴奋，这是她喜欢看的场景，她想象中的上海。

"行业内的一个聚会，老谢办的，我帮帮忙。"朱姐说，"后天晚上，你也来，哦，东方也来呀，怎么他没跟你说？”

居里的火一下子就上来了。朱姐见居里色变，忙安慰道：“他不请你，我请你。”居里说：“恭敬不如从命。”

看着朱姐忙忙碌碌的身影，居里有无限疑惑，老谢被抓后，她不但没被打倒，现在居然凤凰涅槃，穿花蝴蝶般活跃在社交场合。她惊叹于朱姐的情商，真是属蚯蚓的，切断也能活。

居里忙活了一阵，见自己也帮不上什么忙，便打道回府。东方刚到家，家芝把饭做好，娣儿已经搬到秋萍那儿住去了，上门服务。居里问了问娣儿的情况，本来觉得有点生气，感觉秋萍做得太过，但转念一想，让娣儿去磨磨也好。这些小字辈可不比她好管。

吃完饭，世卉要玩积木，家芝便带着她去小屋。居里得了空，想好好问问东方，去参加聚会的事是怎么回事。可再想想，直接问也不合适，公务场合，没说一定要带太太。可既然是酒会，太太为什么不能出现呢？不带她，就已经上升到家庭政治的高度！

居里决定引蛇出洞。

“最近忙啊？”她问。

东方点点头，看手机，群里聊得欢。

“那套西装给你准备好了。”居里又说。

东方诧异，问：“什么西装？”

居里说：“你不是说要参加活动吗？”

东方说：“哦。”不置可否。

有鬼？居里心一沉，更坚定了去参加派对的念头。

第三天到了。这个星期里居里和娣儿两个人都不好过。

一早东方出门，说了声加班，晚上有个局，走了。居里在家里挑衣服，家芝带着世卉在她身后，眼见她换了七八套衣服，都不满意。家芝问女儿：“你这是要去见王母娘娘？”居里转头看她妈，不解。

“蟠桃会啊。”家芝说。

居里笑笑，不答，她很懊恼，自己没有一件能穿着去酒会的衣服，现买来不及了。

明媒正娶的泪

刚出门，居里就觉得不对，粉色旗袍看着漂亮，可走到大街上，还是觉得有点无法掌控，气场不够。虽然这里是上海，什么奇装异服都算正常，可居里到底还是居里，一个小城市来的、循规蹈矩的姑娘。她套了件外套，旗袍衬在里头，舒服多了，不那么醒目，但又有点个性。拎着小包，这是居里最昂贵的一个LV手包，小家碧玉的样子。

居里出发了，即便穿成这样，她还是舍不得打车，坐公交车吧。结果遇上堵车，晃晃悠悠、颠颠簸簸地到了，才发现邀请函没带。给朱姐打电话，三遍，通了，没人接。门外的waiter仿佛门神。“我真是老板娘的朋友。”居里哀求。waiter做一个禁止的手势。怎么办，难不成给东方打电话？那全露馅儿了，效果尽失。正巧有人进，一个年轻男子，架势屌炸天，居里拽住他，叫到一边，塞过去一张票子，说让他帮忙进去找一个叫朱业勤的女人，是主办方老板娘。男子倒落落大方，说不用，帮忙叫就是了。过了一会儿，朱姐出来了。居里舒了一口气，被领着进去了。

花花世界，灯光闪烁。色调是暗桃红。

朱姐不顾居里，穿花蝶一般忙去了。居里本能地有些怯懦，朝墙根儿站，衣服和包都交给服务生，居里的粉色旗袍显山露水了。可在桃花灯光下，她的小粉袍根本不出挑。算了，居里双手抱臂，站在人堆里，后退。她本来赌气穿旗袍，存心想出风头，让东方见识见识自己老婆的风采，可来了之后，才发现行业里有头有脸的人着装都走性冷淡风。

还是唐突了，居里思忖。四下看看，没见到东方，再找朱姐，也见不着，难道在二楼？音乐响起，舞会开始了，会所中间有一个小舞池，有男士开始邀女士入场。

居里本能地朝后退。可没想到那位在门口遇到的男子走过来——是位公子，老谢生意伙伴的儿子，向她伸出手。居里不动，男士坚持不走，小年轻标新立异，选舞伴都打算选居里这种民国风的，也许他在门口就对她有好感。

众人把目光投向居里。

舞台搭好了。一横心，一咬牙，上吧！大学时代好歹在舞蹈社学过一点三步四步、探戈桑巴。

旋转，伸腿，双手来回推移。

旖旎音乐在耳，居里逐渐找到点感觉，越舞越热。

她就不信东方看不到她。

最后一个动作，男士勾住居里的腿，刺啦一声，旗袍炸线了，居里连忙护住，免得走光。

四众轻轻笑了。

二楼，东方一不小心目睹了这一切。他身边站着的，是他的前妻、合作伙伴阿曼达。一山不容二虎，他不希望两个人在这种场合见面，浑身是嘴也说不清。他一溜烟跑下楼，好不容易挤到居里身边。

“你怎么来了？”他口不择言。

居里本来跳得好好的，一听就有些奓毛，她怎么来了，她就不能来？这又不是他的活动，不是他的地盘，再说，她来给他丢脸了？艳冠群芳的是她，他应该感到光荣才是。

她恨他这口气，充满质疑，好像她是出土文物。

“朱姐请我来的。”居里转身，一举一动都充满淑女风情。公子再度伸出手，企图再邀她舞一曲。东方一把打开他的胳膊，拽住居里就走。

公子不干了。美人遇难，英雄不能不救。

“你放开她。”公子下最后通牒。

居里一见两个男人要为她打起来，又是急又是喜，静观其变。

"闪开！没你什么事！"东方对自己老婆有绝对占有权。

朱姐围过来了。可还没等她劝和，公子便一拳上去打在东方的鼻梁上。

两道血柱下来，冲破了唇的堤坝。

东方一抹，立刻还击，居里惊叫，跌坐在一边，旗袍衩口炸线更厉害了。

拳拳到肉，电光石火，也没人拉架，都看好戏。

老谢从楼上下来。"都给我住手！"他主持大局，到底是主人。

东方和公子滚在地上，一个锁喉，一个封腿，势均力敌。阿曼达下来了。她认识公子，更知道东方，她走到地上的两个人旁边，悄然说了几句，两个人松开了，整理衣服。阿曼达故意搀住东方。

这回轮到居里不愿意了，她一个健步上前，指着阿曼达："你松开手。"

阿曼达四十五度转身，微笑，手不动。东方尴尬极了，拼命摆脱阿曼达胳膊的环绕。

"你！"居里指着阿曼达的鼻子，又指向东方。

旁边有人嘀咕，是冲居里的，说："这人谁啊，小三吗？够嚣张的，嚯，穿成这样。"居里听得真真的，当即暴跳，反击道："她才是小三，我是明媒正娶！"阿曼达可不示弱，道："说这话就没意思了，谁不是明媒正娶？我明媒正娶的时候你还不知道在哪儿呢。三什么三。"

阿曼达帮过居里，还送给她梵克雅宝的礼物，可这一时刻，血冲脑门儿，居里哪里顾得了那么多。她狮子吼道："我是罗东方的老婆！"

四下都是阿曼达的朋友，当然不会站在居里这边。都继续说："哎哟，还没上位呢就自称老婆了，现在小三脸皮真厚。"居里气得眼绿，反手一抓，抓住那嚼舌头的女人，那女人哇哇大叫，阿曼达见好友被袭击，立刻飞扑上去抓住居里的头发。

老谢和朱姐在一旁看得傻眼。东方一会儿拉阿曼达，一会儿拉居里，可就是无法介入到两个女人的战斗中。

居里嚷嚷着："东方，你给我打这个不要脸的女人！"

阿曼达斜眼道："罗东方，你今天不好好管管你老婆你就不是男人！"

东方急得没办法，抓起一盏莲花灯，哐当砸在地上，惊吼道："都给我住手！"

沈居里和阿曼达被震住了。

"回家！"东方搀起沈居里。

阿曼达发出胜利的笑声。

居里委屈极了，回家？她打算来一场风花雪月，得到的只有两个字"回家"？她被他前妻打翻在地，古董旗袍都被撕了更大的口子，只是得到丈夫的两个字：回家？她恨、她怨、她怒，她恨不得咬东方几口，让他清醒、明白、知道！无论什么时候，他最应该维护的人都是他的老婆居里！而不是其他人，外人！

居里双眼猩红，在灯光下犹如一头小兽。

"回家。"东方又说了一遍，皱着眉。

阿曼达呵呵笑道："家庭妇女不回家又做什么呢？"

居里恨极了，狠戳阿曼达痛处，啐了一口："不下蛋的母鸡！"

阿曼达当即石化，转身仓皇而去。

"闭嘴！"东方对居里咆哮。

居里一愣，再一扬手，一个巴掌打在东方的右脸颊。

东方火气下去了。

"罗东方，你王八蛋！"居里撕心裂肺，跑了出去。

东方站在原地。

朱姐追出去，呼喊着居里的名字。

居里一路跑一路抹泪。她怎么都想不明白，自己的丈夫怎么可以当众给自己下不来台。他还是那个百依百顺的上海男人罗东方吗？更可恶的是阿曼达，离婚也是她要离的，天下何处无芳草，她为什么偏偏吃这口回头草？！

过马路，居里横冲直撞，公交车鸣笛，居里照样走，接连好几辆车被居里逼停。

好不容易到了马路对面，斜刺里出来一辆自行车，刹不住闸。居里被撞翻在地。

车主一溜烟走了。

居里扶着腿，呻吟着。朱姐赶来了，关切地问她，又要叫救护车。居里阻止了她，喃喃地说："没事，没事……好在只是蹭破了油皮。"可说着说着，眼泪流得更厉害了。

这注定是个不眠之夜。

家是回不成了。居里关机，不让任何人找到她。东方给朱姐打电话，朱姐请他放心，她会照顾居里。

喜来登十八层，居里坐在窗台边，放眼望去是灯火辉煌的上海。星星点点都是痛，不肯消逝。居里怔怔的，她甚至都不记得今天晚上到底发生了什么，只知道天塌了一半，另外一半她自己顶着，随时也都可能坍塌。

朱姐从浴室走出来，用毛巾擦着头发。

居里流着无声泪。她不是为东方哭，她为她自己。

朱姐轻轻地从后面抱住她的肩。

"对不起，不应该让你来。"朱姐说，"没想到阿曼达是……"

"怎么能怪你。"居里努力收住眼泪。

"都会过去的。"朱姐劝道。

"不行，我没有你的度量，我过不去。"居里道。说完又觉得自己失言，太伤害朱姐了，她有度量，什么度量？不过是老谢嫖娼她都肯原谅。

朱姐苦笑道："我有什么度量，你做得对，闹也好，不闹也好，随着自己的心吧。"

"我就受不了罗东方那个样子！帮着外人欺负我！"居里一说就恨。

朱姐端起一杯水。

"我还得修炼，向你学习。"居里吸气，平复。

"我已经离婚了。"朱姐轻轻地说，好像在说着别人的事。

居里惊讶得连眼泪都缩回去了。

浊流变清流

居里上前抱住了朱姐，她引她为同类，一个容易受伤、已经受伤、身负重伤的女人。

朱姐一动不动，居里感觉得到她的心脏跳动。

静水流深。她大概想象得出，在此之前，朱姐和老谢爆发过怎样的冲突，即便没有表面的冲突，内心的冲击也是巨大的。她离婚了，是打算离婚，还是已经办好了手续？哦不，刚才朱姐清清楚楚、明明白白地说了“已经”两个字。婚姻宣告结束了。二十多年的婚姻，她也舍得？此前一直妥协，恋恋不肯放手，如今怎么突然想通了？正宫太太的地位，多少人觊觎。居里先哭了，为朱姐哭，更是为自己，像朱姐这样的成功人士，中产以上的家庭，尚且一瞬间灰飞烟灭；她呢，一个外地来上海的女子，尽管生了孩子，可如果一旦离婚，她等于被扫地出门，她痛恨这词。老家人形容大城市离婚回乡的女人，一贯喜欢用“扫地出门”四个字。说得好像是清理了垃圾，就好像这一夜发生的事。如果一旦离婚，东方会对她手下留情吗？即便东方留情，秋萍会吗？进宝会吗？显然不。老太太是帮她的，可老太太毕竟年纪大了，不好说，居里哭得更厉害了。朱姐以为居里在为自己哭，扳过居里的肩，捧着她的脸，揉了揉：“没事的，没事的，离婚没什么大不了。”居里见朱姐面容舒展，哭着笑，破涕。修炼，真是修炼，她佩服朱姐，刚才的活动，确切说是三天之前，谁能看出这个穿花蝶一般的女人已经与老谢离婚？居里问朱姐：“会复婚吧？”朱姐摇摇头，转身从电视桌边拿起水杯，坐在沙发上。

“真的结束了？”居里问。夜深人静，问的都是实话，答的也是实话。

“真离了。”朱姐说，“不是一个突然决定，其实从公司破产、我们失业开始，我和老谢之间就存在很多问题，我们之间的关系已经变成相互折磨。”

“爆发点是哪件事？”居里忍不住好奇。

朱姐坦荡：“对，我受不了他嫖娼，无法忍受，必须离婚。”

“财产怎么分？”居里说出这话才发现自己现实得可怕。朱姐却不含糊，说他是过错方，如果判，她至少能对半，但她不能这么绝，房子归她，公司股份她占三分之一，另外股票、现金，也会按照比例分割。居里小心地算着，七七八八，这些赡养费怎么也够吃够喝了。她突然又有些羡慕朱姐，离婚解气，又拿到钱，实现财务自由，后半生过过清雅的日子，随心所欲。

“老谢对你不错。”居里不由自主地说。但瞬间又有些狐疑，“可是，这聚会不是你主持的吗？看上去你们感情那么好。”朱姐站起来，走到窗台边上。不远处摩天楼顶突起烟花，炸了三次，都是爱心，大概有人在求爱。“我们定了个协议。”朱姐娓娓道来，居里不敢相信这个曾经被婚姻逼到绝处的女人，突然那么游刃有余，恍若新生，“离婚是办了，但在他的公司上市之前，不能对外公布。”

隐形离婚？居里再次受到震撼教育。有钱人，结婚和离婚都不那么容易。难怪朱姐还愿意操持老谢的活动，在外人眼里，他们必须是一对和谐的夫妻，这样有利于老谢的企业家形象，有利于双方的利益。可朱姐为什么会同意？在居里眼里，朱姐可是会选择玉石俱焚的人。

“莉莉怎么办？她的意见呢？”亏得居里这时候还能想起莉莉。

“她不知道。”朱姐说，“除了民政局的人，你是知道这件事的第三个人，一定要保密。”居里蒙了，连忙说一定保密。可她知道，自己幼小的心脏恐怕承受不了这么大的秘密。

“以后打算怎么办？”居里问朱姐。朱姐说做一点自己的事情。居里没再多问，自己的事情，什么事情呢？她实在想不出一个年近五旬的妇女，离了婚，没有特殊技能，她还能有什么事情做。但居里可以确信，离婚对现在的朱姐来说，不是一个打击，而是一种涅槃，看她的状态就知道，没有泪，只有笑。朱姐活明白了。当然，她有资格活明白。夫妻本是同林鸟，当初他巴着她，后来她巴着他，现在她抽刀断水，水却依旧在流。只不过，此流非彼流。朱姐断了浊流变清流，呼吸都大口了一些。反倒是她，万里长征刚开始。孩子小，母亲老，自己没有立足的本钱，刚找了一份工作还立刻丢了。她靠什么？她指望什么？她能抓住什么？只有和东方的感情，可靠吗？今晚的种种就给她上了一课。东方和阿曼达一起出席酒会，真的是合作关系？有没有可能旧情复燃？居里越想头越晕，险些站不稳，朱姐扶住。两个人坐在床边上。朱姐打开电视，调到音乐台。舒缓的萨克斯风，还是老歌，气氛柔和些了。朱姐问居里："你打算怎么处理？"

处理？处理什么？居里心中咯噔一下。哦，得善后，她差点忘了还需要回家，需要修补夫妻关系。她觉得自己先前的强势毫无道理，抛到现实中，她十分弱势，手无寸铁。

"你打算离婚吗？"朱姐问居里。

这话问到根子上了。居里的隐痛，离婚是她恐惧的事。

"没有想过。"

"那就是没有。"朱姐拆开了分析，"那就回去道个歉。"

"凭什么我道歉？！"居里又激动了。

"道歉，保密。"朱姐给出两条建议。

保密？哦是，这事秋萍知道了了不得，毫无疑问她会站在东方一边，她甚至会趁机拱着他们离婚。她干得出来！东方会跟她说吗？不好说。只能回去见机行事，居里开始后悔自己的鲁钝了，她就不该来。那她妈妈家芝呢？今晚她怎么想？东方回去会怎么跟她说？现在在一个屋檐下，什么都瞒不住。居里为妈妈担心，偷偷打开手机，刚连上信号，短信就来个不停，都是妈妈来的。"居里，你在哪儿，出什么事了？……是在同事那儿过夜吗？什么时候回来？……看到回我电话……"

居里的眼泪一下涌出来了。就算她再恨东方，可她割舍不了母亲、女儿。

抽纸递到跟前，居里擤鼻涕。

“回去吧。”朱姐温柔地说，“先道歉，记住，男人对你的愧疚，一定要善加运用。”

居里望着朱姐，似乎有了点心得。

“娣儿的工作安排没有？”朱姐突然问。

沈居里愣了一下。她不打算去东方和阿曼达那摊子掺和一脚，可娣儿行。